三瓣嘴

李健中篇小說選

李健 著

【代序】

溫和而天真的李健

曹乃謙

山西知名作家，
作品被譯為多國語文，
更被諾貝爾文學獎評審馬悅然
喻為中國最一流的作家之一。

李健的文字，地域特色很濃郁。他出生於湖南新化，那是古梅山腹地，傳承的是梅山文化。那裏民風古樸，民性彪悍，歷來最難王化。

梅山文化是至今仍集中保存於湖南中部、西南部的一種古老的原始漁獵文化，具有深厚的歷史文化底蘊。緣於這片美麗土地的滋養，那些清幽的往事，淡漠的年歲，隨著作者從容淡定的敘述，緩緩展開……或許寫這文字的人心裏，他希望我們知道和看見的，只是這些，僅止於美。而其中的世道艱難，是他悄悄隱去了吧，那些我們可以推測到的辛酸，他卻不願意再訴說了。他要我們看見的，是歲月深處的溫情和原始鄉間的原始之美。

看李健的文字，讓人想起泉邊的水草，青青柔柔的，清清亮亮的。我一直覺得，李健，像一個孩子，微微笑著，心存純真的願望。我感覺，他在一直尋找一種天真的、永恆的、溫和的或者安全的表現，溫和的安全的美，是他不變的訴求。即使〈三瓣嘴〉，即使〈大樹下〉，依然是一種溫和的美。李健表達的，絕不是一種分裂。他具有善良和慈愛的胸懷，從來不願意將痛苦和對這個世界的絕望傳達給他的讀者，就像母親不願意孩子看見屠殺的場景，悄悄地扭過孩子的頭，蒙上他們的眼。而這些孩子的耳朵裏，卻還是會隱隱約約地聽見一些聲音……

偏僻的山村，孤寂的人，小小的鬧市，青春的懵懂，母親、女兒、村姑和少年，活著的、死去的，無論是喜還是悲，背後都是一股溫溫的情愫。淡淡的，澀澀的。

李健挑選了一個適當的角度，賦予作品一種神秘唯美的基調，沒有大紅大綠，沒有歇斯底里。一切，只是生活本身的面目。看李健的文字，像在臨摹一幅畫，拿一張白紙蓋在畫上面，照著下面那副世間百態，一筆筆臨摹，而他的用筆和他的功力，卻是那麼細那麼銳那麼獨到。

有時候我想，為什麼樂於看李健的文字？僅僅是他的用詞造句嗎？僅僅是他的文中的情景嗎？僅僅是因為他筆下的土地於我的陌生？還是遙遠？嚮往？我想，大概是因為對於我自己而言，我感覺到的那片美，那樣的溫暖，已然趨於消逝，因此而不禁備感珍惜。

李健在一家大型文學刊物做編輯，城市文明讓他返過頭來看他熱愛的家鄉，視角獨特。梅山地方，多石頭，多溶洞，在他的筆下，這些都被他賦予了動感，他用從容溫和的方式表達，不生不滅，不垢不淨，不增不減。

他表現的，是一種終結的美。

我們沒有理由不對他充滿期待。

目次

三瓣嘴

一

綠竹村盛產煤是年代久遠的事，隨便在哪塊地上掀開一塊皮子，便能掘出些烏黑的東西。我家木屋背後有一口老輩挖棄的煤窯，隱蔽，潮濕，就像母親的子宮，吊在半山腰上。那就是我的出生地。

窯洞周圍一地的桔梗花，有的單朵，有的二三朵生於梢頭。剛下過雨，桔梗花紫中帶藍，藍裏見紫，歡笑得就如坐擁在慈眉善目的外婆腿上，彷彿有些陶醉。那些含苞還沒來得及開放的花蕾好像僧人，亦步亦趨，也跟著搖頭晃腦。

我生下來黑乎乎的就像煤炭塊塊，不但是三瓣嘴，還生著一雙對角眼，看人看物好像只有一隻眼放亮，另一隻眼渾濁不明。落地不是先哭而是望著這新鮮奇妙的世界不時翻白眼。目睹我不同尋常的降生方式，我父親滿腔不悅，目光由期望一下子變成冷漠。

幽暗的窯窟窿裏只有父親和母親。

母親很年輕還未經歷過分娩，她非常恐懼和害怕。我在她肚子裏頑皮地伸縮舒展，手舞足蹈。她便喊天喚地嚎叫。折騰一天一夜，過足玩癮，我就安靜了，更多的是這黑咕隆咚的地方太悶，難受，想早出去透一透氣。

我在深黑的子宮裏摸索，尋找通道和出口。同時，感覺母親和我有默契一般，往同一個方向，在發力。

大概母親琢磨到竅門所在，一攢勁就像便秘，只聽啵的一響，硬是把我當屎一樣屙出她體外。她過於疲累，只粗略瞧我一眼，就沉沉入睡。

因屬計劃外生育，不敢請接生婆。接生婆由我父親兼任。父親比母親大不了多少。他從沒弄過這事，好在事先奶奶曾言傳身教讓他操練，所以臨陣也不見得怎麼樣慌亂。他先是戰戰兢兢剪掉臍帶，把我頭下腳上提起來，在屁股上響聲空殼地拍了一板，再笨手笨腳用衛生紙把我全身的血液和羊水揩拭乾淨。

然後，就仔細打量他不哭的兒子。

望著我，他皺起眉頭，似乎在說，怎麼就生這樣一個醜鬼？

早在母親肚子裏，我就隱約聽到爺爺和父親商量，說如果生的是沒帶把的就送出去，是小子就養下來，再去將結婚手續一併辦了。我沒有見到過爺爺，但一聽到那尖細的聲音就知道他一準是我爺爺。

我家世代單傳，爺爺生怕一不小心把香火斷絕了，那他就成我家罪人。做這樣小心安排，他的想法自是天經地義。我還聽到我爺爺多次和我父親商量，要花點錢去醫院行賄一個醫生，做B超鑒定性別。

這種事畢竟當隱秘進行，不能大張旗鼓。尤其撞在農村裏大搞計劃生育運動的節骨眼上，計劃生育專幹和臨時工時不時在村裏轉悠，眼睛賊亮，哪裏有縫他們就往哪裏睃，一經窺破，就當過去鬥地主一樣，無論你躲藏在什麼陰暗角落都一把揪出來，毫不心慈手軟。他們在我家對面牆壁上用白灰狠狠地寫著「通不通，三分鐘，再不通，龍捲風」的標語，還有一家的豬圈上也赫然刷著「只生一個好」。不管是聽到的還是看到的無不在傳遞著這樣一種資訊，計劃生育問題一點不能含糊。

由於爺爺和父親的努力，醫生倒是找到一個。這醫生非法做嬰兒性別鑒定收受賄賂剛遭處分，有些萎，膽子變小，可他瞧著我爺爺一隻手在褲兜裏鼓鼓的樣子，又有些捨不得，習慣性眼睛放光。磨蹭一陣，他說風緊，擱過這陣再說。

我母親肚子像正在吹氣的皮球越來越大，平常她穿著挺合身的衣服忽然之間變得緊小，已經遮蓋不住日漸隆起的肚子，確實不宜再等，誰都可以看出她懷孕，太惹眼了。我爺爺不得不臨時決定，不管是男是女，先生下再作理會。他一邊安排父親和母親躲進廢煤窯，一邊向外界滴水不漏地聲稱他倆是到省城瞧病去了。

那煤窯真隱蔽，窯口很小，只容一個人出進，內裏卻有房間大小。窯外的桔梗花一朵朵亭立，茂盛的莖葉嚴嚴實實遮掩著窯口。任何人也料想不到桔梗花後面居然住著大活人。

爺爺從鄉幹部的位置上退下來，在村裏口碑極好。平日裏他總是面善心慈，三歲孩童沒得罪一個。他摸準即便有那獲知他底細的人也斷不會舉報。

我們村的羅支書跟我爺爺捉魚摸蝦一起長大，並且他的支書位置也是爺爺一力引薦，引起組織上高度重視才弄到手的。那時節他有事沒事喜歡到我家裏來玩，聊小時候的趣事，聊村裏的現狀和問題，古道熱腸。他坐穩了位子，我爺爺上門找他幫忙，他兩手一攤對爺爺卻是一副公事公辦的模樣，很是生硬。

爺爺知道辦事套路，說任何情況均是從基層上去的，只請羅支書擔當過去就成。他摸出一個裝了二千元紅包的大信封，交給羅支書。羅支書隨手掂一掂，說未婚生育不好辦，計劃生育不是小事，是法呢，責任太重大了。他怕一個人扛不住，要多拉幾個相關人來共同承擔，比方說計生專幹和主管計生的鄉長，都是擺平這事的關鍵人物，都是不容忽視的。爺爺揣摩紅包太輕，又翻一倍，添成四千。羅支書半推半就收進兜裏，直稱爺爺是個好人，你的事就是我的事，這忙幫定了。

我真的是要感謝羅支書，他耍猴戲似的，法力無邊，一句話就把這事搞定。他就像一把大傘，沒有他的庇護，我怎能來到這世界上呢。

為此，爺爺父子給我取了一個很有紀念意義的名字，汪四千。

二

聽說父親在母親到汪家之後，一直陰著臉子。

我生下來，發現他臉更陰了。等到洞外和洞內一樣黑的時候，村道上已經鮮有行人，父親才如一隻壁虎手腳並用爬出潮濕的煤窯，從桔梗花叢中貓腰站了起來，一路上還東張西望，賊一樣的搞法。

他是去向爺爺報喜。

見到「吱呀」一聲推門進來的我父親，躺坐在竹椅上的爺爺馬上站起來迎著他，他眼睛風車似的在我父親臉上旋轉，轉得我父親渾身火燒火燎煩躁不安，渾身不自在。我父親索性在爺爺的竹椅上坐下來，也不吭聲，屁都不放一個。他只望著屋頂放光的地方發呆，那是支白熾電燈泡。明亮的燈光在屋子裏發酵，彷彿欲將堅如磐石的牆壁膨脹成皮球的形狀。

爺爺在我父親身上沒有發現絲毫喜色，沉不住問：「沒帶把？」

「帶了。」父親的話淡出水來。

「那不就得了。」爺爺受我父親的話所感染，原本鐵板的臉忽啦舒展開了。「還以為沒帶把呢，白驚嚇一場。」他嫌我父親悶頭悶腦故意賣關子。他開懷笑著吩咐我奶奶備酒，要好好陪兒子這個有功之臣喝一盅。

「可是……」我父親喃喃地，眼睛看著別處。

「可是？又怎麼了？」爺爺剛放下的心懸起來，吊在半空晃悠。

「這小子是個三瓣嘴，眼睛好像也有問題。」

有問題就是不正常。即便費二十四個耐心拿飯餵養大也無鳥用，娶不到堂客，反而白糟蹋一胎生育指標。

「到底怎麼有問題法？」爺爺急速地問。

「具體我也說不清楚，不如你親自去看看。」我父親非常痛苦，這麼早就讓他走進婚姻，那東西都還沒長硬實呢。他對我爺爺心生抱怨。

如若真是殘疾倒還不如生沒帶把的好。

爺爺顧不及喝酒，深更半夜一路摸黑跌跌撞撞前往煤窯證實情況。他撥開簇擁的桔梗花，摸索到洞口。他好像踩到軟泥，下煤窯不小心虛腳，從一人多高的地方滾落窯底，不知傷到哪沒有，反正他當時表現相當利索，一骨碌就翻身爬了起來，一身的泥，來不及撣一撣，就直奔過來迫不及待抱起他繈褓中的孫子我，仔細打量，最後還用手電筒光反覆照看我眼睛，終於確準我父親沒有扯謊，只聽他仰天一聲長歎：「我家世代與人為善，怎麼就遭如此報應？」

賠盡好話，花費這麼巨大的代價，就生這樣一個人見人嫌的東西，這是他們萬萬沒有想到的事。他們為當初毫不吝嗇花銷這種冤枉錢而感到十分懊惱。

我母親醒來。她從爺爺手裏接過我摟在她懷裏。從沒做過惡事的我母親怎麼也不相信她這麼一個漂亮的女孩會生出殘疾醜陋的兒子，她撐開我眼皮左瞧右瞧，臉貼在我稚臉上磨蹭。我至今不能確定她的這一舉動是代表失望，還是代表愛撫。她溫熱的淚水泉一般流淌進我嘴裏。

煤窯裏燃著一炬蠟燭，燈光搖晃著站著的爺爺和後來跟著爺爺進窯的父親，父親怨憤地蹲在地上。猶豫一會，爺爺果斷地拿出處理意見，用被子嚴嚴捂住這小子鼻子和嘴巴，一壺尿久就解決掉了，一了百了。

我母親不贊成，和我爺爺我父親的意見發生嚴重分歧。

母親不說話只死死摟抱著我不鬆手，豆大的淚珠子暴雨一樣撒著。爺爺竭力開導我母親在這關鍵時節顧全大局，不要因小而失大。無論我爺爺怎麼樣做工作，她就是死活不開口。爺爺很惱火，他不停地在煤窯裏走來走去，他的身影隨著走動在狹小的煤窯壁上無限地擴大或縮小。母親不同意，爺爺和父親就奈何不得。怕只怕萬一逼急了，母親一紙把他們告上法庭，那局面會真收拾不了。

生下來就是一條人命啊。

不過從此，我母親和我父親我爺爺的關係變得明顯彆彆扭扭。

三

母親是鄰村的，高中畢業沒考上大學在家吃閒飯。我爺爺與她的父親也算是世交，兩人常來常往，走動頻繁，早就約定若是母親沒考上大學，就上他家來做媳婦跟他兒子即我父親一塊生活。

正值我父親剛好高考落榜，彷徨無緒，決意下狠心複習重來，爺爺卻決意讓我父親早結婚早傳宗接代，並且堅持這個觀點不動搖。我父親自己的心意無法兌現，對我爺爺對我母親深懷抵觸。我爺爺以過來人的身份作想，以為我父親這是年輕伢子不諳事，結婚日久，石頭也會焐熱。一切就自然順了。

他擔心計劃生育，許諾待生出小子再正式舉行結婚儀式，打發親家豐厚的紅包。現在小子生了，是打發紅包還是莫打發紅包呢，我爺爺處在左右為難無比矛盾的猶豫之中。

雖是世交，我父親與我母親並不曾見過。我外公帶著我母親第一次看我父親，我母親當時害羞發怯。我外公就說他見過我父親幾回，面目端正，不像賊眉鼠眼的人，既然害羞你就不用看了，只要我看了還不是一樣，難道說做父親的還會把自家孩子往火坑裏推麼。

在去的路上，毛毛雨泊滿我外公頭髮，朔風揭起他衣角，扎進他肉裏。我外公欲半途而返。我母親急忙說那不行，總不能就這麼輕易把自己拱手送給素未謀面的陌生人，什麼時代了，沒必要犯這個賤。

我母親瞧見我父親身材長相家底在鄉村裏均屬上乘，就悅快地同意了，反正是要找對象的。其實我母親只粗略瞧了一下我父親的輪廓，她掃一眼就想到往後要把自己交給這個男子，臉就緋紅，羞怯怯的再不敢看第二眼，更不敢跟我父親說話。

當時我父親橫了她一眼，我母親只顧低頭還以為那是我父親投來中意的目光，沒怎麼在意。

月子裏，父親常常不按時弄來飯菜，母親餓得肚子發糾，奶水也斷了。我就大聲嚎哭，吵得他們入不了睡，母親就只好偷偷去娘家取來奶粉敷衍我。

母親面黃肌瘦回去，鬱鬱不歡的樣子，我外公外婆看著心痛，詢問她日子過得好不，她沉默以對。我外婆就問：「老汪家虐待你了？欺負你了？」

「沒有，挺好的。」母親違心地回答，她不願爹娘替她擔心發愁。

「丫頭啊，小子是汪家的人，又不跟你姓，只不過是借你的肚子兜一兜，汪家想怎麼整就怎麼整呀，隨便人家，你固執什麼？」她爹我外公的眼光看得真遠。不論情況如何複雜，總是洞悉全局。

生了小孩的人，娘家不敢久留她，她還要回家照顧小子我。

睡在煤窯裏臨時搭就的那隻「行軍床」上，我和母親睡在一頭，父親睡另一頭。潮濕的煤窯頂壁不時掉落墨黑的水珠，砸在地上的聲音，清晰可聞。母親朝另一頭的父親說道：「什麼時節抽空將結婚手續和准生證弄妥當呀，這樣的日子不是人過的啊！」

母親力圖讓我的出生具有合法性，這樣，我們一家就不用躲躲藏藏。

沉默，久遠的沉默。桔梗花香一陣陣從洞口飄落在我們床頭，我喜歡這種清幽淡雅的味道，寧靜，舒坦。

那頭的父親不知是睡迷糊了，還是耳背故意裝作沒聽到母親的話。母親用腳捅一捅父親。父親惡狠狠說：

「你吵死。」

「嗚！嗚嗚！」母親終於哭泣起來。

「你以為我就喜歡過這種暗無天日的日子？」父親局外人一樣，嚎道：「這又不關我的事。」

「不關你的事，那關誰的事，這小子不是你養的崽？」母親哭勢愈凶。

「我們在一起原本就是一個錯誤。」父親委屈地說。

「錯誤？你說得倒是輕巧，既然錯誤，你為何不早說？」

「全是我父親安排的。」

「既是你父親安排的，你怎麼要把我的肚子搞大？你是豬，你沒長腦殼！」

「你怎麼這樣說話不放油鹽啊，你才是豬。要你吃屎就吃屎。」父親也火。

兩人絆來絆去，一場糊塗，最後父親踢了母親一腳，母親撲過去在父親的肩膀上咬了一口。

他們像瘋狗一樣憋足勁演戲，而觀眾和看客只有我一個。聽著看著，更多的是聽著，我的耳朵起繭，遊戲玩久了沒見其他新鮮的東西出來，就覺得索然寡味。我在這樣一種麻木狀態下哭夠了，進入睡眠，也不知他們最終以什麼方式結束了這場蹩腳的遊戲。

我母親找到我奶奶訴說。從這一點可以看出端倪，我母親在與我父親的戰爭中並沒獲勝，她去找我奶奶是想尋求支持的力量。她低眉順眼對我奶奶說：「您也是女人。」

「你什麼都好，就是太固執了。」奶奶歎息說。

「我不想聽您的同情或者說教，只希望你們汪家說話算數，儘快促使你兒子把我們的結婚證准生證辦好。」母親估量我奶奶的說法和立場，絕對不會站在她一邊，就很失望。

「你即便不說我們也在琢磨這事。」奶奶悠長地歎息一聲。

母親回來抱著我一陣啜泣神傷。

眼見母親痛苦和無助，我倒生出一絲同情。她在我爺爺眼裏是一個不可理喻的人，固執得讓我爺爺他們討厭，卻執著得讓我高興不能自己。當她把沒有奶水的奶子塞進我口裏糊弄我的時候，我狠勁咬了一下，以示欣賞。

這之後沒幾天，我母親還沒出月，我父親離家出走。

他是瞞著我們母子悄悄走掉的。

走之前，他跟我奶奶吵了一架，我爺爺在場。他們三個人分站在一間屋子裏，劍拔弩張。我父親黑著臉硬說他原本就不太喜歡我母親，如今生了這醜鬼，更不想要了。我奶奶說既然把人家弄進屋，就要負起責任，你爹跟你岳父交情深厚，你這樣搞我們怎麼向親家做交待，我們汪家不要給人留下口舌才好啊。

我父親說橫豎不關他事，反正這個女人和醜陋鬼崽子我是不要了，這事過去是你們做主辦成的，現在你們也必須把這事攏拾妥貼。什麼時候把這事辦妥了，我就什麼時候回來。我爺爺自始至終沒有吭聲。他隱著臉色，裝傻充愣，他很是欣賞兒子的強勁，這樣的女子不要也罷，只是對親家不好交待，這才是一樁麻煩事。

為此，我爺爺親自跑了一趟親家我外公那裏。

我外公是理髮匠，整天背著剃頭箱子在鄉間遊走，見過和經歷過的事也不在少，路上碰到過一些毫不相干的紛爭，他都能熱心隨意排解，積累了一些經驗和方式方法，應對這種局面他綽綽有餘。我外公話不多，卻是話內有話：「當初我是憑我們的交情方才對成這門親事，既然成了親家，你看怎麼辦就怎麼辦吧，不相信你我還相信誰去。」

我外公對我爺爺一如既往的熱情，該遞煙還遞煙，該喝酒還喝酒，盛情款待。我爺爺準備好的話滯留在舌尖上，反倒溜不出口。

四

據小道消息說我父親是去了深圳。

深圳是賺錢和花錢的天堂，我父親是上了天堂了，我母親失掉父親的音信。

一年四季，我父親偶然打回來一兩個電話，都只要我爺爺一個人接聽，從不提我母親，彷彿我母親與他毫不相干一樣。我母親想到深圳找我父親，苦於找不到我父親的確切地址，又不敢向我爺爺索要。還是我外婆知道女兒的想法，她顛著腳特意來套問我爺爺。我爺爺生怕我母親找到我父親鬧架影響我父親工作，吱吱唔唔回答說這狗日的太沒用了，連父母也瞞得鐵緊。

我滿月後，母親就帶著我搬回到屋裏住。老居住在那個潮濕黑暗的煤窯裏面，人都成了白蝨子。搬回來住是我母親擅自做的主，她一個人帶著孩子住在那鬼地方有些害怕。我爺爺很反對，說招呼計劃生育工作隊進村撞上就不好辦了。我母親怨恨我爺爺不管我們母子的死活，強硬地說不就罰幾塊錢麼，就搬回來了。

況且，我父親不在家。我爺爺一時找不到更合適的有效辦法阻攔她。她又不是我爺爺的女兒，是女兒還可揍她一下解恨，算做是對她不聽話的懲罰。媳婦卻不同。你打她，即便我外公外婆不管，我母親娘家的族人卻是非管不可的。他們會以為你輕視他們那一族。嫁出的族人在外面犯錯，你只能通知娘家予以教育，要打也只能由娘家人來打。所以我爺爺極端忌憚。面對我母親的冥頑不化，我爺爺一籌莫展。

只可惜我再也聞不到舒心的桔梗花香了。

既已滿月就該下地，我母親我爺爺我奶奶均需下地，各人有各人要忙的活。下了幾天地，見到明晃晃的陽光，原本秀美的我母親更添幾分嫵媚。

一點陽光在屋對門遠處山巒的樹尖上跳躍，原野和風吹拂，柳條輕搖。屋子裏就留下我一個人守家，還有那隻比我高大威武得多的大黃狗。我母親把我裝在一隻繡了稻草的籮筐裏，整個上午都在地裏瞎忙，不管我的事。

在這樣的季節，即便沒出太陽，村莊也是暖和的，催生著綿綿倦意，使人昏昏欲睡。

彎彎村路上，時而有勞動的人走過，無精打采。

大黃狗朝著過路的生人吼叫。那聲音非常刺耳。偶爾有那玩性十足的路人，瞧著大黃狗的可愛樣子，就用樹枝調戲大黃狗，挑逗牠。大黃狗多是齜牙咧嘴擺出一種兇殘模樣嚇唬路人，警告路人不要隨便興起挑釁。玩上幾回，大黃狗不知不覺較起真。在牠身上再也找不到半點玩笑取鬧的成份，一下一下，均是實招。如若一不小心遭大黃狗搞實一下，路人就非得打防犬疫苗不可。路人害怕地一邊撿拾石頭砸牠，一邊放腿就跑。大黃狗就乘勝而入奮勇直追，且愈追愈勇。

追出老遠，直追得那路人魂飛魄散，大黃狗方才搖頭晃腦得意而返。

暖洋洋的太陽底下，大黃狗無聊，用嘴叼著籮筐沿在階基上悠閒地拖來拖去。我就像坐雪橇一樣舒服，蠻過癮。

大黃狗把裝著我的籮筐拖到屋前一條土埂的邊緣，土埂很高，高得能晃暈人的頭。特別是土埂下的那一堆亂石冷漠僵硬，枯骨一般怵人。

一隻老鷹擦著屋角飛來，蜻蜓一樣在草地上迅猛地點了一下。草地上有我家的一隻黃雞婆唱歌閒蕩，牠周圍或緊或散地跟著一群剛出殼的小雞崽崽啄食嬉戲。這種溫馨寧靜的場面讓我心生嫉妒。牠們一群全忽略了老鷹的突然襲擊，待至發現，老鷹早已擄著一隻小雞崽遁入天空。

小雞崽絕望的叫聲，透骨地使我心裏產生悸動。

幸而老鷹逮的是小雞而不是我。我暗自慶幸。

我爺爺正好下地回來，望著老鷹囂張，滿腔憤恨，他嘴裏咒罵著「我捅你娘，爛牙齒的。」就像黃雞婆一樣追趕老鷹，希望老鷹能發慈悲放棄小雞崽。大黃狗以為我爺爺是在罵牠，顯刁似的拖著我玩得更歡。我坐的籮筐已有三分之一懸空。我看到我爺爺路過我身旁，佯裝沒看見就過去了，在他眼裏，我還不如一隻小雞崽。這樣的醜陋孫子留在世界上終究是一個包袱，摔死活該。

幸逢我母親隨後趕來，她惶急地叱退大黃狗。

在她眼裏，這是極端危險的事，只要籮筐再懸空一絲絲便會栽下土埂，這醜鬼的小命就一筆勾銷了。

五

快到一歲，我已經學會扶著陡峭的牆壁走路。我母親看著很高興，常到村子裏人多的地方放下我，讓我扶著牆壁走給別人看，證明她的兒子不傻。為了讓我母親更高興，我儘量表現出色，扶著牆壁一步一步地邁出去，顯得很穩實很自然。常常也能為母親賺回一些讚語。

這些讚語就像蚊子的刺，陰陰的扎得人非常生嫌。因此，我反感我母親帶我到人多的地方去，也不願再著意表現自己去滿足我母親的虛榮。我喜歡一個人自己走，想怎麼玩便怎麼玩。

我母親往井裏挑水。我一個人在階基上扶著牆壁有滋有味玩耍。井不遠，我母親想挑了水很快就會回的。沒料到天氣這麼乾燥，一天沒用，水桶底就乾裂出好些縫，篩子一般「嘩嘩」漏水。我母親就蹲在井邊，撈把濕泥糊那些縫，糊了這頭漏了那頭，瞎忙一陣後耽誤了一些時間。

這是一個秋夏之交的早晨，剛下過暴雨。我家屋端頭原本沒有水塘，只有一個菜園。由於菜園地勢較低窪，各處的雨水全往那個地方彙聚，積滿桌子深的渾水，一時沒法消退。那些生機正旺的蔬菜全被渾水淹沒，就暫時成了一眼小池塘。我竟扶著牆壁抓著菜園邊的籬笆，一路蹣跚來到那口小塘邊。

池塘邊，我發現一隻折翅的蜻蜓浮在濁水上掙扎，打旋。我對水塘一無所知，不知水深水淺，不知水與陸地的區別，就一點也沒有猶疑走進水中。我只想幫那隻可憐的蜻蜓一把，將牠救上岸。

可是，我一走進水中，那隻蜻蜓就不見了。我老遠聽到一路尋來的我母親的尖叫聲，想來她發現了我，就像我發現了蜻蜓一樣。後來我又看到那隻蜻蜓，牠就浮在我頭頂，還有藍藍的天幕，還有廢窯邊的桔梗花；再後來我就什麼也不知道了。

待我恢復知覺，我已躺在一隻長長的木盒子裏。木盒子是我爺爺急急請來木匠用松樹板釘就的，有些粗糙，氤氳著淡淡的松樹香。我母親把手放在我心口上久久捨不得移開，大聲地邊哭邊埋怨自己不應當這麼容易就犯了粗心的錯誤，不能饒恕。我爺爺在旁邊不停催促我母親快走開，說要蓋蓋子了，要弄出去埋葬。人死不能復生，天生註定這小子是短命的鬼，活不成氣。

我母親哭著說我兒子心口還有一些熱呢，興許有救呢。我爺爺就說夏天屍體不會這麼快就僵涼的，以免拖延時間，擱在家裏容易腐臭。從我爺爺迫不及待的話裏我聽到別樣一種狂喜的聲音。

我積聚力量緊攥一下我母親的手。

母親便迅速將我從木盒子裏抱出來，喜極而泣說我就知兒子命大。我睜開眼睛看到我爺爺臉色猛地暗淡，像被人忽然蒙上一層淺灰色的輕紗。他突然車轉身，一斧頭把木盒子劈個稀巴爛，扔到柴灶眼裏去了。

六

母親白天上地勞作，晚上抱著我睡覺，她以為這也不算守活寡。憑著她的隱忍和堅韌，我充分相信她是可以在汪家把日子熬下去的，後來忽然發生的一件事卻徹底改變了她的想法，使她對汪家不再抱任何希望了。

我母親下地尿憋脹得厲害，急急地把活幹完就往自家茅廁裏跑。照她的想法是想尋個背眼的地方就地解決掉，但以前有過一次經驗教訓，我母親在一棵偏僻的松樹下解小手時被我奶奶發現，我奶奶當場批評她，女人隨便在野外撒尿這不是正經女人的樣，是野狗的行徑。聽了這話，我母親再不敢在野地隨便小便了，即便是將膀胱撐破也要把小便拉回到自家茅廁裏去。

應該說我母親這回推茅廁門的確重了一點，她尿急得不行。

她推開門驚呆了。

欄裏餵養著七頭肥豬，只待出欄。茅廁與豬欄毗鄰，都是用柏木枕子鋪的，那些柏木因使用陳舊，大多腐朽。七頭肥豬的重量本來就超出了枕木所能承受的限度，偏生那七頭蠢獸吃飽東西沒事做，在欄裏嬉戲奔赴。我母親進去時正逢所有的枕木折斷，只剩一頭肥豬爬撲在中間僅存的兩根枕木上，戰戰兢兢不敢擅動，其他的豬全部掉進茅坑，在茅坑糞水中掙扎沉浮。

掏大糞用的茅舌透著天光。豬們知道那是唯一的生門，紛紛往那個生門擁擠。舌口下面一時簇圍著這些慌亂的豬頭，牠們就像夏天早晨池塘活水處的浮魚，張開嘴大口大口呼吸新鮮空氣。

一頭通體烏黑的豬以迅猛而果決的方式，撲到那群蠢物的背上，踏著牠們的背部和頭部快如閃電鑽出了茅坑。有人一說到豬就喜歡和蠢笨聯想在一起，現在看來豬也並不全是蠢的，這個習慣的思維方式應當有所改變了。

我母親暗自慶幸來得正巧。她急忙喊來村裏的兩個年輕人幫忙把灌滿糞水的豬拖出茅坑，並將豬放在一道緩坡上頭下腳上。從豬嘴巴裏倒出來的糞水流得滿坡都是。臭氣在坡梁附近飄蕩，一時濃，一時淡。

儘管我母親臨急應變的處理方法很恰當，像一個經驗老練的人，但還是有兩頭肥豬沒活轉來。

當我爺爺回來詢問具體細節聽到這一段的時候，我爺爺就火，責備我母親屙一壺尿也這樣毛毛糙糙，孟孟浪浪，以至使豬受到驚嚇掉落茅坑，平白丟了兩頭肥豬。經濟損失擱一邊不管，只可憐我奶奶精心餵豬時花費的細心和苦累。

這豬我奶奶餵過，我母親也餵過，在我爺爺嘴裏這餵豬的功勞就成我奶奶一個人的。我母親非常不滿我爺爺的搞法，就跟他頂起來。她可以啞吃悶苦，但受不了冤枉，分明是在她進去之前，那些豬就已經掉進茅坑。如果不是她及時回來，一頭豬也救不了，本來是有功之人，卻被我爺爺冤得一無是處，她怎麼咽得下這口氣呢。

村裏來勸架的人不問緒裏也批評我母親，不應該跟我爺爺頂嘴，他是長輩，你是晚輩，不看僧面看佛面，犯不著較這勁啊。你錯了就錯了，做個孝順媳婦總是會受到人尊重。還說我爺爺與人為善是個連三歲孩童也不會去得罪一個的人，我們有充足的理由相信他不會多事。弄得我母親百口莫辯。

第二天，母親就慪氣帶著我回了娘家。

一住就是四年。

嫁出去的女，潑出去的水。只聽說帶著兒子在娘家打住一天兩天，一月兩月的，打住三四年的倒是挺罕見。這也表明我外公家對我們母子倆的無比寬厚和仁慈。那時候我舅舅已經結婚，我舅媽見我們一時沒有離去的意思，有限的責任田平白要多養活兩個人，她對我們表現了越來越多的難看臉色。

我母親是一個頂有自尊的人，這種不受歡迎的臉色我母親一見就懂。她不斷託付熟人，看哪裏有適合她做的路不，閒著好無聊的。

經過朋友介紹，我母親在梅市街上找到給一個建築工地挑灰桶的差事。我母親對差事條件待遇要求不高，只要有路掙錢養活母子倆就行。何況有路做還能忘掉許多的憂愁和煩惱。

她喜歡這份工作，往往一天下來，她頭上身上到處都是泥漿，成了花人。雖然很累，她回家在我外婆那裏還偏裝出快樂輕鬆的樣子。她堅持起早摸黑，每天一個人孤獨地走在我外婆家通到梅市的路上，步履匆忙。

有時候，勞累一天骨頭散了架，她多麼想像其他姐妹一樣，狗一般蜷臥在老闆安排的那個簡易工棚裏，對她來說，那也是一種無與倫比的享受，那些姐妹們笑我母親是一大怪人，這麼遠的路虧她不害怕。我母親就說豬崽一樣橫七豎八群睡一起，她不大習慣得了。其實她是擔心我，怕娘家人照顧不周。

有一天，工地上的活重，又多，延遲了下班時間。我母親回晚了。她走在一條狹長的樹蔭小道上，滿天的星光全被攔擋在樹蔭之外。小道上特別幽暗，草叢中蟲子在竊竊私語。

往些天，我母親路過這裏的時候，還有天光的，她常看到一個中年男人在這附近幽靈一樣轉悠，不知那男人是何身份，也分不清他是善是惡。那時因有天光照著，我母親也並不曾想到要害怕。

這一回，那男人站在林蔭深處的小道中間，瞧見我母親走近，就把他的褲鏈拉開，擼出他那泥鰍一樣的東西，攔在我母親前面。

大概他料知我母親獨身一人，沒有夥伴相援，才敢這麼放肆的。我母親不是沒見過那東西，她視如無物，勇敢地側身走過。那男人面對我母親出乎尋常的勇敢，僵得竟施不出其他手段來。當我母親從他身邊側身而過時，他反倒還讓了讓道。

那晚我母親受了委屈，回家有話沒地方訴說，照例抱著我又是一頓好哭。

當想到殘疾的兒子長大沒能力保護她時，就哭得更凶，肩膀子一聳一聳。她不知道費盡心力和委屈把這小子養大，能做什麼用處，圖的是什麼，到底是值還是不值。

母親臉上的憂傷實在太多，往往第一層憂傷還沒揭過，第二層就緊跟著蓋過來。日積月累，憂傷在母親臉上疊成了厚厚的繭子。

七

在梅市打工生活這麼些年，有關梅市的每一個器官，甚至一個煙囪，都刻成了一幅版畫，非常打眼地印在我母親的記憶裏。眼看著梅市人或是鄉村進城的人，他們把這裏當做久居的城市，大膽地走在街頭，或闊步或纏綿，成雙成對，熱熱鬧鬧，我母親就望住陽光下形單影隻的自己，悲從中來。

她痛恨自己當初對婚姻的毛躁態度。對一個人不是十分瞭解就輕易邁進了婚姻，原以為那會像別人所說的是幸福殿堂，沒想到等待她的竟會是這等幽深的地獄。她輕易就將陰影投在了生命的最前方。

在這黑黑的地獄裏，出門無望，我母親越來越消極，及至於頹廢。年紀輕輕，太陽還剛出山呢，竟成未老先衰，沒有一點青春的活氣。

雖然我弱小，但我多麼地想幫一把母親，為她奮不顧身，可是，這並不是憑一兩句空話就能鼓起勁來的事，這是需要力量的，我的力量來自哪裏呢，一想到這些，我全身軟綿綿的。

我母親愈加變得討厭熱鬧的地方，萌生想找一個鄉村鮮為人知的偏僻之地嫁掉苟延殘喘的想法。她的要求並不高，要實現卻也好難。我父親即使不要她了，也不回家來將這事搞清楚，做一個了斷，他擔心我母親會與他糾纏不清。其實我母親對我父親已經完全死心，人，包括身體和心靈都折磨得差不多了，就是這時我父親回來提出和好，我母親也不再在乎了，她的生活早已磨得沒任何滋味了。

現在她擔心的唯一問題是我的去留，她要想辦法安置我。我成了她實現想法的障礙，她不想給想嫁的男人增添負累，別人是無辜的，沒有承擔這個負累的義務，沒有理由平白受苦。

迷茫一陣，我母親終於對我採取行動。

至今回想起來，發現她為著擺脫我，絞盡腦汁設計了好多的辦法。在這些辦法裏頭，有許多沒經實施就自行夭折，有幾個卻明顯地讓我感到她好像實施過了。

第一次，是在一個大商場門口，她把我像商品一樣擺設在那裏，半天不理我的事，卻站在街道的另一邊遠遠地守護著，看是否有人發慈悲收容她的殘疾兒子，看我失去媽媽是否會哭。

我坐在地上，觀看熙熙攘攘的人群在商場裏出進，還有那令人眼花的商品，根本沒有揣摩到我母親的意圖，所以，我的表現像平常一樣，並不見得如何的發急。就連我母親也不得不驚歎於我的沉靜，或者說我對生命的忍耐。

我母親就想，為什麼我這麼優秀的兒子，這麼命大數次不死的兒子，怎麼就偏偏天生殘疾呢。老天爺你公不公啊。遲疑老半天，我母親淚水漣漣把我抱回家。她捨不得拋棄她優秀的兒子，兒子是母親心頭的肉，與母親的心時刻連在一起，一旦分離就會產生疼痛的啊。我母親忍受不了這種疼痛。

我母親自己明白，優柔寡斷也不是個好事。她每天以淚洗面不停地給自己打氣，一定得戰勝自己。

過了幾個月，我母親又硬起心腸，把我放到汽車站候車室。她希望能遇到哪對沒有生育的夫婦，將我領去。他們沒有兒子，說不定想嘗試一下帶孩子的滋味。人人都想有孩子的，有孩子的家庭就多了一份熱鬧，興許他們會厚待她的兒子。我母親想入非非。

梅市汽車站出入的大多是鄉里的人，從他們拘謹的穿著和談吐就能得出判別。這些人自己都在為生計奔波，條件不是十分的好，是沒閒心收養兒子的。我母親希望她的兒子碰上好運氣，最好是投身到一個富貴人家。看著兒子衣食無憂，做母親的也高興啊。就沒了牽掛啊。如若投身的是一個比她更苦的家庭，她心又何安呢，我母親想得太遠。

她穿著一身洗得寡白的衣服站在汽車站門口，有些單瘦，弱不禁風。汽車站的旅客們大多用一種怪異的眼光看著我母親和站在她身邊的我，從我們身邊搖頭走過。他們一看就知道是我母親在耍小聰明，如果是好事她還會這麼的大方麼，這明擺著是在丟包袱啊。

這麼樣的一個醜鬼，人見人嫌，虧你還想找個替死鬼，背你的老時，除非是蠢寶才會幹這樣的傻事。

這一次，我母親又是無功而返。

我恨我母親，她一切仁慈全是裝出來的，她的堅強也只是一時的義氣，她跟我父親比也就半斤八兩。

時隔不久，她帶著我來到梅市火車站。

開始，我還以為她是要帶我去尋找父親，沒料到她把我和一個包袱丟在火車站的鐵軌旁，就狠心不管我了，我誤以為她是買礦泉水或零食，卻老等不見現身。火車從我身邊「哐當哐當」飛快馳過，我緊緊抱著包袱嚇得哭不出聲來，好像我的血肉之軀已被宏大的鐵輪輾得四分五裂。

火車站的站長查崗看到我，他從包袱裏取出一朵新鮮的桔梗花，還有一些我的換洗衣服和一張寫著我生辰八字的紅紙。我才徹底明白，我已被狠心的母親當垃圾一樣丟掉了。

我完完全全成了這世界上的棄兒。我把桔梗花牢牢抓在手裏。

站長心慈托人找來一個撿廢品的吳婆，並對吳婆言辭懇切地說如果願意撫養這個棄兒，就允許她到站臺上撿廢品行乞。

吳婆的頭髮似乎永遠沒梳理過，凌亂得像一個毛茸茸的棕樹蔸。笑在她滿臉的皺紋疙瘩上綻放成一朵花。她內心高興地答應了，但表面還是表現得相當不情願，還說她這是替火車站解決了一大難題。

火車站不允許撿破爛的人出入，保安人員一旦發現那些撿廢品的在站臺上頻繁活動，動不動就是罰款或是驅逐出站臺之外。因為有站長的特許，吳婆出入火車站拾廢品就名正言順再無人敢惹她了。

這時候看上去，吳婆好像一下子就成了火車站的有功之臣，她那被廢物弄髒的臉上充滿神光。她的廢品收入急增。

一邊她又嘗試著帶我行乞。她抱著我涎起臉子的樣子真是可憐兮兮，首先就贏得了旅客的同情，更加上她對那些仁慈的旅客介紹說：「這是一個被狠心的母親拋棄的殘疾孩子，是我在火車站當廢品撿來的，我這是在行善積德修陰功，大嬸大伯哥兄姐妹行行好，捨幾毛錢給買米吧！」

她還唯恐別人不相信，就掏出事先勒索站長開署的書面證明，展示在他們面前。這就等於是站長在幫助乞討。旅客們就相信，罵那母親，良心被狗吃掉了，對我深表同情，有那些大方的也就慷慨解囊支持個十塊二十塊。

一月下來，吳婆竟然能收入個三五千元不等，比起撿廢品來竟是生氣得多，收入也高得多。吳婆笑咧了嘴。

她把我當寶物一樣照顧，像鑰匙串天天捎帶在身邊，早出晚歸。

八

呵呵，居然我還能生財，這是我沒有想到的，更是我父母我爺爺他們始料不及的。吳婆這個撿廢品的糟老婆真真是精明，輕易就窺破一條發財的捷徑。我佩服她，把她當做依靠，把她當做我的親人。我再也不用受家人的白眼，享受到的更多是真誠的同情。我真願意就這樣跟著她，永遠不想長大。

那天早晨，我跟吳婆在一個飯店門前乞討。

明亮的陽光探照燈光一樣忽略我們，從我們頭頂照過，在房子與房子之間搭成一座座橋樑，整個街巷就變得神秘而充滿誘惑。三兩個背著書包的學生兔子似的在陽光和陰影之間跳躍。這些祖國的花朵無憂無慮背著各式各樣漂亮的書包，行走的姿勢美妙至極，看得我的眼睛有些發紅發燙。

我不知道他們要到哪去，就好奇地黏在他們後面，學著他們的樣子也在陽光與陰影之間跳躍。這樣一種模仿過程讓我愉悅無比。這時候的街道和街道上的人群，看起來竟是這麼樣的遂意順心。儘管沒人教過我，但我已明白這樣一種狀態叫心情。

原來他們是去上學，眼看著他們熟悉地走進一幢高牆圍著的學校，又走進各自的教室，不久就響起上課鈴聲，接著又響起朗朗的讀書聲。

我站在一個教室的窗下踮起腳跟向裏面張望。

可是我太矮，看不全裏面的情況，但我能瞧見明亮的教室頂壁上轉動的電風扇，還聽到呼呼的響聲。我用力擂著牆壁，堅硬的牆壁「咚咚」作響。然而，那聲音被讀書聲和電風扇的轉動聲覆蓋，好像我根本不存在一樣。

讀書就讀書吧，為什麼要把牆圍得那麼嚴嚴實實？教室的採光條件原本就很不錯，明晃晃的大白天裏邊卻偏還要照日光燈，更有那古經古怪的玻璃，亮亮地格外晃眼。害得我好不容易看見的那點世界讓玻璃的反光弄得影影綽綽。

我多麼地想讓人注意到我啊。

我擂牆，沒用。既沒有讓裏邊的讀書聲停止，也沒有什麼人出來跟我說話。我慢慢走到操場邊拾起一顆靜臥的石頭，又站到窗子下左右比劃，終於退後幾步鼓足勁朝窗玻璃狠狠砸過去。

隨著「嘩啦」一聲響，教室裏明亮的光華果真洩了出來。

我非常得意地放聲大笑。

正在教室裏上課的老師首先神惶神恐跑出來，查看究竟，接著，學生也紛紛跟出來圍著我看。那老師找來一個腆著大肚子的人，叫他校長。校長神情冷漠地站在我身邊，上上下下打量我，彷彿他遇到遙遠的外星人。

令人奇怪的是，他們竟然沒有一個人敢開口叫我賠，更沒有問我哪裏人氏爹媽是誰，為什麼要砸玻璃，只是一個勁將我往校門外推。

我認定他們不敢亂來，於是我愈加得意。出校門後，我站在一個高高的石級上俯視著這些陽光裏的人們，咧開嘴笑。我把他們看成陽光裏的微塵一樣渺小。

等到吳婆轉了幾條街氣喘吁吁尋來的時候，我已經坐在校門外的臺階上迷糊欲睡。我母親特地下狠心把我丟棄，如丟一隻雨天沾滿泥巴的破草鞋。吳婆卻將我當寶，她怕把我弄丟，丟我就是丟掉她的財路啊。

吳婆把我小雞一樣擰起來，在我屁股上拍一巴掌說：「你這鬼傢伙，原來躲在這裏。」

我正影影綽綽夢見我也坐在一個教室裏讀書呢，還神氣活現的。當然，那是個沒有牆的教室，任何界線也沒有，大敞著門，無論貧富貴賤，誰都可以坐在那裏聽課，只要你願意。但是她這一擰把什麼都擰沒了。我癟了癟嘴不想理她，將腦殼偏向一邊，像沒有看見她一樣，保持惺忪的睡姿。

我的態度惹惱吳婆。

吳婆雙手揪住我兩隻耳朵，像要把我兩隻耳朵搞掉，痛得我心都打顫顫，然而我硬是忍住沒有發出一點討饒的聲音。只聽她罵道：「平常交待你不要隨便到處亂跑，你耳朵怎麼這樣不進油鹽呀，難道你還想讀書麼，一副賤相！」

我最反感她這麼說我，你憑什麼呢。我怎麼沒覺得自己一副賤相呢。我一直以為別人擁有的我也應當擁有。我一動也不動，用沉默來對抗吳婆。

僵持一會，吳婆到底鬆開我耳朵。她畢竟不能僅憑兩隻耳朵就可以把我擰回家去。她用手親熱地捋了一下我頭髮，算是討好我跟我講和，並且有些低聲下氣求我：「我的爺，你跟我回去啊，討錢勤快些，賺了錢我就送你上學，現在不急。」

九

就這樣，我白天跟吳婆行乞，晚上就蝸牛一樣，回到她租用的那間低矮的小煤房裏睡覺。日子一天天梭過。

小煤房低矮偏窄沒有裝燈。吳婆說晚上就是睡覺，睡覺是閉了眼的，不用看東西，裝燈浪費。黑暗的小煤房一到晚上就益發漆黑一團，一不小心，那些破爛就絆你一跤，等你爬起來，暈頭轉向不知道床在哪一頭摸不著邊。蚊子的叫聲就像轟炸機群，在房子裏來回穿梭。蟑螂爬上床鑽進過我的褲襠湊熱鬧。我摸到一個毛烘烘的活物，起初以為是鄰居家的小貓。但是牠突然受驚「吱」地發出一聲叫，嚇得我慌忙縮手，不敢亂動，原來是一隻老鼠。

牠們是趁著黑才敢這麼放肆的。

莫名地遭到這些小東西的騷擾欺侮，耐不住，我對吳婆說：「我們裝個燈泡好不好？」

吳婆不肯，問我一不納鞋底二不繡花，裝個燈作什麼用？

我說我看不見自己，央求她裝一個小瓦的，像老多家一樣，既不耗電又看得見。我要求不高，透一點亮就行。

吳婆還是不肯，說開天地以來就有白天和夜晚，夜晚本來就應當是黑的，除非月亮出來。要不然就不叫做夜了。

我就很巴望著，巴望月亮每晚都出來。月亮卻並不知道我的心思，不知道我害怕漆黑一團的晚上，那樣的茫茫黑夜太漫長了。

為了打發無聊而悠長的日子，我一個人跑到外面去玩。出小巷口的街道上有路燈，那裏不黑。吳婆開始不准我去，她是雞婆眼，一到傍晚天黑就目不視物，這毛病醫生說是夜盲症。所以一俟天斷黑，她就只好早早地躺到床上去，養成睡早床的習慣。我在家裏待了幾天，摸準吳婆這個毛病，就放膽走出去，也不用躡手躡腳。慢慢地她也懶得來管我，隨便我怎麼樣，大概她料知我即便想逃也是無處可去的。

她知道我玩累了還是會回去的，就放心了。

我常常恣意玩到街上冷清沒人，我也就回。這時候，吳婆已經熟睡，她勻和的鼾聲摻雜在蚊鳴聲中，將這夜晚的安靜推到極至。

我偷偷鑽進被窩，一覺睡到大天光。

儘管我晚上一個人在外面瘋，但確切說這是不能叫瘋的，應說是閒蕩，漫無目地遊走。起初因為我對這街道不太熟稔，不敢走得太遠，生怕在七彎八拐的街巷裏轉暈了頭，找不著北。可是，如果我就在煤房附近玩耍，這附近的孩子都不理我，彷彿把我當成是一個會喝人血的野物來嫌惡，更有那頑皮的小孩朝我扔雜物和煤塊，但我連正眼也不瞧他們，我的眼光直接越過他們小小的腦袋看那高大的城市建築，五花八門。

偶有好奇的小孩想走近我，以示友善或是想交流，我就用溫和的目光鼓勵他們，透著深深的期盼。然而，他們身邊均有家人管著，不准他們跟我玩，怕他們跟我一起降低了身價，怕我弄汙了他們的衣服，他們沒有這個自由。我就想我比起他們來幸福得多，最起碼我是一個自由的人，什麼都可以想，什麼都可以做，沒人管。

隨著對城市街道熟悉程度的不斷加深，我已學會怎麼樣尋覓車隙橫過街道，穿梭自如。有時候，街道上的車太多，我就索性立在道路中央，也不管身後的車停一大溜，我猶自從容走路，那感覺真好。

壓根沒想到，我就這麼在街上漫無目的廝混，竟然也能拾到朋友，就像吳婆撿破爛撿到我一樣幸運。

那一晚，當我用小步橫越幾條繁華街巷的時候，大多數的店鋪打了烊。夜已很深，街上的路燈也好像已經累了，燈光渾黃，照著稀落的幾個夜行人，醉步蹣跚。我也正想返身往回走。

我眼角餘光不經意捕捉到一團黑物，那團黑物背著燈光，位於前方不遠處水泥牆壁下。我以為是撿到別人不小心遺失掉的東西，有些狂喜，跑過去用腳踢一踢，那東西竟然生起動靜，坐起來。原來也是一個孩子，估計比我只高出一頭。他的頭髮好長，被汙物漿成了一串串的葡萄，沉沉地墜在胸前，磨擦時還傳出悉悉索索的響聲。

「喂，你叫什麼名字？」我勇敢地迎上去問。我的嘴有些豁風，吐詞發音不是很準確。

「我叫野狗。」他的聲音似乎從地底下冒出來。

「好名字。你家是哪的？」我問道。

「我家？」野狗說：「我不知道我家是哪裏的。」

頓了一下，他又說：「這裏就是我的家。」

但我知道這裏也不是他的家，我昨天在這裏並沒有看見他，我想他的家今天在這家屋簷下，明天就流動那家屋簷下了。我覺得我開始喜歡他，在昏暗的燈光下，我親近地陪他坐了一會，很默契，什麼話也不用說。回去時我們又約好明晚在這裏相會。

往後，我日常生活中就多添一項內容。那就是每天晚上跟野狗廝混在一起，風雨無阻。我和野狗的關係融洽得就如左手和右手一樣。

十

野狗比我聰明得多也勇敢得多，我很佩服他。我們同時出去，回來時他手裏必定多點東西，要麼是一瓶娃哈哈，要麼是一支棒棒糖。開始，我不知他是從哪搞來的，甚至以為他會變戲法。

我羨慕極了，求他教我幾招。

討嫌的是野狗竟不時跟我賣關子，及至我發脾氣佯裝不理他時，他才嬉皮笑臉說行，但有一個前提，我必須叫他師傅。明知他是要占我便宜，猶豫好一陣，想起棒棒糖的味道，更想起了獲取棒棒糖過程的輕快和愉悅，我還是勉強叫了他一聲「師傅」。

野狗咧嘴笑起來，很大人地在我頭上拍一下，說：「嗯，聽話！」

我縮下脖子，心裏想著什麼時候我也瞅準了賺他一下。

野狗只說了一個竅門。他對我說：「狗日的，你要學會來事。」

這樣一種簡單的法子，虧你野狗還拿來裝深沉唬人。

我有點不以為然。

後來，將這句話玩味久了，在口水裏，竟還真的泡出一些意思來。一旦明白這層道理，我就把街巷裏開小賣部的那些精明的老闆瞧得不是東西了。我是從觀察野狗著手才漸次獲得這些道理的。

看守小賣部的老闆娘四十來歲，胖得像我家掉進糞坑裏的那些肥豬，她坐在店子裏，一副精精神神的模樣。她的店子弄得整齊有序，商品也打理得一塵不染。野狗就特別喜歡找這樣的店子。他的手原本就髒得像鬼爪，他還嫌太乾淨，特意去垃圾堆裏把手搗弄得更黑更髒，氣味嗆人。他走進店裏拿起一瓶娃哈哈大馬金刀問老闆娘：「多少錢一瓶？」

「快放下！」老闆娘瞧他這樣子料想他沒錢，責罵他不自量力弄髒她的商品。

「不賣的啊，看人賣貨啊。」野狗裝著鬱悶走了。

他一走，老闆娘就去洗手間用自來水沖洗娃哈哈，好像去得遲了，這娃哈哈上的細菌會傳染壞別的商品似的。野狗趁機返回取一打娃哈哈，還附帶一包香煙，取自己的一樣。這時候在我眼裏，野狗變成貓，老闆娘成了老鼠。貓戲老鼠是一件頂有趣味的事。

我的眼力在這樣的日子中磨礪得越來越犀利，就是吳婆看了也莫名其妙發冷。

娃哈哈加棒棒糖加香煙，這是多麼愜意無憂的日子。野狗和我在這樣幸福有趣的日子裏一天天成長。

但他時不時會瘋子一樣突然當著我冒出哭聲來，以至我弄不清他的哭起因何處。

野狗說他是和母親一起訪親搭車時失散的，失散後他再也找不到家找不到父母親人了。他還說羨慕我有父母有親人，說我真幸福。

是的，幸福。野狗的話不錯，有人羨慕畢竟不是一件壞事。我又有一些高興起來。

野狗每天都不動聲色在留心尋找。我說你找什麼呢。他說我找我媽。我說你媽早跟你走散，天南地北，你找不著她了。野狗就拿眼盯我，恨恨地說找不著我也找，我找個像我媽的看看也不行？可是晚上我們坐在街角抽剛摸來的香煙時，野狗突然又哭起來，說，我快要連我媽長得什麼樣子也記不起來了，擔心某一天在大街上迎面遇到會認不出來。

我就開始回憶我媽長著什麼樣子，不過我比野狗好，我記得很清楚，甚至我媽左眼角下一粒黑痣我都清晰地記得。我也曾試著問自己，長大了我也會像野狗一樣去尋找我的父母親人麼？如果找到又怎麼樣呢？這兩個問題就一直跟著我，在大街小巷裏遊走，時不時從心裏的某一個角落冒出來。

不知是哪一天，吳婆似乎知道我心事一般，突然與我說要收我做乾兒子。

正式宣布之時，她請來火車站的那幫乞丐來捧場，並且為了壯大聲勢，她還特意邀請火車站長，站長說他正忙抽不出時間，還說他極力支持這件好事。我十分樂意吳婆收我做乾兒子，無論她是出於何種用心。我有父母、爺爺奶奶、外公外婆，如今又添一位親人，乾媽。親人多不是壞事，就怕沒有。

作為我唯一的朋友，野狗得到我的邀請。吳婆歡迎野狗的到來。在席面上，我要求吳婆收野狗做乾兒子，這樣大家出雙入對，熱鬧一些。吳婆沉吟半晌，說討米不是趕集，趕集才人愈多愈旺。

十一

火車站那幫乞丐裏頭，老多最打眼。

老多是常年在火車站轉悠的一個中年乞丐，他原本沒病沒痛，卻偏要裝成有病有痛的樣子，可憐兮兮，像陽臺上一截風乾的紅薯。

老多以前結過婚，但半年後就離了。那年月農村裏離婚很少見，你可以偷人養漢但就是不能離婚。離婚不好看，大家都很好奇，他們好好的怎麼就離呢。然而對老婆的離去老多什麼也沒說。

這越發引起人們的好奇心，常常攔住他盤問：老多，你婆娘是怎麼回事？老多便說不怎麼回事。那好事的人便追根究底，不怎麼回事是怎麼回事嘛，難不成是你胯下那傢伙不管用麼。老多不置可否。有人不甘心試著去問那婆娘，那婆娘也二話不說「噗」就是一盆洗腳水潑了出門。

沒個女人日子過得實在不像話。於是又有人想給老多做媒，勸他說他老婆與他相剋就罷了，換一個，換一個興許那東西就行了也未可知。

老多仍然不吭一聲，坐在那裏腦袋耷拉著埋進褲襠裏。

動輒，村裏人凡事都拿老多來說笑，而老多也不回駁。大夥便瞧不起這個軟弱沒勁的男人。日子一長，老多的頭耷拉得愈加低了。以至於後來，他一見到村裏人的目光就心裏發慌，無地自容似的，眼睛總在地上找什麼，事實上，地上什麼也沒有。

直到有一天老多賣玉米跟人到梅市，他突然發現梅市人不喜歡管人家閒事，這裏沒有人說他的長道他的短，他覺得很高興，決定不回那逼仄的鄉村去了。最開始他是在梅市火車站幫人扛行李掙錢，後來有一回扛重了閃了腰扛不了了，餓得沒法他只好厚了臉皮去行乞，居然討到比扛一天行李更多的錢，老多腦子突然開了竅，不如乾脆以乞討為生算了。為了獲得更多的同情與施捨，老多想了很多辦法來偽裝自己，開始生意很好，但經常出沒在同一個地方，時間長了沒少遭旅客的白眼，原因是他不一定每回都偽裝得很像，還有經常遇到討過的旅客，就更見短。

被那種精明的旅客瞧出破綻後，往往只會討來一頓呵斥，說他好端端的一個大男人，沒有少肢少腿，卻好逸惡勞不誠實勞動，不要臉皮不知廉恥。老多便裝成一個茫茫然的樣子把伸出的手轉一個方向。反正火車站的客來自各個地方，是流動的，你不施捨自然有人會施捨。

這樣的挫折多了，他就羡慕吳婆。一天收工後他笑著對吳婆說：「我也想收汪四千做乾兒子。」

「沒門。你屁股一撅，我就知道你要下屎。」吳婆一點也沒猶豫就拒絕，她不會上這當。我贊同吳婆的決定，老多的笑是裝出來的，我要是做他乾兒子，他一定不會像吳婆一樣待我，再說我討厭他的陰險。

但是吳婆趁機把野狗介紹給老多。老多跟我找到野狗，橫豎打量了一會。

野狗五官四肢健全，角色自是不如汪四千我了，但野狗畢竟是小孩，總比大人容易讓人打動同情，應當容易乞討到東西。

猶豫許久，老多答應了。

於是野狗做了老多的乾兒子，他像我一樣也有了親人。我從內心裏替野狗高興。

為了野狗意外得來的幸福，我們想辦法弄了一隻燒雞打牙祭。

沒料到過些日子，老多就迭聲叫起苦來。

他壓根沒想到野狗流浪已成習性，是那種不上套的小牛犢。野狗只管自顧自由散漫，天遠地遠地玩，並不喜歡作出可憐兮兮的樣子向人伸手，常常遇到明眼人的喝斥後，他犯牛勁一句話不說抿嘴扭身就走開。

他媽的這玩意活活是受罪，就是撿垃圾也不會餓死人，他不屑於做這低三下四的活。他不但不聽老多約束，還時常跟他吵嘴，還打架。

野狗懷念過去撿垃圾謀生的日子。弱小的野狗似乎底氣十足竟然一點也不害怕老多的大塊頭，這一點讓我對野狗刮目相看。

老多白日裏討來的錢，到晚上就不知不覺被野狗偷去換了零食，氣得老多差點吐血，橫眉冷對罵過好幾回，野狗就夜裏不回去，還像過去一樣瞌睡在人家的屋簷下。

老多巴不得四處跟人說他跟野狗乾兒子的特殊關係解除了。

野狗聽見無所謂，只撇一下嘴。

不只一次，野狗跟我說，他不想跟老多。既然他主動說不要他做乾兒子，這正中野狗下懷，不然的話，野狗遲早就要準備用一包老鼠藥將他放倒算了。

吳婆帶著我行乞，不再局限於火車站，也時常到梅市街上去，或更遠的地方，賓館、旅店、飯館、商場，只要人群密集的地方就鑽。

她特別喜歡市里召開兩會。

她請人做一塊醒目的牌子掛在我胸前，上面寫著我的遭遇還有火車站長的證明複印件，等在兩會代表們出入的地方。代表們高度讚揚吳婆的善舉。

有個長得像觀音一樣的女記者發慈悲請我們吃一頓飯，我無心聽她和吳婆聊些什麼。吳婆的事蹟登上晚報，報上還有我汪四千的照片。

真他媽的爽啊，我有時候也跟著大人們快活地罵娘。

在這支兩會代表的隊伍裏，我意外發現我們村的羅支書也在。他胸前別著一塊紅色的人大代表牌子，意氣風發昂首闊步走在隊伍裏。我的目光像土蜂一樣緊緊盯在他身上，我自己也不明白這究竟是一種什麼樣的表情。

也許是高興，也許是感恩，他畢竟是一個准許我出生的領導，是我的恩人。

據說，羅支書的縣人大代表資格可是來之不易呢。

換屆選舉時人大代表有神聖的一票，所以一到選舉，那些縣長副縣長就紛紛宴請他們，據說還發紅包，享受好酒好煙山珍海味待遇。羅支書早就心嚮往之，思謀著怎樣弄個人大代表當當，將會是一件多有體面的事。於是，他一面到處遊說要如何如何幫農民說話，代表農民利益，要解決多少多少實際問題；一面又悄悄向鎮長書記行賄，選舉人大代表時給他安排一個指標。行賄時，他瞧著那一紮紮的人民幣，心裏很不是滋味，但一想到當上人大代表的風光體面，他又咬牙遞了上去。他心想，我也收受過別人的賄賂，如今再孝敬出去，如果用活了，也許會來更多的東西。這不就是借雞生蛋麼。這樣一想，他心裏就寬敞了，明亮了。

幾經運籌，羅支書終於如願以償當上代表。

這時候，正好野狗來了。

野狗鑽入那支兩會代表的隊伍，就如千年矮夾生在高大的喬木林中，一點也不起眼。野狗泥鰍一樣利索，穿行在那支浩大而散亂的人林中。任何人也沒注意到他。不一會，野狗眉飛色舞回到我身邊，手裏舉著一個包。他說這是那個人大代表的東西。

不多久，代表陣容起了騷動。

只見羅支書一臉尷尬，因為他的褲子洞開好些口子，屁股肉都露在外面，兜也被人翻了一個底朝天，錢包自然是不見了。那些人大代表瞧著他呵呵大笑。

遠遠看著，我笑死了。我對野狗說我簡直佩服死你了。

野狗頭一揚，做個帥氣的樣子把鬃毛一樣的污垢頭髮捋一下。

吳婆是一個語言表達能力很好的人，她站在人群裏，唾沫飛濺，把我母親拋棄我的故事添枝加葉，渲染得神乎其神，引來一大堆的聽客和看官。

我跟在吳婆屁股後邊，忽然感覺人群裏發出淚流出來的聲音，就如榨油時被強力擠壓出來的油，有一種很親近的氣息，是從一個女人身上發出來的。

人們被吳婆精彩的述說牢牢抓住，誰也沒注意到我。我在人群之中穿梭。我懷疑那個聲音是來自我的母親，她的背影她身上的每一個部位，我覺得均是那麼清晰。她每一聲歎息都傳導到我的神經，讓我心生感應。

我在人群裏焦急地亂鑽，就好像一隻小松鼠迷失在密密麻麻的大森林。待我滿頭大汗轉至森林的邊緣，卻發現那熟悉的背影已在陽光的那一邊，一晃就不見了。

我望著那地方發愣。

我要去問問她，為什麼你就不能堅持呢？

十二

吳婆也有一個兒子，我見到過好幾回。過去他對吳婆很不好，嫌吳婆一副老骨頭，又幹不動體力活，並且，他還不知從哪裏聽來一種說法，說是家有老人，老人長壽後代裏面就必有一人短壽，長壽老人是靠折後人的命才長壽的。吳婆兒子特別是他的媳婦非常相信這個，擔心吳婆果真把他們折沒了，就嫌吳婆人老不死礙手礙腳，但又囿於兒子媳婦的身份，找不到合適的理由將她趕出家門去，怕落下不孝的罵名。後來，這說法不知怎麼傳到吳婆耳朵裏。吳婆氣得直流眼淚，權衡再三，吳婆只好主動攜帶被鋪離開老家，流落到梅市火車站撿廢品。

她兒子很高興吳婆的懂味，為此特意在年前給她拿了一床舊被絮來，還給她買了一個麵包。

往後吳婆就很少回家，她兒子沒事也少來看她。

現在不同，吳婆有錢了。他兒子意識到這一點，一下就來往勤了。他每月底到吳婆那裏來一趟，給吳婆捎點蘿蔔白菜來，順便到吳婆那裏帶點錢回去，好像吳婆就是儲蓄所，儲蓄所裏的錢是他早就存放在那裏的，他可以隨便取來花銷。不過他也是個好人，因為他也偶爾給我買來一些糖粒子。

我看到吳婆清數完當天那些皺皺巴巴的收入後，坐在床上發呆，只見她自言自語說：有錢才是真真好哩。

我也喜歡有錢，有了錢我就可以過上讀書的幸福日子。

吳婆對錢的看法和擺佈自有她的套路，她還留有一手。她的錢只拿一半給兒子，另一半她說要留著自己養老。一想到吳婆會老會死，我心裏就著慌。

她死之後，我去依附誰呢，打雷落雨的時候誰陪著我坐在這間暗黑的屋子裏呢。我突然有點怕。所以，我不敢想得太遠。

在吳婆帶領我行乞的幸福日子裏，我碰到了一位同村人，我好像聞到了他身上帶來的桔梗花香。但我叫不出他的名字，我一見他墨黑的膚色可以搓出煤來，就知道準是我們綠竹村裏來的。

他先是在煤井下做了幾年鋤手，後來在梅市做煤生意。

我和吳婆是在一個飯館他正吃飯時遇見他的。從他的眼神看出來他認出了我，他給我買一份新鮮盒飯，裏面有牛肉還有雞肉，這可不是往常那些剩飯剩菜可比。吳婆搶過去自顧自吃起來，津津有味。我想像著牛肉雞肉那味道鮮美的樣子，忍不住用手到她碗裏去拈，吳婆反應靈敏地連人帶碗躲開了。

吳婆平素也跟我一樣吃別人的殘湯剩飯，從不買飯，她覺得這才更像乞丐的樣子，她實在也是餓慌得很，我知道她，再怎麼說討來的東西也沒有這麼好吃，就是自己買了料回去做，哪有館子裏大師傅做的好啊。看著吳婆吃得那麼香甜，我努力咽口水。我村裏的那個人就愈加同情我，又買一份，這一回他親自交到我手裏，並不許吳婆走近我，而且守著我吃完方才離去。

我覺得這一次我才算真正吃上一頓人吃的東西，做了一回人，做人的感覺可真幸福！我狼吞虎嚥地吃著，乾澀的眼睛竟然讓香辣的油湯熏出淚來。

真真是服了吳婆。吳婆不知從哪打聽到我家鄉的所在。

她帶著我遠離熟悉的城市街道，下了鄉村。鄉村裏的狗實在多，自由自在又沒人管，看見我們虎視眈眈的，低沉地朝我們吼叫。吳婆一手握著打狗棒，一手牽著我，一路行乞。

她一點也沒走錯路，像在大海上航行的船有一個明確的燈塔在指引方向。

我們一直走到太陽西斜。白楊樹像隊伍一樣一排排肅立，我竟發現路邊的景物逐漸熟悉起來。太陽泊滿了樹葉，我抬頭看見每一片葉子都在陰不陰陽不陽地笑。我隱約地猜到吳婆想要帶我去哪了。

有了這個感覺後，我忽然就不想走了，因為我發現我的腳如綁一塊沉石，挪不動。

吳婆卻不停地催我快走，用力朝前推我。我在她的推推搡搡下一步一頓地前進。

接著，我看見夕陽斜照的我家屋頂上長著狗尾巴草的那棟瓦房，細長脖子的我爺爺就站在屋簷下收拾農具。

她先是帶著我徑直走到我爺爺面前，開口就要我爺爺承認我是他的孫子，還說她辛辛苦苦像帶崽一樣費盡艱辛撫養我，沒有功勞也有苦勞，她理直氣壯向我爺爺索要撫養費。

可想而知，吳婆的這一番表白遭到我爺爺的一頓臭罵，他用他那尖細的嗓子說：「哪裏來的老妖婦，到我家來胡言亂語，往我頭上扣屎盆子！」

「啊呀呀，好一個做阿公的，你才真是昧良心的妖人，連自己的親血脈也不要，虧你做得出來。真真是狼心狗肺啊！」吳婆也出言不善。

吳婆在各種場合下鍛煉出來的嘴皮子在這個時候得到充分的發揮，滿嘴的唾沫星子幾乎都噴到我爺爺臉上。我爺爺非常忌諱吳婆的大嗓門招引村人聽到來看熱鬧，影響不好。他聲音軟和了一些。吳婆趁機就教我叫爺爺。

我呆呆地望著我爺爺，沒有叫他。我並不是不敢叫，而是不想叫，生怕叫了爺爺就會跟著他生活，這是我非常不願意的。如果讓我與爺爺在一起，還不如讓我在牆壁上撞了。看著我的態度取捨，我爺爺高興，以為我是在幫他，是在解脫他的難堪。

他倆一來二去鬥了半天嘴，互不退讓。

見吳婆糾纏不清，我爺爺就放出大黃狗。大黃狗這麼久沒見到我，牠親熱地朝我搖頭擺尾走來，還習慣地吐出牠長長的舌子要過來舔我。吳婆錯以為大黃狗是要咬我們，拖著我狼狽而逃。逃跑時她的褲管穿在一根光禿的樹丫上，撕裂掉一大塊。那撕掉的破布在晚風中猶如一面欲奪的旗幟，低低飄揚。

吳婆不肯善罷甘休。她氣喘吁吁地對我說：「你怎麼攤上這麼一個阿公？」

我沒理會吳婆，因為我又看到了我家屋後那口廢棄的煤窯，那是我出生的地方。我下意識往那裏走。桔梗花與原野做伴，好像幸福過剩，揚起頭來張望，見到我似乎懷舊還親暱地往我身上靠了靠。

見到久違的廢窯，見到久違的桔梗花，我興奮地哇哇叫喚。

吳婆在一塊大石上小憩一會，就又問明路徑找村裏的支書，希望能有一個說法。

可是她哪裏知道羅支書收受過我爺爺四千元紅包，自然護著他。再說如若不使力壓著，萬一吳婆把這簍子捅大出去，影響擴展到上面，那就壞大事了。雖然吳婆砸的是我爺爺，痛的就是羅支書了。這可不是鬧著玩的。

羅支書背著雙手，一臉嚴肅地指出吳婆心懷叵測，動機不純，並且說我爺爺在村裏是五好家庭模範村民退休老幹部，你是跟他有仇怎麼的，不知道從哪裏撿個傻子來，硬往退休老幹部頭上扣屎。他說你不知道污蔑退休幹部是要坐牢的嗎，要是政府出面一查根本沒有這麼回事你擔當得起嗎，還要他給你出撫養費，你知道那叫什麼嗎，詐騙罪！國家對詐騙犯要怎麼判你知道嗎？又嚇唬吳婆說要叫幾個民兵把她拖出去。坐了一會，羅支書又站起來低聲好言安撫吳婆，看你老年紀也不小，無非是餓了詐幾個錢買包子吃，情有可原啊情有可原。他回頭就叫兒媳婦給吳婆盛兩碗飯來，多加點肉。

吳婆打的如意算盤落空。

吃完飯，吳婆灰心喪氣地帶著我又回到梅市。

十三

我想起野狗，好久沒見到他了，真想念他。我迫不及待到我們常相聚會的地方去找他，驚奇地發現野狗蜷臥在地上，鼻青眼腫。猜想是他行竊時遭別人追趕捉上打的。我同情地蹲下來問他：「你這是怎麼了？」

「在組織上受處罰了。」野狗呲牙咧嘴說。

「組織？為什麼？」我吃了一驚。

「說是我這麼長時間沒有創造業績，如果再過一星期還是老樣子就割掉我的耳朵。」他摸了一下他乾癟的耳朵。平常天不怕地不怕的野狗這回說話也有了結巴。

想那個時候，野狗為他榮幸地加入組織是多麼興奮啊。

野狗說，加入組織就像有了家，有了溫暖，有了依持，可以發揮他行竊的特長。他當做人生一大喜事告訴我。那時候我對組織的概念一直很模糊。野狗說那組織機構很是龐大，老總下面有片長、班長、組長。管吃管喝，還管玩女人。

女人有什麼好玩的，我困惑地對他說。我寧可把女人換成一張電影票或一支冰淇淋。

然而組織竟然還管吃管喝，我挺感興趣，於是，就羨慕地央求他介紹我也加入組織。

「待我混活一陣子再說，如果真好就介紹你，別急。」野狗回答。

壓根沒想到這組織是黑社會性質，這麼稀下，我暗自慶幸沒有加入。我說：「你不會跑麼？」

「跑哪啊？」野狗有些沮喪，後悔當初的錯誤選擇。

「天下這麼大，隨便跑哪都行啊。」我提醒他說。

「你知道個屁，他們說隨便我跑到哪，隨時都可以把我抓回來整治。」野狗一副安於天命的樣子。

「我才不信，他們能隻手遮天。」我又說：「如果你決定跑，我就跟著你。」

「我實在不知道怎麼跑呀。」

「到火車站去。」我說。

「我沒錢打票。」

「扒火車！」火車站是我最熟悉的地方，我常看到些人模狗樣的人怎樣扒車而不用買車票。

野狗心動了。

他從地上爬起來，一瘸一瘸跟我朝火車站走。

「汪四千，你不跟你乾媽說一聲就走？」野狗問我。

我唾了一口說，「管她呢，對我又只有那麼好。」

「還要怎麼好啊？又不是你親生的爹媽，管你飯還不知足？我看還過得去，我們的親爹媽都沒管我們什麼呢？」

我想想也是，不過既然打算跟野狗去闖江湖，就管不了那麼多。

火車站站臺上空曠得沒有幾個人走動，只見散亂地停放著三兩個小櫃子，賣香煙、礦泉水、檳榔等零食，守攤子的沒生意湊攏在一張小桌子上打紙牌。

我帶著野狗沿著鐵軌往前走，我們必須到沒有站臺的出站口那頭才能順利扒上火車，在那裏才沒有穿工作服的人礙我們的事。火車進站會減速停留幾分鐘下人上人，然後再長蟲一樣往前開，但也有貨車進站一路不停加速行駛的。我跟野狗說待一會火車要先停靠站臺那邊，它啟動從我們身邊經過時速度不會很快，等它吭嚓吭嚓響過來了我們就一起往車上跳，緊緊抓牢車門不鬆手，到那時就是有人發現我們扒車也奈何不了了，然後我們到哪算哪。

野狗說好。我們一直走到離站臺出口很近的地方才停住腳步。我常常到這裏來撿廢品，見過不少人從這裏輕易扒上車，一點緊張感也沒有。我們站在鐵路邊東張西望等火車。鐵軌上的亮光一路筆直延伸至很遠，一眼看不到盡頭。突然野狗很興奮地叫起來說那裏有好吃的東西。我順著他手指方向探尋，看到過去幾條鐵軌那邊有一隻大麵包，用透明的塑膠袋子裝著，裏邊似乎還伴有一個什麼果子，那果子只隱約露出半邊。野狗說要去撿來車上吃，我說我去吧，你在這等我。

我跨過一條一條僵硬的鐵軌，就如跨越一具一具死屍，頭皮有些發麻。一列火車從城外方向轟窿窿馳過來忽然欲攔著我的去路，我跳著腳跑過去了，因為這列火車來的方向與我們打算去的方向相反，所以我跺著腳衝它罵娘。火車不理我呼嘯而去，它居然不減速！然後我又聽到一聲汽笛長鳴，但是我看不到究竟是哪條軌道上又來了火車，我掉頭去撿麵包。

火車嗚嗚叫著衝過去，我看到另一列火車的尾巴，往我們要去的方向頭也不回地去了，我又氣得跺腳。同時我發現野狗不見了。

難道他丟下我一個人扒車走了？

不可能，剛才那火車是有錢人坐的那種好車，到這小站是不屑停的，野狗居然這麼厲害能扒上去？我衝火車叫了幾聲野狗你他媽的。

沒人應。我看看手中的麵包，袋子裏是一個番茄，好好的居然沒人吃要丟掉，便宜我了。我悻悻然往回走。

然後我發現野狗倒臥在原來的那根鐵軌上，頭沒了，四肢也沒了，只剩下軀幹，鐵軌枕木上一灘豆腐樣的腦髓。

野狗死了！從來沒來過火車站的野狗竟然不知道躲開火車，也有可能是他身上帶傷躲閃不便。但野狗死了，這個世界再也不會有野狗了，我清醒地意識到這一點。

後來我認為這個時候我應當大哭，但是我竟然沒有哭，也沒有害怕。不知道什麼時候我也學會從容淡定。

我把野狗分離的身體拾攏來，拼到一塊，然後就枯坐在野狗的屍體旁邊，腦子一片空白。記憶的遠處，我出生的那個廢窯，還有桔梗花清晰地浮現在我眼前，親切，溫暖。

十四

野狗死啦？我問自己。

我又調頭去看那血肉模糊的一團，那竟然是野狗？我又有些不相信。

不知道過了多久有人走攏來，大呼小叫起來。

過來瞧熱鬧的人不斷增加。

「這小孩子好可憐的，他的親人呢？」有人問我：「是你弟兄嗎？」

馬上有人代我回答說：「不是，他是那個老叫化婆子撿的崽，這個是誰就不知道了。」

「真可憐，誰幫他收一下屍呢？」

誰是給野狗收屍的人啊，我仰臉看他們。

我忽然記起老多，除了老多，還有誰會給野狗收屍呢。我以飛的速度跑回家，結結巴巴向吳婆彙報，叫老多快去現場處理後事。

吳婆喜事登門似的找著老多，說：「我們交財運了。」

「我們？這話怎麼講？」聽說野狗遭了車禍，老多著實不動聲色驚喜，尋思這回可以撈到大筆安撫費收入。沒想吳婆這個醜婆子也想趁機伸進來一腿。他橫吳婆一眼，說：「眾所周知，他是我乾兒子，這個世界除了我，他沒更親近的人。」

說這話時，老多底氣十足。但吳婆一點也不示弱，她說：「野狗跟你早脫離乾兒子關係，他跟我那乾兒子汪四千倒是一對鐵哥們。他們關係最好。」

「野狗只要跟我一天，就是我的乾兒子，這是事實，誰也不能抹掉。」老多恨不得將吳婆掐死丟在路邊餵狗。

吳婆繼續申述理由：「如果沒有我家汪四千，野狗怎麼會跑到鐵路上去送死呢？」

兩人皮絆一路，也沒爭出一個結果。到現場也不去仔細瞧一瞧野狗，就徑直去火車站辦公室找站長。站長很胖，慈眉善目像一尊佛。站長非常討厭老多，對吳婆這個善老婆子卻印象特好，有心把裝殮費批給吳婆，又礙著老多乾爹的身份，左右為難。他私下裏拉著兩人到一個偏僻處，又硬又軟地做他們的思想工作，撮合兩人達成妥協，一致同意裝殮費二一添做五平分。

當兩人問到裝殮費只有三百元時，就大失所望異口同聲質問站長，難道說一條鮮活的生命就只值三百元麼。老多還說我們那裏一司機壓死高速公路上一條閒逛的小狗就賠一千八。按照規定高速公路上壓死的狗不用賠償，可是，那小狗的主人有一個哥在處理這事的機關，並且是在要害位置，當然，他出面干預了這件事。老多說一條小狗都可以賠，一個人就賠不得麼，人沒狗值錢麼。站長回答說其他的事與他無關，現在是指著盤子稱肉，就事論事，野狗手頭沒車票，不是我們的乘客，按規定就這麼多。

老多和吳婆一前一後，甩手走了，邊走邊丟下一句話：「誰擅自做主動野狗的屍身，我就把野狗屍體放到他辦公桌上去。」

他們這樣做的目的自是想讓火車站的政策讓步，站長想來也是心知肚明。

夏天的天氣非常悶熱。

第二天，陪坐在野狗身邊的我就聞到一種別樣的氣味。供在邊上的麵包也臭了，這就是野狗看到想吃的那個麵包，我撿來沒顧得上給他吃，竟用上來做了野狗的祭品。

到晚上，那氣味已嗆得人沒法近身。我開始噁心，只好拉遠一點距離，遠遠地照看著我至好的朋友。

那種氣味，招來各色各樣的蚊子，在野狗屍身上或他的屍身周圍低沉地飛。我不喜歡蚊子咬人的感覺，我想野狗也不喜歡。我試著趕了幾回，不但沒把牠們趕走，反倒越趕越多。

守護一會，我到不遠處一個店鋪索討一支燭，為野狗點燃，放在他腳頭，據說這樣能照他走好陰路。搖曳的燭光忽明忽暗往野狗身上撞著，就像風吹動樹葉。鐵路上的列車循著預定時間準時通過，劇烈的震動聲像要把微弱的燈光托起來。車窗上不時有旅客的眼睛伸出來好奇地觀看。

野狗皮膚的顏色像積落的塵土一樣，蔫黃。

僵持兩天。我和野狗待的地方成了一域空曠的荒地，過路人等繞道而走。因為妨礙正常生活秩序，火車站長最後讓步，加了三百元，處理了這起車禍。

從沒見到野狗穿過一款新衣服，他未遂的心願太多，我想他現在死了有錢了，總應了卻一些能了的心願吧。我對老多說：「給野狗多買幾重新衣穿上啊。反正這錢是他的，買個新衣又不要好多錢。」

老多答應了。

趁著夜色，我看見老多捏著鼻子弄了幾尺白布裹著野狗，也不知他把野狗丟在哪個陰暗的地方，野狗身上的舊衣服一件也沒脫下來，新衣服就自然是免了。老多說話不算數。我真想用拳頭擂老多一頓，然而我奈何不了他。

那段時間，我老做夢，夢見野狗老向我問路。他在到處尋找他的親人，說在這世界上人人都有家，唯獨他沒有。又夢見他問我，爬上火車之後，我們能到哪裏去呢？我說我也不知道，野狗就翻白眼。

我在虛無處對野狗說：「還記得我說的廢窯吧，那裏有桔梗花相伴，是我出生的地方……」

十五

我盼望下雨。

雨天，街上空得人都不知去了什麼地方。我和吳婆就只好窩在家裏，不用出去乞討。我把門關了，一個人在床上擺弄玩具，屋子裏的寂寞和煩悶全被玩具驅走。吳婆時而打開門瞧外面的雨勢，時而輕輕地把門掩上。

天天沒進項，還要掏出錢來買生活，這就像掏吳婆的心頭肉。她一個人在房子裏嘮嘮叨叨，我就偷偷地樂。

這期間，我母親悄悄來看了我一次，當時我睡得迷迷糊糊，只感受到好像有一隻手在臉上來回撫摸，這種撫摸讓我感受到久違的慈詳和溫暖。我還以為是吳婆一時心血來潮母性顯露，就閉了眼不作聲。

也不知我母親是怎麼找到我的，也許是我的行蹤一直牽扯著她的視線。

吳婆並不認識我母親，她只是在旁邊手忙腳亂搪塞這個意外而至的活觀音。我醒來後，她閒著沒事就向我叨嘮：「汪四千，剛才，一個孕婦來看你。」

我就知道那是我母親。

我母親給我帶來一些新衣服，但我沒看到過這些新衣服。吳婆讓她兒子捎帶給她的孫子穿。她說一個破叫化子是不宜穿得這麼光鮮的，人家一見到你的光鮮就會反感，別說同情，不指戳你就算你運氣好。

叫化子應當有叫化子的相，吳婆教導我說。

儘管我恨我母親，但在很大程度上我還是有些同情我母親的，這麼大的壓力她一個人承受不起。她把我丟棄在火車站後就與另外的一個男人結婚，懷孕就是順理成章的事。她跟我父親反正也沒扯結婚證，只能算是非法同居，離婚一詞就用不上了。

我忽然就發想，若是她生個像我一樣的弟弟該有多好。我想像著與弟弟在一起手拉手上山採集蘑菇，用稻草桿子去吮吸油茶花蕊內的蜂蜜，那蜂蜜香香的好甜啊。冬天，我們在乾枯的小溪石穴裏捉螃蟹。稀軟的小溪泥地上到處扔滿螃蟹的螯，螃蟹的那兩隻螯張牙舞爪常常會把我們的手指夾得血淋淋的，所以，我每捉到一隻螃蟹第一件事就是務必先將那兩隻大螯搞掉。不搞掉那兩隻螯，我們就不敢跟牠玩。甚至我還想像母親在地上勞動累了，我和弟弟結伴上山給她送茶水解渴。

只是我母親與別人的結婚使我產生深深的悵惘。

要說我不想家那絕對是騙人的話。在梅市生活這麼長一段時間，野狗在還好說，自野狗出事後，我幾乎沒有朋友。孤獨像蟲子一樣時常爬到我的心坎邊緣，向裏面窺視。野狗的死使我和這座城市的感情漸漸疏遠。

終有一天，在汽車站門口，我又遇見那個做煤生意的買飯給我吃的鄉黨，他身上的煤塵好像永遠也搓洗不掉，讓我一下子就從人堆裏瞅出來。趁吳婆沒注意，我悄悄地盯上鄉黨的梢。他走到哪我就跟蹤到哪。他上公共汽車我也跟著上公共汽車。他下車我也下車。半天不到，我竟又回到我的家鄉綠竹村。

那鄉黨沒注意到我。我沒有回家，只去探望一下我的出生地，那口廢棄的煤窯。煤窯塌陷半邊，進洞的道路已然阻死。桔梗花東倒西歪，有的甚至匍匐在地，鮮豔卻是絲毫沒滅，依舊悄悄地搖曳生姿。

我心情複雜在洞口默立許久，然後，一個人在村莊上東遊西蕩。

村莊上的人問我：「哎，汪四千，好久不見，這段時期到哪去了？」

「在一個好遠的地方。」我就模棱兩可回覆他們。

「過得還好麼？」總是有人這樣好奇地問。

「很好。」我得意地告訴他們。

「你活得好，為什麼還要回家，又沒人要你。」

「我不是回家來的。」我哪有家啊。便是有家，也不敢回啊。

「那你來做什麼。」

「來找我媽媽。」

「你媽媽改嫁了。」

「我知道，你告訴我媽媽嫁到哪了，好嗎？」

儘管母親拋棄我，但她的音容笑貌時常在我眼裏難以泯滅，我還是想看看她。

由於好心的鄉親們的指點，我終於找到母親的新家。

去母親家的路不是公路，朝著進山的方向，全是田野間的小路。從這一點就可以看出，我母親現在所嫁的地方條件沒過去的好，出進很不方便了。想來也是，母親是嫁過一次的人，不是黃花閨女，身價也就自然掉了一些，就失卻選擇的餘地。

母親的家在一條小橋邊，背靠著一座石山。站在橋上我遠遠的打量，屋是一棟小木房，非常簡陋，在那個山地算是中下的那種。木房前的沃土上大大小小的有幾棵芭蕉圍坐在一起，那芭蕉把木房周圍景致襯托得愈加寧靜。我母親用背帶馱著一個嬰兒就坐在那屋前的土坪裏棰黃豆，手臂高高揚起的姿勢，還有那棒槌敲打的聲音鈍鈍的聽在我耳裏，我眼淚潺潺的不由然流出來。

我知道我母親比老多辛苦，比吳婆也辛苦，比我更辛苦。

我敢斷定她辛勤勞累一天的收入絕對不會比我多。從前，她老說我是小孩，不明白大人的心事，大人究竟是怎麼樣做想的呢。

我叩問自己。

坐在橋上，我淚眼朦朧地看著。

屋裏傳來一聲貓叫。我母親立即警惕地站起來，快步走進屋裏。原來是我後爹捕了一些魚放在堂屋裏，我母親擔心那狡猾的貓是衝魚去的。我也猜想那貓是在打魚的主意。貓對魚的腥氣特別敏感。不久，我就見那貓被我母親趕出屋門，迅速地蹭到一棵樹上，調皮地瞧著手拿掃帚的我母親。氣得我母親順手將掃帚扔過去，掃帚沒打到貓，貓機靈地反倒蹭上樹頂。我母親便又去棰她的豆子了。

那貓很對我的脾胃，我高興地望著牠。在樹上，貓裝成老實本份的樣子，一待我母親全部心神投入到勞動中去的時候，牠就悄悄溜下樹來，這一回牠學得乖了，也不做聲，專往有障礙物的地方隱身潛行。我明知牠要做什麼，但我做不得聲，我怕母親發現我，誤以為我是貓的同謀。我想像貓在屋裏怎麼樣從事牠的邪惡勾當，想著想著，我背靠著橋欄打起瞌睡。

我醒來時太陽西斜了幾丈，河風吹過，橋上變涼。更確切地說我是被一個男人的叱喝驚醒過來的。我睜開眼睛看到那男人微駝背，大概也就四十多歲的樣子，他大約比我母親大上十多歲。根據他和我母親相接很近的樣子，我猜想他就是我的後爹。

我後爹犁田剛回家，小腿肚子上沾滿濕泥。他一回家，就發現貓在吃魚。貓吃得津津有味。他氣憤地操起傢伙砸貓，貓被魚撐得肚皮鼓鼓的跑不動，挨了我後爹一下，呀呀大叫。然而，在腳程上我後爹終歸是無論如何也跑不過貓，最終讓貓跑得無影無蹤。

我譏笑我後爹的笨拙。這樣的呆人怎麼可以配得上我那年輕美貌的母親呢，真真是委屈我那可憐的母親了。

我母親卻是好言安慰他：「別氣壞身體，魚還可以撈回來的。」

聽著我母親甜美的話語，我後爹哼了幾哼，總算不做聲。

偷聽著他們的談話，我多少有些失望。我內心真希望他們罵一架或是兇狠地打上一架，無論誰將誰砸成頭破血流都成。這樣他們也許就做不成夫妻。

我討厭他們結成夫妻，只恨我沒有拆散他們的能力。但我從母親身上看不到委屈，她神色就如小橋下的河水一樣安靜，沒有任何波瀾。她好像安於這種日子，估計在她眼裏這婚姻再怎麼著也比跟我父親在一起要幸福得多。

我後爹狼吞虎嚥吃了幾個蒸熟的紅薯，牛也啃了一簍子我母親備好的青草。休息一會，我後爹又吆喝牛犁田去了。牛是一頭大水牛，偌大一副坯架，走起路來卻像病了幾代，無精打采，牠害怕勞動，走一程停一會，一路上故意屙屎屙尿鬧磨蹭，耽誤時間。氣得我後爹把鞭子抽得山響。

後爹一走，好像忽然之間撤去了某種壓力，我在橋上望著母親新家，偷聽偷看的姿勢立即輕鬆起來。

我害怕後爹見到我生氣，這世界上親老子都這樣，更何況後爹呢。一陣涼嗖嗖的河風吹得我很難受，我肚子餓了。我在橋上猶疑，我不願意讓我母親發現，同時又希望她看見我。可是，我母親一直用背向著我。我突然發現無形中我與母親之間有了一條河，我多麼地希望能有一座橋渡我到母親最真實的地方。我相信那是整個世界上最溫暖的地方，我希望母親能抱一抱我。

正當我的目光像蜻蜓點水一樣在我母親的身體上或她周圍的景物上左右來回的時候，那隻偷吃魚的貓不知何時竄到我身邊，鬼似的大叫一聲，將我嚇一跳。我母親這時正痛恨貓，貓的叫聲使我母親迅速扭轉頭來，我即便是想躲也沒物可供我隱蔽藏身。母親癡癡地看著我。

我只好稀稀拉拉長身站起來。

「四千，你是怎麼尋來的啊？」我母親的情緒驚訝多於欣喜。

「我也不知道啊，糊裏糊塗就來了。」其實，到現在我都不明白我此行的目的到底是什麼。

「吃飯了麼？」

「……」

我站在那裏，什麼也沒回答。我肚子餓得實在不行，我寧可平常在別人面前把手伸得老長乞討，並已成習慣，這時卻不願意對母親說出那個詞語來。

至此，我也明白，我母親已聽不到來自我內心深處的話語。

因為，我把這些話語當寶貝一般藏匿起來了。

我母親擱落手頭的工作，把她背上的嬰兒卸下來放到我手裏，說這是我的弟弟。她的意思是要我照顧好我的弟弟。她進屋裏給我弄吃的東西。

前面我說過，我一直期望有一個像我一樣的弟弟能跟我一起玩耍，所以我對弟弟特別地感興趣，就不免仔細多瞧了幾眼。他眼睛很大很亮，清澈透底。他不像我母親，也不像我後爹，當然，更不像我。

我很失望，不像我就找不到共同語言，不好玩。我的情緒就如好不容易亮起來的燈，突然熄滅。

晚上，母親緊挨她的床幫我攤了一個臨時床鋪。睡到深夜，我做了一個惡夢。我又夢到野狗，野狗說來邀我到一個好去處去玩。野狗是我的至好朋友，如今他是死人，陰陽不同界，他的話我不信，他的話是一個陷阱。

我被惡夢驚醒，一身虛汗。

醒來後，我聽到我後爹在床上與我母親說話。

「汪四千這孩子實在是太可憐的。」我後爹說。

「但有什麼辦法呢？」我母親歎息。

「我們把他收留起來吧。」

「不行！」我聽到我母親說。

「為什麼？」我後爹問。

「有一天，你會後悔的。」

「為什麼？」

「他會多占你一個生育指標，不留他，你可以生兩個小孩啊。」

「我不在乎啊。總歸是你兒子，明天你留下他吧。」我後爹寬宏大量的話讓我母親非常感動。不一會，我聽到被內傳來我母親輕輕的啜泣聲。

我潛聲聽著他們的對話，我也非常感動。沒料我後爹這麼一個看不上眼的人，竟是這麼善良。我肅然而生敬意。他們在我沒睡的時候不說這事，是怕我聽到傷心。他們以為我睡著了。

我哽咽著嗓子對他們說：「謝謝你們，明天清早我就回梅市去。」

我發現我一下子就突然長大了。

十六

時隔不久，我父親就回來了。

我在梅市街上遇到他，老遠就聞到一種血緣的氣息。

當時我正在市中心的廣場上低腰撿一個別人丟棄的玩具，我家裏有一大堆這樣的玩具，都是我這樣撿來的。每天一回家當我見到這些豐富多樣的玩具也不見得比人家的小子少，心裏就莫名地升起一種踏實的幸福感。也許我父親也是聞到了血緣的氣息，他原本背著一個黃色牛仔包，邁著輕快的腳步向市中心廣場走來。他彷彿更年輕了，紅光滿面。他一邊走路，一邊張望，像一個旅者，風塵僕僕。他一扭臉見到我首先驚慌了好一陣子，然後像躲螞蟥一樣迅速走遠，他怕螞蟥沾他。他的眼睛就如外星人的眼睛，他驚的也許是天地太小。

我愣愣地看著他慌慌張張消失在密密麻麻的人叢中，如逃犯躲避警察一般倉惶。

其時，我忽略我父親身邊還有一個女人，那女人見我父親招呼不打一個忽然就跑，很是奇怪，就罵我父親你瘋了，黏在我父親的腳跟後面追進人叢中。我好久都站在人林外踮起腳跟眺望，一直再也沒見到過我父親的影子如所希望的那樣在某一個地方冒出來。

我不再抱任何不切實際的幻想。

吳婆問我：「你還想你爹媽麼？」

「不想。」

「那你想誰？」

「想你。」

吳婆竟高興地一把抱著我，從來沒有過的擁緊。彷彿我成她家庭固定的一員，她的依靠就有了著落，踏實。她流著幸福的淚水說：「乖，真乖……」

我也高興，想起了容我來到這個世上的廢煤窯，以及窯洞邊匍匐的桔梗花，一朵一朵，浴著早晨的露水，爛漫地像個舞女，也踮起腳跟以膜拜的姿勢向著幸福眺望……

約定坳螞蟻

一

要你向前走卻偏往後退。

田名正走在路上，腳步輕飄。這是一條寬闊的沙石山路，路邊生長著小草。草不深，淺淺地緊貼著泥土，一直爬到不遠的山坡上，仰望著一山的樹。

他手裏拿著一根撿到的樹枝，不斷抽打下肢。山上走下一位過路的挑柴人，那是椿寶。他看見田名正不同尋常的古怪樣子，走一步，退兩步，深一腳，淺一腳，有些好笑，就問：「田老伯，你在做麼子？」

「我在教訓……教……訓腳呀，太……太不聽話了，我……我……要它前進它偏往後……往後……退，真……真氣煞人了。」田名正接著話。他雙眼水腫成一對泡子，眼神有些散亂。

椿寶心發軟，想送他回約定坳，望天色已不早，他歎息一聲走了。

他答應給舅舅送一擔棒子柴釀酒。舅舅說他店裏斷了酒了，棒子柴熬的酒味道醇厚悠長有勁，顧客愛喝，他讓椿寶有空的話就煩他送一擔柴去。椿寶不敢怠慢，急著往舅舅家趕。

西下的夕陽已然隕落，垂在田名正頭頂。夕陽越來越大，越來越炙人。後來，夕陽一下變成九個。田名正學著當年后羿射日的樣子，急忙拾起石頭朝天上的太陽擲去，企圖把多餘的太陽擊落。他知道太陽多決計不是什麼好事情。可是，太陽越擊越多，像五顏六色的氣球在他頭頂飄舞。他終於應付不暇，大叫一聲躺倒在路邊草地上，鼾聲雷動。

不一會，涎水線線地懸掛在他嘴角，就像山崖上垂下的一匹瀑布。

不分晝夜忙來忙去的螞蟻見著田名正這種不擇地方隨便瞌睡的疲遝模樣，善心頓發，一隊一隊爬上他的身體，咬著他的皮膚，想把他弄醒，早點回家，有的甚至在他嘴裏鼻孔裏出出進進，一如牠們在某個山澗溝壑裏自由行走，從從容容。田名正身上的螞蟻益發是多，一線一線，一團一團，瞧這源源不斷增加的陣勢，似乎是在呼朋喚友組織力量要把他扛起來。

這些螞蟻曾經成功地把一條沒有生命的蚯蚓移進了蟻穴，貯存在洞穴角落裏。那蚯蚓長期悶在地裏，想出去露露風透透氣，沒料到牠正朝某個想望的去處蠕動時，不知從山上哪個方向忽然滾落一塊石頭，一下子就把牠的生命砸沒了。螞蟻毫不費事輕易便獲得了這一便宜。特別是牠們螞蟻疊螞蟻抬著蚯蚓逛過大路的場面，既悲壯又豪邁，讓毫無知覺的人也聳然動容。

田名正是專程去山下村口小賣部買豬飼料添加劑的。欄裏那頭架子豬餵養近半年了，還只幾十斤重，嘴尖毛長，通不得看。吃起潲來東張西望，要吃不吃的，氣得人真想把牠一棍子棒了。獸醫建議他在豬潲裏兌上一點添加劑。許是添加劑生長激素的效用，一段時間後，那豬皮色果然變紅潤了，且日見長起來。現在，添加劑用完了。生了依附性，沒有添加劑，豬上了癮就不幫你吃潲了。開始幾天還磨磨蹭蹭來潲槽邊打打轉，後來就乾脆潲槽邊也不來了，搞起絕食鬥爭，大有不放添加劑堅決不給你吃食的勢頭。

豬大部分時間是香蓮在餵。香蓮是田名正的女兒，十八歲了，身子還像男孩一樣，該凸起的地方沒凸起，該豐滿的地方沒豐滿。她的頭髮就像漫坡乾枯的冬茅草一樣精黃。外面女孩的頭髮均是花錢染黃的，而她卻不需要染。她跟村裏的女孩放牛時會在一起，那些女孩就專門調侃她，說她好福氣，老天爺賜她一頭靚髮，連染錢也省了。每當這時候，香蓮只憨憨地淺笑一下，卻並不拿話來回敬。平日裏她也是這樣少言寡語。就像這麼些天豬缺添加劑了，她也不向父親報告，她只知道剁豬草煮潲，然後把潲一日三餐倒在食糟裏。沒想她精心餵的是一頭混帳豬，不承她的情，以至她的工作她的一切努力均白費了。

有時候，她真的想清閒地玩耍一天，不剁豬草煮潲，不清理豬欄衛生，看牠還敢不敢翹尾巴。但她又擔心真的虧待了豬餓死了豬，怕遭父親的打罵，家裏也損失不起，因此她只是想想，從不敢付諸行動。其實，田名正無崽就這一個獨女，心底裏非常疼愛香蓮，並未曾打過她。然而愈是這樣，香蓮就愈敬懼父親。田名正那天留心豬槽裏的潲沒動，那豬又不見發病，就問：「香蓮，飼料添加劑用完了吧？」

「嗯。」香蓮這才答應道。

「這畜生，吃了潲不長膘，只會琢磨整人，賣了算了。」田名正說歸說，他知道這種豬人見人嫌，到了市場上也不見得會有人買。他打算只待這豬一出欄，往後就再不餵豬了。像這樣餵法，別說賺錢就連肉也難得吃上一斤好的。但他最終還是決定去買飼料添加劑，爭取早日把這豬餵大餵肥，脫了手，不見了就不礙眼了。

田名正手頭沒錢。他只好陪著笑對小賣部的章老頭說：「賒一包添加劑。」章老頭摸出一個毛了邊的記事本，拍了拍本子笑著說：「這上面你有一大筆了呢。」

「賣了豬還，準還！」

「可是，沒法子啊，添加劑剛斷了貨了。」

「這裏不是還有嗎？」田名正指著貨櫃上留存的幾包說。

「哦，那是別人寄放的。」

「算了。」田名正心想章老頭你神氣個鳥，某個時候你尋我索帳，我也讓你跑斷了腿再說。

「要不過些天進了新貨，你再來賒吧。」章老頭說。他眼睛諱莫如深地望著田名正。

田名正離開小賣部，就去另外一個煙酒店，喝起散酒。他想反正沒賒到添加劑，趕回去也無多大益處。

香蓮煮好潲，坐在屋前的石墩上等父親買添加劑回來餵豬。她的坐姿在夕陽裏，有些古板，像發呆。那些在她周圍或奔跑或撒翅而飛的雞停止嬉戲，全進籠了。她看見冉冉而來的月亮，她也看見了倦倦而隱的夕陽。然而，她沒有看見她的父親如期出現在屋門前的山路上。只有蟋蟀那不緊不慢的叫聲繃得人心裏惶急惶急的。

她下意識站起來，瞭望屋門。門沒關，大敞著。她迎著父親回家的山路走。涼涼的月光照著她和她的影子。她的影子理會到她孤單害怕，緊緊貼著她不離左右。一路上，她和影子鬧著玩。她出手影子也出手，她伸腿影子也伸腿，她蹲下，影子就斜斜地團在了她身子底下，不動了，如一隻溫馴的羔羊。

路邊，田名正醉倒的姿式一成不變。香蓮發現了躺倒在路邊的父親，同時，她還發現父親身邊黑壓壓的螞蟻組合成了一條墨色河流，行將要把她的父親浮起來，浮去很遠的未知的地方。

香蓮便「哇」地一聲哭了。

她想起兩個月前，母親就是這樣悄悄地遠離她的，事前一點徵兆也沒有。當時，她有點恍惚，夢一般地難以置信，直到眼睜睜看著許多人螞蟻一樣抬著母親的靈柩，把母親下葬到一個深深的地穴裏，從此，永無相見之期，她才跪倒在山地，撕心裂肺地嚎啕大哭。眼下，那些貼在屋柱上的白色挽聯脫落如幡，還在每晚的山風中喇啦啦飄響。

如今，螞蟻又乘人之危踩痛腳，牠們是不是把父親也要帶走了啊。香蓮心中的憤懣再也無法忍耐，她一巴掌用力拍向螞蟻。螞蟻浮走田名正的夢想被香蓮突然意外而至的力量一舉粉碎，驚惶失措地遠遁，逃得慢的被香蓮捉了一一掐成了斷臂少腿的殘廢。

不遠處，有一條小溪從更高更深更遠的苦木山上流下來，細細的。確切地說小溪不是在流而是在跳，從一塊石頭歡暢地跳到另一塊石頭，一路跳將下來。溪水中不時有娃娃魚出沒岩縫之間。香蓮用樹葉捲成筒去溪中打來水，潑在父親的前額和後頸上。稍傾，田名正略微恢復了一些知覺。香蓮就背起父親，朝家的方向吃力地緩緩移動。

二

約定坳也就三五戶人家。過去這些人家以通常的方式聚居在一個院落裏。實行田土承包責任制後，他們拆除舊屋，選擇距離承包田土近的地方建起了新房。這樣作田作土出工收工就方便多了。山地人砌屋選屋場很有講究，要看風水、地理，要依山勢朝向，星象不能相沖，到了動土那天，還要舉行儀式。現在其他人家均建了新房搬遷了，這嶺上一屋，那山上一屋，點綴在了山地人認為可以做屋場的地方。只有田名正依舊住著原來的三間木屋子，就像老鴉守蛋，未曾挪窩。選個新屋場或僅是舊屋翻新，田名正不是不想。關鍵是有時候你想是一回事，你努力是一回事，老天爺是否成全你的想和努力又是另外一回事。就像田名正，他正也這麼想著努力著時，卻沒料到老婆患了乳腺癌，成了一隻藥罐子。

藥罐子胃口大，需要大量金錢餵養。田名正一個人挺著，沒告訴香蓮。他投進了所有的金錢也投進了所有的心神，希望想改變的卻一點也沒改變。他就喝酒。他喝酒一杯兩杯不知道酒味，一喝必醉。他前額那塊疤就是喝醉酒在路上一個趔趄磕的。

山裏每年春天都興打春祭。他們打春祭不是以村組為單位，而是以廟為單位。每一位廟王菩薩均主宰一方土地。主持打春祭的全是法力深廣的道師。他們神色莊重，於喧鬧中有條不紊地指揮眾人轟轟烈烈鳴炮放銃，憋足了勁敲鑼打鼓，一起恭請天地諸神和廟王，保佑人畜興旺五穀豐登。折騰一陣，大家便似乎心安理得，認為這一年必將是風調雨順。

打春祭籌資的一般是山下小賣部的章老頭。章老頭有一定經濟實力，人緣廣，說得話起。他拿著簇新的硬皮筆記本挨家挨戶籌款，拿了錢的登記，沒拿錢的不登記。全憑自願。他說這個花名冊打春祭時是要當眾念的，念了的才能得到保佑。因此，山民均願意出錢，生怕漏掉了名字。

籌到田名正家，田名正不信這一套，一口回絕：「籌個鳥。」

「難道你不要保佑了？」章老頭說。

「保佑個鳥。」田名正氣惱地說。這麼些年別說保佑，就是憐憫又有誰管顧過他呢。他一點餘地都沒留給章老頭。

「你這種態度，會遭天譴的。」在打春祭這件事上，章老頭還從沒碰上過像田名正這樣蠻橫的人。他憤憤不平到別的人家籌錢去了。

沒有太陽的早晨，天上的亮頗有些混沌。花期正盛的油茶花上不時有蜜蜂在飛行。宜人的花香填滿了山裏的溝溝壑壑。田名正的屋在約定坳的坡梁上。他坐在屋前草坪邊的石凳上，附近方方圓圓的山林景致就悉數落在眼底。這是一個多麼清新宜人的早晨，可是，全遭章老頭攪得一塌糊塗。田名正鬱鬱不樂。大清早的，剛打開門，你章老頭就籌鬼雞巴毛錢呀。

香蓮也起床了。她搬一條矮凳坐在父親身邊梳頭。她的頭髮在沒見太陽的早晨，枯枯的少了光澤，愈加黃了，睡了一晚，就愈加零亂。她梳頭用的是一把脫了齒的舊木梳，久沒刷洗，那些斷髮絲與塵垢糾結在一起，粘附在齒根底部。她著力梳著頭髮，好些頭髮因為糾纏不清而被她綳扯斷了，落了一地。田名正望著女兒梳頭。

香蓮的頭髮裏隱匿著一些蝨子，時常撓頭。她娘在生時就耐煩耐細地給她捉，還說，若是娘沒了就再沒人給你捉虱了呀。沒想這隨便的一句話，娘死後對香蓮竟成為一種牽掛而得到應驗。

田名正眼尖，望著望著，也發現了蝨子的出沒，也輕手輕腳捉起蝨子來。蝨子和頭髮的顏色相似，蟄伏在深處，尋找起來真是費勁。田名正把捉到的蝨子一一擺放到光滑的石墩上。不一會，就捉了黑黑的一堆。香蓮將頭依在了父親膝蓋上，雙手環抱著父親的大腿，就如娘給她捉虱時節一樣，其狀極善溫馴。田名正就說：「香蓮，替你找了當算了。」

「找當是麼子名堂啊。」香蓮大睜著眼。

「找當就是替你找個男人。」

「我不要男人，我要爹。」

「傻女。」田名正撫摸著女兒的頭，心暖暖的。

章老頭在約定坳轉悠了半天，其他農戶的錢均收妥了。那些農戶聽章老頭說田名正這回不肯籌錢，深感震驚和惋惜，紛紛勸章老頭再上門打個轉，提醒田名正，出了事免得反悔哦。一想，章老頭以為鄉親們的話也在理，就又上田名正家來了。

草坪盡頭的林子間，章老頭一現發跡還沒露出臉額，田名正就猜出是他了，隔著草坪就揚聲說：「你吃飽了撐的吧，又來做麼子？」

「就缺你啦。」章老頭接應著。他手裏揚著花名冊。

「我又不是三歲孩童，你以為這麼好耍？」

「枉為七尺男人，倒還不如一個女人呢。」章老頭已走近了，低聲嘀咕了一句。

「不如哪個女人？」

「我姐姐。」

田名正認識章老頭姐姐。他姐姐嫁在苦木山上，去年死了丈夫，今年上春又死了大兒子，命是夠苦的了。

她雖然苦命，打春祭她卻第一個籌錢，那錢還是她賣了一隻雞婆換來的。苦木山的女人就是這樣，心氣硬是超人一茬。

「你姐養了幾個崽？」想到這些，田名正火氣降了一點。

「兩個。」

「第二個崽是叫椿寶的麼，人我倒是見過，心眼還挺實在的。」

「還不是，偌大的年齡了卻一直無人做媒。」

「為什麼？」

「因為他生在苦木山上啊。」

「不是聽說把他嫂子轉房麼？」

「我姐和苦木山上的人都在朝這個方向攛掇，可是，那媳婦說熱氣沒散，不想談這事。言下之意是嫌苦木山窮呀。」

章老頭回家後不久，山下村莊裏就響起了大銃聲，鑼鼓鞭炮聲，還有道師的唱喏聲。原來道師早就坐在章老頭家等候，一俟章老頭進屋，法事就立馬啟動了。

村頭插著燃燒的香燭，香煙乘著山風輕輕升起來，升到山上來了。聞著那縹緲的氣息，香蓮的心也便嫋嫋地浮，像一隻小船泛在輕波蕩漾的水面。

若是娘在，娘一準會如平常時候牽著她的手去瞧熱鬧。山地除卻過年過節，就數這個算是最熱鬧了。

有一年，田名正在村裏常遭口舌，好事與他有關卻無關，壞事與他無關卻有關，運限不好走。娘不顧自己病痛，去向法師替丈夫求討神水。法師說田名正帶「指白煞」，就往一碗水裏焚燒了一些冥紙，囑娘用一隻酒瓶好好裝著，讓田名正閉上眼睛一口氣喝了，從此保準田名正大手闊步走上坦途。娘望著丈夫乖乖地喝了那水，一縷笑容自她的病痛深處展開成一朵火紅的玫瑰，定格在香蓮的記憶裏。

香蓮忍不住對田名正說：「爹，我去看一會，就一會，好不？」

「不許去，那有麼子看頭。」

「我要去。」香蓮執拗地說。她的心早已遊至山下的村莊裏去了。

「啊喲，想不到你人小鬼大，拿飯餵養你，倒是曉得與爹鬥法了。如果你膽敢去，就打斷你的腿。」田名正的心火不由一下就旺盛了。嚇唬了香蓮一陣，他料想香蓮不會去了的，他記起下午還要上地，就尋出一把鬆脫了的鋤頭安上插銷，弄緊實了。

趁爹忙著，香蓮虛掩上門，還是偷偷溜至下山的小路上。田名正耳靈，抄近路攔在前頭，一巴掌把香蓮打翻在地，嘴裏罵開了的：「小賤人，這麼不聽話，氣死我了，我打死你個小賤人。」

這是田名正第一次也是唯一一次失手打女兒。氣撒完了，等他打住，他的手顫抖不止。

香蓮放聲嚎哭，在地上打滾。她頭上身上胡亂地滾滿了草屑。

山下的熱鬧聲一浪一浪灌進田名正耳朵，他更加煩了，朝自己腦袋一拍，返回家關門喝悶酒去了。

傍晚，該吃晚飯的時候，田名正煮熟了飯，卻遍尋不著香蓮，這才大急。後來，他在老婆的墳頭尋著了香蓮。香蓮已經撲在娘的墳頭上睡著了。她頭髮衣服都很散亂，就像山上被風扯亂的冬茅草。田名正憐惜地將女兒輕輕抱在懷裏。

只見香蓮喃喃夢語：「爹，您為什麼不准女兒去呀？」

「傻女，爹沒籌款，我們不占這便宜。」田名正想搭車買票天經地義，無票乘車不好意思啊。

「爹，女兒不是要占這便宜，只是想像娘一樣替你向法師討碗神水啊。」

三

椿寶把棒子柴送到舅舅家後，原本打算是要連夜趕回家的，可是，章老頭說：「椿寶，討火一樣，你有急事？」

「急事倒沒有。」

「沒有就打住幾天，幫我辦幾天蓄土。」章老頭忙於打理生意，地裏的活都積壓在一起，正想抓個人來拾掇一下。外甥的到來，使章老頭喜出望外。

替舅舅幹活，椿寶像給自己幹活一樣賣力，就如一頭大水牯。椿寶兩天就幹完了。章老頭很滿意，打發了椿寶幾尺的確卡衣布。

這一天，吃過早飯，椿寶就辭別舅舅上山了。一路上，他看見螞蟻成群結隊往往返返。螞蟻能最先超前感應天氣的變化，他料定要下雨。抬頭觀天，天就山溝大，不見雲朵。沒料走到半路，竟果真砸下一兩顆雨珠子。路旁或站或坐的岩石如入定的老僧，非常寧靜。雨珠砸在岩石上，迅速便洇濕了一大塊。緊接著粒粒愈密。椿寶大驚，急忙把舅舅打發的衣布展開當做蓑衣披在身上，放快了腳步。

經過約定坳的時候，坐在階基上打草鞋的田名正就喊他：「椿寶，躲一會吧。」

椿寶望一望前面的山路還很漫長，又望一望天似乎也混沌，就猶猶豫豫走進田名正家避雨，他厭惡那雨把他擱在約定坳，如果還早落半個時辰，就留在舅舅家裏了。村裏人多，又加上章老頭開店，一到下雨天，章老頭家就更熱鬧了，打骨牌的，說故事談古論今扯亂談的，商店牆壁上的掛鐘也好像比往常走得歡快得多。可是，現在，這雨卻將他強留在約定坳，陪同田名正這酒鬼玩，一點樂趣也沒有，因此，他鬱鬱寡歡。那片臨時用來擋雨的衣布精濕了，椿寶擰乾水，晾在一根懸著的橫竹竿上。

「你有新衣服穿了啊。」香蓮從屋裏走出來圍繞布料瞧著摸著，羨慕地對椿寶說。香蓮許久沒穿過新衣服了。有時候，她在夢中都見到娘親手給她縫製新衣，睡夢中她流下了幸福的淚水。

「你喜歡的話就送給你。」椿寶說。椿寶不喜歡新衣裳，他感到新衣裳穿在身上引人注目，太彆扭了。

「香蓮，莫胡鬧。你認識這位大哥麼？」田名正對女兒說。

「不認識。」香蓮回答。

從山上下來或從山下上去的路人，稀稀落落，每天均有幾趟，有的是周圍本地的，有的是山外面上山採蘑菇的。上上下下，香蓮其實也看到椿寶偶爾在這條路上走過，覺得有些面熟的，可她口裏卻沒這麼說。

「苦木山上的，叫椿寶。」田名正說。「往後你就叫他哥哥吧。」

「哥哥，真的嗎？我有哥哥了。」香蓮興奮起來，臉上立即展露出燦爛的笑容，像一盤綻放的向陽花。她又纏著椿寶問長問短，她說椿寶年齡比她大，男子漢見的世面多，一準去過山外的世界，問他山外的世界好不好看。

椿寶唯唯喏喏，木訥得什麼話也沒說出一句來。一半他是高興，一半他是真的說不出什麼。他整年整月待在苦木山上，除了偶有到山下舅舅家轉一轉，就沒再去過別的地方，因此，他對山外的世界也一無所知。雖然電視上常涉及到山外的世界，可椿寶不信，認為那是人為的一種做作，可信率不高。

雨勢大了小，小了大，未見停，積在一起彙成了一股很大的山澗水。溪裏的泥鰍還有黃鱔逆著山澗水爬到田名正屋前階基的水溝邊上了。泥鰍天性喜好吊水，牠們成群結隊從山下的水田裏湧出來，在逆水裏搏擊，在逆水裏冒險探索，不斷上蠕，前途的未知的新鮮世界不斷吸引著牠們。待到雨停了，山澗水斷了，往往是很大一部分忘了跟著退水回家，結果就被截留在山澗水的某個積池裏，回不去了，方才焦躁不安起來。

香蓮首先發現了階基水溝邊戲水的泥鰍。水溝裏的水寡黃，淺淺的，分明看得到在水裏愜意穿行的泥鰍的背部，褐色，一群。香蓮不顧淅瀝而下的雨水，情不自禁跑進雨地裏，捉起了泥鰍。她手快，可泥鰍更比她滑溜。她一條也沒捉著，引得她笑著罵著追著。

「夏天的雨是淋不得的，容易起痧，快回來。」田名正擔心女兒打濕了身子感冒生病，關心地喊她回屋。

椿寶急忙取一個斗笠戴在香蓮頭上。他找一把魚簖嚴實地攔在不遠處水的下游，叫香蓮用赤腳攪水把泥鰍往簖裏趕，趕著趕著，泥鰍陸陸續續悉數進了魚簖，一條也沒溜掉。椿寶提起魚簖，十數條簇擁成一堆。那些泥鰍離了水，方知入了甕，上了大當，跳來跳去掙扎。香蓮大聲笑罵泥鰍貌似狡猾，實卻愚蠢之至。

十數條泥鰍，辣椒是可以炒腥了，正好用來下酒。田名正就高興地說：「椿寶，就到我這裏吃中飯。」

「田老伯，給你添麻煩了。」椿寶客氣說。

香蓮喜孜孜弄飯菜去了。椿寶就坐在一邊陪著田名正打草鞋。

「椿寶，你曉得打草鞋不？」田名正問。

「山裏人，誰都知道一點點，我也不例外。」椿寶答道。

「那倒未必，眼下的年青人哪個還興學打草鞋喲。」田名正感歎。

「也是。」椿寶想道。走山路還是草鞋來得輕便一些。他上地多穿草鞋，只有去山下舅舅家時才穿皮鞋。皮鞋屋小，腳趾頭和腳後跟均磨起了趼子。在家裏，椿寶不想穿皮鞋。儘管皮鞋花樣多，椿寶認為山裏人穿皮鞋挺不適宜，不對卯。

田名正慢條斯理織著草鞋。他在稻草裏搓進一些破布，他說這樣的草鞋穿起來柔軟舒服。椿寶不由注意了一下他的腳，他的腳上露出一蘁一蘁的紫色傷痕。椿寶望著猛然想起前些天在路上遇到田名正，看到他抽打自己下肢的古怪模樣，又想到自己最終也沒送他回家，就有點心虛愧疚，感歎道：「田老伯，那天，你也犯不著那樣作賤自己啊。」

「哦，這是那些可惡的螞蟻弄的，螞蟻想在我身上打洞，幸而沒打進去呀。」田名正苦笑。他早忘了那天椿寶初始在場。他只記得醒來後，香蓮心有餘悸向他敘述他差點被螞蟻抬起來的可怖情景。

椿寶沒見著螞蟻那一幕，聽了田名正的話，覺得雲裏霧裏，不知所云。他困惑著以為田名正又在說糊話蒙他。但見田名正的神態又不像開玩笑，於是，就一臉迷茫望著他。

過了許久。田名正對還在發愣的椿寶說：「對象了麼？」

「沒有，找不到，沒人願意嫁給我。」提起這事，椿寶有些懊喪。

「你嫂子轉房給你是好事呢。」

「不，嫂子是哥的。」

「可惜你哥死了。」

「哥死了嫂子還是哥的啊。」椿寶心說不能占哥的便宜。

田名正很欣賞椿寶的認真勁，對他說：「我將香蓮許配你，幹麼？」

「那怎麼成，只怕會苦了香蓮。」椿寶口上這樣說，心裏卻早同意了，他巴不得田名正這樣說。

「你住到我家裏，幫我好好做事，待香蓮長大了，到可以做婦人的時候再正式嫁給你。」田名正說。「當然，工資是沒有的，往後我老了，這家當就全是你們的了，好好努力吧。」

田名正早就中意這個憨實後生，安妥好香蓮他也好了卻一樁宿願。

「我跟我媽商量一下再答覆你。」椿寶回道。他感覺得今後所面臨的世界一下子就寬敞明亮起來。

四

田名正屋側的八棵楊梅樹生長在相當顯眼的地方，非常醒目，即便是遠山下的鄉街上也一眼就可以望見那一域墨綠的樹影。

那地原本是空著的，有時種上蔬菜紅薯，不是雞啄就是豬牛去啃，從沒見過大的收成，過往行人就往往歎息，幾好的地就這樣荒廢著真是可惜了。田名正不知從哪裏弄來八棵楊梅樹苗，隨便挖幾個眼就栽了，當時並沒指望什麼。因為楊梅樹不落葉，田名正只是把它當風景林栽的，冬天這山坳上的北風就如刀子似的殺人，這楊梅樹長大了，多少能夠擋上一擋，夏天勞作累了，到這樹蔭下乘涼休歇，也是一種神仙般的享受。

那地真是異怪，恁地順楊梅樹生長，不出幾年，八棵楊梅樹樹幹均有碗口粗，枝蔓繁盛，齊刷刷地站成了一域寬闊的林子。約定坳的其他農戶出於羨慕，嘗試著也去弄來楊梅樹苗栽種，結果不是夭了就是乾瘦寡黃，一棵也成不了氣候。

田名正的楊梅樹結的果實特別肥大，熟透了的時候紅裏透紫，放在嘴裏，滿口生津。人們把這種楊梅稱做「烏楊梅」。田名正的楊梅漸成坳裏一絕。

一到楊梅出身的時節，山下村莊裏的人就說：「到約定坳吃楊梅去。」

這約定坳就是指田名正呀。

因了八棵楊梅樹，約定坳這個地名也好像成了田名正的代名詞，這是約定坳其他居民所享受不到的。田名正有些沾沾自喜。因此，只要是村裏的人來了，他就將他們帶到楊梅樹下，說反正沒花本錢，吃吧，扯開肚皮放肆吃吧。但也有不懂味的人，他們除了自己吃，還帶了手提袋當著田名正裝了楊梅，說是送給親朋好友嘗嘗鮮。田名正就不高興，拉了臉色不好看，覺得他們是拿別人的屁股光自己的臉。

更有三兩個山下的年青人，他們白天明著來吃楊梅，實是來踩盤子，晚上就背了田名正擇最好的楊梅用蛇皮袋裝了，去到縣城賣。田名正就轉變觀念益發重視起楊梅樹來。他砍一些荊棘編成高高的籬笆牆，把那八棵楊梅樹圈了。從此，不是隨便哪個就可以輕易吃到田名正的楊梅了。楊梅樹正式成了經果林。

今年的楊梅正是當年，青的紅的楊梅果沉甸甸的綴滿枝頭。楊梅樹幹也彷彿被壓彎了腰，豐腴得有些臃腫。

這一天中午，田名正靠坐在楊梅樹上打盹，守護楊梅，一顆熟透的楊梅從樹上掉落在他身上，把他驚醒，他順便投進嘴裏，感覺這枚楊梅真格外甜，都透了心了。

「呵，田名正你日子比神仙還舒服啊。」

突然而起的聲音驚得田名正跳了起來。他怔怔地望著眼前不遠處站著的一位女人，那女人臉上的皺紋像樹的紋路一樣圓勻好看。緩過神後，他說：「章桂芝，什麼風把你吹來的？」

章桂芝是椿寶的母親。青年時候，她和田名正在村裏的掃盲班一起學習過，算是同學。那時候，田名正常喜歡叫她章丫頭、章姑娘。後來，章桂芝嫁到苦木山去了，雖回娘家時，他倆偶爾也見過面，但卻是來往少了，生疏了。

這一回章桂芝居然不請自來，田名正有些喜不自禁。他把章桂芝請進院裏，一邊朝香蓮大聲喊道：「你將樓梯搬到樹下來。」

「你要樓梯做什麼用呀？」章桂芝笑盈盈說。

「摘楊梅你吃呀。」田名正說。

「不用了。」章桂芝伸手就可採得懸掛下來的楊梅。

「不，上面當陽的楊梅好吃一些。」

香蓮正一個人在屋前草坪上默默無聲忙碌。她煩父親打擾她，沒好氣地說：「你自己搬吧。」

章桂芝是無事不登三寶殿。她正在致力於把大媳婦轉房給椿寶，椿寶未曾明確反對。可是，這遭椿寶回家不但明確提出了反對，而且向她彙報了田名正欲將香蓮許配他的這一樁事。因此，章桂芝親自上田名正家來了。她明是來約定坳吃楊梅順道回娘家看看，暗卻實是查看瞭解香蓮的一些情況，她擔心往後大媳婦的事沒安排妥當，香蓮的事也落空了。

遠遠地，只見香蓮身前一團細細光亮，比鏡子的反射光小卻還亮得多，像一個小火球。香蓮把那火球放在一張雪白的紙上移動著，聚精會神，時而失意，時而高興，情緒豐富，都流露在臉上。

走近，白紙上有幾隻螞蟻像是被那團火炙暈了頭，團團轉圈子。看跡象牠們是想逃匿，卻總也脫不了那個火圈。一隻螞蟻僥倖爬到了紙的邊緣，遑急地往地上鑽。香蓮惡狠狠捉了牠，丟柴似的又把牠扔在白紙的中央，將那團火球固定在牠身上，罩著牠。那螞蟻知道香蓮盯得緊，再也不跑了。不一會，騰起一股輕煙，還透著一股燒焦的氣味。那味不是香也不是臭，介於兩者之間。紙上只留下一個凝固的黑點和微微的黃暈。

白紙上擺放著許多具這樣燒焦的螞蟻，赫然在目。章桂芝悄然站在香蓮身後瞧著，只見香蓮手裏拿著的是一隻玻璃酒瓶的底，圓圓的，那團火一樣的亮光便是從牠身上發出的。章桂芝非常奇怪，難道這物什身上也可以生火麼，並且還燒焦了這麼多螞蟻，簡直是不可思議。其時，她只看到酒瓶的底，卻沒有看到頭頂的太陽，更不明白光的聚焦威力。章桂芝就想，這香蓮姑娘真有些邪。

這時，田名正拿著一簍楊梅過來了，那楊梅鮮紅飽滿，枚枚可數，章桂芝眉開眼笑接了告辭走了，並熱情邀請田名正如有時間就到山上去玩。她走至屋前草坪邊的一個豁口處，只上半身還露著，不料她又返轉來，說：「田名正，我到你家來，竟然茶飯不招，幾粒楊梅就打發了，這麼小氣？」她說話的語氣全是年輕時的作派。

「章丫頭，你想吃什麼，自己去弄吧，沒老婆的人就這個樣子呢。」

田名正苦著臉說。他陪著章桂芝往屋裏走。

望著屋子，章桂芝笑著說：「你這破屋子也該改朝換代了呀。」

說者無意，聽者有心。田名正受窘，想起章老頭說他心氣還不如他姐姐一個女人，就不高興，但嘴裏卻附和著：「是不合時宜了呢。」

一想到章桂芝並無惡意，只是隨便問問，他就又自我解嘲地笑笑，也隨便問道：「你改裝了麼？」

「前年就改了。」

那時候，大兒子還沒死，她時常督促兩個兒子快馬催鞭，她總是對兩個兒子說你們也該努把力，把這破屋翻了呀。聽著母親的話，兩兄弟就將腳步邁得更歡。特別是椿寶還沒成家，一心指望建成新屋，某個姑娘就會瞧著新屋而來，所以，也就格外勤快。現在，他們的新屋是苦木山上最漂亮的一棟。苦木山人心儀章桂芝的能耐，往往就言不由衷地榮她：「真服了你。」

因此，章桂芝和田名正聊的時候，不經意就多少流露出了一種成就感。而這種成就感對田名正來說就如同針芒刺背。

五

椿寶果真搬到田名正家來住了。

臨走之前他還和母親章桂芝吵了一架，章桂芝對椿寶說香蓮那姑娘異經異怪邪裏邪氣，只怕上椿寶家來後帶來的不是好運道哦。況且，章桂芝暗地裏還聽到一種言論，說是章桂芝新屋地基地仙沒看準走了眼神，向址偏差了一粒米多，新屋必定沒有老屋聽搞。章桂芝本來對新屋的感覺蠻好，以為是別有用心的人在損她。但一想到新屋落成半年大兒子就早歿的禍事，那是在挖她的牆腳啊，感覺就不免無端的打了折扣。她小心謹慎勸椿寶，你嫂已經是我們家的人了，強家立業勤良發狠，哪一樣不行啊。

「嫂是嫂呀。」椿寶說。他牛氣來了一發橫，硬是在母親的阻撓中離開了家。

一見到椿寶來了，田名正喜上眉梢，馬上安置椿寶的住宿。過去是田名正住一樓，香蓮住二樓。二樓有兩間房，田名正讓椿寶上二樓另一間房裏去住。

待安頓妥當，吃過早飯，椿寶便尋找農具嚷嚷著要做事。他勞動慣了，一刻也閒不住。田名正就說挑糞澆棉花苗去吧。

地在山邊，路就腳板寬。香蓮拿著草鋤走前面，椿寶挑擔糞走中間，田名正也挑擔糞押後。然而，田名正落隊老遠。在椿寶面前，田名正感到自己的氣力大不如從前，是明顯地衰老了。

這時，山上的灌木叢林裏陡然竄出一條蛇阻在路上，通體烏黑，山地人稱這種蛇叫山老公。牠高揚著頭純粹靠下半身飛快地爬行，好像是要與人比高矮。瞧著牠黑不溜秋醜陋不堪的形狀，香蓮便連連罵道：「碾死你，碾死你。」

山上的姑娘見到山中與人比高矮的蛇，都興這樣罵法。她們討厭那蛇的自不量力，就咒惡語期望山神爺從山上滾落一快巨石，將那醜鬼碾成齏粉。而那蛇也便在姑娘們的詛咒聲中，大多漸漸低垂了頭，知趣地隱沒至灌木叢林裏去了。

香蓮罵著，那山老公卻以為香蓮是在唱歌給牠聽，更精神了，氣焰囂張，頭抬得益發是高。香蓮的罵也便愈加厲害。她跳著腳跟，連雷打、火燒、磨碾這樣的毒語都數落盡了。

山老公攔在路中，還是未見軟蔫。椿寶心頭火起，接過香蓮手裏的鋤頭，一頓斬砍，頓時便將山老公截成不連接的幾筒，血肉模糊。香蓮站在一邊助狠：「斬碎你！斬碎你！」

田名正趕上來責備椿寶為何不捉了，山老公是無毒蛇，歎息多可惜失卻了一頓美味。據說，山老公剝去皮燉了，比叫雞公還香甜。

到了地頭。兩個男人挑糞，香蓮就鋤草。

那地不寬卻挺長，彷彿是山的一條腰帶。地中凸生半邊不高的黑石，擋住了人的視線，使人一眼望不著地的盡頭。那塊黑石中間凹有一個飯碗大的孔隙，就像骷髏的眼睛，漆黑陰森，彷彿隨時都在注視著你，琢磨著你，說不準冷不丁就會從裏面忽然飛撲出一種物什，要麼嚇你一跳，要麼到你身上噬一下。平常，香蓮一個人是斷不敢到這地上來的。

田名正挑了四擔糞，椿寶已經挑了九擔了。田名正感到雙腿發軟，氣促發暈，就說：「椿寶，你累了麼？」

「不呀，田老伯。」椿寶挑著糞一點也未見滯停。他說：「你休息去呀。」

「是的，我要喝一口酒才能挑了。」田名正說著就回家喝酒去了。他希望酒能讓他蓬勃一些力量，可是，喝著喝著，酒不但沒讓他增添力氣，反倒頭重腳輕，力氣小得連腳都邁不動了。

香蓮鋤草快接近那塊黑石了，她見父親許久沒來，就顫了嗓音說：「椿寶哥，我好害怕啊。」

「青天白日，你怕麼格呀。」椿寶說。

香蓮愣愣地望著陰森的石眼，目光呆滯。椿寶見了拉著她的手說：「我們一塊去看看，沒什麼的。」

椿寶還說有一段時期，他神經衰弱，常常怕鬼。一次，他夜間一個人走路，看到池塘邊一個黑影墨黑，還隱約在動，以為是鬼，若是換了別人早繞道走了，他卻偏不信邪，反而勇敢地走攏去，一探究竟，原來是一棵柏樹在夜風裏輕搖。弄明白了，知道是怎麼回事了，就不怕了。人有時是自己嚇唬自己。

聽了椿寶的話，香蓮壯著膽跟著椿寶走近黑石。石眼空空的，什麼也沒有。只有石壁上有幾隻螞蟻出出進進。螞蟻身體不大，腳卻特別粗長。椿寶用扁擔試探石眼的底，扁擔不能打彎，沒試著。

山裏十分幽靜。石眼裏透出一些細碎古怪的聲音。香蓮說那是螞蟻在說話。她分明聽得見。椿寶將耳朵湊近石眼耐心傾聽。他只聽到自己的呼吸聲。他有些沉不住氣，就往石眼裏灌糞，啞灌。他說糞能制邪。香蓮就跟著把一些石子土塊胡亂往裏塞。

不一會，一大群螞蟻倉皇且散亂地湧出，愈來愈多，簇滿了那塊黑石，其樣子像是一支潰敗的部隊，狼狽不堪。

待到石眼被糞土填滿了，螞蟻也跑光了。

望著填平的洞窟，香蓮說石眼再不陰森了，再不懼怕了。臉上就陽光一樣浮現笑容。

後來，那石眼裏長出一株梧桐樹，瘋長，就像牆上的蘆葦。長至一人多高的時候，山野忽然刮起一股強勁的旋風，把梧桐樹攔腰扭斷，樹身落到山下的村街上，樹根卻還殘留在石眼裏。

香蓮很高興。她覺得自己是在玩遊戲，並且還獲勝了。她把鋤頭擱在地邊，不想鋤地了，就對椿寶說：

「你休息一會，別挑糞了。」

「我又不累。」椿寶說。

「不累，更要陪我玩。」

「到哪去玩？」

「去樹林裏採摘涼水樹葉，打涼水你吃呢。」

「我不幹。」椿寶擔心第一次到田家上工就偷懶貪玩，即使田名正不知道，怕也是不妥。他原本是要充分發揮自己的勞動熱情好好地表現一番的。他成天想的是山地人不種地吃什麼。勞動是本份呢。因而，他要發揚吃苦耐勞精神，讓田名正和香蓮明白，椿寶這伢勞動是一把好手，是山裏人優秀的後代。在這一點上，他絕對不想讓人看癟了。

「那你是不想吃涼水，是不？」香蓮有些不滿。今天難得一個好心境，椿寶的木訥卻使她掃興。

「想的呢。」椿寶從沒吃過涼水。過去他母親只注重勞動，把打涼水之類視作旁門左道而不屑一顧。有一回，椿寶採回涼水樹葉，希望母親打了也嘗嘗鮮。沒料章桂芝置之不理還惡他，沒你空閒，想吃就自己打去。椿寶參照別人的法子弄，卻沒弄成。他始終弄不明白，同樣的涼水樹葉，到他手裏怎麼就打不出涼水來。他請教山裏的老人們。老人們就告訴他說男人的手蒔田撒糞是打不出涼水來的，那水生成是女人弄的啊。椿寶就作罷。心裏卻羨慕吃到涼水的人。

見香蓮說打涼水吃，椿寶早已心嚮往之，但他又怕誤工在田名正這個未來的岳父眼裏留下不好的印象。

「你不去，我就不理你了。」香蓮嘟噥道。

「聽你的吶。」椿寶終究擋不住內心一角的渴望。

涼水樹說樹卻並不是樹，樹幹只拇指粗細，也就一人來高，生長的樹葉特別青綠肥厚。將這種樹葉放在適量乾淨的井水裏不斷揉搓，便落下一絲一線的果綠色水汁，再將這水汁用水桶裝了，放進清涼透骨的深井裏冰上一兩個時辰，就成了一種果凍狀的糊糊，晶瑩透明，吃起來滑甜爽口。這便是涼水。山裏人說無論天氣怎麼樣暑熱，只要吃了涼水，人便不覺得暑熱了。

這種涼水樹山上到處都有，隨便都可以採集得到。可香蓮說這些要不得，還說山腹中有一口池塘，只有池塘邊生長的涼水樹葉打出來的涼水才格外鮮美。

到那池塘必須橫過一域松樹林。松樹林縱深幽長，好幾里路，鋪滿了落下的松針，厚厚的，緋紅一地，腳踏上去很柔軟，就如踩在地毯上。椿寶和香蓮採了一大捆涼水樹葉回家。暮靄漸漸濃了。天上已經蹦出了星星，山區也不時傳來叫夜的狗吠聲。椿寶不時朝勞作的那地方張望，鋤頭和糞桶只能留在山上過夜了。椿寶想去取回來，香蓮說算了，明天會天光的。

椿寶心裏還是忐忑不安。

六

第二天早晨，香蓮正在灶屋裏打涼水。她突然聽到機動車輛的轟鳴聲，由遠而近。後來竟停在家門口。香蓮就訥悶，這山上又沒通公路，車子怎麼上來的呢。她想到了飛機，這山上偶爾有飛機飛過，聲音也是這麼刺耳。每回她都要好奇地跑出去仰頭瞧一陣子，直到飛機變成一隻蜻蜓遠去，看不到了。

她走到門邊，發現停在門口的是一輛半新舊摩托車。開發一隻腳踏在地下，一隻腳橫在摩托車上，正下車來，他問道：「香蓮妹子，大清早，你忙碌什麼呢？」

「打涼水。」香蓮答。

「你曉得打涼水？」開發懷疑地望著她。

「當然曉得。」香蓮語氣肯定地說。

「你知道我要來，是打給我吃的麼？」開發說。

「是打給椿寶哥吃呢。」

「椿寶？是苦木山上那條傻鳥？木頭？」

開發住在山下的鄉街上，沒事時他常去章老頭家打牌，在那裏見過幾回椿寶。椿寶喜歡到章老頭那裏攥籠，運氣又不好，往往遭別人抓他幾個自摸之後，他就疊聲說，悔不該攥的。偏生他又倔強，愈不和牌他愈攥。章老頭勸他停攥，還抱怨椿寶把他的手氣也拖垮了。最終落個同歸於盡。章老頭開著片店有的是錢，開發他們一班牌友都喜歡陪他。

「香蓮妹子，你的涼水打好了麼？」開發問。

「快了。」

「那我瞧你打涼水去。」

香蓮就返回灶屋打涼水。開發在後頭跟著也進了灶屋。他從背後撲上去抱住香蓮，在香蓮胸前一頓亂摸，他只摸到兩顆葡萄大小的東西，有些硬。香蓮一邊躲閃一邊罵道：「你作死去。」

但其時開發的手已如鐵箍緊得她喘不過氣來，開發的嘴雞公啄米樣在香蓮臉上啄著。香蓮的手堵著開發的嘴。開發的下身也緊貼香蓮身上，開發感到下身有一股濕濕的液體炮彈似的標射而出。開發才慢慢的鬆了手，坐到一邊去瞧著香蓮打涼水。

「死鬼，你還不走。」香蓮恨恨地說。「我爹來了不好。」

「你爹在哪？我是特意來找他的。」

「在屋端頭看守楊梅。」

「我要吃了涼水才去找他。」開發嘴饞說。

「不給你吃。」

「我偏要吃。」開發耍起橫來。

待涼水出來後，開發一小口一小口喝著涼水，一嘴青氣味，還連聲說好吃。涼水原本是伴白糖才好吃的，但香蓮沒給他添加。正吃著，椿寶回來了。

一見面，香蓮就嘟嘴嚷道：「椿寶哥，你早回一刻就好了，打的涼水遭開發霸蠻吃了。」

「椿寶，你沒意見嗎？」開發眼睛鼠似的，溜活，望著椿寶，還笑著。

天沒濺亮，椿寶就去了地頭。他用一個早晨的功夫就把昨天餘下的活全幹完了，並且還一併帶回了香蓮留在山上過夜的鋤頭。他想著可以向田名正圓滿交差了，心情特別好。

屋門口那輛摩托車著實讓椿寶驚訝了許久。是誰有這麼大的本事可以把摩托車開到山上來呢？這個人不簡單啦。沒想，進屋後他發現這人竟是開發，就多少有些失望。他帶著懷疑的目光望住開發，口裏卻寒喧著：「開發，原來是你。」

香蓮舀了一碗涼水，兌上白糖，覺得不甜，又加了一勺，這才遞交椿寶，說：「先嘗一下鮮吧。」

不知椿寶是口渴了，還是累餓了，反正一碗涼水椿寶兩口就吃完了，他抹著嘴，不想放碗，就粗門大嗓地問香蓮：「還有嗎？」。

「等一下再打。」香蓮的手藝椿寶那裏得到了肯定，她也心歡。

椿寶一時有點自失，後悔剛剛吃快了，第一次吃涼水被自己弄得這麼狼吞虎嚥，沒品出味來。

開發想起打牌時椿寶攥籠的那種傻樣子，就發笑，就不由然站起來說：「椿寶，到山下打牌去不。」

「沒空。」椿寶說道。他不經意看見開發的下襠濕了一塊，像地圖一樣有著起伏的紋路，就玩笑：「開發，你怎麼尿濕褲子了？」

「你才尿濕了褲子呢，這是剛才幫香蓮妹子打涼水時不小心濺上去的水。」開發的臉紅了一下，但又倏地恢復了正常，那點紅極快地消失了，他嘻皮笑臉地走出了灶屋，找田名正去了。

只有不諳世事的香蓮兀自站在灶塘邊望著開發的背影發呆，她還在想開發剛才的話，還在疑惑開發幾時幫她打過涼水了。這傢伙說話怎麼老是不邊不際的。

回過神來，香蓮看見一隻螞蟻在灶沿遊爬。灶眼裏燃燒的是劈柴，火焰正旺。那螞蟻偌多的地方不去玩，卻偏要來玩火。香蓮索性捉了螞蟻扔進灶眼裏當劈柴。一瞬間，螞蟻就被焚成灰燼，屍骨無存。螞蟻生命的消失是否也為灶塘增添了一丁火星，一點火候呢？

香蓮抬頭見椿寶還站在那裏，他個頭很高，骨架粗壯，身板結實，渾身透著幹勁，香蓮忽地閃出一個念頭，就說：「椿寶哥，你打得贏開發麼？」

「打得贏，兩個開發都不是我的對手。」椿寶不明緒裏海說道。其實，椿寶也從沒跟開發動過手，但他自信憑力氣開發絕對蓋不過他。可是，既然開發能把摩托車弄到這山上來，可見開發的能力也是不可小瞧的。椿寶想到這，剛才的自信就不免打了折扣。

「你去搧開發一個耳括子，要響！」香蓮說。她把開發看成了坳裏一隻可惡的螞蟻。

「現在？」

「是的。」

「沒有打他的理由啊。」椿寶一頭霧水，猶豫說。

「你真沒勁。」香蓮嘟起了小嘴。

楊梅樹就像一個懷孕快分娩的婦人，看上去雍容尊貴卻沒有絲毫精神。整棵樹上只有鮮亮的醬紅色還誘惑著人眼，密匝匝結滿了枝的那是熟透了的楊梅果。十月懷胎，一朝分娩。楊梅樹也同樣經歷了這一艱難過程的孕育。

一到樹下，不管三七二十一，開發摘了楊梅就往嘴裏送，如在自家院裏。每年楊梅熟時，開發都要這樣來吃上一兩回。只是那時，他還沒有摩托車。待他吃了個夠，方才對正倚在楊梅樹邊打盹的田名正說：「喂，田癩子，還在睡，你的楊梅樹被別人砍得只剩一棵了，不得了啊。」

「哪個啊？」田名正先說話後才睜開眼睛。他站起來，見是開發，又看到遍地的楊梅核，就說：「你吃楊梅要給錢呢，五塊錢一斤，沒少嘍。」

平日，開發挑著擔子到山上來收購蘑菇、莨薑、金銀花，那是小本生意，一分錢也不能少；後來生意做得大了，他在山上收購綠豆、花生，再雇人盤至山下用車裝到外地去賣，他也是說錢歸數算，米歸門量，一副生意人精明的樣子。想到這些，開發抖出一張五十票額的紙幣，爽氣地朝田名正說：「一分錢也不能少，你找吧。」

田名正翻遍所有的口袋，也尋不出五十元的零幣來找。何況他見開發平時滑頭，只是開開玩笑，沒料開發這傢伙這次竟動真的拿錢誆他，田名正就反倒有了些窘態。他岔開話頭說：「你能耐，看這山楊梅值多少錢啊？」

「到城裏去，五千元是不會少的。」開發隨口答道。

田名正一聽，央求道：「你幫我一個忙，好不？」

「什麼忙？你是想做我的岳父吧。」開發嘻笑。

「我那醜女你哪會瞧得上？我是想請你幫我把這山楊梅處理掉哩。」

「你要多少錢？」開發轉著眼珠子，涎著笑。

「四千元，你淨賺一千多元。」

「我才不要，裝運費都划不來呢。」開發撇一撇嘴，一副怡然的樣子。

「那你出多少？」田名正把持不住，心有點慌。

「兩千元，我拿現鈔，怎麼樣？」開發語氣中帶著狠勁，仍舊涎著笑。

「好。」田名正同意了。他想多得不如現得。開發從兜裏摸出皮夾，當場點了現鈔。開發在城裏做水果生意的朋友打來電話，說是要開發幫忙弄批楊梅，賺頭很大，因此，開發是特意來的。

走的時候，開發邊發動摩托車邊朝田名正說：「田癲子，你那女許給椿寶，是鮮花往牛糞上插啊。」

七

山地的夜晚簡單得不能再簡單了。每家每戶，單屋獨向，沒地方可以去玩。

一入夜，椿寶和香蓮就圍坐在燈光下望著田名正喝酒。平添了一筆偌大的楊梅收入，田名正心爽。燒紅磚所需的煤本錢就有著落了。田名正準備要啟動醞釀了無數次又無數次夭折了的建房計畫了。他就說：「椿寶，我們明天開始做磚吧。」

他感覺自己的聲音裏透著果決，粗硬了許多，像是蘸了酒，一下子就添了血性，添了膽氣。

有事做，椿寶身上的力氣就有了使的地方。椿寶說：「場地選在哪呢？」

「楊梅樹靠右不遠的那塊方地，土質不錯，只是略高了一點，做一窯磚把那地挖低矮整平，將來用做新屋場。」田名正早想過了。

「這屋場在路邊上挺好，為什麼要換？」椿寶不解地問。

「這屋場一到漲山澗水的時節，泥鰍就都鑽到屋門前來戲水了。」田名正有些厭惡這個老屋場。住在這裏，他沒作過一天暢快的人。至於泥鰍輕易爬到屋門前戲水是好事還是壞事，他不知道，他只是要為揚棄這個老屋場找一個說得過去的理由。

聊了一陣，就都沒話說了。椿寶覺得乏味就早早上床去睡了。他也不亮燈，一個人無聲地躺在漆黑的夜裏。

不久，香蓮踩著吱吱嘎嘎的木梯聲也上了樓。她房裏的燈光穿過木壁縫隙突然靜靜地落在椿寶的床上，椿寶分明聽到香蓮撳動電燈開關的聲響。椿寶伸出手握了一拳光亮，他縮進被內攤開手掌一看，被內依然是黑，那一拳光亮「哧」地一聲溜了。也許是他壓根就沒握住那團光亮，他有些氣餒。他將頭露出被外，望著漏過來的燈光出神。後來，他索性坐起來貼近木壁縫隙瞧著那邊的香蓮。

香蓮坐在床上，下半身用被子蓋住了。她在脫上身的衣服。她把奶罩也卸掉丟在一邊。只見潔白光滑的胸壁上並列兩顆醬色的大葡萄，雖還沒成熟豐滿，卻也緊緊地吸引了椿寶。椿寶全身的血液均聚集到了眼部，眼睛格外賊亮，彷彿人也不知不覺醉了。香蓮也看著自己的乳房，這乳房生在她身上，她還沒認真看過。她第一次這樣端詳自己。她感受到乳房似乎有了些異樣，這是開發摸過後才有的感覺。她以為是遭開發揉痛了，但又不見青紫，她用手撫摸，她確準這感覺絕不是痛，到底是怎麼了，她一時也說不上來。想到當時的情景，她臉上就酡紅了一大片。在開發還沒摸過之前，香蓮總把這兩顆葡萄看成和她的手指一樣，只是身上一般的器官，冷不防遭開發一摸後，香蓮就發現原來這想法是錯誤的。它可以感覺到手指感覺不到的一些東西，並且還能把這種感覺延及至身體的最深處。香蓮就像一個未啟蒙的孩子，接受了老師的第一課。

發了一陣子呆，香蓮熄燈睡了。

椿寶卻入不了睡了。他在床上輾轉。聽著椿寶翻來覆去壓得床板嘎吱嘎吱響動的聲音，香蓮衝他說：「椿寶哥，你肚子痛啊。」

「沒有。」椿寶含糊地答。

「那你怎麼了？」

「我在想著明天的功夫啊。」

「好好睡吧，是力氣活呢。」

聽著香蓮的話，椿寶收攝了心神，不再胡思亂想。他很快就打起了呼嚕。

椿寶不知是什麼時候醒來的。醒來的時候他抬起頭來望望四周，四周一點亮光也沒有。他聽到雞在撲騰翅膀，很響，響聲裏有一種倉皇或是掙扎，緊接著是雞驚慌短促地尖叫了幾聲。然後又聽大門「吱呀」地開了，有人悄悄地走了出去，像田名正的腳步聲。椿寶猛然記起今天是個什麼日子，急忙翻身爬起來。他生怕驚醒了香蓮，也躡手躡腳下了樓梯，然後追上去緊跟在田名正後面。田名正一手捉著一隻雄雞，一手提著一隻籃子。

田名正說：「椿寶，這麼早起床做什麼，不多睡一會。」

「可是你卻肯定是一夜沒睡啊。」椿寶心裏感動說。

「想著一些事，睡不落啊。」田名正看上去精神抖擻。

「嗯。」椿寶理會地應著。

路彎曲著延伸在前頭，輪廓模糊，他們兩人純乎依賴經驗摸索著走。好在路程並不遠，不一會就到了地頭。那地種的是油菜，剛收過。地上殘餘著收刈後的油菜稈，齊膝深，密密麻麻像林立的刀槍把黑烏烏的地晃得有些白。

田名正把雞和籃子都放落在地。籃子裏裝滿了祭祀的酒、牲，還有香紙，待到啟明星升起的時候，他就整齊有序地擺好祭品，口裏虔誠地禱告，椿寶陪在一邊，都不知他在說些什麼。不一會，田名正眼裏漸漸釀出一種光芒，像狼，佈滿了殺氣。他嘴裏橫叼著一把熠熠發亮的菜刀，只見他一把就撈過雄雞，動作麻利，狠勁十足。他往雄雞頭部猛拍三下，雄雞就「嘎嘎」嘶叫，一聲比一聲尖銳粗豪，將這渾渾黑夜撕開了一條大口子，似乎還隱約還聽到布帛一樣裂毀的聲音。他切斬下雄雞的頭，就像切割一根蔥蒜的頭一樣容易，沒有猶疑。

先前章老頭籌款打春祭，田名正說他不信，沒有籌款，那不是真話。他主要是氣不過章老頭吝嗇不賒飼料添加劑給他，並且還藏奸使滑。他認為這麼莊重的祭事不應由章老頭來主持。章老頭只不過是有錢，但他的德行卻還差得遠。他看著不順眼。為此，他還遷怒失手打了無辜的香蓮，以至反悔不迭。

田名正把雞血滴在一隻裝了酒的碗裏，又輕聲唱喏祈求了一會，無非是些恭請天地諸神庇護人興財旺之類的話。田名正將滴了雞血的酒朝東南西北四個不同的方向各灑潑了一些，又高舉著那無頭的雄雞繞著地邊手舞足蹈一番。他的衣服本就舊了，褲管被尖尖的油菜稈刺穿了幾個窟窿，他也沒在意。末了，他把無頭雞隨手丟在地上，站在一邊喘息，他有些累了。那無頭雞盲目地撲騰了幾下，伏在地上沒了動靜。

坐在地上，就著祭品，田名正喝起了酒。他對椿寶說：「你也來喝吧。」

「我不喝。」椿寶不喜歡喝酒。

「喝。」田名正討厭婆婆媽媽的男人，說：「況且這酒你來了就非喝不可。」他埋怨椿寶少不更事。見田名正作古正經一臉莊重，沒辦法，椿寶只好陪他喝酒。喝著酒，田名正話就多了，他問椿寶：「你主持過退煞麼？」

椿寶說沒有。山地人辦紅白喜事與土木遷新居，均是要退煞的。退煞一般是由每家當家理事的男人主持。椿寶沒當過家，父親在時是父親，哥在時是哥。但對天煞地煞五皇三煞……椿寶也略知一二。有時候，椿寶也想弄一回玩，可是一直輪不到他，他還不夠資格。

「在這行上要多長進呢，往後當家理事了，就全靠自己了。」田名正抿了口酒，語重心長地說。

「嗯。」椿寶一想到今後也要當家理事做自己的主，心裏就莫名地高興。他就多喝了一點酒，臉紅耳赤像關公，他的勞動熱情也就水似的往上漲。

喝過酒，椿寶握著鋤頭就要動工。田名正說：「且慢。」椿寶方才知道自己的魯莽。田名正接過椿寶手裏的鋤頭，肅穆地默念了一會，然後大喝一聲，在地頭狠狠地啃了一鋤，才把鋤頭交給椿寶，說：「人旺家旺萬事旺，椿寶，好好幹。」

椿寶甩開膀子做起磚堤來了。他記起動工的第一鋤是應由退煞的主持人來完成的，就如電視上的領導剪綵。椿寶渾身是勁，又得法，效率也特別高。不一會，收割後的油菜地裏就出現了一條筆直的磚堤。

這時候，周圍的土地樹木像版畫從靜夜的底板上凸現出來，漸漸明晰起來了。椿寶抬頭看到了山的頂峰，黑暗也正從岩縫樹林間漸次退卻。跟著，椿寶又看到了一抹淡紅射上去粘附在峰沿，給山峰平添了一層鮮亮的光環，儘管淡淡薄薄，但椿寶快活極了。

椿寶知道那是早晨的太陽行將升起來了。

八

香蓮起床的時候，太陽已經明晃晃地照在了木壁上。那裏有一塊鏡子，是香蓮要椿寶昨天下午安裝上去的。鏡子把太陽的光反射至屋柱上的白色挽聯上，香蓮就又想起了媽媽，心就像太陽照不到的角落一樣陰暗鬱悶起來。

昨晚她夢見一條怪蟒遊進了她的睡房，那蟒橫身烏黑生著雞冠樣的頭，一進房就爬上床藤蔓似的纏住她的身體，她想喊喊不出聲，腳想動又一點也動不了。想起夢中可怖的場景，她就心有餘悸。若是娘在的話，她是可以向娘請教指點迷津的啊。可是娘沒了。

透亮的鏡子中央有一點黑，香蓮湊近了才發現那是一隻螞蟻。螞蟻分毫畢現在鏡中央，高興地隨意舞動，不時變換姿勢。牠看著鏡中的自己，欣賞著自己的靚影。香蓮頓時覺得牠是在跟鏡中的自己作戰。香蓮分明看見螞蟻的陰影投在白色的挽聯上，她惡作劇地朝螞蟻吹了一口氣，鏡本光滑，一受外力，螞蟻就輕飄飄隨著氣流飄起來，在空中翻著筋斗落在地上，覓著縫隙鑽得不見蹤影了。

屋子裏空空蕩蕩，田名正和椿寶均在磚場上。香蓮就也時常到磚場上去玩。

已經開工幾天了。椿寶幾乎沒歇什麼，一直站在磚臺上做磚。他頭頂上撐著用樹枝搭就的涼棚，他拿捏泥坨一點也不見吃力。隨著他將泥坨往模子裏一印一撳的聲響，泥漿飛濺，磚就成了。田名正一邊做一些碼磚的輕鬆活，不無愜意地一邊和椿寶說一些山地的掌故見聞。他早就想做一窯磚，一直沒做成，除了財力不足外，更讓他為難的是心有餘而力不足。現如今因添了椿寶的參與，這樣重累的日子好像過得也挺輕易似的。田名正進一步肯定了自己當初押寶一樣的眼力。

椿寶渾身是泥，像一尊活動著的泥像。香蓮見了就說：「椿寶哥，你把衣服脫下來，我給你漿洗一下吧。」

「不洗算了。」椿寶說。衣服你今天洗了，明天穿在身上又壞了，懶得洗。

但經不住香蓮的磨，椿寶就把衣服脫下來丟在了地上。沒想衣服竟像人一樣站立不倒，硬梆梆的，彷彿它也具備了某種骨質。衣服的骨質是泥漿和椿寶汗水的混合物，更多的是椿寶的汗液，加上太陽一曬，衣服便殼一樣硬，上面還粘附一層厚厚的白色晶狀物，像鹽霜。香蓮就說：「椿寶哥，你別要太發狠了啊。」

「沒事呢，香蓮妹子。」椿寶就回答，心裏有些感動。

下午，天下了一場雨。雨不大，卻是纏綿不絕到晚上才停。幸虧椿寶發現了雨腳，見機得早，磚堤上都覆蓋上了防雨的稻草和塑膠布，才免遭了損失。為此，椿寶自作主張在磚場上臨時搭建了一個簡易工棚，他晚上就睡在裏面，說這樣可以隨時感受到天氣的變化，更方便照料磚場。他擔心磚堤淋著雨垮塌了。那他的努力和苦累就白費了。田名正更歡喜於椿寶的主動和機警，特意囑咐香蓮要抓好生活，服侍好椿寶。

椿寶晚上一個人睡在潮濕的工棚裏。雨又下起來了，他聽著那微雨打在棚頂的聲音，單調冗長。天就像一隻鍋底深邃得沒有星星沒有月亮，好像唯其下雨才知道天還存在著。有夜鳥撲楞楞從工棚上空飛過，落下一串串的叫聲。這時候正是呼鵪鶉的大好時節。椿寶心一動，就回家取來了一隻乾葫蘆。

椿寶想著自己一個大男人也沒遊手好閒，就因了生在山上，娶不到老婆，還要到別人家來做上門郎。他心情落寞得無以復加。他發狠勞動並不是真要在田名正和香蓮面前積極表現，而是他穩實勞動慣了，不會藏奸使滑。他想做人就要做好男人。在他眼裏，那些不惜把力氣和熱情花在土地上的人才是山地的好男人。土地上不出產莊稼你再滑也無鳥用。苦木山的土地廟兩邊就鑲嵌著一副對聯：「土裏生萬物，地內產黃金」。他認同這話，想起自己，想起山上許多像自己一般境況的男孩，他感歎著世事的不公，不知不覺就把葫蘆放到了嘴邊，吹了起來。

「嗚……嚕！嗚……嚕！！」整個約定坳就泡在淒切的葫蘆聲裏了，遠遠近近，飄飄忽忽。香蓮也聽到了，她本來躺下睡覺了，又重新穿衣起床，摸索著向工棚走去。她知道那是椿寶在吹。循著聲音的方向，她一路輕輕地喊著：「椿寶哥！椿寶哥！」

椿寶聽到了香蓮喊他，但他不便出聲回答。好在這一回香蓮變懂事，喊一陣就停了。她生怕破壞了這種氛圍，趕走了什麼似的，反而輕手輕腳走進工棚，依附在了椿寶身上。

「嗚……嚕！嗚……嚕！！」椿寶不停地吹。這是不能走調的，假若一不小心走了調，就會變成淫穢之聲。這種淫穢之聲極容易把一些陰狠之物吸引攏來，朝你張牙舞爪。照毛主席的話說是牛鬼蛇神都會跳出來。小孩子不聽話的時候，山地的大人們就往往用牛鬼蛇神來嚇唬小孩子，因為這種教育根深蒂固，所以，無論是哪個孩子，一聽到牛鬼蛇神就渾身起雞皮疙瘩，剛才還哭鬧的就乖乖地不哭不鬧了。

細細的雨絲時斷時續在飄，落地無聲。工棚四周不時有飛鳥墜地的聲響。椿寶用膝蓋頂了頂香蓮，示意她出去留心瞧一瞧。香蓮心裏有些發怵。但她實在好奇加上還略微有點頑皮，最後，她還是麻著膽子鼓起勇氣走出了工棚。剛跨出幾步遠，她的腳便踢到一團小小的黑物，感覺不同尋常的柔軟。那黑物受了一踢，驚悸地撲騰了一下翅膀，向前低飛了兩步遠，就暗伏在磚堤邊不動了。這是一隻傻鳥，看樣子很笨拙，不善飛行。香蓮毫不費事就輕易逮到了牠。香蓮的手指鮮明地感覺到了鳥的瑟瑟發抖，還有牠溫熱的體溫。香蓮就生出了一種勝利的快感。

周圍繼續不斷出現了這種墜地的聲音，香蓮知道都是鳥。她趕緊到工棚裏取來一隻蛇皮袋，在磚場上捉起鳥來。原來那些鳥聽到椿寶的葫蘆聲，以為是母親在深情呼喚：「歸……來，歸……來。」也許牠們至死方才明白這是聰明的人類特意設置的圈套，為的是捕殺牠們。先祖一代一代傳下了這種技藝，鳥們一代一代鑽人類的圈套。牠們擔心萬一母親真的有事而牠們又不在身邊，那不成了不仁不孝不義了嗎？於是，牠們每聽到這模擬的虛喚，仍舊會義無反顧的冒險。

深夜，雨停了。葫蘆的深情絮語聲也漸漸歇了。香蓮喜氣地望著這一蛇皮袋的鳥，問：「椿寶哥，這就是鵪鶉麼？」

「除了這傻鳥，還能有誰啊。」椿寶覺得累了。他交待香蓮把那一蛇皮袋鳥拿回家去，不要放在地上，就懸掛到木壁上去，免得遭老鼠吃掉了。然後，他木頭一樣倒在床上。

香蓮弄亮電燈，兀自欣賞著蛇皮袋裏的鵪鶉。鵪鶉尾巴短，頭又小，羽毛赤褐色。這個時候，牠們緊緊擠挨在一起，就像一堆呆物，但呆得很是可愛。她睡意全無，興致勃勃擰出了一隻小鳥來把玩。小鳥耷拉著眼皮，沒精打采。床上，椿寶已經響起了鼾聲，鼻息粗重。想到椿寶白天太勞累也該睡了，明早又要清早起床，香蓮心裏頓生憐惜。她走近床邊給椿寶掖了掖被子。這時候，山地的夜已非常的涼。她立在床邊看著椿寶，椿寶粗眉大眼，透著硬朗。她是生平第一次這樣近而認真的看一個男人，一種異樣的情緒在她心裏翻騰。椿寶猛然睜開眼睛，一把便將香蓮拉倒在他身上，抱住了她。旋即翻身把香蓮壓在身下，一口就啃在了香蓮的粉臉上。香蓮驚慌地說：「椿寶哥，你騙人，你沒……」

椿寶並不答話，喘著粗氣，騰出一隻手就來解香蓮的褲子。香蓮急了：「椿寶哥，不要，不要，你……你

「我要！」椿寶這麼大了還沒近過女人。他心裏憋悶得慌。何況香蓮遲早是他的女人。

「我還小，長大了再給你啊。」香蓮著力推開椿寶。

不能。」

九

女大十八變。

夏天，草肥河肥。香蓮也就像屋端頭那條苦木山上流下來的小溪，漸漸的有了水氣，臉上還紅朵朵的。田名正瞧著打心眼裏高興。他覺得身上的責任隨著香蓮的長大在一天天減輕。香蓮要是長大了成家了，他也就牛彎卸下了牛背，落心了。

吃過早飯，田名正去了一趟鄉街上。他是特意去會開發，請開發幫忙聯繫貨車運煤來燒磚。他認為開發是可以幫他辦成這件事的。況且，他也只認識開發。小時候，開發也是約定坳人，父母也和田名正一樣，終年累月侍弄山土，從地裏刨食。開發高中畢業後，父親要他秉承「耕家為大本」的祖訓，他卻偏扯反線學做了生意。父親說做生意是一碗砂子飯，難吃，莫要把米打濕了。開發打定主意一定要試一回。沒想這一試，還真給他試出了一條路子。現在開發在鄉街和縣城各有一個門面，好歹成了一個小老闆，兜裏多了幾個錢。後來開發想安排父母到縣城去住，他父母說看不慣花天酒地，住不慣鴿籠一樣的樓房，死活不肯。於是，他就把家遷居到鄉街上，讓父母幫他照料生意。他父母脫離了土地的牽絆，也算是享盡兒子的福了，因此，山裏人很是羨慕他們。

鄉街上的章老頭從搞集體開代銷店開始做生意，大大小小的場面也見過不少，從沒服過任何人，但他服了開發。他逢人就說，開發這小子鬼精靈泛，天生就是做生意的料。

還沒走到半路，田名正就碰上了開發。開發騎著摩托車正迎面馳來。這回他在摩托車上裝上了收音機，一路吼著音樂開過來，好不氣派。只見他騎著摩托車在這窄窄的山道上左彎右拐，瀟灑自如。收音機開得震天響，他也跟著收音機使命吼。歌是刀郎的。分不清是刀郎還是開發在唱了。地頭勞動的農人都停下農活，望出他好遠。

摩托車遑急的停在田名正身前。田名正嚇了一跳，慌忙閃在路邊地裏，路本就逼仄，沒地方可閃。開發一條腿橫在摩托車上，一條腿支在團上，得意地說：「咦，田癲子，你上哪去啊？」

「特意來會你。」

「會我？什麼事？」開發裝了一根煙。

「回我家再說吧，正好殺了鵪鶉，我們喝一杯。」田名正想著自己央求開發辦事，即便沒好東西回人家的情，也必得有所表示，有所招待。

「哦，那好！上車！肚子正餓了。」開發把煙叼在嘴裏。

田名正笨拙地爬上摩托車。山路凸凹不平，即便走路都要小心防著怕磕碰了腳趾頭，而開發卻偏生賊膽，過小溝的時候，摩托車開得像飛了起來，震盪得田名正的心肺都像在晃悠。特別是到了坡梁上，山風在耳邊「呼呼」作響，眼前的山林一排排往後面倒，田名正望了一眼坡下，感到那個高度忽地陡得人發暈。路是熟路，田名正往常走這條路壓根就沒過這感覺，這回坐在摩托車上就忒是不同。他死死揪緊了開發後背的衣服，喊道：「下車！我要下車！」

「沒事的。」開發有些好笑，大聲回應他。

「我不坐，我不坐了！」田名正堅持著說，並執意地準備往下跳。他不想糊裏糊塗丟了性命。好死不如賴活著，開發你這樣遲早會把小命玩掉的啊。開發只好讓田名正下了車。田名正腳踏在實地上，心也實了。他望著開發駕駛摩托車一溜煙鑽進了樹林裏，只傳來他那粗獷的歌聲，時斷時續。

正在做磚的椿寶和香蓮聽到歌聲，就去屋門口瞧究竟，見又是開發，椿寶就說：「你吃飽了撐的。」「怎麼，椿寶你不歡迎？」開發說著話，他眼睛卻瞟著香蓮。

「以為你有摩托車就了不起了，誰稀罕，有能耐到你爹媽面前逞去。」椿寶不喜歡開發賊似的搞法。他牽著香蓮就返回磚場去了。

「你是條傻鳥。」望著椿寶的背影，開發狠狠罵道。他高翹著腿躺在摩托車上，繼續唱歌。他實在沒把椿寶當回事。

不一會，田名正就回了。他走得有些氣促，見開發還在屋外坪裏，就說：「開發，你進屋裏坐呀。」他擔心開發口渴了，就端了一碗涼茶讓開發喝。接著著手張羅款待開發的下酒菜。他打開蛇皮袋，捉了一隻鷓鴣遞給開發，囑他幫著拔鷓鴣的毛。見開發猶疑，田名正就告訴開發，吃鴿子、鷓鴣都不要先殺，就是在活活拔光了毛後，再剖。說著，他自己也捉了一隻，示範著拔起來。只見毛拔出的地方，滲出細細的血珠子。鷓鴣毛很細，伴著山風在約定坳飄舞著，樹上也是，田土溪溝裏面也是。椿寶看到飄至磚場的鷓鴣毛，冷哼了一聲，憐惜他花了一夜呼的鷓鴣這下算是餵了狗了。狗受了恩見著人還知道搖尾巴，比人強多了呢。

開發沒吃過鷓鴣。他早就嘴饞這山珍了。

有一夜，閒著沒事，開發也曾抱著葫蘆到山上學呼鷓鴣，吹著吹著，他果真聽到「沙沙」的響聲，以為是呼得鷓鴣了，就滿心喜悅去捉，沒成想入手冰涼滑溜，是一條蛇。那蛇在騙牠的開發手上狠狠咬了一口。開發的手迅速腫了，直至心口。他父親連夜找著田名正醫治。田名正有一手專醫蛇傷的絕活。他只看齧痕就辨知咬開發的是一條五步蛇，那毒延不過明早晨，但對症下藥，就很快治癒了。因此，說起來田名正還是開發的救命恩人。當然，這是早幾年的事了。

「您找我有什麼事嗎？」開發問田名正。

「哦，是想請你幫忙聯繫車子運煤的事呢。」

「您的忙我一定幫！」開發一口應承。

大後天，縣城裏的朋友就要進山來裝楊梅了。開發想要求他順便帶一車煤進來。他料知田名正燒磚是需要煤的。這樣，車子兩頭不跑空，一來在田名正那裏可以收取運費，二來也是順水人情。田名正的不請自來，正遂了開發的心意。他上山也是來商量這件事的。

開發還買了幾匹馬。他聽鄉里的人說苦木山要搞旅遊開發，就毫不猶豫作出了這個決定。遊客上山下山沒馬是不行的。屆時這些馬就可用來出租。他想讓住在約定坳的田名正替代他看管。往後的出租費就二一添做五。還說車子只能通到鄉街上，田名正花費一筆很大的誤工費才能把煤盤至約定坳，有了馬這筆誤工費用也省了。田名正喜歡喝酒，卻不敢承接牧馬的事，他說：「這得要問一問香蓮。」

一聽到香蓮，開發就來了勁。他說：「田癲子，我來幫你做磚吧。」

「你？做磚？別調我了。」田名正懷疑地望著他。

「是真的，我想到縣城郊外新辦一個磚廠，不懂行不行哩，所以想先跟椿寶學學。」開發說得活靈活現。

田名正摸不準開發的真實意圖，但還是默許了。

開發掏出手機打電話，說是要與縣城的朋友敲定運煤的事。手機上一格訊號也沒有。也許是房子擋住了，訊號不好。他就握著手機到處尋找訊號強的區域。他尋尋覓覓悠至磚場，竟然滿格的訊號，電話馬上就通了。

磚場上，椿寶做磚，香蓮就碼磚，他倆配合得很默契。香蓮鼻子上沾染了一抹灰塵，身上也糊滿了泥土，像戲院裏面的小丑。開發看著她就發笑道：「香蓮，瞧你灰頭土臉的樣子，付你工資，幫我到縣城守網吧去吧，吃香的喝辣的，你就不用吃這個苦了。」

近來，網吧生意挺火爆。縣城那個門面一直沒發揮作用，原來租給了別人，現在租期眼看滿了，開發想要回來辦一家網吧，卻苦於一時物色不到合適的人打理。父母提醒他找一個對象結婚算了，開發說還要好好玩幾年才結婚，太早結婚沒意思。他不相信愛情，這世界有錢就有愛情。正如俗話說的：窮在路邊無人問，富在深山有遠親。每次當髮廊妹也扭著腰肢嗲聲嗲氣衝他說「我愛你」時，開發就說，你要愛就愛個夠吧。開發想發洩的時候就到髮廊裏去，和她們做愛，只要袋裏有錢想怎麼樣就怎麼樣，玩一個換一個，變著花樣來，方便極了。

香蓮望了一望椿寶，她不知道網吧是做什麼行當，以為椿寶會明白。而椿寶只顧埋頭做磚。開發知道香蓮不一定懂，但知道香蓮一準是可靠的人。這世界能有幸找到一個可靠的人，也是難能可貴的了。

椿寶見開發盯著香蓮不動，便將磚夾微揚起來，擇一坨濕泥用力印下去，只聽「啪」地一聲，一撮泥漿濺在了開發眼眶上，害得開發一邊揩，一邊煩惱地說：「椿寶，你小心呀。」

「這裏不是你待的地方啊。」椿寶開心地說。

「田癲子剛才還要我來跟你一塊做磚呢。」開發回道。

「不要你來礙事。」椿寶厭惡地說。

這時候，田名正來叫開發和椿寶喝酒。椿寶不去，他不想跟開發一塊喝酒。見椿寶不去，香蓮也沒去，留下來和椿寶做磚。田名正記起牧馬的事，便徵詢香蓮意見。香蓮說要放你放，反正我不放。田名正望著一邊的開發。開發說沒事沒事，利潤平分，還用犯愁找不著放牧的人麼。

十

約定坳的山嘴上天生著許多的岩石，高高矮矮，圓滑得不見一點輪廓。附近山上，山路邊，還有菜地邊，野草莓正紅。幾匹馬病蔫蔫地啃著草，牠們馱了幾天煤，顯而易見是累了，毛髮上沾染了煤塵。香蓮趴在一塊略斜的平石上，身邊擺了一些鮮紅的野草莓，這是她剛採來的，她邊吃著野草莓，邊瞧著不遠處的椿寶做磚。

磚場上，十數壟磚，一個樹枝搭就的涼棚。椿寶站在那個涼棚裏，陽光已然炙不到他。只見椿寶的手一揚一揚，專注地做磚，看不到他臉上的汗，也聽不到他做磚時節奏分明的響聲。椿寶就這樣在那個安靜的畫面裏活動。香蓮看得癡了。

香蓮是在放馬。

一車煤，用了幾天才盤至約定坳。起初，椿寶拒絕用馬，他說就用人力，挑。他和香蓮挑煤，一天到晚不停也就三五個來回，十多噸煤怕要花上半個月時間才能挑完。他是吃得消的，只是苦了香蓮，到了第三天，香蓮肩膀磨出了血泡，再也挑不動了。望著香蓮肩膀上的血泡，椿寶才放棄了固執，改用馬馱。他去趕馬的時候，白遭了開發的一頓奚落。「椿寶，我說你是一條傻鳥，你還不承認。」椿寶眼睛盯著地面，地上並沒有縫，他只好忍了。

馬馱的效益比人力自是要高得多。何況是四匹馬呢。馬背上橫擔著兩個大簍子，簍子裏裝滿了煤，椿寶和香蓮只用跟在馬屁股後面走就成了。一路上，香蓮直說開發的腦子靈醒。香蓮這樣的話像刀子將椿寶的心壁劃開了一條槽，椿寶分明聽到血流湧出的聲音。椿寶實在不知道自己堅持的是否對。事實上，馬確實比人馱得多，速度也快，省工又省力。他不願意承認這個事實，是因為這馬是開發的。

昨天，運完煤後，香蓮要椿寶立刻把馬給人家開發送去。田名正說：「別急，開發幫了我們忙，就這樣還馬，對不住人家的，馬肚子也沒飽，病馬一樣，餵幾天待餵順了膘再送也不遲。」

田名正想：開發高不高興擱一邊，這樣送馬於情於理都不合啊。

於是，香蓮就放馬。她原本是不願意放馬的，但想著開發對她家的好處，還是同意了。

當香蓮津津有味把野草莓吃得一枚不剩的時候，她才把目光從磚場上收回來。那些自由自在啃草的馬已然離她遠了，有的甚至隱到高高的岩石背面去了，只看到粗長的鬃毛在石頭後面忽隱忽現。山嘴那一面是懸崖，如若馬失蹄落下去，香蓮擔心賠償開發不起。她趕緊爬起來，去趕馬離開那危險地帶。

平常，她一個人很少到那地方去，那裏安靜得讓人有些害怕。她發現那些石頭在這樣的烈日下竟水滋滋的，晃著亮光，像人的微汗。石頭下的草也格外的青蔥肥壯。縷縷奇香打石頭草叢間氤氳而來，醉得人的骨頭也彷彿酥了。這時，她看見幾隻蝴蝶蜻蜓爭相翩翩飛往同一個去處。她好奇極了，就攆著馬往那邊趕，愈走近，香氣愈濃厚。

轉到岩石背後，才發現岩石下面是一塊窪地，一丈見方。窪地上種著花，那花極其妖媚，紅的藍的紫的都有，葉子和板板豆差不多，同樣一種植物卻能開出這麼多種顏色妖冶的花，香蓮長這麼大還從沒見過。紅的紅得乖態，藍的藍得鮮豔，紫的紫得詭謐。還彷彿欲抱琵琶半遮面，羞達達的樣子。她驚奇極了，這絕對是世界上最美麗的花朵。每一朵都如同一個美少女張著水靈靈的眼睛嫵媚地笑著，魅惑無比，使人心旌淫動。香蓮站在岩石的邊緣向下望著，許多的各色各樣的蝴蝶蜻蜓出沒於花叢間，這種近距離的接觸使蝴蝶們也變得愈加美麗了，好像微熏的樣子。

這是什麼花呢？是誰人所種呢？莫非是父親種的？這地方除了父親又有誰會來呢？香蓮生長在這個地方，竟然不知道有這樣一處所在。她忙向遠處的椿寶喊：「椿寶哥，你快來呀。」

「什麼事啊？」椿寶迷惘地望了望香蓮所在的方向，又埋頭做他的磚去了。

「呆瓜，要你來就來啊。」香蓮急著喊。

椿寶這才動了。他一身泥水走近香蓮身邊，看到那些花，驚叫道：「哇，這麼多的罌粟花。」

香蓮對罌粟花知之甚少，只聽說這是山地最美也是最毒的花。她一直嚮往和害怕著這種花，罌粟花的神秘深深吸引著她。這花山地非常罕見，她作夢也沒想到如今就生長在自己身邊。此時，猛然見到罌粟花，香蓮心中惶惑而不安。她問椿寶：「這麼美麗的花真是有毒的？」

「這花本身無毒，但結的果子卻是製造毒品的主要原料，是政府禁種的。」椿寶納悶，種這麼多的罌粟花，絕對要判罪的，是誰吃了豹子膽啊。他問：「是你家種的麼？」

「不知道啊。」

「你先不要聲張，去問田老伯就知道。」椿寶覺得這事非同小可。

罌粟在山地早就已經絕了種。山地窮鄉僻壤的，大家均在想方設法廣開門路發財致富，近兩年竟又有膽大妄為的人瞄準了罌粟，不怕禁令背著人種起來了，也不知種源是從哪來的。躲躲藏藏，偶有運氣好發了的，比種其他經濟作物合算得多。更多的是被人發現舉報遭派出所逮了去，多則十多年，少則三五年，長年蹲在那黑黑的高牆裏，不見天日，後悔當初不該冒險種那東西，以至失了自由，生生地不得與妻兒老少晤面。

香蓮也沒心思放馬了，與椿寶徑直回了家。路邊菜地上馬穀豆、菠菜，還有各色野花鮮明地張揚著盛夏特有的景致。她一概都不屑一顧了。這時候，她看到路上的螞蟻也牛馬一樣大，且牠們的行動狡猾快捷，這又是牛馬所不可比擬的。香蓮加快了腳步，竟在山道上小跑起來。椿寶在後面不時喊她，香蓮你不用這樣犯急。香蓮一句也沒聽進耳朵裏。她趕直橫穿過菠菜地，將一地菠菜踩得一塌糊塗。一丈來高的土埂，她也縱身便跳，這樣的高度她平常是不敢下毛的。她氣促得口唇也青紫了。一進屋她就依在牆壁上語不成聲：「爹……」

田名正瞪著那雙豬尿泡樣的眼，手裏拿著酒盅，瞅著香蓮的毛躁，笑說：「女啊，什麼事使你這麼激動？」

「我看見山嘴上的罌粟花了。」休息一會，香蓮氣也順了。

「你一個人？」

「還有椿寶哥。」

「罌粟花很漂亮的呢。」

「可是，有毒，種不得的哩。」

田名正撫摸著香蓮的頭。香蓮也明白善惡是非了，田名正欣喜地說：「你長大了。」

「這不是你種的吧？」香蓮擔心地問。

「怎麼會呢？」

「爹，我們不要種，我好害怕啊。」

田名正望著隨後趕來的椿寶說：「你不好好做磚，跑到山嘴上去幹什麼？」

「我……我……」椿寶也以為田名正責備得對，一時語塞。

「椿寶，香蓮，你們也不小了，該懂事了，罌粟花的事，你們就如沒看見一樣，不要對任何人說起，明白了麼？」田名正慈祥地望著這一對年輕人。

椿寶和香蓮都小心答應了。

「啊呀，你們作古正經，在做什麼呀？」開發扛著一部舊十七吋黑白電視機跨進門檻。

「開發，電視機是誰的呀？」田名正問。

「白送給你的，我家新買了一部長虹大彩電，這台舊黑白擱在家裏礙手礙腳的，就扛來了。」開發解釋說。

「那怎麼行，還是給點錢吧。」田名正一聽，不安地說。

「不用了，田癲子，你救過我的命，我是記得的。況且，我自己也要看的。從今天開始我就正式幫你做磚。」開發說。

「開發哥，你好有本事，難得你真會替我們家著想。」香蓮高興起來，對開發的欽羨都寫在臉上，過去開發給她帶來的不快也不見了。香蓮早就想家裏能擁有一台電視機，跟爹說過多次，田名正一直沒答應，他手頭無錢。

椿寶孤立在屋角落裏，局促不快。開發對他說：「椿寶，有電視看了，難道說你不高興麼，往後我就向你學習做磚了。」

十一

開發耐不住山地勞動的苦累，才想得竅門做生意成了有錢人，現在竟然要學做磚了，就是打死椿寶，椿寶也不信。開發必是另有目的。一想到開發自認為有錢就眉毛也長三寸的形狀，特別是開發在他的未婚妻香蓮面前表現出來的那種狂和酷，椿寶的心就如泡在鹽裏。

早晨，在磚場做磚的時候，香蓮對椿寶說：「也難為開發，當真來跟你學做磚了。」

「他不是做磚的料。」

「但人家來跟你學，總是心誠的了。」

「黃牛不同水牛伴。」開發說。

「不懂。」

「無錢人跟有錢人混在一起，就好比麻雀夾在雁陣裏，會有好果子吃麼？」椿寶說：「香蓮，你我是麻雀啊。」

「椿寶哥，那我們也暗暗使勁吧。」

「嗯。」聽著香蓮的話，椿寶就高興，身上的力氣就潮一樣漲上來。畢竟香蓮的心還是向著他的。日上三竿，椿寶做完了一壟磚，開發才揉著睡眼到磚場上來了。他有睡懶覺的習慣，想起早床也難於做到，更何況昨晚上他弄了大半個晚上的電視機，誤了睡眠。椿寶守在磚場上，他就睡在椿寶的房間裏。香蓮就在那邊折紙鶴。

昨晚，開發吼著刀郎的歌。香蓮聽得入了迷，紙鶴折了一半也丟一邊不折了。她便隔著木壁由衷地說：「開發哥，你的歌唱得真好聽。」

「當然，我在學校時歌詠比賽還獲過獎的呢。」開發說著，還在那邊顧自跳起了舞。踩得木樓板吱吱地像老鼠叫。

「你只唱不要跳啊，吵得我爹無法入睡，他老人家會不高興的。」香蓮在這邊急忙制止。

「田癲子麼？只怕早已醉得雷打不醒了。」開發說。

「你怎麼老這樣叫我爹呢，難道說不知道這樣叫對他太不尊敬了麼？」香蓮不喜歡開發的油腔滑調，沒大沒小。

「啊，不是不尊敬，是打小時候起就叫習慣了。」開發解釋。

唱跳了一陣，開發嗓子有些嘶了，說：「香蓮妹子，你過來，我放電視你看。」

「好呀。」香蓮在這邊房裏應道。

開發就擺弄電視機。電視機上只有麻點，滋滋地響。開發忙得滿頭大汗。

「開發哥，你扛一台爛電視機來糊我們。」香蓮見半天沒動靜，放不出，就生氣地說。

「沒，我發誓。這電視機昨天還在用，好好的，聽說是白給你爹田癲子，我父親還捨不得呢。」開發說：「肯定是信號不好。」

「那我睡了。」

「你過來呀。」

「沒電視看，我過來做什麼？」

「你過來興許就弄成了呀。」

「不了，我要睡了，你弄吧。」她當真就睡了，不作聲了。

開發恨那電視機不爭氣，狠狠地敲了一下機殼。白費了一夜神，電視也沒弄出來，連晚上做夢也是懊喪的。

開發走過來，對椿寶說：「不好意思，睏死了，多貪了一會。」

涼棚搭在磚場邊上。迎著早晨的陽光，椿寶上半身浮在陰影裏，下半身給斜陽炙得有些躁熱，潮濕濕的。他見開發來了，就神氣活現擺正磚夾，做了幾個扮磚的姿勢讓開發瞧實了。他的動作嫻熟隨意，不愧是一副職業老農的模式，一把好手。開發嘴上說椿寶你好樣的，心裏卻說椿寶你一條蠢鳥，也不想想一天勞累下來到底能獲得多少收益，值不值。

椿寶把磚台讓給開發。開發捲了衣袖去抓泥巴，手伸展得老長老長，他怕將衣服弄髒了。站在旁邊的椿寶看著很不舒服，就忍不住說：「開發，變了泥鰍就別怕泥巴糊瞎了眼。」

開發做磚的速度鬮貓一樣慢，慢到椿寶沒耐心看了。泥巴在他手裏滾來滾去，做出來的磚像蛋，溜圓。香蓮碼磚也沒了興致，她想開發的磚在造新屋時只怕連一塊掛角的也尋不到。是屋就有角，開發的磚沒輪廓，怎麼讓新屋有角呢？香蓮索性煮飯去了。

這樣的時候非常無聊。偶爾有一些叫不來名字的鳥從這邊山上飛往那邊山上，啼叫聲像是從岩洞裏傳來，響得回音嫋嫋。椿寶把開發的磚另外放一壟，他不願意開發的磚跟他的混在一起，免得生人來了指指點點，說椿寶的不是。接著，他在涼棚一邊又另辟了一個磚台。他和開發一人做一個，這樣就不會誤工了。

椿寶做的磚封書一樣，兩面放光，地道極了。他發現自己的磚與開發的形成了鮮明對比，心就順了，得意了。他高興地問：「開發，你在城裏活得還挺光鮮吧。」

「一般般。」開發也分明的流露出自豪與優越。他一年四季大約只一半的時間待在城裏，其他時間就在鄉村和縣城之間往返。

「那你怎麼這麼大也對象都沒有？」

「不瞞你說，我玩過的女人一紮紮的呢，還沒玩夠呢。」開發一點也不忌諱，彷佛只有他才真真活出了男人味。

「我不信。」

見椿寶對自己搞女人的能耐表示懷疑，開發就說：「信不信，我們打個賭。」

「怎麼賭？」

「我要把香蓮也搞了。」香蓮是沒開過葷的黃花閨女，那些城市髮廊妹都是千人捅的爛貨，開發已經玩膩了。

「你敢，她是我未婚妻。」椿寶以為開發玩笑的，開發未必就真敢在自己眼皮底下動手。他一點也不示弱，你開發不就多幾個錢麼。椿寶臉上一根神經蝦鬚一樣不停地顫動。

「往後，她照舊還是你的未婚妻啊。」開發仍笑容可掬，說：「你花了多少錢，我加倍補償你。」

「我會殺了你這個厚顏無恥的傢伙！」椿寶挺了挺胸脯，揚了揚堅硬的拳頭。

「椿寶，別要以為你塊頭大，就在我面前耍熊，今天你剁了我一個指頭，明天我叫人剁掉你十個指頭，不要我動手，信還是不信？」開發一邊做磚一邊嬉皮笑臉，真真假假地說。

椿寶脖子上的血管蚯蚓一樣勃起，臉也憋成了豬肝色，他真想撲上去狠狠打他，或乾脆宰了他。但最終他忍住了，只是捏了捏拳頭，把手裏的一坨泥巴狠勁摔在棚腳上。涼棚抖動了一下。一些濺在棚頂上的泥土紛紛震落，有的還掉進了開發的衣領內。開發心有點發麻。

這時候，香蓮送飯來了。她瞧著椿寶急躁得箭在弦上的樣子，好奇地問：「你們這是怎麼了？」開發笑著說：「我們在開玩笑呢。」

天上響起了一聲悶雷。一塊烏雲蓋住了約定坳。搬家的螞蟻們呈現出慌亂的陣營。

夏雨分牛背。

約定坳就這樣迅速地泡在了雨聲裏。山下的村街卻在太陽下分外鮮亮。一條彩虹由某個山溝彎上了天空。開發早就見機躲入工棚避雨。椿寶把不愉快丟在一邊，和香蓮不顧一切用稻草蓋磚堤，褲腳上屋簷水似的滴著水珠。磚堤蓋完了，雨也停了。

雨走到別處去了。

十二

草坪邊栽種著一長溜絲瓜，田名正打上幾個木樁，再在木樁上牽引一根長長的草繩，絲瓜藤蔓就蓬勃地纏繞或攀附在草繩上，一直延伸到溪溝邊。田名正喜歡吃絲瓜，香蓮也跟父親一樣喜歡。

一場雨後，絲瓜藤上開滿了小花，也墜滿了絲瓜。香蓮去摘絲瓜，她發現絲瓜花蕊裏竟全是螞蟻。那些螞蟻就像死了似的，窩在裏面，一動不動。香蓮輕輕取下那朵小花，又摘了一片絲瓜葉平鋪在溪水裏，然後她把那些螞蟻放在絲瓜葉上。這裏的水流比較平緩，絲瓜葉就像一條小船載著螞蟻們向遠方漂浮。螞蟻們天生就對水敏感，一聞著水的濕潤就立刻形狀不安起來，一點也不知為什麼剛才還躺在花朵的甜香裏，現在卻忽然就面臨一場劫數，牠們紛紛尋找活路。看著那些慌亂的螞蟻，香蓮坐在溪畔發呆。遠處傳來溪水嘩嘩跳動的聲音。絲瓜葉被水漾著，越漂越遠，螞蟻越漂越遠。這船是一條賊船，遲早是要翻的。一想到翻，香蓮晃過神來，趕緊用一根長長的樹枝遙觸在絲瓜葉上。螞蟻將樹枝當成救命稻草爬了上去。香蓮成了螞蟻眼裏的巨人，她能控制螞蟻的命運走勢，收發自如。可是，香蓮只看到兩隻螞蟻爬上來了。還有一隻呢？為什麼沒上來呢？難道牠不想活了？也許牠不堪忍受屈辱，寧願選取放棄生路也未可知啊。香蓮就想螞蟻你也用不著這麼犯倔呀，我只不過是跟你鬧著玩，你當真幹嘛呢。

「妹子，你知道椿寶麼？」香蓮身邊不知什麼時候站著一個少婦，那個少婦的長髮垂至她的腰際，身段像柳條子一樣，是很標緻的那種女人。香蓮有某種感應似的生出了嫉妒。

「你是哪個呀？」

「我是他嫂嫂。」

「哦，你好，找他有事麼？」

「要他回家。」

「他正忙，怕沒時間。」

「我媽病了，要他回去看看。」

猶豫一陣，香蓮說：「他在那邊磚場上。」

椿寶嫂嫂是一個古怪的人，苦木山上的人說她是瘋人院裏跑出來的。香蓮記得椿寶曾經對她說起過她的身世。那女人原本是江西一個富戶人家的閨女，吃穿用均不用犯愁，她卻鬼使神差偏喜歡上了在那裏做木匠活的椿寶哥哥，自然遭到了她父母的堅決反對。那地方距約定坳要坐一天一晚的火車再加半天的汽車才能到。苦木山上環境艱難暫且不說，單就是這麼遠的路程，回一趟娘家也實在不容易，一年四季生生地難得見到一次面，她這女就等於是白養了。她料準父母的思想工作也難做通，就裝作上城買東西跟椿寶哥哥私奔了。害得她父母又是登電視廣告又是貼尋人啟示，都音信全無。是呀，誰會尋到苦木山來呢？誰會想到她跑到苦木山來了呢？可是沒想椿寶哥哥死了，她年紀輕輕就成了寡婦。

椿寶敬重嫂嫂就像敬重哥哥一樣。只是敬重而已。嫂嫂是遠方來的一艘航船，只是暫行擱淺在這裏，遲早是要走的。椿寶希望她走，找到屬於她的幸福。椿寶跟她談過，她說兩個孩子是她心頭割捨不去的肉。

聽說媽媽病了，椿寶就急切忙忙地跟嫂嫂走了。哥死後，椿寶就成了那個家的頂樑柱。他理所應當擔負起那一份責任。

磚場是勞動的地方，自然只有勞動方才見出生機。椿寶走了，做磚時濺在棚子上的泥漿水也就少了，磚堤也一下子未見長高了。總之，椿寶的走，讓磚場陡然陷入了一種蕭索之中。香蓮懨懨的說：「開發哥，你回鄉街上休息幾天，待椿寶哥來了你再來吧。」

香蓮想，這樣的日子玩不像玩，勞動不像勞動，幹什麼都覺乏味。

「你這樣趕我走，是擔心我把你爹的飯吃掉了麼，到時我會算伙食費給他的啊。」開發說。

「不是這意思。」見開發誤會了自己，她慌忙解釋。是害怕開發胡來麼？香蓮內心裏私忖著，也不完全排除是這個因素。這段日子，香蓮變得有心沒肺了。

「那是什麼意思？」開發笑著問。

「不知道了。」

開發就棄了做磚，斜躺在磚堤旁的稻草堆上，他頭頂飄蕩著幾朵白雲，似若伸手可及。開發就說：「香蓮妹子你也坐到我身邊來，我們一起看白雲，看天上的鳥吧。」

「不敢。」香蓮說著反倒拉遠了一點距離，也坐在了一個稻草垛上。她問：「開發哥，你曉得上網麼？」

「當然上呀，無論城鄉，像你這大的年齡，誰不知道上網啊。中學都設這個課了。」開發回答。

「你教我好麼？」香蓮因為母親的病輟學得早。

「你答應幫我看守網吧，學習的機會就多了。」

「我不能答應你。」

「為什麼？」

「你知道我爹收了椿寶哥的彩禮，約定新屋成了就完婚啊。」

遠處對門山腰上不時傳來砍柴的回聲，有些空。砍柴人隱在淡白色的霧裏，不見人影，只有彎刀砍在樹上的聲音透過霧簾遙遙傳來，很鈍。

「這點彩禮算什麼，加倍還給椿寶不就行了。難道說你甘願跟椿寶到苦木山上去一輩子受窮受苦？他嫂子就是先例呢。」

香蓮低下了頭，說：「守網吧的事看情況再說吧。」

「不說這些了，放電視你看吧。」開發說。

「沒信號的，你騙我。」

「這個磚場裏的信號應該很強，能收到。」開發抱來了電視機放在工棚裏。這回他還帶來了ＶＣＤ和影像帶。開發接通電源，電視機就響起充滿磁性的聲音，跟著出現了圖像。

「哇，終於收到電視啦。」香蓮高興得手舞足蹈。開發真有本事啊。香蓮坐在床上認真看起了電視。看了一陣電視，開發連連說這個不好看，要看三級錄影片才過癮。香蓮說看就看，她不知三級片是什麼。

自從磚場步入正規後，田名正就再也沒到磚場來過了。椿寶忠厚本份是不需要皇帝管的人，田名正放心大膽讓椿寶主持磚場的事。因此，磚場安靜得能聽到鳥飛過，沒人打擾。

螢幕上的男女就像狗一樣糾纏。香蓮看著漸漸氣促起來。她說：「開發哥，這個怕是看不得的啊。我不看了。」

「怎麼看不得，做出來就是給人看的，這世界沒什麼看不得，別冒傻氣了。」開發也坐到床上，移近香蓮身邊，抱著她的肩膀。香蓮的身體和頭髮飄散出淡薄的氣息，自然潔淨。這是髮廊妹身上的脂粉氣無法比擬的。

「開發哥，不能這樣。」香蓮撥開開發的手。

「香蓮，我愛你。」開發抱得更緊了。他的手開始撫摸香蓮的乳房。這乳房不再是過去的葡萄，已然大了許多，飽滿了許多，並且還有了彈性。

後來，開發輕車熟路把嘴印在香蓮的嘴上，把他的身體蓋在香蓮的身體上。香蓮的褲子被他褪到腳跟，大腿小腿嫩藕節似的晃白。香蓮那顆精心保藏的禁果很輕易就被他摘取了下來。香蓮不再看錄影，她在顫抖中顫動。她迷迷糊糊不知這是不是就是那種幸福的感覺。她不知自己為什麼輕易就把這一步邁出去了。

十三

自從和開發有過關係後，香蓮總想找機會跟爹說說椿寶，說她不跟椿寶了的事，但又怕遭到爹的反對。在山地，退婚畢竟不是一件簡單的事。這話是不能輕提的。

而且近段，香蓮也感覺爹很忙，都無暇顧及她，神神秘秘的。他每天早晨天沒濺亮就出去，晨茶時節才回來，並且一頭霧水，頭髮濕漉漉的，他直捶背捶腿，眼裏蚊子一樣放著怪怪的目光。香蓮好奇地想，爹在忙些什麼呀？

這一天清早，留了心的香蓮如期聽到了開門的聲音，接著她又聽到了爹出門遠去的足音。她忙悄悄穿衣起床躡在爹的後面。田名正小心在前面走，彎了幾條土埂，田名正方始轉至通往罌粟地的路上。香蓮跌跌撞撞，褲腿被清涼的露水打濕了。菜地裏馬穀豆和菠菜的氣息混雜在一起，在約定坳氤氳。菠菜葉開始發黃，馬穀豆也長成了硬硬的繭皮，快到了收穫的時節了。馬穀豆生吃有毒，吃了頭重腳輕，煮熟了吃又常常滯氣，半天放不出一個響屁來，悶脹得人生生的難受。香蓮喜歡把馬穀豆曬乾了炒著吃，味道倒是挺香。

山嘴上的岩石高低錯落，這時候看起來像鬼影幢幢。香蓮掩在岩石背後俯望罌粟地。那些花大多都已經凋謝了，取而代之的是一樹樹的青果，大大小小，棉桃那樣。青果沐浴在晶瑩的露珠裏，輕輕一碰，就有水珠墜落。綽約天光照見田名正蹲在罌粟地裏，他用一把特製的刀在一枚罌粟果上淺淺地切割一下，刀由六頁鋒利的薄刀片組成，罌粟果上立時現出六條長長的刀口，滲透出許多淡白色的漿液。待到第二天，這漿液就變成了煙色，且濃稠得不會掉下地。田名正再小心地把這些濃稠的漿液刮進一隻小瓶裏。一枚罌粟果一般只能這樣切割三五次，就枯竭了。但也有傷痕累累還有漿液流出的，田名正就感慨同樣的地同樣的施肥管理，偏生這青果異經異怪生命恁地旺盛。

因了光線晦暗，這麼一點距離香蓮竟看不清爹在地頭忙活些什麼。她坐在冰冷的石頭上等待天亮。但由此，她也確準了一件事，這些罌粟必是爹瞞著她種的，他怕別人知道，不過，既然知道了，就應設法阻止爹種這東西。

待到天光把大地都照亮的時候，香蓮看到一縷縷地氣從罌粟樹叢間嫋嫋升起，從爹佝僂著的身體上嫋嫋升起。田名正短促地咳嗽了一聲。香蓮聽出那咳嗽聲是爹隱忍了好久才憋不住發出來的。這一聲咳嗽彷彿憋足了爹所有的力氣，他喘息不止，不停地用手拍胸。

「爹！」香蓮忙跳到田名正身邊幫他拍胸，只想把爹的氣拍順了。

「傻女，你輕一點，你這樣會把爹僅剩的一口氣拍掉的。」田名正直了直腰，腰椎骨節駁動得嗶嗶作響。

「爹！」香蓮眼裏汪著淚，一時不知該說什麼好。

「你來做什麼？」

「別種了！爹。」

「爹老了，想種也種不動了呢，只想攢著勁助你一把。」田名正想到香蓮長大了，她可以在地裏刨食了，就欣慰地說：「等建了新屋，你跟椿寶成了家，我就可以向你娘圓滿交差了呀。」

「我不跟椿寶成親。」香蓮果決地說。

「你是椿寶的未婚妻，不跟他成親跟誰成親？」聽著香蓮的話，田名正驚訝萬分。椿寶是他親自謀來的女婿，強家立業是沒問題的。他一直自負自己的眼力。何況，對待這件事他一直是慎重的。他還專程去鄉場上請陰陽先生給他倆合過八字。椿寶屬豬，香蓮屬羊，豬羊相生，天作之合。

「跟開發。」香蓮小聲說。

「不行，開發太滑頭了，你管不住的。」

香蓮鬱鬱不樂。

椿寶娘章桂芝的病也不是很重，是重感冒打了幾瓶吊針就好了。但章桂芝這一向老是精神恍惚，惡夢不斷，她一會夢見椿寶上的是一條賊船，幾個強盜挾持他；一會又夢見椿寶牛頭馬面，不像人樣。因此，人怏怏的，想見兒子。椿寶在家做了幾天當緊的重活累活，晚上就陪娘說說話，解解悶。這樣，他在苦木山上待了一個星期，記惦著著磚場的事，就回約定坳了。

連續晴了好些天，山路上稀稀拉拉的牛糞乾扁成了一塊塊硬疙瘩。高來高去的鳥聲也嘶啞了。椿寶一路想著香蓮該曉得把磚堤上蓋的稻草掀開吧，這麼好的太陽，磚坯曬乾了就可早點燒窯，有了磚就可早建新屋早結婚，免得老人們擔心牽掛啊。

路邊的茅草叢裏忽地響起「唧！唧」的叫聲，很是急促。像是一隻蛤蟆被蛇咬住了發出來的，牠正無助而掙扎。蛇隱在草叢裏，看不到生死搏鬥的場面。椿寶實在無法想像弱小的蛤蟆能用什麼方式去與強大刁毒的蛇去相抗衡。他從路邊拾起一塊石塊狠勁砸入草叢，也不知道石頭砸沒砸中那蛇，但那蛇肯定受了驚嚇，一徑往山下遁走了。椿寶沒見到蛇身，只見到茅草抖動，一線而下，猜想是蛇無疑。不久，蛤蟆就笨重地從陰暗的草地跳到路上，一到路上，牠也許就覺得安全多了，可以喘息了。牠的一條腿腫得比牠的身體還大，顯然是中了蛇毒。牠兩目渾濁，身體匍匐在地，顯然是出氣多而收氣少了。

烈日當空，椿寶抬頭不敢仰視太陽，他怕太陽的強光灼傷了眼。他看見垂死的蛤蟆兩眼眸望太陽，彷彿能將陽光穿透。椿寶明顯感覺到蛤蟆斷氣的一瞬眼角餘光掃了他一下，空洞洞的。椿寶呆呆地站著，頭腦裏像是空空的，卻又滿滿地晃現著剛才的一幕：茅草、蛇、驚懼的叫聲……一些螞蟻聞著死亡的氣息，已爬上了蛤蟆的屍體，白亮的陽光下，牠們手舞足蹈。

回到約定坳的時候，椿寶發現磚堤上的稻草沒有掀開，跟他出去時一樣，一點動過的痕跡也沒有。磚臺上的泥也曬乾了，裂著縫，看得出這些日子開發根本就沒做過磚。他走近工棚，工棚裏在放電視，開發的一條腿擱在香蓮的腿上。椿寶眼就有些發黑。

椿寶穩穩神，折回身，就去找田名正。田名正只顧天天喝酒，還以為椿寶一直在磚場做磚。看見椿寶，他迷糊著眼問：「椿寶，這些天好像沒見過你，是不是到哪去了呀？」

「我娘病了，去看她了。」

「什麼，章丫頭病了？好了麼？」

「難為您掛念，她好了。」

「好人有好報，好了就好，好了就好啊。」

「嗯。」

「哦，椿寶你要發狠啊，早建房早和香蓮完了婚事，我也就落心了啊，知道不？。」田名正歎息道。

「田老伯，您的話我不能信了！」椿寶委屈地說。

「我什麼時節騙過你麼，不信我？」田名正驚異地望住椿寶。

「您到工棚去看看呀，開發和香蓮……」

「怎麼了？」田名正趔趄著往工棚走。他身上的酒氣味飄在椿寶前後左右。

這時候，電視已經停了，開發和香蓮在掀磚堤稻草。田名正說：「椿寶，你是雞肚子崽腸多啊。」

受到田名正批評，椿寶作不了聲，眼裏的火苗跳了又跳。他狠勁把一塊半乾的磚踢出老遠。那磚在磚弄裏滾了幾滾，恰巧砸碎了一隻路過的蟑螂的一條腿。蟑螂帶傷遠循時排泄出一種難聞的臭味。

田名正又安慰椿寶一句：「有我在，你放心。」

「啊嚏。」椿寶打噴嚏時淚涕交流。

猶豫了一會，椿寶也掀起稻草來。覆蓋磚堤的稻草漚得腐爛了，一掀開，磚場上到處充滿了腐臭氣味。稻草上偶然遺落的一兩顆種子竟就覓著這磚縫潮濕的土泥生根發芽，在這仲夏的午後放肆地招搖著。椿寶把這青蔥的稻草拔了，心說它生長錯了地方，是長不出稻穀來的。

磚場上，開發、香蓮、椿寶、田名正，他們四個人分立不同的方位，西斜的太陽將他們的影子拖得長長的，印在地上，有些肥大，在山風裏晃悠。

十四

田名正的新房終於建好了，他終於遂了心願了。從做磚燒窯到蓋簷，天氣一向很好，極少下雨，就像是特意成全田名正建這新房子。

這是一樁天大的喜事，山地人活一世就圖個房呀。新屋就建在磚場上，是磚木預製結構，外牆裝飾用的是白色瓷板，把約定坳也襯亮了許多。當初專門請來看地的先生也說新屋地基比老屋地基強，只不過是需要八字旺盛的人才能與房相合，大運會行百餘年。田名正上次給香蓮和椿寶合八字的時候，也順便給香蓮算了命，說是香蓮八字好走，四兩撥千斤，卻是一生註定有兩個男人，算命人戲說這也是福分。田名正把這一節藏在心裏，沒對任何人說起。他把這一切看作機緣巧合，心裏巴望著，只要女兒幸福就成。

圓垛時，田名正敞了一席酒宴。約定坳，山下鄉街及附近四里八鄉田名正平常有人情來往的親友鄉鄰均趕來喝喜慶酒。章桂芝和她弟弟章老頭以親家的身份當然也來了，他們的紅包特重，放的鞭炮也最長，把個約定坳炸得天昏地暗。

田名正紅光滿面。

吃過酒宴，田名正領著章桂芝和章老頭參觀他的新居。其實他的新屋也沒其他新穎別致的地方，田名正看重的是風景喧嘩。他把他倆徑直帶上平頂樓臺。新屋和老屋在約定坳的海拔高度應是一條線上，可是卻由於角度不同，所看到的景致也就截然不同。他們三人站在樓臺上，山下鄉街上的房屋和人盡然在目，房屋龐大，人卻小如螞蟻。依次延伸目光，遠處的縣城若隱若現，高樓大廈也螞蟻一樣密密麻麻，唯有那八層古塔形單影隻，偉岸挺拔。一帶資水穿過縣城蜿蜒而來又迤邐而去。

停止做磚後，開發一直沒到約定坳來過了，這次酒宴也沒來。椿寶儼然以主人的身份在操持忙碌，他累得臉色暗黑，但他依然幹勁十足。

章老頭笑著說：「老田，沒想我們還會結為親家啊。」這樣說著時，他猛然想起成了親家，田名正所欠的那些飼料款就不好意思索要了，就無端地有些心煩。

田名正哈哈笑著回答：「是呢，做夢也沒想到啊。」他心裏也在一邊想，如果不是椿寶的優秀，憑你章老頭那幾個臭錢，我還沒看在眼裏呢。但既然成了親家，一切前嫌也就盡數釋解了罷。想到這，田名正感覺一陣輕鬆。

「你雙喜臨門，什麼時候喝他們的結婚酒啊？」章老頭問道。

「爭取在近期內擇定一個黃道吉日給他們完婚算了，到時再把日子通知你。」田名正說。

於是，兩邊都忙著作結婚準備。椿寶更是兩邊都忙。

可是，到了臨近結婚的前一天，香蓮說是要到鄉街上去買一雙鞋，一去就再不見回了。椿寶反悔不該沒跟她一塊去，他猜想香蓮也許是到開發那裏去了。田名正也想到了這一層，親自往開發家詢問他父母，他問得很策略，不問香蓮來了沒，而是問開發在家麼。

開發父親問田名正你找我兒子做什麼，田名正說想請開發幫忙買點東西。開發父親這才告訴他說開發好久沒回家了。田名正一下慌了，不知他那傻女吃錯了什麼藥究竟是怎麼了，到哪去了。回到約定坳，他氣急得嚎啕大哭。更急的是椿寶，這時候他有些恨香蓮，關鍵時刻跟他開這樣的玩笑，平時也不吭一聲。

那天，許許多多的親戚朋友趕來喝椿寶的喜酒，椿寶把紅包和禮物均退了。朋友們說椿寶你這是怎麼了，是嫌少麼？椿寶回答的話滯在舌頭底下吐不出來，親戚朋友也悉數得罪了。望著一屋子準備酒宴用的菜蔬，椿寶只好自己跟自己結婚。偌大一幢嶄新的屋子到處充滿了煩悶。走到哪都心酸。田名正呢，更是醉成了一堆稀泥，椿寶沒見他出門半步。

章老頭卻慪不了這氣。他跑過來把田名正擰小雞一樣擰起來，要他作個交待。他說田名正耍滑頭，欺侮椿寶老實，以香蓮為餌誘騙椿寶拼死拼活替他做事，如今又讓香蓮逃婚，擺空城計，不但坑害了椿寶也小看他章老頭了。田名正真成了一團泥，隨便章老頭怎麼擺弄，沒半點反應。椿寶看著不忍，勸章老頭：「舅舅，這不能怪田老伯。」

「這時節了，你還維護他，椿寶你真是一個蠢寶。」章老頭憤憤不平，誰讓他的外甥天生就這麼善良懦弱。

「舅舅。」

「唉，沒辦法。」章老頭歎息一聲。凡事均是要卒子過河，卒子不過河有鳥用。鄉街上的人談到椿寶的婚事時都用一種輕蔑的眼茲灼他，章老頭素來認為他自己是一個有體面的人，用這種目光來看他，還不如狠命抽打他一頓。他說：「椿寶，老舅跟著你慪氣啊。」

章桂芝更是將椿寶罵了個狗血淋頭。她就剩這一個兒子了，她本就捨不得讓椿寶做上門女婿，罵椿寶是條倔鳥，不爭氣不聽勸告到約定坳來尋虧吃。她說要將田名正家的豬牛趕到苦木山上去，要找田名正加倍清算椿寶的誤工補貼。還說椿寶耽誤的青春損失費也是不能不算的。

「媽，舅舅，你們不要衝動。」椿寶為拖累了他們而感到愧疚。事情弄成這樣，是他始料不及的。

酒醉心裏明。田名正儘管醉成了一堆泥，章桂芝兩姐弟的話他卻全部聽在了心裏。心裏那個難受簡直是沒法說，特別是章老頭手底下惡狠狠的擰來擰去，一點也不心慈手軟，田名正直感到生命之線都要被他擰斷了。

他對椿寶在關鍵時候還維護他心存感激，他暗暗決心一定要幫椿寶找回香蓮。

酒醒後，田名正惺忪著眼望著椿寶，椿寶也對望著他，眼神都一樣迷茫無奈。這時候，章桂芝兩姐弟已經走了，對這個酒鬼他們一點辦法也沒有，心想只能等下次趁他沒喝酒的時候再來吧。

傍晚的陽光照耀著老屋場。老屋場空蕩蕩的，什麼也沒有了。那些材料只要能用的均拆卸下來用在了新房上，就連牆腳石也搬遷到新屋墊了底，只有那些被煙火薰黑的柴灶還有糞池廢棄在那裏，證明曾經有人在這裏生息過。沒想這地方一轉眼就成了舊址。田名正經過那裏時不由停住腳步，流連地看了好一陣。他想起了好多以前的生活片斷，想起死去的老婆，想起出走的香蓮，他的心刀剮一樣疼痛。然後他走上了下山的路。椿寶目送著他深埋了頭消失在視線裏。

田名正佝僂著背在鄉街上也沒別的事可幹，他整整一天幽靈一樣在開發家附近遊蕩。他期待遇到開發。他以為找到開發就可找到他的香蓮。不然，香蓮沒出過山地門，不會這麼一下子就失了蹤影。他向開發父母詢問了開發的手機電話，可老打不通，不是盲音就是該用戶不在服務區。田名正一無所獲。下半夜，他才滿懷失意返回約定坳。

聽到開門的聲音，睡在床上無法入眠的椿寶就以為是香蓮回了，趿了鞋去看究竟，見是田名正，就說：「飯菜熱在灶上了。」就又懨懨地回到床上。田名正見到椿寶，很不好意思，心裏感動，難為他在家裏操持。他沒吃椿寶弄的飯菜，事實上他也吃不下東西，儘管他一天連水都沒進一口。

就這樣，接連後的日子，田名正每天都是很早出去，夜深了，才深一腳淺一腳地往家趕。

有一回，田名正喝多了酒，在鄉街上照例一無所獲，他照例在深夜裏往約定坳返。他搖搖晃晃竟把大腳趾往路邊岩石上撞，不知輕重，當場他的大腳趾就掉了一截在路上，鮮血把路面染紅了半邊。他一點也沒感到疼痛。這一回，他走了一夜才回到約定坳，他自己更記不得是怎麼走回的。

第二天天亮，他才醒過酒來，發現大腳趾沒了。

椿寶堅持去請醫生給他療傷。他說不就一根腳趾頭麼，又不是要害，即便是斷了一條腿也是無妨的。

田名正傷心地說：「椿寶啊，可惜往後我不能替你尋找香蓮了。」

十五

一轉身就進入了深秋，落葉鋪滿了原野。椿寶留下話說是要去縣城拖板車賺錢去，就一個人走了。他最受不了開發有了幾個錢就居高臨下的那種姿式。他想趁農閒時節也撈些額外收入。他從沒去過縣城，心裏有些忐忑。但他的腳步卻一點也沒因此而停留。

當他下車融進街上人流的時候，那種忐忑不安一下就消失了。人流裏農民樣式的也不只他一人。他稍心安了一點。讓他料想不到的是竟這麼快就遇見了開發。開發夾在前面的人流裏，椿寶見著有些相熟，就大踏步追攏去，一看果真是開發這狗日的。椿寶自己還沒明白怎麼回事，手倒先動了，他的手撞在開發胸前的領帶上，開發一個趔趄撲倒在街上。

「椿寶，你幹嘛！」開發從地上爬起來。

「開發，你那錢就留給你父母幫你收屍吧。」椿寶重新把他撲倒，馬一樣騎在開發身上，雙手掐住開發的脖子。開發只覺喉嚨一緊，他害怕椿寶猛氣一來下狠把他的小命掐掉了，趁著還能發話，他憋著勁說：「椿寶，你……你……把我掐……死了就找不到香蓮了。」

一聽到「香蓮」的名字，椿寶馬上鬆開了手，他說：「開發，你別跟我耍滑頭，在你面前只有兩條路，一是我們一命對一命，你是有錢人，我也沒虧；二是你現在就打的送我跟香蓮回家，何去何從都好歹對家人和鄉親們做一個交待。」

「說良心話，我是不跟香蓮結婚的，只調起她好玩，可她找到我這裏來賴著不走，我正傷腦筋呢。」開發說。

椿寶在車上聽到某處一個花花公子，玩女人玩多了最終遭遇一個賊狠的女人割了他的陰器餵了狗。椿寶說：「開發，終有一日你也會碰到割你陰器的人。」

開發把椿寶帶到住處，做了好大一會工作，香蓮死活不肯回去，等得計程車司機都不耐煩了。香蓮懷了孕已開始現身，可是她的結婚證准生證卻沒著落，跟椿寶的婚約也沒解除，她多次催促開發去把這些事一件件落實，哪知開發一件也沒撿起去做。她跟椿寶說既然懷了開發的種，就活是他的人死是他的鬼。椿寶告訴香蓮她父親天天酗酒，為找她撞掉了大腳趾，茶飯不思，已瘦得不成人形。香蓮就淚如雨下，這才上了車。

椿寶沒想到早晨出去，下午就能回了。椿寶慶幸找回了香蓮，可想到香蓮喜歡的是開發，他就心酸酸的難過。開發只是花心，香蓮卻蒙在鼓裏，較真了。想到未來，椿寶有些迷茫。椿寶和香蓮走在回約定坳的山路上，都心事重重。路邊土地上勞動的熟人問他：「椿寶，你倆扯結婚證來啊。」

「是呢。」

「成了麼？」

「扯結婚證的人沒上班。」

路邊高高矮矮雜七雜八的樹木站成了一域寬闊的林子，隨著山勢起伏，靜默無聲接受著過往路人的檢閱。椿寶以膜拜的姿勢眺望，心便自然地感應著起伏的山勢而舒展。

到家時，田名正躺在屋簷下曬太陽，他上半身露在陽光下，下半身埋在陰影裏。他足背腫得發亮，大腳趾那裏糜爛了透出濃濃的惡臭。香蓮衝上前去撲在他懷裏泣不成聲。田名正撫摸著女兒的頭，擁著香蓮，他也老淚縱橫，連連說：「傻女，人是要經歷一些事才可以長大的，知道回家就是好女，回家就好了。」開發不敢上山，就要他父親送來五千元錢給香蓮吃營養，做掉肚子裏的小孩，還捎來話說讓香蓮斷了與他結婚的願望。香蓮想起命運這樣無情地捉弄她，又是一陣傷心大哭。

椿寶眼見他們父女團圓，就說：「田老伯，香蓮，你們保重，我走了。」

「椿寶，你到哪去？」田名正急忙問。

「回苦木山。」

「如果你要是嫌我們下賤配不上你，你就走吧，也不勉強。」田名正說他信任椿寶看重椿寶，並想把這家交給他。他央求椿寶說他腳是明傷，香蓮受的是內傷，嚴重得多，這疼腳現階段不能踩啊，要踩也要熬過這一段啊。

香蓮也不說話，她尋到一根繩索機械地走到楊梅樹下，木然地打上結掛在枝叉上。椿寶見了趕出去默默握住香蓮的手，香蓮的手冰冷。他把香蓮拉回屋裏。

香蓮一聲不吭，哆嗦著嘴，將開發帶來的電視機扔進溪裏。電視機破碎時的那一聲巨響，彷彿將一些生活片段也爆破得粉碎了。接著，香蓮堅持要做掉這不該出生的孩子。椿寶阻撓了她。後來，香蓮分娩時難產，是葡萄胎，不成人形。

椿寶難平心頭那口惡氣，本來還想找開發出一回氣的，可這氣現在也用不著他動手了。開發被鄉里的人喊去問話，就不見回來。這是章老頭親自看見的。說是鄉里發現一些農戶種植罌粟，提供種源和負責收購的均是開發。章老頭笑著說這回開發不吃槍子就便宜他了。

田名正那腳，雖然香蓮經常耐心幫他清洗換藥，卻終因延誤了治療時機，成了痼疾，看來是難於好了。如今糜爛開去，旁邊的腳趾頭也發膿潰瘍，他自己看了都生厭。整個腳都臭氣難聞，螞蟻對這種氣味非常敏感，紛至遝來，不時在他糜爛的腳趾上攀爬，煩癢得田名正不敢把腳往地上放。

腳生成是用來走路的，不接觸地面怎麼行呢。

田名正想起喝醉酒倒在路上螞蟻在他身上瘋狂打洞的那一節，心火就熊熊燃燒起來。正巧椿寶打農藥還剩餘小半瓶甲胺磷丟棄在牆角。田名正瞥見了就把那些甲胺磷悉數倒在糜爛的傷口上。甲胺磷是劇毒農藥，那些剛才還在傷口上快活狂歡的螞蟻當場就全部暈斃了，根本就沒掙扎的機會。田名正感到了從沒有過的大愉悅。他終歸找著了制服螞蟻的有力武器，忍不住放聲大笑。

第二天早晨，太陽照著約定坳，照著田名正漂亮的新居。田名正僵硬地挺在床上，他冰冷的身體再也沒有了喜怒哀樂，七情六欲。他床鋪濕濕的，像河，那是他全身流盡的汗液。

秋風肅殺，落葉無聲地墜在新房上，停留一會又從新房上飄起，在天空翻騰。田名正一如那片樹葉，在約定坳降生又從約定坳離去。他曾經乖巧的孩子香蓮倚在椿寶身上，對疼痛的感覺已經麻木了。唯有椿寶像沉在水底的石頭，他緊緊抱住香蓮對著天空放開喉嚨呼喊：「哇……哇……」

約定坳像一個成熟的白鬍子老人發出應鳴，餘音不絕。良久，一切都靜止下來，彷彿一個世界已經凝固，而另一個明亮而歡快的世界正在向他們打開。

打命案

一

袁癲子像隻大粽子樣被綁在香椿樹上。香椿樹枝椏間，一隻灰頭喜鵲不分時節跳來跳去，沒完沒了斷叫，彎討嫌。一撮帶著溫度的鳥屎從天而降，掉落在袁癲子袒露的頸項上。鳥屎堆著，如一座小山。癢從這裏向全身發散。袁癲子想撓，但不能夠。

操他媽的鳥。

淋了一場夜雨，又遭烈日暴曬，雖有香椿樹擋蔭，袁癲子仍覺得口渴難耐，煩躁不安。他急著想擺脫捆綁，身體泥鰍樣不停扭動摩擦繩索。田玉秋捆綁袁癲子時體恤他是瘋子，造孽，下手留了情。因此，袁癲子並沒有費多大工夫就磨脫捆綁的繩索。他腳獲到自由，手卻依然反綁在身後，沒解套。

「喲呵！」袁癲子高興地大叫一聲，不管三七二十一，放開腳程一路狂奔，他的姿勢就像一個奔跑的木偶，下身運動，上身硬邦邦的，彆扭，古怪。他跑到雞腸街南面那口池塘邊。池水滿溢，他想喝個過癮。

他毫不猶豫兩腿屈蹲堤岸上，向池水伸長脖頸，猴一樣急，但他的嘴夠不著水面。他不假思索地俯臥在堤岸上，終於如願以償喝到了水。他猛喝一口，再猛喝一口，喝著喝著，就再也沒見他爬起來。可憐他兩手被捆，沒有了支撐，即便想爬也爬不起身了。

坡地上那個栽紅薯藤的人因為距離遠，以為袁癲子鬧著玩，沒上心，栽完紅薯藤就回家了。他萬萬沒想到袁癲子會死。

假設袁癲子的手不綁著，也許他不會死，至少他用兩手支撐能夠站起來。田玉秋為此深感內疚。對於袁癲子的死，他認為自己有不可推卸的責任。

「玉秋，我們又不是故意的。」高老二說。

「對呀，要有責任，我們大家都有，包括老邱頭在內。」王新民說。

可說這些又起什麼作用，畢竟是死了個活生生的人，雞腸街人最擔心的是袁姓族人找來。如果他們來了，不單單是一個死人的問題，那將是一場浩大的「打命案」。所謂「打命案」，是山地人洩憤的一種集體報復行為。如若有人死了，且死因不明不白，死者的親人族老就千方百計查找他不正常死亡的原因，一旦確準了迫害死者的直接人或間接人，他們就不顧你昔日情份，組織族人加倍瘋狂報復。俗話說一尾魚臭，一塘水萬萬不能臭。

參加打命案的人一般經過頭人挑選。男人悉數剽悍，最好是文武都能來上兩手。女人潑辣，即便罵山也是不能輸的。他們見屋毀屋，見人打人，見豬宰豬。前不久，就聽到某地打命案的人因為找不到刀箭，就用竹片宰殺了三頭肥豬篝火煨吃了。怵得當地沒人敢接近規勸。

想到此，素來膽小的高老二不覺打了個冷顫。所有人的面色都凝重起來，有的甚至偷偷往背後張望，好像袁姓族人馬上就來了一般。

還是王新民穩重，瞅瞅人群，故意聳了聳肩，說：「怕個卵。兵來將擋水來土掩，雞腸街的人幾時輸過。散了，散了，大夥回家弄晚飯去吧。」

「對，雞腸街的人幾時輸過，要如何就如何。」高老二幫腔，不過明顯底氣不足，聲音打顫。

田玉秋沒吱聲，嘴角向兩邊拉了拉，又合上了。

散去的人迅速往家趕，進了家門，首先將大門合上，連平時愛在街上逗鬧的孩子，一扭身也全不見了。

雞腸街，山雨欲來風滿樓。

二

古麻石路上跳著夏日的陽光，在山灣裏一閃一閃。從山裏走出去的方向，左邊沿路一溜建有高矮大小形狀不一的房屋，自然形成一條古裏古怪的街道，跟雞腸子一樣，當地人叫雞腸街。

雞腸街總計二十來戶人家，卻有十二個姓氏，不，確切地說是十三個，還有戶肖姓的，只是延續到他這一代已快滅了香火，肖已快六十，而據說他老婆四十不到就斷了經血，沒有子嗣，因而在雞腸街，這戶人家平時被忽略得多。肖是個剃頭匠，一年到頭擔著個剃頭擔子在外走村竄戶。

其他十二戶中有兩戶複姓歐陽，雖然同姓，卻無血緣關係，據說一戶是從江西遷徙過來的，而另一戶卻是從四川過來的。雞腸街跟美國的唐人街有點相似，居住在這裏的人一開始就是從五湖四海遷徙過來的，至於究竟是哪戶最先發現這個地方，無人考究。現在的居民，都是這些人的後裔，自打這條街叫雞腸街後就再無移民。

時過境遷，這些在雞腸街扎下根來的人們，早不追究祖先的去處，自覺把這裏當成自己土生土長的地方。

麻石路是山裏通往山外的交通要道，雞腸街扼麻石路咽喉。

平日，山裏人挑著杜仲、花生之類的山貨唱著山歌到街上換物換錢，外地做生意的販子在雞腸街設有相應的收購點。同樣，外地販子有什麼好賺錢的新鮮貨物，諸如廉價香水、花夾襖、頭髮箍的，也都通過雞腸街向山旮旯裏傳播。若逢趕場的天，雞腸街就更熱鬧了，人流熙來攘往，此起彼伏的吆喝聲，好像要把雞腸街給抬起來。

這時候，最熱鬧的當然要數邱海生家開的邱記雜貨鋪。

邱海生家座落在雞腸街頭的入口，到雞腸街的人無人能繞過他家。前面是一進四扇的紅磚瓦房，正中鋪門上書有「邱記雜貨鋪」，側門橫樑上懸掛著「邱記歇夥鋪」，一隻碩大的紅色箭頭把住宿客人引進後面清一色的四扇杉木板房。一堵圍牆將前後兩房圈成一個四合院，這在雞腸街是最搶眼的房子，邱海生家大業大不是虛名。如果說雞腸街其他地方是雞的盲腸，那麼邱海生家就是十二指腸，是連著雞肫的那截至關重要的腸子。

邱記雜貨鋪人來人往，有賣完山貨扛著空籮筐伸長脖子買紙煙的山裏漢子；有要給崽女買筆墨一個勁往前擠的婦女；有賣了雞蛋繫著圍裙買醬油味精的老人……邱海生婆娘曹玉鳳在鋪子裏忙得團團轉。

一個外地中年漢子坐在邱海生家後院火桌旁，身邊擺一擔簇新斗笠，想來是在向邱海生推銷他的斗笠。

「老闆，一回生二回熟，您開個價。」中年漢子誠懇地說。

邱海生端著茶杯，不時抿茶，不時走動。他兩隻細小的眼睛，不看斗笠，只盯住那漢子，像要看透和琢磨透一件物什。那漢子吃四方飯闖江湖並不是一日兩日，此刻卻被邱海生的眼神盯得渾身不自在，低頭看了看自己的衣服，沒有啥不對勁的，又摸了把臉，也沒有多餘的髒東西。他尷尬地說：「老闆，您看我們廠的產品第一次打入貴地，眼下雨季來臨，想必馬上會走俏，甭錯失良機。」

雨季，斗笠會走俏，是大賺的好時機，難道只你懂，你以為我是白癡，用得著你裝腔作勢指手劃腳。邱海生拉下臉厭惡地甕聲甕氣說：「囉嗦個卵。」

那漢子忙不迭賠笑說：「老闆，真是快人快語，六塊五，怎麼樣？」

「六塊五，你哄小孩呢，我店裏的才賣四塊，你給我六塊五，我不虧死，還做屌咯生意。」邱海生瞪大眼睛駁斥道。

「四塊是四塊的貨，六塊五是六塊五的貨，老闆，一看您就是裏手，您看這質地，這做工，哪裏是四塊的料吶，六塊五，您絕沒吃虧。」那漢子拿出一個斗笠端在手上，把斗笠翻來覆去指給邱海生看，「您再看看，這頂上還有生產廠家，質量有問題可以包退包換。」為了證明沒說謊，他掏出一份隨身攜帶的產品質量保證書，保證書右下角蓋著雪峰山斗笠廠的紅色印章。

「一口價，四塊五，成就放下，不成拉倒。」邱海生沒理那保證書，斗笠的質量他一眼就能瞅得出。

「老闆，最低價，六塊，您看怎麼樣，我大老遠擔到您這來，肩膀都磨掉了層皮，您多少打發點來回路費吧。」那漢子嘴上這樣說，心裏在嘀咕，我的斗笠出廠價五塊，你一張口連出廠價都沒了，心未免太狠了吧。再說你那四元的斗笠也叫斗笠？說難聽點叫棕葉子還差不多。

邱海生手一揮：「少囉嗦，四塊五，一手交錢一手交貨。」

按邱海生的經驗，這斗笠販子遲早會順從他的價格，這跟甩竿子釣魚是一個理，拋出點食物，魚兒上鉤就只是時間長短的問題了。再說這雞腸街上誰有實力敢與他競爭，就是想競爭也沒他那份多年修來的精明算計。在這點上，邱海生蠻自信，並生出不少優越感。因此，他習慣了居高臨下看人看事，習慣於邁著他特有的八字步，有事沒事地在店鋪門口溜達。

說到他的八字步還有個典故呢。邱海生以前走路不是八字型，和雞腸街所有人一樣愛光著腳板徑直往前衝。開邱記雜貨鋪的第二年，他去鎮上進貨，趕巧碰上某局局長來鎮上檢查工作。當時的場景是，那局長前呼後擁，而邱海生正扛著一麻袋貨，沉甸甸的麻袋讓邱海生只能看到腳底下的路，無法望得更遠。反正一條卵大的街，走了千百回了，就是閉著眼都能走出去呀。邱海生心裏想著猶自扛著麻袋往前衝，這一下剛好衝到走在最前面的局長身上了，偏生邱海生的大腳板又踩著了局長錚亮的皮鞋，差不多把局長撞了個趔趄。那局長身邊人（估計是秘書吧）一聲怒吼，嚇得邱海生肩上麻袋跌落，倒退三步，忙陪對不起，踩壞了我賠。

那秘書說，你賠，賠得起嗎？一光腳土農民。賠雙草鞋還差不多。秘書的話引來一陣哄堂大笑。在雞腸街邱海生也算個角色了，但面對局長的氣勢，邱海生面紅耳赤，囁嚅半天，不知道說什麼才能把羞愧蓋住。

倒是局長大義，他接過秘書遞來的手帕，抬腳，在鞋面上撣了撣，繼而一聲不吭走了。

這局長是個羅圈腿，邁著八字步。

邱海生愣愣地望著局長漸行漸遠，及至轉過街角不見，他才一下恍過神來，連麻袋都顧不上扛了，返身奔進賣鞋的店鋪，買了雙合成革的皮鞋，外加鞋油鞋刷。從此，雞腸街有了第一個穿錚亮皮鞋邁八字步的人。

日頭好像疲累斜斜地靠上山邊。店鋪裏進來幾位身背斗笠行李的男子，一身的風塵。他們是些借宿的旅人。他們自己介紹是桎木坪袁家村的，路過雞腸街去山裏販牛，想在這店裏留宿一晚再趕路。

邱海生扭轉身料理他們去了，斗笠販子就像他手中的茶杯，給擱置一邊。

那漢子見邱海生忙其他事，一副視他不存在的樣子，想想覺得窩火，乾脆挑起斗笠走出「邱記」雜貨鋪。邊走邊嘀咕：「這地方人恁地不好交道，太精明了，大白天撞見鬼了。」

斗笠販子挑著斗笠在雞腸街繼續沿街吆喝，沒精打采來到街尾。過了街尾就是進山的麻石路。麻石路上靜悄悄地只走著三五個趕場的山裏人，路邊佇立著幾棵展動葉片的棕樹。望著棕樹葉在暖風裏自由自在地舒展，他的心卻無論如何舒展不起來。他自認倒楣透頂，碰上這麼個下作地方。他不想再往前走，他怕山裏的人更難纏。

街尾也有一家雜貨鋪，低矮的門楣上寫著「田記」，字體乾瘦，忸怩，粗看讓人覺得是幾截乾枯的樹枝拼湊而成。斑駁的牆面被刻意粉刷過，有點像老婦人臉上塗的粉，白是白了，還是難掩歲月留下的滄桑。陽光照在玻璃窗戶上，折射到斗笠販子眼裏，分外惹眼，順著光亮瞅那窗戶，倒也乾淨，有如陳舊衣裳上新添的一塊補丁，因為補綴熨貼，漿洗乾淨，使得整個房子看上去並不貧賤，低微，反倒顯出一種骨節與精神來。鋪子裏同樣有幾個人在採購東西，一個婦人在櫃檯前滿面春風地忙上忙下。

雞腸街整整一條街，就只「邱記」和「田記」兩個雜貨鋪，並且不難分辨，「邱記」是老牌，過去是獨家經營，「田記」從裝修和經營規模上可以看出剛開張不久。

斗笠販子踟躕一陣，擔起斗笠跨進「田記」的門，想再碰一碰運氣。

「田記」老闆田玉秋面容黝黑，捲衣袖紮褲腿的，光著的腳板還沾著泥巴沫子，或許剛下地回家。敦實的身板，一看就是個山一樣憨厚，田一樣實在的莊稼人。

田玉秋這店鋪從準備到開張，費盡了周折。

四月初的一天，風和日麗，正是山地莊稼漢插早稻的好時節。田玉秋、高老二和王新民每人手裏捉著一把秧，彎腰在責任田裏蒔田。田野的空曠，加上嗡嗡飛過的蜜蜂，直讓人心底發慌。王新民一邊忙著下秧，一邊扯開喉嚨唱起了山歌：

大路看見姐穿紅，
搖搖擺擺過田壟，
荷巴眼扯得崖山攏，
鯶魚嘴抿得毛鐵溶，
廟裏的菩薩打叮咚。
……

王新民的山歌在山裏山外有點名氣，遇上誰家紅白喜事，總要邀上他唱一段。他不但會唱，還會自己編，見什麼編什麼，唱什麼，蠻入時入景的。

田野裏，王新民的歌聲就如高山滾木排，起起落落，瞬間將空曠的田野撩起了勃勃生機。田玉秋與高老二還沒來得及回味，天空驟然下起大雨，豆大的雨珠砸在水田裏，「劈劈啪啪」，濺起許多大水泡。

三人慌忙丟了秧苗，就近跑到邱記避雨。

雨，下得烏天黑地。估摸這雨勢一時半會不會停，田玉秋走到階基邊，將腿伸出就著瀝瀝掉下的屋簷水洗腳。王新民機敏，看到雨腳丟下秧苗就跑，腳上的泥巴早洗濯乾淨。高老二反應遲慢最後上岸，兩隻腳都沾著濕漉漉的泥巴，一隻褲腿高一隻褲腿低，顯出疲遝。

王新民閒不住，粗聲說：「邱老闆，玉秋請客，一瓶邵大，外加三包香瓜子，三兩滷豬耳朵。」「算我的，邱老闆，按他說的弄。」田玉秋一面洗腳一面大方答應。高老二，王新民與他稱兄道弟，一塊吃喝的時日不少，誰有錢誰付帳，隨便慣了，沒人斤斤計較。

他們靠著櫃檯一邊喝酒一邊扯淡。王新民唾沫四濺大談逗女人打情罵俏的粗痞話，虧他想得到，說得出。高老二則眯縫著雙眼，支愣著耳朵聽，聽到夠味處，嘴巴還發出「喔唷……喔唷」的驚訝聲，晶亮的口水順著嘴角流出，線一般牽扯不斷。一副傻裏傻氣不諳男女之事的樣子。其實不然，他三人間高老二結婚最早，十八歲不到就做了爹。惹得王新民常打趣他，說高老二那桿子東西開葷得早。

田玉秋不愛聽這些，他端著酒杯和邱海生在地下用火炭畫了一個棋盤，揀來幾顆麻石、土坨做棋子，兩人饒有興致地下起了五子棋。

高老二湊上來，抓起田玉秋的麻石棋子滿盤亂轉，不知怎麼安放。邱海生擋擋他的手，說：「去去，一邊聽新民扯淡。」

高老二訕訕地丟下棋子，信口一句：「玉秋，你看邱老闆不種田種地，活得卻舒舒服服，靠的就是這個鋪呢，你何不也弄個。」

正咂巴嘴抿酒的王新民，聽到高老二這話，立即隨聲附和：「是呀，玉秋弄個鋪還真不錯。嘿，這下有了白喝酒的去處了。」

聽口氣，好像是他自家在開店鋪。

高老二說：「不成，雖是把兄弟，也不能叫玉秋蝕本。」

王新民嘿嘿笑了：「誰與你當真來著，調你玩咧。」

高老二就笑：「瞅你沒點正經相。」

田玉秋把弄著手中麻石，訥訥地說：「弄鋪的錢夠不著，還差一大截呢。」

邱海生棄下棋子，站起身，歎口氣說：「做生意就像攪泡泡，一不小心就爆，難哩。」扔下他們三人，他自顧進了裏屋。

三人你瞅我，我瞅你，誰也沒說話，都埋下頭喝酒。邵大瓶子見底，已是下午，雨停了，太陽也出來了。三人打著酒嗝又去插秧。日頭輕紗一樣披在他們背上，暴雨帶來的輕寒一步步退縮到腳下的泥土裏。

三

田玉秋家緊靠東華山腳邊。房子右側有條石級小路蜿蜒向上，順小路徒步五里，山腰處有兩年前發掘的古洞，洞內石筍、石凳、石桌，挨洞口有條終年流水不息的小溪，是消夏避暑的好去處。城裏人本就好這些，東華山自然成了他們不可不來的地方。每到假日，田玉秋家門口便成了停車場，那些人遊山的遊山，打獵的打獵，末了會到田玉秋家歇腳，討瓢水喝。這時，有人會不經意嘮上一句，這雞腸街怎麼就一個店咧，買點吃的還要跑到街頭去。嘮的次數多了，田玉秋心裏琢磨起來，如果在自己家裏開個店，不但方便了遊客，也免除了隔壁鄰居的兩頭跑。同時還可以弄個小旅館，老婆黃素芬不是炒得一手好菜麼，旅客餓了吃飯就不用犯愁了。本就藏著這些想法，只是遲遲不敢下手，現被高老二和王新民一點撥，田玉秋好像鑽出了黑漆漆的山洞，心裏頓時敞亮，對，就弄個店。可弄個店，最少需要四五千，估計家裏一時拿不出那麼多，怎麼弄呢？看樣子只有找大舅子貸款了。田玉秋的大舅子黃建國在鎮上信用社上班，天天騎個單車，車前掛個黑色皮袋在外面轉，時不時來田玉秋家蹭頓便飯，看來還混得不錯。

日落，田玉秋回到家，黃素芬正好提著潲桶餵豬，他趕忙割了兩擔青草丟到塘裏。他瞅瞅天色，明天應該是個好天氣，明早釣尾魚，把大舅子接到家來吃頓飯。他琢磨著，進得屋來，黃素芬已經把熱飯熱菜擺上桌。田玉秋倒了一杯自家釀的米酒，黃素芬幫他拿了個空碗盛菜，說：「少喝點。」

「嗯，跟你商量個事。」田玉秋喝了口酒。

「麼子事？」黃素芬盛了碗飯，也坐下。

夾了一筷子菜，田玉秋問道：「家裏有多少錢？」

黃素芬丈二摸不著頭腦，疑惑地望著丈夫：「一千多塊吧，幹嘛？」

「明天把你哥叫到家來吃飯，我想跟他貸點款，弄個雜貨鋪。」

「雜貨鋪？我們又沒做過，會做嗎？賠了怎麼辦？」黃素芬夾菜的筷子停在半空中。

「誰都不是生下來就會做生意，慢慢學唄。」田玉秋大口喝酒，大口嚼菜。

「我沒讀過什麼書，家裏就大哥肚裏多點墨水，就怕算不清帳咧。」黃素芬把筷子擱碗上，不免擔心說。

按照她的想法是，丈夫本本分分把田地種好，自己操持家務，圖個溫飽，能安安穩穩過日子就知足了。

「放心，做生意又不是造原子彈。我們這裏只邱記一家吃獨行市，再弄間鋪應該沒多大問題。我們把路邊那間雜屋拾掇拾掇，改下門臉，不弄太大了，就賣些日常東西，吃的用的。」田玉秋擱下酒杯，夾了一筷子菜給妻子，安慰妻子道。

「你說行就行，我待會就去我哥那，請他明天晌午來家吃飯。」黃素芬覺得丈夫分析得有道理，匆匆地扒了幾口飯，拍拍衣服，去哥哥家串門了。

起屋造船，晝夜不眠。屋起好了，人進去住就是了；船造好了，人上去駕駛就是了。開鋪，可不是起屋造船，更難。鋪開起來了，怎麼才能讓顧客登門生意興隆財源廣進呢，這是一篇大文章啊。

想起開鋪，田玉秋興奮了一晚。第二天一早，晨露還沒退卻，田玉秋舉著長長的釣竿守在塘邊。王新民來他家叫他上山打鳥。田玉秋招呼王新民坐在身旁，抽出根煙遞給王新民：「新民，我真的打算開個鋪。」

「成呀，玉秋，好事一樁，需要我幹嘛，吱一聲。」聽說田玉秋下決心開鋪，王新民高興得不得了，好像開店的是他。

「知道你鐵，開鋪還差點錢，中午我叫大舅子過來吃飯，管他貸點。」田玉秋說。

「你大舅子那人不錯。」王新民說。

「等會你來家陪他吃中飯不？」田玉秋問。

「不了。」王新民起身拍拍屁股上的草屑，「我找高老二，把這個喜訊告訴他。」王新民背起鳥銃吹著口哨走了。

近午時，黃建國騎著單車來了，田玉秋迎住，拍著黃建國的肩說：「哥，我想開鋪，你可得幫幫我。」

黃建國一笑：「你這個急性子，總要讓我喝口水吧，我今天在外面轉了半天，嗓子都冒煙了。」

田玉秋連忙把他讓進屋，倒了碗水遞給黃建國。

黃素芬收拾桌子，把早準備好的飯菜擺上來。她說：「哥，知道你喜歡吃鰱魚，玉秋趕早就去釣了一條！」

田玉秋拿出自釀的穀酒，和大舅子對幹起來。酒至微醺，田玉秋沉不住了，他說：「前面那間雜屋當路，我想整理一下，把它改成一間鋪面，弄個雜貨鋪。」

思忖一會，黃建國點點頭：「雞腸街就一個邱記，再開個鋪沒點問題。」

「我這旁邊的東華山，經常有些城裏人開車來玩，可以做點生意。」田玉秋指著外面的山說。

「這想法不錯，先把雜貨鋪開起來，再做點遊客的生意，像吃飯，住宿的。反正房間多，騰出幾間改成客房。」黃建國走出堂屋，來到屋前的空坪隙地上朝四周打量，連連點頭。

田玉秋跟出屋外，看著自己的那片開闊地和那幾間連在一起的房子，彷彿看到了康莊大道一樣。他見大舅子一來就認同自己，趁機請求：「勞煩老哥多支持啊。」

「開鋪的錢還差多少？」黃建國問。

田玉秋撓撓頭頂，說：「家裏頭只有一千多塊。我粗算了一下，大概要四五千元，你看能不能貸三千元？你放心，我賺了錢，立馬還你。」

「我貸你四千元吧，你明天到社裏拿錢，至於還款期限，你自己看著辦。當哥的就指望你們日子好過了，心就踏實了。」對於田玉秋，黃建國非常清楚，是個穩重實在的人，自己在信用社工作這麼多年，他從沒輕易開口貸過款子，添過麻煩。

田玉秋貸到了款，就開始裝修鋪面，王新民與高老二樂癲癲來幫忙。他把雜屋當路的那堵牆拆了，換了一張上板的大門，裏面放兩個長貨架和長櫃檯，前面有塊空地方擺兩張八仙桌，上面放些茶水，再擱兩條長木凳，方便過路的人歇腳，喝茶。

聽說田玉秋在自家開雜貨鋪，平常難得離開邱記的邱海生，邁著他的八字步踱到田玉秋家來了。一見邱海生，田玉秋急忙迎過來，又是開煙又是點火，還招呼黃素芬倒酒。

「邱老闆，您看我這小店還成嗎，煩您老給指點指點。」

「不錯，有模有樣的。」邱海生叼著煙圍著雜貨鋪櫃檯轉了幾圈，王新民和高老二正在幫忙碼貨。

「你這些貨是打哪拿的呢？」邱海生問。

「就在鎮上王麻子那裏，我本錢不多，去縣城進貨不合算。您調貨用車運，我們就是肩挑手提了。」王麻子是鎮上做百貨批發生意的，他那裏的貨比縣城的貨價格貴上一成，但田玉秋步行一個早晨工夫就把貨物進回來，節省了路費，兩下相抵，比起去縣城調貨反倒划算得多。加之田玉秋腿勤，進的貨少，次數多，減輕了壓貨現象，彌補了資金不足的缺陷。

「要得，附近很多地方都在王麻子那進貨。」邱海生掂一掂櫃檯上的貨，眼珠子骨碌碌地轉了個遍，捋捋光溜溜的下巴說，「行，不錯，你們忙，我就不打擾了。」邱海生邁起八字步走出鋪面。

「邱老闆，您坐坐啊。」田玉秋忙跟了出來，「您輕易不來，來了連口熱茶都沒喝就走，以後還要向您取經咧。」

「取經不敢，有什麼事你來找我就是，我們隔鄰隔壁的，現在又是同行，有事商量著料理。」邱海生盯著田玉秋，一字一字說。

邱老闆抬起他沉穩的八字步頭，向前走時，轉身往田玉秋店鋪方向吐了口唾沫，不緊不慢地往邱記邁去。

邱海生的那口唾沫星子，田玉秋三人都看到了，他們相互望望，心照不宣。田玉秋心底竟泛起絲絲不安。想以前，只怕他邱海生是連撒尿也不朝這方向，如今竟親自登門了，該不會生出什麼事來吧。

高老二對王新民嘀咕句：「這老邱頭，怕是黃鼠狼給雞拜年，沒個好心嘍。」

王新民不以為然：「他邱記在街頭，田記在街尾，又不礙他什麼事。你想多了。玉秋，沒事，只管幹你的就是。」

田記雜貨鋪掛牌開張那天，雞腸街人扶老攜幼往田記趕。雞腸街人有個習慣，誰家遇上好事，滿街人都來道恭喜，湊人氣。因此，你在雞腸街的人緣怎麼樣，一看來你家的人就知道。誰家來，誰家不來，每個人心裏都有本細帳。田玉秋在雞腸街素來就以憨實出名，還能落下誰家不來嗎？

不過，邱海生沒來。

邱海生不但沒來，還在門口掛了個「優惠大酬賓」的牌子，上面標著哪樣由一元跌至八毛，哪樣是買一送一。雞腸街人傾巢往街尾奔時，邱海生邁著他的八字步，好似老生唱戲文般得意地在店前轉悠。

鄉親們道過恭喜，走時順便在「田記」捎帶買點家用貨捧捧場。田玉秋在場面上招呼大夥，遞煙，敬酒。黃素芬在櫃檯裏忙得團團轉。從來沒有做過生意的她，就好比頭次做新娘，本就心裏吃慌，忽地遇見這個陣勢，更是手忙腳亂了，不是收人家錢忘了給貨，就是給了人家貨卻忘記收錢，碰上要找零頭的，連錢都算錯了。幸好王新民在旁邊不時提醒，才不至於亂成糟。

田玉秋兩口子都轉暈了，雖說不像種田那麼累，可這活細，操心，而且還得反應敏捷。兩人都站了一天，腰酸腿麻，中午飯扒的是早晨的剩飯。黃素芬屁股挨著凳子，就不想挪動了，更別提做晚飯的事。

「累不？」田玉秋看素芬那樣，怪心疼的。

黃素芬點點頭，想想玉秋一個大男人可不能餓壞肚子，就說：「歇一會，我就燒飯。」

「不用了，我跟新民說了，讓他婆娘晚上多弄點，他待會就送來。」話沒落音，外面傳來王新民的腳步聲。

「飯菜來了。」王新民身子還在外面，聲音倒先傳來了。

「謝謝你，新民，你倆坐，我給你們倒酒。」素芬起身拿碗筷和酒碗。

「新民，你還別說，還真有點累，跟地裏的累是兩碼事。」田玉秋與王新民邊吃邊聊。

「累好呀，累才有錢賺咧，每天這麼累，你就高興死嗟。」

「也是哦，做生意不累就不是好事，有道理。」

「明天不會這樣腳打手打的了，主要是你們開張，很多地方還不熟練，而且今天人多。」

「有道理，來，喝酒。」玉秋說完端起酒碗與王新民碰了一下，一仰脖子，乾了，「你多喝點，我待會還要清點下貨物，盤下底，你慢慢喝，我先吃點飯。」

「行，你吃，我也不多喝了，高老二約我明天去李木匠家幫忙。」

夜深人靜，田玉秋兩口子埋著頭坐在桌邊。瞅著跟前寫得密密麻麻的本子，一共做了一千二百二十四元錢的生意，刨去招待的煙酒副食，怎麼說也得賺上四五十元呀，為何就一個指頭都沒見咧？。

田玉秋狠抽著煙，尋思問題到底出在哪裏。

「肯定是我多找給人家錢了，這情況都出了幾遭，幸虧新明在旁邊發現，及時提醒。這腦子根本就使不過來，不是做生意的料。」素芬說著，眼淚在眼眶裏面轉圈。想到手忙腳亂一天，到頭來是白忙活的，她耷下腦袋，直怨自己。

見老婆這樣，田玉秋一掃臉上的陰霾，詳細交代她說：「沒關係，不著急，我們第一天開鋪，難免出問題。只要找到原因就好辦，你明天開始就要堅持顧客一個一個料理，別亂，算準帳，錢看仔細，不要慌。情願少做點生意，也不要出什麼差錯，一有差錯吧，我們也好，買東西的人也好，心裏都不愉快，弄不好還得罪人。」

一個星期後，黃建國惦記「田記」，蹬著自行車來到田記門口，把車支好，進門就問：「生意怎麼樣？」

「馬馬虎虎，開始有點腳打手打的，這兩天好些，做一個星期了，昨天我們算帳，賺了這個數。」玉秋說完叉開五個手指，末了又將拇指食指做了兩個圈圈動作。

「那就好，賺的錢不要抽出來，拿去進貨，貨充實了人家來得就多。這點你要學學老邱，他做了這麼多年，賺了個盆滿缽滿，你看他那櫃檯裏面的貨，總是滿滿當當的，你的櫃檯顯得空了，地方小不要緊，但一定要貨齊，不能要什麼沒什麼。做生意沒什麼訣竅，貨源充足，貨真價實，童叟無欺就行。」建國在外見得多，這方面比田玉秋心眼活。

「說得在理。我準備明天到王麻子那裏去，多進點貨來，把架子填滿。」

「王麻子那裏的貨是多，可假貨也多，我給你寫個字條，你到李老闆那裏拿。他的價格與王麻子的價格差不多，但很少有假的，你拿著我的字條，他不會算貴你。」

「行。」田玉秋點著頭抑制不住地高興。

田玉秋進貨回來時正是家家忙做午飯的時間，店子沒有買東西的人，黃素芬正準備趁閒去弄點吃的，抬頭遠遠就見田玉秋與王新民有說有笑地回來了，田玉秋竹木扁擔一閃一閃，挑著滿滿的貨，王新民幫他扛著個大包，汗流滿面，她忙跑出來，卸下王新民肩上的貨，與他一起抬進店裏。

添上這些貨，貨架就顯得飽滿多了。田玉秋滿意地看著貨架，樂呵呵地問王新民：「新民，我這店鋪這回巒像個樣子了吧？」

王新民左看看，右瞅瞅，點點頭：「像那麼回事了，再過幾個月，你往上再加幾格，到時，估計老邱頭都會做不贏你了。」

田玉秋搖搖頭：「老邱頭是誰呀，一個老生意精。俗話說，薑還是老的辣，邱記貨多，又齊，而且占的碼頭又是進出要道，哪敢與他比哦。我壓根沒想與他爭什麼高低，只要不比種田差就行了。」

王新民不以為然：「老邱頭做生意，誰人不知哪個不曉，向來是短斤少兩，以次充好。只是沒辦法，整個雞腸街就他一家店，誰也奈他不何，可現在不同了，你玉秋開的店，價格公道，又不少別人的秤，質量也靠得住，別人為什麼一定非要登他老邱頭的店呀，何況街頭街尾，也就兩三里路，誰還計較這點腳程，你聽我放言，不出仨月，你田記一定會把邱記的生意搶掉一大半，除非你這裏沒有的貨，否則別人斷不會登他的店。」

田玉秋沒接茬，在他看來，做生意就和種田一個樣，一定要腳踏實地，精耕細作，靠短斤少兩以次充好賺錢，我田玉秋做不來。

四

雞腸街，斗笠販子是首次拜碼頭，很多細節他並不知悉。當他走進「田記」的時候，看到了櫃檯裏的老闆娘黃素芬，還有那個敦實的老闆田玉秋。

田玉秋沒注意進來的人，只管自顧往一堆舊木板走。

天氣漸漸暑熱，到東華山來旅遊的城裏人一下子猛增。田玉秋把幾間堆積雜物的房子騰出來，拾掇一下，改成歇夥鋪，他在院子中間還搭了幾個涼棚，下面支了張桌子，權當飯桌。雖然住宿條件簡陋，不如城裏賓館，但方便。如果城裏人在山上玩累了，不想動了，就在這裏住下來，也是樁愜意的事。只要接觸過田玉秋的人，都願意與他打交道，回頭客自然多。眼看馬上到了避暑的旺季，他擔心現有床位不夠，找出廢棄多年的舊床，整修備用。

等到斗笠販子走近，田玉秋這才發現，忙放下手中活計，熱情招呼：「老倌，坐。」

他給斗笠販子沏完茶，看看斗笠，隨口問：「老倌，麼子價？」

生意人的直覺告訴斗笠販子，田玉秋不但憨厚，還好客，心誠不設防。他感到田玉秋和邱海生不是一路貨色，便有心套交情，他笑著說：「田老闆，五元七一頂。本來是六元一頂的，看您這人值得深交，就給您優惠三毛，當是我們初次相識的見面禮。不過，只這一回，往後就六塊，怎麼樣？」

田玉秋看上斗笠的質量，覺得一頂斗笠用兩年不成問題，想起平時在邱海生那裏買的斗笠半年不到就爛了，他二話沒說，生意成交。兩相歡喜。

邱海生踱著他的八字步，等斗笠販子轉過身來找他。那斗笠，憑天地良心講邱海生也喜歡，進價六元一點不貴，賣個十一二元的不成問題。可邱海生還是按過去他獨家經營時的思路想事，以為是一隻肥碩兔子鑽到自己面前了，還不狠狠地飽餐一頓，到時一頂斗笠賺兩頂斗笠的錢，就是一天賣二十包鹽也沒這賺得多，賺得過癮。生意本就是要這麼做嘛。要不他邱海生能置這麼大的家業？

萬沒想到，他打的如意算盤落了空。他遠遠看見的是斗笠販子扛根空扁擔走來了。

邱海生奔到斗笠販子跟前，問：「你斗笠呢？」

「賣啦！」斗笠販子得意說。他怨恨邱海生對他的怠慢。

「多少錢賣的？誰買了？」邱海生著急地問，只差沒撲向斗笠販子了。

斗笠販子見此，抿嘴一笑，撣撣衣角說：「價格嘛，是商業秘密，不可外傳，反正比你開的價格高。買家呢，是田記田老闆。以後他的斗笠就我獨家供應了，田記已成了我們雪峰山斗笠廠的專賣店。」

「啊？！」邱海生張大嘴巴，半天沒合攏。直到斗笠販子走遠了，邱海生這才邁著八字步回店，不過這八字步邁得一點也不順溜，有點歪斜。邱海生猛然意識到過去獨家說了算的優越感被打破了，雞腸街橫空出現了一個競爭對手田玉秋。

往後，雖常有其他廠家來兜售斗笠，但無論是質量還是價格，全比不上這個廠家，那麼相宜。從此，斗笠販子定時給「田記」送貨上門。「田記」基本上壟斷了雞腸街斗笠市場。旅店的生意也不比雜貨鋪差，幾乎是日日客滿，喜得田玉秋合不攏嘴，做生意越發小心謹慎，只要有個賺字，不管多少，他都樂呵呵地接洽。

田記的生意越好，意味著邱記的生意就冷清了。對此，邱海生的心裏成天跟吞隻蒼蠅般，堵得慌。想使個法子，又不知道從何下手。畢竟人家田玉秋沒沾他，沒惹他，循規蹈矩經營著自個的生意。並且，只要見到他邱海生，即便他再不搭理田玉秋，田玉秋照例是笑哈哈地遞煙，禮數周全。

一隻貓懶洋洋伏在邱海生腳邊，不時叫喚幾聲。邱海生衝牠踢了一腳，罵道：「嚎，嚎個卵。」貓被踢得哇哇嘶叫，曹玉鳳見此道：「死鬼，好端端的你踢牠做什麼？牠又沒招你惹你，有本事你找招你惹你的人就是。拿貓撒什麼氣？」

邱海生瞪眼回道：「我要找得著茬，早把他做了，還輪得上你個長毛婆娘教訓。好端端的一筆生意黃了，到口的肥肉讓人家搶了。」

「窩囊廢，就曉得拿貓撒氣，想辦還不容易呀。這號人不給他點教訓，他就不知道他姓什麼了。」曹玉鳳雙手叉腰走到邱海生面前。曹玉鳳娘家在鎮上算是一霸，她有兩個潑皮哥哥，加上曹玉鳳是家中獨女，撒刁使蠻是習慣，還動不動喜歡喊打。

曹玉鳳一頓奚落呵斥，邱海生如喝了醒酒湯樣點點頭。

「你明天回去一趟，但不能太明顯，給點下馬威。」邱海生咬著牙說。

「這個我心裏有數，你不要操心。」

幾天沒下雨，太陽好像越來越低近，雞腸街十分悶熱，打赤膊的人越來越多。

邱海生搖著把蒲扇，邁著八字步走向田記。這回步子穩健多了，方方正正，不比老生的臺步差。

「忙呀？！」看見田玉秋還在拾掇木板床，邱海生咳嗽了一聲問。田玉秋穿著件洗白了的藍布襯衣幾乎被汗水濕透，他的勤快在雞腸街是出了名的。

「邱老闆，這天看著看著熱了啊。」田玉秋停住手中活計，忙把邱海生請到屋裏。

「是呀，你這生意看著看著比天氣還火熱呢。」邱海生臉上的肌肉扯了扯回應。

「在邱老闆跟前那是小巫見大巫，哪跟哪呀，您就別笑話我了。」田玉秋腆著臉說。

邱海生坐在椅子上，翹起二郎腿，彈彈手中的煙灰說：「田老闆的胃口還真好，什麼都吃。也不管吃得吃不得，消不消化得了，都往嘴裏塞。」

「邱老闆您這話是什麼意思？」田玉秋雲山霧罩地望著邱海生。

看著田玉秋的樣子，邱海生心底直冒火，媽的，還在老子面前撒滑了，也不看看老子是誰，嘴裏卻打著哈哈說：「你就別裝了，田老闆，鄉里鄉親的，裝也不像。」

田玉秋思來想去，眼睛跟著思路轉動著，不期然看到貨架上堆著的斗笠，恍然大悟。

「邱老闆是說的這批斗笠吧，那斗笠販子說您不需要，他才送到我這來的呀，我覺得質量好，價格也公道，就收了。」

「他這價格叫公道？我那的斗笠賣價才四塊，我看你怎麼賣出去？只怕進來的是金子，出去的是爛貨嘍。」

「我倒是沒想那麼多。」田玉秋知道四塊一頂的貨的質量，便不想與他爭辯。

「玉秋呀，以後碰著我不要的貨，你要掂量掂量，別撐硬漢，做生意可沒你想像的那麼簡單。」邱海生吸口煙，慢慢吐出。

「那是那是。」田玉秋陪笑。

邱海生說完，起身走到貨櫃前，拿眼光斜掃一遍後問：「你這貨在哪進的呀？」

「鎮上。」田玉秋忙站到邱海生跟前，躬著身子答道。

「這不是王痲子的貨。」邱海生說。

田玉秋挺起腰，看著貨說：「不是王痲子的，是李掌櫃的。」

「怪不得。」邱海生點了點頭，又斜了田玉秋幾眼，「真沒想到你和李掌櫃也交情上了。」

他不停地搖動蒲扇，好像不搖就無法阻止放肆冒出的汗水，心裏憤恨地罵道，開個巴掌大的鳥鋪，就神氣，我要你死都不知道是怎麼死的。

回到家，邱海生馬上吩咐曹玉鳳：「這些貨都是田記有的。」邱海生一邊說一邊逐樣指給曹玉鳳看，「你在現在的價錢上都降低個兩三毛，然後這些。」他又指指，「這些價錢提高個兩三毛，這是他沒有的貨。」

邱海生心裏已盤算好了，田玉秋與他都有的貨，他就降價銷售，擺明不賺。田玉秋沒有他有的貨，提價銷售。這樣一來，既打擊了田玉秋的生意，又保證自己照例可以賺錢。

還別說，邱海生這招真靈，漸漸地，看到邱記貨便宜一些，很多往田記買貨的人，又跑到邱記來買貨了。邱海生望著田記方向自語說：「想跟我鬥，沒門。」

五

正是拋田下種的日子，農人忙碌得屙尿的工夫也沒有。

雞腸街突然來了一夥潑皮，一律鳥窩樣的長髮，褲子垮在肚臍眼上，勾肩搭背地歪歪斜斜走在雞腸街上，腳板掀起滾滾飛塵。他們徑直湧進「田記」，先是嬉笑打鬧一陣，爾後，大咧咧喊：「老闆，賒一條硬芙蓉王煙。」

「你們……」這些潑皮面生，一看就知不是本地人。不是本地人，即便是賒煙給他們，日後也找不到索帳的地方，這不明擺著是來找碴的麼。

田玉秋心裏發毛，拿不定主意到底怎麼辦。

「別敬酒不吃吃罰酒。」潑皮們步步進逼道。

王新民聽說潑皮到「田記」滋事，急忙趕來，他操起一條板凳，惡狠狠地問：「幹什麼？尋禍也不看清地方。」

「關你屁事。」潑皮們東一個西一個慢悠悠圍上去。高老二下地還沒回。有一個潑皮指著王新民，叫道：「捅死他。」

田玉秋擔心王新民吃虧，忙抱拳拱手：「有話好說，有話好說。」

他拿出煙，交給潑皮說：「我兄弟性子爆，海涵一二。」

眾潑皮笑嘻嘻說：「這還差不多。」他們揚長而去，同時又對王新民說：「要學你兄弟咧。」

「王八蛋，日你老娘。」望著潑皮們的背影，王新民狠狠地啐一口痰，就朝田玉秋吼：「就這幾個人，怕吃了你？」

「唉！」田玉秋歎口氣，其實他心裏又何嘗咽得下這口窩囊氣，這年月惹不起呀！他擔心那些潑皮吃了虧，鋪子會永無寧日。

「你呀，不仔細想想，今天白吃你的煙，欺侮你，以為你是軟骨頭，好啃，成了癮，過段日子或許又來，沒完沒了，你折騰得起？」王新民氣呼呼的。

田玉秋十分感動，關鍵時刻，王新民挺身而出，而自己拿煙消災，與潑皮們妥協，的確會助長潑皮們的囂張。想到這，他握住王新民的手，歉疚地說：「難為你。」

田玉秋如鯁在喉，悶悶不樂，備感生意的艱難。

他愈加小心按自己的信條做著生意，不短斤少兩，不以次充好，不管誰來，都是迎來送往。漸漸，有些街坊發現邱記貨雖然便宜，可次貨多，覺得還是「便宜沒好貨」了。往邱記奔的人又改往田記店鋪了。

這幾天，街上不知從哪冒出來個癲子。

他白天在雞腸街遊蕩，做一些悖於常理的事，說一些沒底沒高的話，無人知道他來歷。他自稱姓袁，經常走東家，串西家的，見誰家吃飯了，就去抓一把塞口裏，哪個孩子在外玩耍，他也要跳著過搶孩子的玩具，看見姑娘在外走，他就不期然地跳出來衝姑娘臉上摸一把，嚇得姑娘半天緩不過神來。他的到來把雞腸街搞得雞犬不寧。

袁癲子是一顆老鼠屎，人人見了生煩。

雞腸街人聚在一起商量怎麼對待這顆老鼠屎。年長的建議，首先查清袁癲子是從哪來的，再把他送回哪裏去。或者打發個年輕人通知他家人來領也行。

高老二問：「邱老闆，你常在鎮上進出，識得的人多，知道這個癲子來歷麼？」

邱海生正掏耳朵，聽到王新民的話，他冷笑道：「你的兄弟田玉秋老闆也沒少往鎮上跑呀，為何單只問我。我是軟柿子，好捏？」

見邱海生生氣，田玉秋忙站起來打圓場：「邱老闆，別誤會，高老二壓根沒這麼想。這樣好了，以後我去鎮上時也打聽打聽，畢竟這是雞腸街大家的事。」

邱海生一哼，走了。

找袁癲子家人的事不了了之。

這一晚，下雨。「田記」旅客爆滿，田玉秋沒地方睡覺，將就著靠在店裏的木椅上打盹。

屋外，雷閃雷鳴，大雨傾盆。雞腸街在不寧靜中瞌睡了，田玉秋也迷迷糊糊瞌睡了。

「轟隆隆！」一個炸雷似乎劈斷了某處的一棵大樹，把田玉秋驚醒。揪心的撕裂聲繃緊了雞腸街每根神經。田玉秋激靈靈打了一個寒噤，揉一揉惺忪的眼，詛咒道：「鬼雨。」

透過木格窗戶，他不經意瞄見閃電的雨簾裏依稀有一個人影晃動，那人「呼哧呼哧」直喘粗氣，使出吃奶的力拔平日用來遮陽的棚腳。田玉秋以為是賊，猛然拉開門，大喝一聲：「幹什麼？」

那人影不逃，見有人打開門，透出光亮，他便傻兮兮癡笑著走攏來，眼睛東張西望。

田玉秋本被這雨弄得煩躁，認出是袁癲子，便沒好氣說：「袁癲子，搞麼子鬼。」

袁癲子嘴一歪，朝田玉秋扮鬼臉，逕自走開，說句「日你娘。」不曉得他罵誰。

「砰！」田玉秋重重關上門，一個神經病，他不想過多搭理。

夜，黑沉沉的。

袁癲子離開「田記」，漫無目的滿街遛達，幽靈樣那家門口站站，這家窗戶下瞅瞅。

雞腸街，只有「邱記」還亮著燈。

昏黃的燈光下，邱海生在看通俗的《傳奇故事》，神情十分專注。袁癲子輕輕推開虛掩的門，躡手躡腳走到邱海生後面，湊近邱海生耳朵大吼：「喂，你好嗎？」

這一切來得太過突然了，使邱海生驟然一驚，尿濕了褲子，書也掉落地上。

良久，驚魂稍定，邱海生才知道眼前這人不人鬼不鬼的怪物是袁癲子，他哭笑不得地問：「老袁，幹什麼來著？」

「找酒喝。」袁癲子咽著唾沫。

「有錢麼？」邱海生站起身，用眼睛打量袁癲子。

「有，老子有的是。」袁癲子把一疊粘泥的樹葉大方地向桌上一叩。還反問，「夠嗎？」又說，「不夠，還有。」袁癲子兩隻手伸入口袋掏。

「不，這不是錢。」邱海生忙搖手阻止他，順帶用抹布掃掉桌上樹葉。

「瞎了狗眼，這不是錢？」見樹葉落地，袁癲子惱了。

邱海生望著袁癲子，想到前晚開會時高老二的話，突然靈光一閃，指一指凳子，耐心說：「老袁，你坐。」接著又說，「你要喝酒容易，我給你，但是你敢不敢做一件事？」

「麼事？」袁癲子好奇地問。

「揭『田記』屋頂的瓦，你敢麼？」

「揭瓦，好玩！」袁癲子拍著手跳著。

「你敢不敢？」

「噫，好玩！好玩！」

「你到底敢不敢？」

「敢！怎麼不敢？」

「好，老袁，你是條漢子。」邱海生豎起大拇指。

袁癲子喝了酒，心滿意足，說：「天底下沒我老袁不敢的事。」

袁癲子消失在雨裏。邱海生站在店門口一臉微笑，曹玉鳳從裏屋出來，好奇地問：「你衝滿天的雨傻笑什麼呀？」

「等著看把戲吧。」邱海生瞇縫起雙眼，笑道。

曹玉鳳摸不著頭腦：「什麼好戲，這打雷下雨的。」

「我唆使袁癲子上田玉秋屋頂揭瓦去了。」邱海生壓低嗓門輕聲地在曹玉鳳耳朵跟前說。

「我說呢，你怎這麼高興咯，這餿主意，也就你想得出。」曹玉鳳用手指戳了一下邱海生腋窩。

「誰讓他田玉秋放著好好的日子不過，連那傻高老二都向著他說話呢。」邱海生狠狠地說。

「看來上回整得不夠狠，沒讓他長記性。」曹玉鳳呲著牙說，又疑惑地問，「你說這袁癲子是哪來的，怎麼就沒人管。」

「我知道他是哪的。」邱海生神秘兮兮地說。

「你知道？！」

「當然知道，他家裏人留了字條在我這裏。」邱海生說，你還記得有次桎木坪袁家村的人進山販牛路過雞腸街在我家借宿的那批人麼，這個袁癲子就是其中之一，他一定是在販牛途中發瘋，走失了。

「前晚開會，那你怎麼沒說。」

「說這幹嘛，他願折騰就折騰唄。這不正好可以給我們當槍使。」邱海生捋著下巴長笑幾聲，似乎看到了田玉秋哭喪著臉的樣子。

「不行，這袁癲子今天上房揭田玉秋的瓦，說不定明天受誰的攛掇跑我家來揭瓦怎麼辦，這是個禍根，留不得。而且放任他在這裏，說出揭瓦之事是你指使的，那我們還怎麼在雞腸街混。」曹玉鳳想起這些就後怕。

「明天就把他綁了，看他還能到處撒野麼。」邱海生滿有把握說。

「最好是快把他弄走。」

「只要綁了，就沒事了。」邱海生安慰著老婆，熄燈睡覺。

六

後半夜的天像那裏破潰了一個缺口，失去收束一樣，電閃雷鳴，直往地上倒水。麻石路水溝邊，一棵梧桐樹遭洪水沖刷，斜斜撲倒在麻石路上。

雨落得太焦心了。

袁癲子繞過梧桐樹，筆直尋至「田記」屋後。正巧屋簷邊伸手可及的地方，有一顆碗口粗的香椿樹默默地站在雨夜裏，承受著傾盆大雨的洗禮。袁癲子貓一樣爬上樹，一腳橫跨輕而易舉上了屋面。

王新民早被沒完沒了的雨勢驚醒。他搞稻田養魚，擔心漲起來的洪水毀了田埂跑了魚苗，無法入睡。見雨勢有增無減，他乾脆從被窩裏爬起來，掖上手電筒，戴著斗笠蓑衣，扛一把大板鋤，撲進雨夜裏。

王新民路過「田記」，沒留神一腳踹在水溝裏，臉上濺了很多污水。他一面揩臉上污水，一面罵自己瞎了眼，偌大的路不走，偏偏往水溝裏踹。罵聲方歇，他隱約聽到一種異響。他索性停下腳步用手電筒尋找發聲所在。

他望見「田記」屋脊上坐著一人，抓一塊瓦丟落，口裏喊聲一，抓兩塊瓦丟落，喊聲二……過一會，他又撬一塊椽子拋向地面，瓦片紛紛震散落地摔成粉碎，「嘩啦啦」的響聲被雨聲給湮沒了。

「作孽，作孽呀。」王新民心痛，直歎氣。不曉得袁癲子打哪上去的。也不曉得田玉秋哪輩子作了孽，怎就老遭人算計。他們在雞腸街一同長大，一同學會耕田種地，對田玉秋的瞭解，怕是比瞭解他自個還多。這樣一個連樹葉落下都怕砸到人的田玉秋，雞腸街也不存在有誰跟他過不去。

「玉秋，玉秋。」王新民猛敲「田記」的門。

雨照樣下，雷電照樣閃。只見袁癲子仍肆無忌憚，繼續搗瓦，悠哉，樂哉。

暴雨從破碎的瓦槽裏灌進屋內，瀉在天花板上形成無數條細流，四處流躥。倉房裏的貨物積滿了水，客房的床上積滿了水，旅客們像受驚的家禽蹦出房門，房外也是雨的世界，無處藏身。被吵鬧聲驚起的雞鴨也飛出了籠，滿院子亂躥。「田記」頓時陷入一片前所未有的混亂。

面對這突如其來的場面，田玉秋沒了主張。他木木地望著王新民。平日裏足智多謀的王新民，也只好抬頭望望天，再看看院子，不住頓腳。被響聲鬧起來的雞腸街人都奔來了，奔過來的人望著田記，都不知道該如何是好。袁癲子依舊還在屋頂上掀得歡。現在最關鍵的是如何把袁癲子從屋頂上安全弄下來，不要再掀瓦了。

邱海生隱在人群背後，像在看一幕戲，嘴角飛笑地望著田家，心裏想，你田玉秋才穿幾天圓襠褲，就跟我鬥。哼，我量你田玉秋有翻天的本事，也奈何不了這場面。

瓦楞上濕漉漉滑溜溜的，無人敢上，即便是上去了，倘若與袁癲子發生衝突，稍不留神，從屋頂上摔下來的話，後果不堪設想。

雞腸街所有當家人戴著斗笠披著蓑衣佇立在雨地裏，祈望老天有眼，迅速停雨。當真是一家有事，百家不安。

高老二扯開喉嚨，大聲嚇唬：「天殺的袁癲子，快下來，不然……」

袁癲子不理會他，瞅瞅院子裏的人，愈加起勁，拋瓦更凶了。袁癲子每拋一塊瓦，雞腸街人的心就跟著揪一次，恨不能啖他肉，甚至有人邊流淚邊祈禱：「老天呀，你一個雷就把袁癲子劈了呀，劈呀。」

王新民在院子裏走了數個來回，儘量平息心底的怒火，儘量將聲音放到最輕最軟喊：「老袁，你下來，下來喝酒去。」

「有酒喝？」袁癲子停下了拋瓦。

「當然，你快下來。」王新民拍拍胸部，表示不會騙他。

袁癲子心動，只見他哧溜一聲，三下五除二，順著屋後香椿樹滑了下來。

雞腸街人心裏一塊石頭落了地，終於舒了一口長氣。

田玉秋瞅著滿地細碎的瓦片，愁眉苦臉蹲在階基上，不住歎氣，無緣無故就來這麼一場災難，他確實請人幫忙想也想不清楚。鄉親們你一言我一語勸慰他，家業是人制起來的，註定你有這一劫難呢，寬想一點咧。

王新民在忙前忙後安置旅客，面對天災人禍，勞煩大家多多理解將就。高老二扛起根椽子對田玉秋說，有我們哥們在，沒啥了不起的。

黃素芬勸田玉秋別憋壞了身體，寬慰他想開點，只要勤勞，去了的還會回來。

七

雨，漸漸住了。

雞腸街的天邊竟然冒出了太陽。經過一夜暴雨沖洗，麻石路到處呈現坑坑窪窪，窪下去的地方全積滿了濁水。太陽一露臉，就熱氣逼人，路面積水被蒸化成水汽嫋嫋升騰。被太陽攬在懷中的雞腸街又恢復了昔日的恬適，安靜。

田玉秋夫妻倆忙把浸濕的被子貨物統統搬出來，放在太陽下翻曬。王新民和高老二通宵沒睡，撐著滿是血絲的雙眼在田家幫忙。王新民為了驅趕瞌睡，製造點歡快的氛圍，不時拉開嗓門唱：

哥想妹來，妹想哥

……

聽得高老二與那些旅客眉開眼笑。見到客人舒心了，田玉秋緊鎖的眉頭算是展開了不少。

「咦，好東西，我要。」袁癲子突然蹦到高老二背後，伸手搶奪高老二手裏那頂小孩帶的遮陽帽。

高老二火星一冒，劈面一拳印上袁癲子肩膀。袁癲子晃一晃，揚起健壯的手兇狠狠說：「要打架，來。」他逼近高老二，高老二尷尬地往後退。

「這樣的人不該放任自流，今天禍害田玉秋，沒準明天禍害你王家張家呢。大夥得想個法子才是。」發話的是邱海生，邱海生不知何時也來了。

「是呀。」趕來幫忙的雞腸街人覺得邱海生所說不無道理。

雞腸街人人自危，惶恐下一個倒楣的人會是自己。

「想什麼法子好呢？又找不到他家人，我看不如把他綁起來。」邱海生捋捋下巴，一副沉思樣。

「誰來綁？」不知誰冒出句。

邱海生的八字步踱到高老二面前說：「高老二，你家不是有根麻繩麼？去年拴了黃水牛的，正合適拿來綁袁癲子。」

高老二聞言欲抬腿，被王新民攔住，罵了句：「豬！」

王新民忿忿不平。邱海生你幹嘛不動手，幹嘛只居高臨下發號施令，憑什麼？局外人一樣。他轉頭對邱海生說：「高老二家的麻繩子被我搞壞了，還是你往自家拿吧。你家那棕繩比麻繩扎實多了。」

自從田玉秋家接連出事後，王新民對邱海生多了份心眼，總覺田家的這些事與他有關，具體有關在哪，他又找不到確鑿的證據。找不到證據，王新民只好把這想法悶在心裏。可只要邱海生涉及到他兄弟間的事，立馬會母雞護小雞般迎上去。再說綁人這事也不是邱海生嘴裏說的那樣隨便。山裏的打命案聽得還少嗎？別看族人間日常不通來往，可一旦有誰家出了事，族人是比開會到得還齊整，比擰在一起的繩子還鐵心。像上回，不就為田裏放水的事，上彎村王姓人打傷了下彎村謝姓人，本是兩人間的爭鬥，可因為族人出面，演變成了兩個村子的打命案。謝姓人不但掀掉了好幾家王姓人的屋頂，還打傷了不少王姓人，砸爛了不少人家的東西。同樣謝姓人在與王姓衝突中，有兩個才二十歲的小夥子被王姓人活活打死了。

綁了袁癲子，如果他家人尋來見了，到時頭一個遭殃的就是他高老二了。他家的繩子呀。

邱海生聽王新民一說，老臉緋紅緋紅。雞腸街向來只有他吩咐人家的份，哪有人敢在他面前指手劃腳，尤其是王新民這等只會哼山歌的鳥輩。他在心裏罵道，你小子，你算個卵，一個二流子。不過他臉上笑眯眯的，回應道：「好的，好的，我去家裏拿，你們等著。」

說完，他雙手反在背後，端起八字步往回走。才幾分鐘時間，邱海生的棕繩拿來了。高老二接過棕繩時，王新民去了田玉秋的後院，在扛椽子，他猜想邱海生回家取繩子，是想離開這是非之地，打脫身拳，沒想他在捆綁袁癲子這事上這麼迫不及待。要不然，他當時一定會制止高老二，更別說讓田玉秋來綁袁癲子了。

高老二接過邱海生手裏的棕繩，從側面撲向袁癲子。袁癲子兩手撐住繩子，一施勁猛一揮，高老二全身離地，跌倒麻石路上，臉擦破了皮，鮮血直流。袁癲子順手撿一塊石頭對準高老二便砸。

正這節骨眼上，田玉秋一鋤頭飛向袁癲子手臂，震落他手裏石頭。袁癲子負痛，頓時像洩氣的皮球，自覺交出雙手，喃喃自語：「我投降，我投降。」

田玉秋拿著從袁癲子手裏奪下來的繩子，怔怔地站著不動，畢意袁癲子是神經有問題才做出這等不正常的事。田玉秋問：「袁癲子，你家在哪裏？我送你回去，要不叫你家裏人來接你回去也行，你不能再這樣鬧了。」

「綁呀。」袁癲子看看田玉秋，看看大家，就如小孩子鬧玩，好像你不綁他，遊戲就變得很無趣。

邱海生看到田玉秋猶豫不決，生怕他改變主意，一個勁催促：「玉秋，你快綁啊。萬一他又做傻事，看你怎麼收場。」

田玉秋一震，慌忙將繩子展開，動手綁袁癲子。袁癲子任由他捆綁，不吵不鬧，一下子像隻溫順的綿羊，一臉平靜地看著田玉秋。

袁癲子這副樣子，使得田玉秋心頭一熱，不忍下手：「還是別綁了，他腦子有問題。」

「昨晚他揭你的瓦，明天如果跑去砸我的店呢，怎麼辦。快，趁他不鬧時綁上。」邱海生著急地舞動雙臂，生怕田玉秋動作一慢，袁癲子趁機跑了。

「我要喝酒。」袁癲子雙眼望著邱海生不停地喊。他以為邱海生是個大善人，還會給他酒。

邱海生見狀，連忙拿找來一塊抹布塞進袁癲子嘴裏。

「嗚——嗚——」袁癲子怒目瞪著邱海生，開始掙扎反抗。袁癲子瘋勁一上來，力氣奇大，沒一身蠻力制服不了他。田玉秋只好狠起心腸綁住袁癲子。同時無奈地說：「你別強，不會把你綁得太緊，等找到你的家人就放你回去。」

王新民從後院出來時，袁癲子已被捆成一隻粽子。王新民搖搖頭接過田玉秋的話：「曉得他是什麼地方的就好了。」

看著綁妥的袁癲子，邱海生不放心地扯扯繩結，確信無法鬆動，方才鬆了口氣。

「你們忙，我先走了。」邱海生一邊說一邊望著田記那面目全非的模樣，腳下步子竟喝醉酒樣，踉踉蹌蹌。他清楚這都是袁癲子剛才的目光給惹的，袁癲子那目光瞪得他心裏直發麻，現在他真巴望袁癲子馬上就從雞腸街消失才好。

八

袁癲子被綁在麻石路邊一棵香椿樹下。田玉秋逢人就問是否知道袁癲子的家在哪裏，還特意爬上東華山巔上，衝開闊的四周大喊誰認得袁癲子，可惜回覆他的只有呼啦啦的山風。

經過一夜折騰，田玉秋身心俱疲。但是，他還有許多事要做，屋面給袁癲子糟踏成四十八個天井，得馬上請泥瓦匠修檢，受驚旅客是讓王新民給安置好了。可得打掃房內的衛生，得把淤積在倉庫裏的污水清除。田玉秋是忙得連睡覺的時間都沒有，還哪有心思去考慮別的事情。

不料大清早的，就聽到消息，說袁癲子死了，田玉秋不相信。晨茶時節，袁癲子死訊得到證實，袁癲子確實是死了。淹死在雞腸街南面的一口池塘邊。池塘背彎，由於山洪蓄積，水變得很渾濁。低矮的塘堤上濁水淺淺漫溢。

田玉秋去看時，袁癲子上半身浮在水面上，下半身觸掛在堤岸上，一雙手照舊捆綁背後，鐵緊鐵緊，臉部皮膚浸泡成青紫色，眼睛瞪大成銅鈴狀，慘不忍睹。

田玉秋愣愣地望著綁住袁癲子雙手的繩子，臉上表情一變再變。他後悔當初不該聽邱海生的，綁他個癲子做什麼。他不停的責問自己還有良心麼，對活生生的癲子下這般手，還叫人麼。雖說他掀了他家瓦片，使得他平白無故的遭到損失，可一個神智不清醒的人，跟兩三歲孩子一個樣，作為有頭腦明白的自己犯得著與個小孩計較嗎？田玉秋是越想越後悔，越想越心疼，恨不得搧自己耳刮子。

他把袁癲子屍體從水中撈起，抱到雞腸街一處樹蔭密匝的草坪上，用白布蒙住臉，搭起靈棚，給兩個錢給剃頭肖，叫他好生看守，別再遭蟲鼠傷害。一面又雇人四處查找袁癲子親人，來收領屍體。

忙完這些，田玉秋又回身來到袁癲子屍體邊，看泡得變形的袁癲子屍體，他喃喃，作孽哦，我怕是上輩子做了欠你的事，這輩子你尋來報仇了。田玉秋自說自話，一動不動地守到掌燈時分。出去查找袁癲子親人的人也陸續回轉，都懊喪地搖頭。

田玉秋急了。

五黄六月的天氣，屍體很快就會腐臭，怎麼辦？

田玉秋遭遇前所未有的棘手事，雞腸街遭遇前所未有的棘手事。憂鬱籠罩著這方山旮旯。

王新民瞅瞅袁癲子屍體，回身看看大夥，不覺「咦」了下。高老二問他咦什麼？

王新民說：「邱老頭怎麼沒見來？不是他說要綁的嗎？」

有人鼻子哼了下說：「要是分錢的話，他只怕早就趕來嘍，還輪得上你們？這號事，他當然是學泥鰍鑽泥巴裏了。」

邱海生正望著桌上的條子出神。

這個條子是桎木坪袁家村那夥進山販牛的人留下來的。他們進山時投宿「邱記」，回去時也在「邱記」借宿。他們神情萎靡懇請邱海生幫忙，說他們出門是六人，回家卻只剩五人了，其中有個姓袁的失蹤。他們趕著一大群牛，騰不出手來尋找，擔心不好向他家人交待，愁腸百結。

邱海生聞言熱心地表示同情其中苦楚。

那夥牛販子當即寫了個字條放到邱海生手裏，委託邱海生如果看到這個人，煩請轉告他儘快回家，別在外面逗留，以免家人操心掛念。倘若他不想回，也勞煩老闆按字條上地址捎個信給袁家村。到時袁家村再一併感謝。

邱海生一口應承：「這個自然。」

接著，邱海生又說了些體貼慰藉的話。讓那些牛販子直念邱老闆是好人，能遇上邱老闆當真是他們的福氣。清早，他們離開邱記時，那個為頭的牛販子還拉著邱海生的手說，大哥，以後我們進出山裏，就在你這歇腳了。你要到了袁家坪，我們定是當貴客接待。

那個失蹤的袁姓趕牛人會是瘋子，這是絕料不到的事。但只要往細裏一推究，又不難發現這事是情理之中。試想一個大男人，他的目的是出門趕牛，怎會好像孩童貪玩落隊到處逗留，除非是這個人神經有問題。看來這個人是在趕牛途中瘋病發作，以至失蹤。

袁癲子在雞腸街一出現，邱海生就猜想十成是他。

九

袁癲子死後第三天，太陽還只一桿高的時候，一位中年婦人拉著一個蘿蔔頭男孩神秘地出現在雞腸街，徑直奔到快腐爛的袁癲子屍身旁。她進場就哭，哭聲淒惻動容：「唉——袁打鐵也袁打鐵呀，你怎麼就一去不回了咯，你走了我們母子可怎麼活咯，你這個砍腦殼的呀。」

那男孩也放聲大哭：「爸，你怎麼不回家。」

母子倆的哭聲撕扯著雞腸街人的心肺。黃素芬攙扶起那女人和小孩，苦澀地說：「大姐，您要保重身體呀，自己的身子骨要緊呀，您還有個孩子，您不能哭壞了身子呀。」

田玉秋也過來了：「袁大嫂，人死不能復生，節哀。」

死了人，雞腸街有個不成文的規矩，就是給死者唱「生歌」。只要是雞腸街人，不論貧富貴賤，也不論老死病死凶死均一律平等。據說，唱「生歌」是替死者改籍。陽籍改成陰籍也是需要履行一定手續的。他們認為陽籍不廢，陰籍就不立，不立陰籍，死者永世不得輪迴超生。為此，雞腸街自然形成了一整套班子，有給死者淨身裝殮的；有打紙錢專司香燭的；有點長眠燈的，長眠燈擺放死者腳頭，照亮死者前往的世界；有專門唱歌的，內容大多是根據死者生前事蹟，加以批評總結歸納。凡是這個班子人員，他們不請自來，自覺地做自己職司份內的事，有條不紊。袁癲子死後，也享受到了唱「生歌」的禮遇，因為他是癲子，雞腸街人同情他並沒將他當外人看。

王新民負責唱歌，只見他正有板有眼唱道：

陽世好比那山，
陰世好比那水，
山高水深總有個岸。
岸邊生。
岸邊了……唔……噢……
岸邊了，
岸邊生……唔……噢……

歌聲蓋住了哭聲。

袁嫂止住哭，兩眼死死盯著田玉秋，好像要把他整個人看穿。

「哦，我姓田，叫田玉秋，就是雞腸街人。」田玉秋在袁嫂的目光下，做了自我介紹，又將袁嫂扶到竹椅上，反覆交待：「如果你有什麼事要我們幫忙的，只管說，我們全力而為。」

袁嫂無動於衷。她轉眼忽地望著袁癲子手腕上的勒痕，一箍墨黑的青紫，特別惹眼。她的眼淚就像撒豆一樣，「唉——袁打鐵也，你死得好蹊蹺！到底是哪個不得好死的把你害死的呀，你告訴我咯！」

哭聲驚得樹葉輕輕搖曳生起了微風。

樹在顫抖。

田玉秋心裏大亂，反覆搓手。他恍惚覺得良心被人掏出來懸在樹梢上，左右搖晃。人家孤兒寡母以後怎麼過呀。他覺得這事如論如何得向袁嫂講明，既讓袁癲子去得安心，也讓袁嫂明明白白地送走丈夫。當然，最主要的還是讓自己良心安寧。

他看看棚裏的大夥，吞吞唾液，正要開口，一隻大腳板踏上他的腳背，用力一擂，他像遭電擊似的將到了口邊的話硬是咽回肚裏。那隻腳是王新民斜插進來的，這是提醒他：在這非常時候別惹火燒身，到時，即使十張嘴也是跳進黃河洗不清的了。王新民太瞭解田玉秋了，尤其是現在的田玉秋，哪怕是田玉秋眨下眼，他也能猜到田玉秋心裏想什麼。所以，他表面上是在唱歌，實則眼睛一刻也沒離開過田玉秋。

田玉秋抽開被踩的腳，看著王新民。王新民衝他做了個往外撥的動作。田玉秋明白王新民的意思，是叫他走開，少說話。田玉秋兩腿發軟，正打算離開。

然而，屋漏偏遭連夜雨，怕什麼來什麼。

只見，袁嫂止住哭，恨恨地對田玉秋說：「姓田的，我屋裏的與你有麼子冤麼子仇，你非要置他於死地才舒服，你是昧良心啊，這世上沒有王法，沒有天理了啊，你不要貓哭老鼠假慈悲，以為我們孤兒寡母的，好欺負，你今天不給個說法，我……我……我就……」說完，袁嫂往地上一坐，雙手和身體有節奏地拍著，嚎啕大哭起來：「袁打鐵，你死得冤枉咧，你死得不明不白咧，姓田的咧，你不得好死咧，你弄死我男人咧，殺人要償命咧，你要還我的老公咧。」哭到這裏，袁嫂突然翻身爬起來，用力撲向田玉秋。

田玉秋沒提防袁嫂這招，一下子被她撲了個四腳朝天，旁邊的圍觀者急忙把袁嫂拉開，王新民和高老二將田玉秋扶起。

「你、你……」田玉秋臉色煞白，彷彿身陷無邊的泥沼裏，欲拔不能。

「你別血口噴人，事實不是你說的那樣，玉秋沒有弄死你男人，你男人是溺死的。」王新民馬上搶過話頭唬道。

「好端端的，卻又如何去溺死？他手上深深的勒痕，不是捆綁的？那是怎麼回事？不溺死在我們袁家村，為何偏偏溺死在你們這裏？」傷心欲絕的袁嫂連續幾個提問，居然把在場的人都給鎮住了，「我們孤兒寡母的，鬥不過你們這麼多大男人，可你們也別欺負我們袁家村沒人，你們走著瞧。」說完袁嫂扯了兒子，哭哭啼啼走了。

雞腸街人鴉雀無聲，大氣不敢出。

樹欲靜而風不止。

看來，這樁事是輕易收不了場了。

王新民眉頭緊鎖，心裏尋思：奇怪，這個袁癲子的婆娘，從沒見過呀，她也沒有來過我們雞腸街呀，怎麼知道她老公死在這裏，怎麼就知道是玉秋綁了她男人咧，矛頭直指田玉秋。一個傷心得要死的人，還哪有這麼清晰的思路問住我們，明擺是有內鬼通風報信了。而且，我要是沒分析錯的話，這個報信的人肯定與玉秋有瓜葛，要不為什麼早不把袁癲子家人叫來呢，陰著呢。

眾人都認為王新民分析有道理。一個把山歌唱得敞亮敞亮的人，料事如此有主見，還真不是一般。眾人在向王新民投以欣賞的目光的同時，又在心裏篩選雞腸街誰與田玉秋瓜葛，憨厚的田玉秋好端端地得罪誰了，人家為何非得往死裏整他。

「嗯，有道理。」高老二點點頭，「可玉秋做生意從不短斤少兩，也沒與人發生口角，誰與他有深仇大恨咧。」

近來發生的事均是「田記」開業以後，好沒來由的。他想起有一回他去「田記」沽酒，讓邱海生撞見，邱海生不高興地說：「老高，我老邱啥時得罪你了，不去我鋪裏了。」高老二就很難為情，解釋說：「同是雞腸街人，我認為邱記和田記都不錯，有時，只圖順手，往往顧了這邊，失落了那邊……」

想到這，高老二拍著大腿道：「我看八成是邱老頭。」

「對，肯定是他，這雞腸街就他不與田玉秋相往來。」有人大聲回答，還有人列舉邱海生如何針對田記生意使陰招的事。

「狗日的，吃裏扒外的傢伙。」有人憤憤罵。

只有王新民沒有吱聲，從潑皮鬧事起，他心裏就已懷疑邱海生，只是沒有明說罷了。

「沒有證據，大夥別胡言亂語，如果真是他，遲早會露出馬腳的。」田玉秋心裏一團糟，他指望穩定眾人情緒，靜下心來合夥應對袁癲子事件。

按理，雞腸街人可以理直氣壯，袁癲子是淹死的，有個在山坡上栽紅薯藤的人可以作證。

十

袁嫂回到桎木枰袁家村的時候，正逢袁姓的當家人都聚集一處開會研究修訂族譜。袁嫂一見到他們，就像船泊進了港口，有了靠處，她邊哭邊大聲呼喊：「你們要替我們孤兒寡母作主呀！」

接著，袁嫂不無誇張彙報了攏子外出尋夫的經過，一把鼻涕一把淚，聲情並茂，訴說雞腸街的田玉秋等人殘酷捆綁毆打袁癲子致死。袁姓人驚得目瞪口呆，當即有人咆哮如雷：「豈有此理，袁家人並不是泥捏的。」

袁姓族老視這為當前頭等大事，馬上組織一支二十來人的隊伍火速趕赴雞腸街打命案。打命案就打命案，剁掉腦殼碗大個疤。要死就死在當風處，這才是死得其所。雞腸街人也不是紙糊的，他們都豁出去了。

王新民領著一支人馬迎住打命案的隊伍。

聽說雞腸街打命案，方圓十數里村落的人群雲一樣朝雞腸街聚來，把個小小雞腸街簇得密不透風。王新民神態自若繞人群轉一圈，說：「看把戲的往遠裏站。」

袁姓家族打命案的人見雞腸街兵對兵將對將構成陣勢，他們在距離丈把遠的地方停步不前，這架勢，真有點古代戰場兩軍對峙。

王新民清了清喉嚨，儼然武把式向四周人群打拱做揖，不慌不忙說：「當憑大家，請問袁姓家族的賓客突臨寒地，有何貴幹？」

王新民話音一落，從袁姓隊伍裏穿出一位六旬左右的白髮老者，他平靜地答：「我們族裏一個叫袁打鐵的人進山趕牛暴死雞腸街頭，特來討個公道。」

「討公道？是文？是武？」王新民問道，一點也不示弱。

「文怎樣？武又怎樣？」白髮老者疑惑地看著王新民，不曉得這三十出頭的莊稼漢子擺什麼迷魂陣。

「瞎扯淡做什麼，打了再說！」袁姓隊伍有人吼起來。

白髮老者用手勢和眼力制止他們，他們安靜了。看來白髮老者是頭，並且威信蠻高。

「文就是我們各派一人心平氣和坐下來，開誠布公談一談。」王新民解釋說。

「武呢？」

「武就是如果你們不講道理不顧王法胡來，我們只好捨命相陪，雖說都有家有室，但刀架脖子也沒什麼好怕的了，不就是個死字嗎？」說這話時，王新民底氣十足地掃了眼白髮老人。

雞腸街人聽得直點頭，嘖嘖直歎王新民是塊料，不但能唱會說，還夠膽。真行，真看不出來。可惜是少喝了幾點墨水，不然，可以擔當部隊的將軍了。

「不妨先說文的。」白髮老者讓王新民這眼一掃，語氣明顯溫和了很多。老者覺得王新民的話裏有話，有水平。一場命案打下來，要牽連多少條無辜的生命，要損失多少財力，作為長者他清楚。六十幾年他也沒白活。人之所以爭鬥，有時為的還是那口氣，氣順，十有八九爭鬥就可以避免。他自心底也希望轉順這口氣，不要發生衝突。面前這個小夥子是條漢子，他願意給他足夠的時間慢慢捋平這事。

整整一條雞腸街，靜得落葉可聞。

田玉秋憨憨地站在人群前面，擔憂這事不知如何才能結果。他雙手橫抱前胸，抬頭望著天，天藍得深不見底。

王新民教高老二在兩隊空地中央放一隻八仙桌，鄉間敬神擺香燭齋果的那種。他親自搬來板凳，與白髮老者隔桌面對面坐下來，鄭重地說開了頭：「您老人家坐下，慢慢聽我講清事情的起因經過。」

他將袁癲子來雞腸街後如何把雞腸街攪得雞犬不寧，又羅列他出格的舉動，搗人家玻璃，搶孩子的玩具等，一切事件證明袁癲子腦袋有問題。然後，又說到暴雨的晚上袁癲子爬樹上田記屋頂撬瓦，讓田記遭殃的事。綁住袁癲子，實屬無奈之舉。田記房頂幾乎遭袁癲子搗毀殆盡，滿屋是水，少說也有幾千上萬元的損失，大家可以去看現場，不堪入目。接著，他說到袁癲子從香椿樹上掙脫，跑到雞腸街南面那口池塘邊喝水淹死後，雞腸街如何派人四處打探他的親人，田記老闆如何掏錢守靈，事無巨細一一向老者說明。

王新民說出來的話，句句入情入理，讓圍觀的人增添了對雞腸街人的佩服。

白髮老者受窘，一籌莫展。他閉目養神認真縷析事情發生發展的全過程，尋覓突破口。薑還是老的辣。

白髮老者瞥了一眼王新民。就在這一瞥之間，他已找到回敬的話題。他皺皺眉頭，咬文嚼字地開口了：「據我們所知，袁打鐵出門身體神智健康，從沒見患病跡象，如何到你們雞腸街就瘋了呢？」

他的幾句話，輕巧巧地把王新民噎得好半天沒回神。

「這……這……」王新民不知道如何應答，手腳開始在冒汗。

「你給個說法呀？」白髮老者轉守為攻，步步緊逼。

「我……我……」王新民用手試試額頭，雙腳不由向後退了幾步。

「難道你前面所說的話都是精心編制的謊言嗎？」白髮老者得理不讓人，望了望自己的隊伍，得意之情溢於言表。袁姓隊伍又嘰嘰咕咕議論咆哮起來，大有要將雞腸街踏平之勢。

這時，圍觀看熱鬧的人群中拱出一位中年漢子，他步履從容分開擁擠的人們筆直向場中走來。他是斗笠販子。他走到白髮老者旁邊，自我介紹：

「我姓李，人稱李斗笠，是雪峰山斗笠廠的產品推銷員。眼看著這場糾紛越鬧越深，我不忍看到流血，所以，斗膽出來作證。」

李斗笠是雞腸街的救星，救星來了，雞腸街人是敬重的。王新民著人倒了一大碗公山裏人待客的擂茶捧上。擂茶香醇濃稠，李斗笠呷了一口，說：「六天前的一個上午，我在妹夫家做客。我坐在妹夫階基上與妹夫和幾個朋友聊天，看見一個大男人不穿衣不穿褲，赤身裸體指天劃地一路狂歌往雞腸街方向行來，料定他神經有問題，就建議妹夫給他尋一身舊衣服讓他穿上遮羞。死去了的袁打鐵就是我見到的那個人，是癲子是實，特此證明。」

白髮老者沒詞語了，窘在那裏。

王新民卸了千斤重擔，渾身輕鬆了不少，端碗猛喝了口茶。

袁姓隊伍不甘心就此作罷，又有人說話了：「袁打鐵帶伍佰元現金出門趕牛，是雞腸街人謀財害命。」袁姓隊伍又起哄。

「你們沒聽到剛才這位老兄的話嗎？」王新民說。

「什麼話？」

「這位老兄講，他見到袁癲子時是赤身裸體，到我們雞腸街又怎談得上伍佰元的事？」王新民說話是夠狠的。

袁姓隊伍一片靜寂。

寂靜了好一會，從袁姓隊伍裏走出一個大個子，說，「就算他做了什麼出格的事，你們也不應該把他繩捆索綁，你們完全可以通知我們來把他接走呀，當時我們離開雞腸街時曾留了字條給你們邱記的老闆，他知道我們的地方，你們不應該擅自作主呀。」

雞腸街的鄉親們一聽此言，頓時譁然。大家都知道，自從袁癲子來雞腸街開始，到田玉秋四處打探袁癲子的家人，希望可以送袁癲子回家，邱海生是每回都在場，卻隻字未露，還口口聲聲要綁住人家，別讓他再危害他人。

「我們——」王新民正準備說那你們自己去找邱老闆，看他為什麼不說。被田玉秋用眼神制止了。這是雞腸街內部的事，沒必要在外人面前撩開。

田玉秋掃視了一下會場，未見邱海生及其家人。

王新民只好改口，氣憤地說：「袁癲子是瘋子，你們放任自流不加管束，以至出門毀物惹禍，沒賠償損失，算便宜了你們。」

「新民兄，話不能這樣說。」田玉秋看看白髮老者與大個子，不想他們太難堪，這叫得饒人處且饒人吧。

他轉向白髮老者說：「體諒袁嫂孤兒寡母往後的生計，又加之袁打鐵死在雞腸街與雞腸街多少有些干係，於情於理，我們也不能袖手旁觀。」

「您說呢，田老闆。」白髮老者不露聲色。

「袁老爺子，人死不能復生，袁打鐵已死，這是事實，他是溺死的，這裏所有的人都可以作證，他腦袋有問題，剛剛這位做斗笠生意的李大哥也說了，現在要解決的一是袁打鐵屍體埋葬，氣溫高，屍首腐爛了，還是早早入土為安。二是他老婆和孩子的生計問題，人家孤兒寡母的也不容易，您說是嗎？」田玉秋心平氣和地對白髮老者說。

「嗯，你說得有道理，那你說說，怎麼個解決法？」白髮老者順桿上，心裏連連誇田玉秋這人不賴。

「我們雞腸街出五千元！」田玉秋話音剛落，站在旁邊的雞腸街的街坊不願意了，大家你一言我一語：「田老闆，這錢我們可不認，他一個癲子，我們憑什麼出錢呀，已經給他按葬禮的風俗給他唱了生歌，夠不錯的了，他自己溺死的，他在我們雞腸街惹的禍還少呀，我們早就要攆他走了，是他老在這裏瘋瘋癲癲地轉悠，這錢我們是不出的。」

白髮老者見此情形，又怕田玉秋改口，立馬站起身，衝著田玉秋一抱拳：「如此說來，就有勞田老闆了，我代袁打鐵的婆娘和孩子先謝謝你了，只不知什麼時候可以拿到這筆錢？」

田玉秋連忙站起身，抬起胳膊示意大夥安靜：「田某不才，斗膽做下了這個主，大家稍安勿燥，這個錢由我田玉秋出，不會攤到大家頭上，畢竟事情因我而起，雖與我無直接關係，可現在事情已經到了這個份上，安頓好袁家母子，我心裏也好受一些。」

他轉過身又衝著白髮老者一揖：「袁打鐵的棺木就煩請袁老爺子領著人抬回家，至於那筆錢，我現在給您打個欠條，因為最近店裏出了些變故，現在手頭也抽不出這許多錢，這樣，您後天叫人持這張欠條到街尾的田記找我來取，我一準給您湊齊。」

白髮老者捋了捋鬍鬚，點點頭：「嗯，田老闆快人快語，是條漢子，那一切就按照您說的辦，棺木我們帶回去，那筆錢後天晌午一準來取，請田老闆務必放在心上。」

說完，一揮手，隨行來的那些彪形大漢把棺木的繩索套肩上，朝袁家屯方向潮水一樣退了。他們把袁癲子的棺木扛走了，也扛走了田玉秋這幾天一直壓在自己心口的一塊巨石。

田玉秋長長地舒了口氣。

十一

這場打命案，自始至終，邱海生都沒現面，他把自己關在房裏沒出門，他不敢出門。當看到袁家村大隊人馬來到，他知道這下事情鬧大了，已經不單單是田玉秋一個人的事，而是整個雞腸街與袁家村的事了。他擔心事情敗露，怕鄉親們說他吃裏扒外，更怕袁家村來人中有認識他的人，不敢出去。他是又急又怕的，病倒了。

雞腸街又恢復了往常的寧靜。

田玉秋一如既往像種田一樣侍弄店鋪，田記愈加是興旺，店堂比以前擴大了兩倍，連他大舅子黃建國也入了股份。田記雜貨鋪改叫仨人超市，獨領風騷立在雞腸街尾巴上。只是從打命案事件後，邱海生很少在邱記門面前露臉了，那穩紮紮的八字步也不見了。邱記厚厚的院門，猶如深山斷了香火的古廟，冷清得令人望而生畏，敬而遠之。

幾場春雨之後，雞腸街的麻石路變成了柏油馬路，高樓店鋪亦如喝足雨水的春筍，全冒出來了。王新民也抵不住這檔陣勢，心裏發癢，在個網吧隔壁開了家皮鞋專賣店兼營特大號的大腳板皮鞋，緊挨著，高老二也掛起了「高老二廢品回收站」招牌。

當了老闆的王新民依舊是老樣子，坐在店裏整日裏不知憂愁為何物，山歌不離口：

天上起雲地下遮，
乾田無水靠筒車，
郎打單身靠你姐，
瓜靠青藤藤靠瓜，
蜜蜂採糖靠野花。

歌聲如醉如癡，膽小的高老二永遠是他不倦的聽眾。

……

白鼠

一

深夜，正是隱沒了月亮的時候，黑暗像一塊無沿的布簾闃然從天上隕落，蓋著了山地的所有。這時候，陀螺已經洗卻了澡。

昏黃的燈光下，門窗緊閉的床屋裏，陀螺只穿一條黑色的男式短褲。這短褲是她男人春打鑼的。因為她自己的短褲還來不及漿洗。這一陣子裏裏外外一樁事接一樁事，她實在太忙了。且算是平常閒時，他倆也常這樣隨便對換著內褲穿，從不計較，就圖個方便就手。但外衣外褲卻是絕對不亂來，男的準歸男的，女的準歸女的。

春打鑼面壁而睡，鼾聲一浪湧過一浪。他對面牆壁上橫陳著一根粗長的竹竿，上面零亂地晾著一些衣服。夏天的冬天的糾結在一起。因已不常穿，那些冬裝上便生出了薄薄的一層粉黴，潮濕的氣味，在屋裏淡淡地飄浮，彌漫。

陀螺打著赤膊，兩隻飽滿潤滑的奶子和著她下頷頸部的腫塊，就像三隻小山包，組成一個奇妙的等邊三角形圖案。它們隨著陀螺的走動不安分地一聳一聳，彷彿隨時都可以生出翅膀從陀螺的身體裏振翅而起。

陀螺本是能夠找一個條件更好一點的男人的。無奈她是大脖子。十五歲時，她來了月事，奶子也像嫩筍一樣在胸脯裏突兀生長。有一回，她用鏡子照著自己梳頭時，竟意外發現脖子不知打何時起也長大了。她恐慌極了，就近去問村裏的赤腳醫生。赤腳醫生說你感覺哪裏不適麼？她說沒哪裏不適啊。赤腳醫生說既無哪裏不適，料想是無妨的。

陀螺憮憮地回到家，再沒把這事放在心上。

村人偶爾聚到一處，才扯上幾句，就會免不了議論陀螺的大脖子。有的說陀螺的大脖子裏長的是水，有的說長的是肉，但爭過來爭過去，有一點大家的意見是一致的，那就是這大脖子必定短壽，並且還剋夫。青春洋溢的陀螺手攀門框坐在家裏等望，等至二十四歲，村裏的後生小夥子還是沒一人願意主動向她靠攏。他們誰也不敢輕易拿自己的生命和一生的幸福做賭注，當兒戲。只有春打鑼人一個鳥一條，時常去她家串門子，侃大山。

春打鑼是個篾匠，織編竹席打籮筐是他的拿手絕活。要雙搶了，農家都開始準備派上用場的農具，屎急臨時掘茅坑的事他們是不屑於做的。他們喜歡將緊緊張張的雙搶儘量安排得從容不迫，忙而不亂。如果他們發現曬穀的簟子爛了，挑穀的籮筐破了一個洞，老早就會立勢請春打鑼去補。春打鑼則毫不猶豫欣然應往，全心全意，從不敷衍推諉。鄰里鄉親就說春打鑼憨厚，好合適。有時候，閒著無以拈手，他瘸著腿把竹子砍回家，做一些竹器挑到鄉場上去賣，換幾個零花錢，他沒有好多好多的欲望，巴望將日月過成自保就足夠了。因為腿殘，他心氣短，不敢奢望娶堂客成家，實在耐不住一個人鬱悶獨居時，就往陀螺家串串門，開闊開闊心野。

「我家刷鍋碗的炊帚壞了，你給弄個新的吧。」陀螺見到他總是這樣求懇，但眼睛裏現出的卻都是表示懷疑的，你會不會弄的神情。

春打鑼就往往應道：「你去砍竹來吧，不就一個炊帚嗎？小菜一碟呢。」

老鴉沖這地方，漫山遍野均是竹。陀螺出門一轉身就把新鮮的竹子扛回家了。春打鑼就坐下來，認認真真做，故意磨磨蹭蹭地，做精緻的那一種，笑得陀螺不得不說：「春打鑼，你一點也不笨嘛。」

這樣的日子久了，陀螺家的竹器遭春打鑼打造得一應俱全，成了老鴉沖的一最，無人可以媲美。望著這些像藝術品一樣精美實用的器具，曾經備受村人言語擠兌的陀螺，心裏滋潤。她就說：「春打鑼，你一個人住著偌大的一棟房屋，單不單哦。」

「單肯定是單，但又能怎樣呢？」春打鑼一臉苦相。

「要是你不嫌棄，我就給你做伴伴。」陀螺似笑非笑。

「好啊。」春打鑼以為她開玩笑。

就這樣，陀螺當真就住進春打鑼屋裏，做了他名副其實的堂客。陀螺父母家人也沒有異言。大脖子陀螺是他們的一塊心病，嫁出去了就輕鬆了。

春打鑼的那棟房屋接近老鴉沖村級公路的終端。屋是四扇正屋四扇偏樓，全是木料結構，只他們兩夫婦住著還是顯得空曠了，幸虧住進了一個生人，他是梅市造紙廠派來考察麥稈收購地點和收購麥稈的工人。他臨時租住在春打鑼家裏。

照理，這個收購麥稈的人應該也睡覺了。但陀螺還是很謹慎。她扯沒電燈，隨即「吱呀」一聲，拉開門，探出光溜的上身，朝生人住的那扇樓門張望了一眼，見那裏關著門，一點聲息也無。再望向屋前，是一片影影綽綽的竹林，還有非常熟悉的無花果樹，在涼爽的夜風中婆娑舞動。田野蛙聲一片。山村的夜晚，一如既往的靜謐而安寧。她這才走出門，把一盆洗澡水「嘩」地潑在屋簷下的水溝裏。

風輕輕的，柔柔的。她覺得她的身體細膩地與風感應在一起，融在一起。默立在這地方，她實在捨不得進屋裏去。後來，風大了，怕著了涼，她才折回屋子裏。

她洗澡的地方，突然平端多出了一團白物，白慘慘的，讓人一下就想起死了人的人家滿屋穿出穿進的喪服，陀螺以為看花了眼，急忙扯亮電燈。

那團白物並不動，長長的尾巴拖在地上，兩隻細小的眼珠子看不出善意也看不出歹意。這是一隻白鼠，一隻地地道道的白鼠。

傳說中，白鼠是一種陰氣很重的動物，鄉間不常見，幾乎是千年難遇。遇見白鼠的人不死也會掉一層皮。

那白鼠慢慢縮進牆洞裏不見了。陀螺兩條腿軟得像棉花條子。她「撲通」倒在地上的塵埃裏。她想叫醒睡沉的丈夫，告訴他這一樁異怪事。可是，她沒有這樣做，她不想使丈夫擔驚受愁。

等到身上的力氣逐漸恢復的時候，她不顧跌汙了的身子，輕輕地爬上床躺在春打鑼身邊。也不熄燈。只定定地望著燈光，發呆。

白鼠的陡然出現，究竟昭示了怎樣的一種生活呢？

二

春打鑼想起個早，沒料陀螺比他起得更早。他起床的時候，陀螺已經下地去了。天上還見幾顆星星在向縱深處隱沒。又是一個好晴天。

天晴催穀熟，落雨催麥黃。連續下了一星期的雨，麥穗鉚足了水分，沉甸甸地黃起來。開天後，只待地面一乾爽，土裏就能踏足進人收割了。

麥子收割旺季總是這樣匆匆來臨。

麥熟就須緊趕時間，搶在有限的晴天裏收割，若是由於猶豫或其他的原因，稍有延誤，說不定天就變了，又下雨了。成熟的麥粒在雨地裏極容易發芽變黴，這時，鳥們也趕痛腳朝麥地飛，一隻鳥啄一粒麥，十隻鳥又啄多少，如果是更大的鳥群呢，農人算這個細數，心裏就生痛。因為，有時候，這偌大的損失是全然可以避免的呀。

已經晴了兩天了。昨天下午，陀螺就試著進了地。地還濕，踩上去就印出深深的腳痕。麥地裏套種著花生，花生還只破土萌芽，地被踩板結了，會妨礙花生的長勢。陀螺心裏有些不忍。她換了一塊地。那地在坡上，是砂質土壤，吸水性能強些，能承受腳的壓力。陀螺發狠，一下午就把那塊地收割完了。

別家均是男人做地裏的主，陀螺家不同，裏裏外外全是她一個人打頂手。春打鑼腿殘，不能下地。陀螺知道自己沒有望處，想早主動一刻總是好的。

早晨的太陽照到麥地，地裏彌漫著清新的泥土味，還有成熟的麥粒香味。陀螺汗濕了背，乳白色的襯衣緊貼在肌膚上。她頭髮上斜插著幾支麥穗刺。她像一隻犁鏵只顧一個勁往麥地深處鑽，遠望去，只見麥穗搖擺不見人影。而隨著鐮刀的飛舞，她身後便留下排排割倒的麥稈。

春打鑼明白自己的缺陷無端地給老婆帶來的艱辛，等於一家的生產生活重擔幾乎整個壓在了老婆身上，他就變著法幫助老婆減輕壓力的分量，使日子盡一切努力往盛裏過。他認為眼下唯一能做的便是讓辛勤勞累的陀螺回家能吃上一口開胃的飯菜。做體力活是蠻消食的，只有填飽了肚子，才能適應這種高強度的農活。

他拿著打了米的鐵鍋去水缸裏舀水。水缸張大眼睛望著他，斷了水了。平日，陀螺出門前挑足了水的，這一回忙漏了。春打鑼只好一手拄著拐杖，一手提著水桶去井裏汲水。

路是田間小路，彎彎曲曲極不規則。

井距離他家有一里多路。春打鑼走在路上，一瘸一瘸，蹦蹦跳跳地就像跳舞。他提著水一步一步往家門挪移，豆大的汗珠一顆顆掉落在地上，摔成一瓣一瓣的水花。

走著走著，春打鑼眼前發黑，路恍惚變成無數的蚯蚓，亂七八糟地扭曲著。他跌倒在路邊的水田裏，幸好水田裏的水不頂深，只是嚇了一跳。他渾身是泥，拐杖還緊攥在手裏，水桶橫躺在前面不遠的地方，水悉數流盡了。

身上的濕泥被火一樣烈的太陽一蒸曬，很快就漿結成一層蛋黃色的硬泥痂。春打鑼尋著水桶，爬起來坐在路邊，瞧著家的方向。家離他很近，又很遙遠。他又返身去汲水。

「嘩啦」一聲，春打鑼汲的水終於傾入水缸了。

無花果樹下，站著收麥稈的肖清涼。他盯著春打鑼滿身泥痂，同情地說：「春打鑼，往後挑水，你就喊我。」

「難為你，我還行呢。」春打鑼不想麻煩別人，何況人家初來乍到，又是城裏來的工人。人生地不熟，他曉得水井在哪？如何走？不過，由此春打鑼對肖清涼產生了好感。他打量起肖清涼來，他個子不高也不矮，臉上一小片麻子，衣著挺平常，怎麼瞅也不像個操作機器的工人，倒是像個蒔弄農活的莊稼把式。他就說：「肖師傅，跟我們吃頓便飯，如何？」

肖清涼還沒安頓好家，見春打鑼心誠，爽快地答應道：「太添累你啦。」

「別見外，日後就常在一起了。」春打鑼頗高興肖清涼的隨便，心底裏認為肖清涼給足了他的面子。

老鴉沖這地方煮飯燒菜多興柴灶。只有少數幾戶殷實人家才燒煤。春打鑼緊巴巴過日子還馬馬虎虎，他只不過單靠織些竹貨補貼家用。

春打鑼將盛了米和水的鐵鍋架上灶，肖清涼就坐在灶塘邊幫助添柴，把火燒旺。兩個男人一邊燒飯一邊拉著家常。

肖清涼家住梅市城郊，是菜農，他是子頂父職進了造紙廠當工人。兩個月前，他的妻子患先天性心臟病撒手而去。他耐不住那份綿長的愁苦，自覺申請到這山旮旯，以收麥稈散心。春打鑼幫他抱不平，怨恨他妻不該結婚前隱瞞她的心臟病史。他問：

「若是她婚前坦白地告訴了你，還與她結婚麼？」

「這就說不準了。」

「真佩服你心裏裝著這麼大愁苦，表面上卻一絲也看不出。」春打鑼真正是服了，這般的男人才是肚裏可以裝入大山和河川的男人啊。你在他肚腔裏即便翻個大筋斗，他也絕不會嚷肚痛。

這時節，陀螺進屋來了，較之平時，她還遲回了半個時辰。她擔回來的兩捆麥子，倚牆放在階基上。她揭鍋蓋望一望，見鐵還只燒熱，就感到不舒服。她肚子早空了，貼背脊骨了。

「春打鑼，一大早，你在做些麼子？」陀螺的口氣明顯透著不滿。

春打鑼並不在意，陀螺責問是應當的。他不想解釋什麼。陀螺嘈了兩句，就一邊洗臉梳頭去了。

「我邀請肖師傅在我們家吃早飯呢。」春打鑼說知陀螺聽。他不知用什麼菜招待客人，也許陀螺會有辦法。

「打擾你們家了，陀螺。」肖清涼趕緊說。

「只是我們的飯菜你吃得下麼？」陀螺梳洗完畢，風風火火地在灶邊又是一陣忙活。她利索地整理出來三碗菜，一碗乾紅辣椒炒洋芋絲，一碗豆豉，一碗煎荷包蛋。擺上桌面，倒也豐盛，像那種山裏人有盈餘的日子，鹹淡相宜。

三

往些年，老鴉沖的麥稈統統當柴煨進灶眼燒了，一個錢也沒變，白糟蹋了。眼望山外的農家，麥稈也能變錢，村人就非常痛惜。於是，村裏就有有勞力又肯受累的人家不嫌路遠，翻那山山梁梁把麥稈挑至山外去賣，一天兩個來回。那些缺勞力的人家眼饞又不願糟蹋麥稈，就想方設法花腳錢雇請敦壯勞力挑麥稈去賣，但往往所賣的麥稈錢還不能支付腳錢，蝕了本。

去年，縣建整扶貧工作隊進駐老鴉沖。那條盼望多年的公路才終於艱辛地爬到了春打鑼家門口。

欣聞梅市造紙廠派人員考察老鴉沖麥稈資源情況，村長生怕變卦，就急忙來至春打鑼家，對肖清涼說：「肖師傅，老鴉沖麥稈資源豐富，周圍幾個村沒通公路，都會就近送來的。」

「村長，收購點還在哪，我們還沒定，你的那條公路坑坑窪窪，汽車不好出進，運輸不方便啊。不過，如果你能組織力量整修一下，我們就定了。」肖清涼吃過飯，正準備和村長聯繫，沒想村長竟主動找上門了。他就順勢將了村長一軍。

村長憨厚地笑笑，凳沒坐熱，就答應著組織力量整修公路去了。臨走，他衝春打鑼說：「春打鑼，中午好好款待肖師傅，算是村裏請客，回頭開個發條，給你報銷。」

肖清涼分內的事很順，心情也格外舒暢。

陀螺囫圇吃完飯，照料過了豬牛，收拾妥當家務，又上地割麥去了。肖清涼在屋角尋著一把鐮刀，亦步亦趨跟在陀螺身後，說：「陀螺，我幫你收麥。」

「肖師傅，不行的。」陀螺眼神怪怪地看著肖清涼。

「準行。」肖清涼的老家在城郊，過去也種麥，後來轉為菜農，就不種麥，只種菜了。他還是小時候割過麥。做工人後，就更是沒時間與農事稼穡親近了。

麥地在山梁上，不遠。一到地頭，兩人就各自埋頭割麥。太陽將麥稈曝曬得乾脆脆的，一割就倒。麥地裏只聽到「沙沙」的割麥聲。陀螺貓腰躬身在前，不時抽空隙返轉頭瞧一瞧後面的肖清涼。肖清涼握刀立勢倒還像模像樣。

遠處時盛時衰傳來「麥巴」鳥的叫聲。

「麥巴」、「麥巴」。那鳥的叫聲低沉圓渾，牽著悠長的尾韻，山地的神經就一張一弛，延伸進勞動人的心裏，沉沉的，悶悶的。

「肖師傅，我看見一隻白鼠。」陀螺一邊割麥一邊說。她是猶豫了許久才捅這話的。她覺得如果不找人說出來，老是捂在心裏，會悶死的。

「在哪？」肖師傅不在意地問。

「在我家床屋裏。」

「白鼠可是鑾罕見的呢。」

「可不是，我們村裏的人均說看見白鼠的人是要倒楣的。」

陀螺擔心著未來的日子，急得要哭起來。

「這是迷信，沒那回事。」

「可是，可是……」肖清涼的話雖然有道理，但白鼠造成的陰影和壓力始終鬱結在陀螺心裏，久久不散。

麥地四邊比肩生長著一棵棵松樹。

烈日當空，麥地裏沒一絲風。

快近晌午，肖清涼累得腰酸腿疼，他直起腰對陀螺說：「歇一會吧。」

於是，兩人跨過割倒的麥稈，走向麥地邊緣，各自覓一塊樹蔭歇涼。肖清涼不停地用手掌搧風。

「陀螺，你喊風麼？」

山地人天熱動不動就喊風。他們以為只要意念一生，風就起了。陀螺聽了放開喉嚨喊道：

北風涼涼
南風擺擺
涼樹底下好生涼涼
哦……喂……

喊著喊著，果然就感到衣服起了動靜，有微風從肌膚拂過，心裏涼爽爽的。

麥地邊緣靜立著一個稻草人。它頭上戴著一隻遮陽的破草帽，粗長的手臂高舉著一尾長長的細竹竿。竹竿是它守護麥地的武器。只要是陀螺的地，地邊均有這樣的稻草人。

「陀螺，你安上稻草人，有作用麼？」肖清涼好奇地問。

「當然有作用。」陀螺很得意。

「只怕未必。」

「何以見得？」

「稻草人只靜不動，嚇退膽小的，那些膽大的認識這只是一個幌子，產生不了威力。一旦牠們明白了這一弱處，就妄為胡來，你苦心安上的稻草人就形同虛設。」

「牠們沒人聰明。」

「你既然害怕牠們偷食，處心積慮要對付牠們，就不要忽略了牠們也會像人一樣靈性哦。」

「肖師傅，你這不是在嚇唬我吧。」陀螺口裏這樣說，內心還是承認肖清涼說得在理。她只是盡力做，卻從沒思量過這問題原來還有這般的深奧。她是農村婦女，讀的書不多，閱歷也有限，自然觸摸不到這個深度。

不過，這時，她忽然想人活著體力疲累時需要有個停靠休息的地方，精神疲累時也是需要有個停靠休息處相互攙扶的。擁有了這兩個去處，活著就踏實了。可是，這兩個去處究竟在哪？陀螺不知道，春打鑼還要靠她呢。陀螺有些迷茫。

麥地上空飛過一群鳥。不一會，有幾隻鳥飛回來，是麥子的誘惑使牠們決定飛回來的。牠們在麥地上飛來飛去，不落足。牠們懼怕稻草人手中揚起的那根長長的竹竿。其中有一隻鳥距離稻草人很近，瞧得真切，稻草人的臉是一張毫無生機的臉，手中的竹竿只是一個死物，一種擺設。牠嘎叫一聲，雙翅一展，飛落竹竿頂端，甚至還從容地用嘴喙梳理羽毛。眾鳥似乎也看出了個中端倪，一窩蜂地撲向了麥地，形成一種凌亂的瘋狂場面。陀螺氣極了。她撿了一塊石頭狠狠砸過去，驅趕那些鳥。她一腿踢倒稻草人，她惱稻草人窩囊無用。然後，她坐在地上「嗚嗚」地哭了。

這原本是預料之中的事，不足為怪，但肖清涼絕沒料到陀螺會哭，他手足無措，左不是，右也不是。他唯有走過去把稻草人扶起來恢復原狀，又去弄了一根小青藤，綴上三兩片桐樹葉，牢繫在竹竿頂端。懸在空中的桐樹葉片，隨著風的走向不停地飄，像一隻飛翔的雄鷹。稻草人身上平添了一種生動。做完這些，他走到陀螺身邊說：「陀螺，別哭了，你看，那些可惡的鳥們再也不敢隨便欺負你的稻草人了。」

盯著注入了活氣的稻草人，陀螺當真不哭了。彷彿注入活氣的是她自己。

四

不消幾天，多虧肖清涼的熱心參與幫忙，陀螺家的麥子提前收割完了。陀螺一點沒感覺到累，反倒覺得日子輕飄飄地不知不覺就過了。這樣的心境對她來說是非常難得的。

麥收後，套種了花生的地暫時可以不必管牠，沒套種的地卻須翻過來，栽種紅薯或別的什麼。吃過早飯，陀螺扛著鋤頭去翻地。肖清涼問：「陀螺，翻了地，你準備種什麼？」

「也栽紅薯。」往年，陀螺像所有的山地人一樣均是這樣安排的。麥收－翻地－栽紅薯，好像成了一種固定的傳統模式。

「不要栽紅薯。」肖清涼介面肯定地說。

「為什麼？」陀螺迷惑地望向肖清涼。

「大家都栽，不值錢，收益不大嘛。」

「那你說種什麼？」

「辣椒。」

聽著這話，在一旁做篾活的春打鑼笑了，「肖師傅，你沒看見辣椒已經上市了，這是一個吃辣椒的時節，不是種辣椒的時節了。」

照春打鑼想，肖清涼這是「農民不懂高壓電」，硬充行家。他當工人只懂他的機械技術就行了，卻偏要跨行介入說簡單也不簡單的農活，以至說出這等沒低沒高的話，反倒失了輕重。

「你說的意思我明白，春打鑼。假如我們現在播種辣椒，這批辣椒上市時正趕上你所認為的傳統辣椒收穫結束的時候。此時別人無我有，獨家貨，懂啵？」肖清涼耐心地說。

「你是說話不怕閃了腰，做到別人無我有，談何容易，何況辣椒是季節性很強的蔬菜。」春打鑼說。

「按我說的去做，容易極了。」肖清涼自信地說。他是菜農出身，目前郊區正大面積推廣大棚蔬菜，他心裏有底。他想幫陀螺家忙，希望她過上豐衣足食的日子。

陀螺和春打鑼夫婦倆聽肖清涼說得玄之又玄，將信將疑地問：「到底是怎樣的一種辣椒？」

「反季節大棚辣椒。」肖清涼一字一頓說道。

春打鑼笑了，大聲嚷道：「季節也能反的麼，是在講白話？」

春夏秋冬四季更替有時有序，任何人也休想按自己的主觀意願去隨心所欲改變它。一般人均是這麼想的。可是，有時候，事情往往別出心裁，出乎意外。只聽肖清涼振振有詞地解說：「大棚蔬菜種植是通過塑膠大棚設施的保護，突破蔬菜常規種植的自然條件限制，達到反季節種植的目的。反季節蔬菜因為超越了常規，每每成為稀有的搶手貨，賣到好價錢。」

在肖清涼有板有眼的鼓動下，陀螺有點心動，她相信肖清涼不會騙她，這些天接觸的直覺已經明白無誤告訴她了。但她還是小心地問：「肖師傅，你家種過麼？」

「我家現在正種，什麼時候你抽空隨我去看一看。」肖清涼坦誠說著，並用小木棒在地上比畫著大棚的形狀。原來大棚的結構並不複雜，領會透了，具體弄起來也並不難。

「陀螺，你種個試試。」村裏的明生不知何時站在身後聽了一陣子，他湊趣說。他學新把戲、玩新把戲在村裏是出了名的，喜好吃活水。他說祖祖輩輩在地裏刨食，刨來刨去，日子依舊原樣，沒幾人從地裏刨出了金銀。因此，他只將一半的心思花在地上，應付式的，為的是避免別人說閒話，笑話他是農民不像農民。基於這樣一種識見，無論怎樣一塊沃土，弄到他手裏，不出幾年，就生了雜草，地力也變貧瘠了。此刻，他聽肖清涼說的反季節大棚辣椒，聞所未聞，顯見又是一件新鮮事到了，就起心慫恿陀螺去幹，成了，他也學一回嘗試一下，砸了，反正虧的不是他，關他鳥事。

明生是特意來會肖清涼的，看他打不打紙頁子牌，明生的紙頁子牌打得好，十有九贏。他以為肖清涼是城裏人，錢來路活絡，到他身上贏幾個理應不會頂困難，就含糊其辭地說：「肖師傅，你會玩紙頁子牌麼？」

「玩是玩，很粗淺，眼下不是玩牌的時候。」肖清涼望著明生，笑了。

「一回生二回熟，往後常來陪你。」明生不好意思。人家忙活都忙不過來，哪有時間打牌？明生還有一塊麥地沒收割，就支使老婆去收，他自己卻扯謊偷懶出來打牌。眼看打不成牌，想到這些，明生不由得臉緋紅到脖子根，訕訕離去。

「肖師傅，我就選山坡上那塊地做種大棚辣椒的場地，要得不？」陀螺本是想等春打鑼決斷的，但是，等了一會，春打鑼好像並不感興趣，只顧做他的篾活去了。

「那塊地不理想。」肖清涼才到幾天，就熟悉了陀螺家的地。一如他早就是這個家庭的一員。

「你看選哪塊地？」

「棚地應選擇避風向陽，地勢平坦開闊，水源充足，排灌方便，地下水位低，土質疏鬆肥沃的菜園地。同時避免大棚附近有高大的建築物及樹木，保證大棚有充足的光照及良好的通風條件。」肖清涼侃侃而談。

「只公路邊那塊地符合條件，可惜那是我家最好的地。」陀螺比對半晌，心情有些矛盾。

「怎麼，你捨不得？」肖清涼詫異地問。

「倒不是捨不得，那地挨近公路，過往看到的人多，我怕萬一弄砸了，遭人恥笑，丟人現眼。」女人心思細密如髮。

肖清涼就笑，笑得挺爽朗。笑的時候，他臉上的麻子也彷彿隱沒了去，整張臉都散放著一種奇妙的光。

他想：女人就是這樣，不這樣的女人就不是女人。當然，也有生著女人肉身，長著男人心氣的。

五

明生家的曬簟用了幾年，舊了，不是邊脫落了幾塊篾，就是中間破了幾個窟窿，曬不了麥子了。早晨支派工夫，她老婆豆子對明生說：「今天有兩樁事，一是挖地，二是扛曬簟去春打鑼家修補，我倆抓鬮，決定該誰做什麼。」

「要得呀。」明生高興地回應。他當著豆子的面從火柴盒裏抽出兩根火柴，將其中一根掐斷取一半，說：「誰拈到整根火柴，誰就去挖地。」

於是，兩人就抓鬮。明生找機會趁豆子沒注意，偷偷地把那半根火柴換成整根火柴，這樣，他手裏是兩根整火柴。豆子隨便取了一根，自然是整根火柴了。她說：「你和春打鑼講，請他細心一點。」

豆子挖地去了。

挖地是緊活，累些，央求春打鑼修補曬簟當然是輕鬆活。攬上這活，明生心裏很得意，這種小心眼一玩就靈，每用每驗。無論是誰，明生常使這種小心眼。

明生把破舊曬簟捲成筒，掮至春打鑼家。春打鑼坐在無花果樹下的陰處打簸箕，剛打了一多半。打磨光滑的篾條子在他手裏上下翻飛，穿梭一樣舞著。他不禁悠閒自在地哼起了歌：

簸箕啊
顛呀顛
揚去糠秕
團出灰塵
嗳嗨喲……淨米糧

一俟春打鑼停息歌喉，明生趕忙求道：「春打鑼，請幫忙補一補曬簟。」

「沒得空。」春打鑼回話時手頭活不止。

「等著急用呢，幫一幫忙吧。」

「村長的簸箕壞了，極不方便，囑我加緊趕活呢。」

「村長的活沒工錢，而我活完就會給你，一分也不會少你的。」

「沒工錢的活更重要。」春打鑼可不想得罪村長，往後依仗村長的地方還多著呢。

「我已經跟村長私下裏交談過了，他同意先補曬簟，若是他需用簸箕，就借我家的用。」明生誆道。他根本就沒見著村長。

「當真？」春打鑼將信將疑。

「崽騙你。」明生想，只要能達到目的，做一回人家的崽又何妨。男子漢大丈夫，能屈能伸。又沒實際損失什麼。

春打鑼相信了明生的信誓。為了補曬簟，一般人似乎犯不著發這樣的誓。可是，春打鑼偏偏料不到，明生就是不屬這一般人裏的人。春打鑼把簸箕放到一邊，替明生補起曬簟來。

春打鑼屋前的欄杆上，綴滿平素破好的篾片。長長的，懸掛下來直挨人的頭頂。篾片一根根的，麵條一樣薄。學篾匠，首先得學破篾，這是基本功，練好破篾，篾匠工夫也就成了一半了。春打鑼滿手的糙繭就是那時磨就的。

只見春打鑼把曬簟攤開，坐在上面，一片片剔除朽篾，然後貼插新篾。那些新篾冗長的就像他此刻的心情。明生叉開兩腳大躺在曬簟上，陪著春打鑼補曬簟。

知了的叫聲一會從無花果樹上響起，一會從竹林裏響起。遠遠近近，淡泊如水。

「春打鑼，聽說你爺爺的爺爺有一筆不小的寶藏在我們村裏什麼地方。」明生十多歲時就聽到這一傳聞，他一直在暗中留心尋找，要是能夠找到，這一生一世吃穿消受就不用發愁了呀。

「那是好事之徒編來騙人的，當不得真。」其實，春打鑼聽他父親活時確曾閒聊到過他家祖上一筆財產不明去向。既然是不知去向，就誰也扯不清楚。

春打鑼爺爺的爺爺是朝廷的一位大官人，官聲很好，後遭讒言貶居在家。在位時，他把積斂的財產運回老家藏埋。為官一任，也想為子孫後代留點什麼。可是，自他之後，他的後代一代不如一代，至春打鑼手上，差不多淪落到了連找老婆也犯難的地步。這真正應驗了一句老話：養崽強於我，買田做什麼；養崽弱於我，買田做什麼。假如那位大官人料到了這深遠的一著，大概就再不會苦心孤詣做這樣的安排了。

「春打鑼，你存了多少？」明生猜測春打鑼多年做篾匠手藝，紅紅火火的，應該日子有些餘裕。

「生產生活人客往來，人情理答，開銷大哩，存得不多，有八百元吧。」春打鑼是殘疾人，他得意自己自食其力把日子過成了正常人一樣。他底氣十足地笑了。他是心裏有多少得意臉上就有多少得意的人。

「你真能耐。」明生自卑地說著恭維的話，同時尋思他家農藥化肥款還沒著落。豆子見天嘮叨。明生是表面不急心裏急，總想著哪天出了運，那才真個妙了。明生朋友多門路多，隨便向誰說一聲，不就幾個肥料錢麼，但他不好意思開這個口。他心想，萬一逼急了，只要把麥子賣了，肥料錢就有了。明生打牌常常瞞著老婆就這樣來錢。明生不愧是腦筋急轉彎好手，眼珠子一轉來了主意。他說：「春打鑼，想找到你家那批藏寶嗎？」

「當然想。」

「我可以幫助你。」

「怎麼說？」

「我有一個朋友，是省地質探礦隊的，恰巧今天回老家了，我去向他借一個探礦器。那探礦器我見過一回，指南針盤樣大小，挺靈驗的。如果有礦藏和寶藏之類，只需將探礦器放在那裏，探礦器就會發出感應的聲音。」

「可是有了探礦器，我們總不至於滿山去轉，總得有具體的目標。」

「我想，重點是你家的祖墳。晚上我借了探礦器來邀你，不要告訴陀螺，免得洩漏了消息。」

當天晚上，夜深人靜，他倆踏著疲倦的蛙聲，在野外摸黑行走。明生走在前面停停等等，好不容易一起來到一處墓地。

月光下，墓地裏的墳就像俗世中的房屋，好看鄉里。有的墳墓碑高聳，四邊嵌著打磨的石牆，甚至雕龍畫鳳，那是富貴人家的；有的墳頭也立有一塊糙石，算做是墓碑，只留下個記印，讓後輩人記認，這種墳占多數，是一般百姓人家的；有的墳什麼也沒有，只略見一堆凸土，雜草叢生，經年累月牛踩馬踏，凹陷地面，墳不算墳，也許是這家人丁絕種，或是困頓潦倒，再沒人或無暇來踏青掃墓看護，以至形成這種蕭條的場面。

明生拿著探礦器這看看，那探探，在墓地轉了一圈，來到春打鑼先祖墳頭。那墳由於當時修造結實，一點不見破敗。春打鑼為他優秀的祖先感到無比自豪。明生把探礦器交給春打鑼，讓他自己去找。

春打鑼匍匐在地，臉貼著先祖冰涼的墓碑，小心翼翼移動探礦器。倏然，探礦器上的指示燈幽幽地閃了一下，春打鑼的心也打鼓似的蹦跳了一下，緊接著探礦器響起古怪的聲音，好像寺廟的晚鐘聲聲，清悠淡遠。春打鑼身上的血液沸水似的湧動。他終於忍不住驚喜激動地叫喊起來：「天呀！」

「聽到了？」明生的喜色蓋過春打鑼的喜色，迫不及待的樣子。

「聽到了。」春打鑼肯定地回答。他反覆測驗過了。

「那就一準在這。你閒一邊去，我來挖掘。」明生動手行動。還說找到了不分他的財寶，只吃紅，吃多少，隨他的意。

春打鑼幫不上忙，欣然坐一邊等待結果。

不出半個時辰，明生汗流浹背地挖出幾塊與紅磚大小形狀相似的東西。春打鑼摸在手裏分量沉甸甸的。那磚狀物雖然蒙著一層濕泥，但表面那種綠幽幽的光澤偏是從濕泥裏透出來，年代久遠的古色古香盡然在目，就是瞎子也能感覺得到。

一個聲音打春打鑼心底呼出：「金磚。」

「對呀，絕對是金磚，春打鑼你發大財啦。」明生羨慕的神情溢於言表。他自告奮勇說：「我幫你弄回家。」

回家路上，明生問春打鑼怎麼處理。春打鑼面對這意外的財富，茫然無主，不知該怎麼才好。

六

公路邊那塊地，既大且肥。平素大家種什麼，陀螺也就種什麼。種出來的莊稼，還有紅薯藤綠油油的，也並不比大家的掉色。村人就說：「難為陀螺一個婦道人家，把地做成這般模樣，真不簡單。」

聽著這話，陀螺心裏蠻受用，種地的信心更顯旺了。

可是，今年陀螺不知是怎麼了，好像是和大家鬧彆扭了。她一個人獨自待在她的自留地裏，異經異怪地，立起了許多拱杆，一溜形成了一棟拱形棚架，在闊大的田野裏格外扎眼。一個婦道人家能弄出麼子名堂。陀螺的不安分舉動讓好心的村人莫不替她擔憂。

反季節大棚蔬菜，這是一宗未知的新事物，老鴉沖人聽都沒聽說過，更別說見過了。村長提醒陀螺：「我們佩服你的大膽和勇氣，摸著石頭過河吧，淺淺地試著走，免得陷深了，拔不出腿來。」

下午，肖清涼得空去地頭看大棚，見到以竹木為主的骨架結構已經初步形成，甚是欣慰。大棚是靠立柱支撐的。他又仔細檢查了一遍立柱。立柱很牢固。他笑笑，說：「陀螺，你真聰明。」

「肖師傅，我真害怕。」陀螺畢竟心裏沒底，忐忑不安。

「不用怕，別人已經試驗成功的東西，你只管放心投資，大膽往前走。」

「好，我聽你的。」陀螺奇怪自己，父老鄉親們的話聽不進，卻反倒信任一個陌生的外鄉人。

肖清涼趁機講解了一些反季節大棚蔬菜的栽培管理技術，陀螺就尖細了耳朵聽，生怕聽漏了。

末了，陀螺問：「肖師傅，你準備住多久？」

「說不準，那是由我們單位決定的。」

「你走了，我不懂技術，這菜就弄不成了。」

「這樣吧，我爭取一定住過今年，那時，你的技術也差不多了。」

「肖師傅，你真是好人。」陀螺很高興，當想到肖清涼不是老鴉沖人，終歸有一天是要走的時，又不免生起絲絲悵惘感傷。

「其實，老鴉沖這地方挺不錯，我倒是想多待些年。」肖清涼說的是真心話，儘管他來的時日還不長，但山地的閉塞和淳樸已使他深深感動。

「肖師傅，你來時春打鑼在做什麼？」陀螺又問。

「他照常在做篾活，還有明生陪著。」

這些天，明生和春打鑼老是黏糊在一起，神神秘秘的，陀螺一看就感到很不正常。她說：「明生賊一樣巧，我擔心春打鑼上了大當還不知曉呀。」

「是啊，明生這後生確實太難以琢磨了。」

金磚收在家裏，一天兩天，春打鑼開始還能沉住氣，後來，就浮。金磚不換成現錢，頂鳥用。他整天思索這事，就連篾活也沒心思做了。明生見天去春打鑼家串門。春打鑼用鞋刷肥皂水把蒙著泥垢的金磚刷洗乾淨，這時看上去金磚蘊藉著的那種古味愈發濃了。春打鑼越加喜愛。

他說：「明生，這寶貝怎麼換錢？」

「首先，你應找個文物專家鑒定一下真偽。」

「哪去找文物專家？」

「上省城。」

「瞧我這鬼腿，怎麼上得了省城？」

「如果你信得過，我願意代你走一趟。」

「不信你我還信誰，明生，你只管往明裏說，需要多少車旅費？」

「四百元左右，一去一回。」

上省城來回一趟開銷真不少，春打鑼做篾活一年又賺得幾許，想到這，他有些猶豫，哭喪著臉。明生見了就在旁邊敲敲打打：「換了錢，你可以購一台破篾機用一用，也可以買回一頭牛。過日子，還用發愁麼？」

春打鑼瘸著腿，一步一拐邁動腳步走來走去，掂量著明生的話。他的腳步瞧著沉沉的，挺費勁，落到地上卻輕輕地，像河面上打的水漂。

最終，他抵不住明生的纏，下定決心似的走進裏屋，取出一疊票子。那票子平日壓在酸菜罈子底下，潮濕氣味特重，因吸夠了水分，票子的重量也翻了個番了。他顫顫地遞給明生，說：「你當面點一下，四百，一個也不少，拜託你了。」

明生不接。

「怎麼了？後悔答應幫忙了？」春打鑼小心地問。

「忙我是願意幫，也願意去吃這一趟苦，但醜話說前頭，萬一這車旅費投入水裏，響都沒個，卻是怨不得我。」明生睥睨著眼，噴了一口煙，悠悠地說。

「當然，當然。」春打鑼連聲應著。

明生收了錢，買了化肥，去到他親戚家打住了些日子，回來輕鬆地對春打鑼說：「金磚是假的呢，省城的專家說的呢。」

「假的？」春打鑼臉色倏地掉了，慘白慘白的。「怎麼會是假的呢？」他喃喃說著，死心眼信了明生的話，只心痛那錢來得也不容易，一下子就變沒了。他又不敢對陀螺說，就更加發狠做篾活，弄錢。啞巴吃黃連，一嘴苦味全咽進了肚裏。他想，他祖先為啥埋些假貨坑騙後人啊。

那金磚是明生半年前埋進去的。

明生趕集路過一個廢品收購鋪，不經意發現了幾塊長方形的廢鐵，就順手牽羊捎帶回家。首先丟在小便桶裏浸泡了半個月，然後，取出放在烈日下曝曬。如此來回往復泡了曬，曬了泡。廢鐵就變成古氣森森的了。加之，在泥土中一埋，又添泥土的芬芳香氣，就更像一個地道的古董了。別說一般常人容易上當受騙，就是專家也不是輕易就可以辨別得了的。

至於那探礦器，是磁做的，對一般金屬都會生出感應，蠻簡單的。明生得意自己學的新把戲有機會也能派上用場，也能來錢，舒心地吹起了口哨。人活著，就是這麼回事啊。

陀螺發現酸菜罈子底下的錢忽然缺了四百，問春打鑼時，春打鑼打落牙齒和血吞，自然回答不出所以然，氣得陀螺好些天沒理春打鑼。陀螺懷疑明生做的手腳，只要看見明生來了，就指桑罵槐數落，上至祖宗，下至子孫，罵得連蚊子也不敢出氣。明生裝作無所謂。陀螺就明說：「明生，莫把我家屋基踏壞了。」

「怎麼啦，嫂子。」明生嬉皮笑臉地說。

「你心裏有數。」

「我又沒幹虧心事。」

「我們怕了你，惹不起！」

「鄰里鄉親的，哪個不上哪個門呀。」

往後，明生死皮賴臉照樣上春打鑼家玩。沒事一般。陀螺也拿他沒法。

七

沒收麥的時候，套種在麥地的花生因為麥稈遮蓋了陽光雨露，苗單瘦瘦的寡黃，觀音娘娘看見了也流眼淚。麥收後，花生苗充分得到了陽光雨露的滋潤，沒些天，葉見綠了，見肥了，莖也見壯了。花生苗張開勢頭，瘋長起來。有的已經悄悄地開出紅色的小花朵。

天晴了一段日子，地面板結得像鐵殼一樣，鋤頭刨不動了。而地是絕對要刨鬆的，如果躲懶怕難不刨，日後花生的針就扦不進地，扦不進地的花生針失去了土地的餵養和呵護，只能生長在空中，就永遠別望結成花生果。何況地裏雜草，也該除一除的。

於是，陀螺暫時擱下可以緩一緩的其他農活，強行進了花生地。

地硬邦邦的，鋤頭砸下去，立即騰起一片塵煙。不一會，陀螺褲管就被這樣的塵煙濺滿，斑斑點點，很是惹眼。然而，鋤頭照樣執拗地向前延伸，地照樣一點一點地縮小。刨下一塊地，陀螺手臂酸麻成木頭，已不像手臂。

陀螺刨了一塊地又一塊地。她像一架機器，找不到感覺。只不停地被生活抽著推著發狠地勞動。

地邊空地上，有小孩在玩陀螺。陀螺是一種古舊的玩具，農家孩子都會做的，他們上山砍來一截結實的木頭，耐心地把它削成圓錐形，新的刀痕明顯，拙樸得很，玩久了，才會光滑得像上了一層桐油，不像時下城裏孩子玩的，上了彩，轉動時還閃著光亮，花俏得有些過分，用繩子繞上然後利索一拉，陀螺就轉起來，不時抽上一鞭，就可以在地上旋轉很久很久。

陀螺覺得自己就像那兒童手中的陀螺。略所不同的是，那陀螺需要人拉或用鞭抽打，才可以旋轉。而陀螺是自己抽打自己，不停地讓自己旋轉。有時，陀螺覺得自己的心石頭樣硬，像這地。她沒讓眼淚滴下來。

地終於刨完了。天晚了，見了月光了。陀螺把自己強行搬回家，像搬一大塊沉重的石頭。她把自己扔在床上，感覺骨頭離開了整個軀體，在身邊游離。外面雞飛狗跳，豬在欄裏餓得嗷嗷叫喚。她不忍心牠們跟著受苦，有心想去安撫牠們，但是，她的骨頭不聽使喚，不能把她的軀體撐起來，她成了一堆稀軟的肉泥。

這一晚，豬狗們折騰了一夜。陀螺熬了一夜。

陀螺病倒了。

家裏沒了陀螺，亂了套了。春打鑼急成無頭蒼蠅。明生知道後就對他老婆說：「豆子，陀螺嫂病了，你去幫她照料一下家務吧。」

豆子蠻聽話，女人都是糍粑心腸，耐不住哄，經不住磨。更何況還是去幫陀螺呢？

她記著平日移錢借米，陀螺沒使她受過挫。兩人結伴上地的路上，陀螺手裏一個熟紅薯，也要掐成兩半，分一半給她。豆子常受這樣的感動，思量著有機會可以報答她。豆子走近床邊，親熱地問：「陀螺姐，你哪不舒服？」

「哪都好，就是沒有力氣，動彈不了。」陀螺聲音細細的，如蚊鳴。

「我替你做家務事來了。」

「難為你，好妹子。」陀螺臉上擠出一絲喜色。接著，她告訴豆子飼料貯藏的地方，就不做聲了。她實在沒有力氣說多餘的話。說話的時候，她眼睛是瞌著的。

豬狗們吃了食，也就安靜了，陀螺就放心了。春打鑼手裏端著一平碗水，給陀螺扯了痧。他以為陀螺是夏天痧症來了。陀螺鼻樑上、後頸上、胸脯上被扯得紅紫紫的，一壟一壟。

肖清涼請來村裏赤腳醫生號了脈，打了針，開了中藥單子。但一連數日均不見明顯好轉。

陀螺娘家人還有村裏的鄰里鄉親們都抽空閒來探望了她。有的送來幾枚雞蛋，有的捎帶著時鮮蔬菜，這些問探的禮物把陀螺家窗臺下的木方桌子堆滿了。他們認為陀螺是勞累的，就勸慰她：「功夫忌火爆急躁，萬一趕不及了，就雇一兩個短工。」

當然，這是指收麥、雙搶等這樣趕季節的緊活。鄉村的農活，田裏地裏，沒個完的。陀螺希望自己的身體馬上痊癒，青天白日的床上日子不是人躺的。地頭勞作的日子才真正是陀螺喜歡的日子，這樣的日子一晃悠就過了，根本不允你想憂和愁。

第二天晚上，天氣悶極了。陀螺躺在床上輾轉反側，汗濕了一層又一層。春打鑼在屋裏熏著艾蒿。蚊蠅在艾煙上打著旋，顯然是熏暈了，飛行失了平衡，一副欲墜的樣子。

子夜，春打鑼、肖清涼，還有明生依舊在屋外無花果樹下胡扯亂談，聊天，他們身邊幽幽暗暗也燃著驅蚊的艾蒿。陀螺本來是有意無意傾聽外面聊天事的，令人驚奇的是，這個聲音之外，恍惚間她還聽到別種聲音。她以為產生錯覺了，就喊：「春打鑼。」

「怎麼了，陀螺。」春打鑼聽到喊聲，應聲進了屋。

「你聽一聽，這是什麼聲音？」

春打鑼摒棄雜念，凝神細聽。

「口楞，口楞。」那是紡車轉得歡的聲音。

近些年，村人沒人紡棉花了。極少見到紡車的影子。這聲音是哪來的？恐懼從春打鑼腳上升起，涼浸浸的往他心裏爬。他結結巴巴求助地喊：「肖師傅，明生，快進來。」

肖清涼、明生聽了春打鑼惶急的喊聲，慌忙跑進屋，問：「出了什麼事？」

「你們聽。」春打鑼話音都發顫了。

稍後，肖師傅和明生也聽著了「口楞，口楞」的紡車聲。他們確準這紡車聲來自樓頂，就問春打鑼：「你樓上放有紡車麼？」

「不曉得。」春打鑼搖頭。他模糊記起家裏是曾有一架紡車，他小時親眼看到奶奶紡過棉花。後來，奶奶過世了，父母也相繼過世了，這紡車也不知道放在了什麼地方。只可憐春打鑼腿殘，不方便，天樓頂上他還一直未曾涉足過。

肖清涼和明生倦意頓消。他們拿著手電筒順著木梯爬上天樓，果真瞧見一架老式紡車擱在牆邊。可是，紡車不會自行轉動，是誰深更半夜到這來轉動紡車呢？天樓板上積滿了塵埃，沒發現任何人活動過的蛛絲馬跡。當真，見鬼了。

他倆商量揣測一陣，不得要領，快快走下樓來。沒些日，村裏紛紛傳言，春打鑼家裏鬧鬼。

八

鬼是什麼，鬼是何形狀，沒人見過，具體說不清。有的人說鬼是一個棕樹蔸，毛茸茸的，滾過大道，突然就不見了；有的人說鬼是一隻水猴子，專在夜間捉水裏人的腿往深處拽，只要被它捉著了腿，任何人也休想擺脫；有的人說鬼是一種陰風，好端端的一個人走在路上，突然怪怪地刮來一股風，魂就沒了，就飄了……鄉間裏，鬼作為一種神秘的力量，無處不在抑拽著人的思想。

鬼的出現，陀螺的病益發重了。她的肉身就像是用刀在剮，瘦得不成人形。明生就說：「陀螺這遭怕是難過這道坎了。」

陀螺，大脖子，這些年的飯原本就是偷吃閻王爺的。結過婚，成過家，嘗過了家庭的樂趣，死也不冤了。老鴉沖人這樣看。

貧賤夫妻百日恩，春打鑼苦著臉，一大顆一大顆的淚珠洇濕了衣襟。

「春打鑼，你憂什麼憂，陀螺反正是你撿的。」明生勸說。

「我們畢竟夫妻一場，總不至於眼看著她的生命一點點消失，一點辦法也不想。」春打鑼感傷自己沒能耐，陀螺又命薄如紙。他央求明生：

「你能想出什麼好法子？」

「掃屋。」明生忽然想到這，一下來了勁：「對，掃屋。」

掃屋是道士或巫婆從事的一種迷信活動。主要是驅除邪氣。

明生立馬幫助春打鑼去外村請來了道士。

道士一進屋，春打鑼就虔誠供上鬥星馬糧。道士就拱手插上三炷香，燒起了冥紙。只見道士口裏念念有詞，手拿印牌往桌面上一叩，樓上樓下滿屋轉一圈，名曰驅鬼，這樣轉著時，某個時節手突然朝某個方向一伸一抓，嘴裏大聲叫著，說鬼已經抓在他手心，然後，他迅疾地取下背在身上的一個竹筒，將那鬼裝了進去，用布封紮了口，說沒事啦。隨後他請來家主菩薩、灶王菩薩、廟王菩薩，各自管好門下惹是生非的大鬼小鬼。最後離開時還在門上貼著靈符，以保四季平安。

倒騰了一天。然而，陀螺的病並未見好。

而且，當晚，鬼紡棉花的聲音依舊如故。

春打鑼以為家下氣了，為了旺家氣，虛張聲勢壯自己的膽，也順便震懾鬼的妖氣，他又去買來幾掛鞭炮，燃了。

「劈裏啪啦」的鞭炮聲半夜三更響著，很是刺耳和淒涼。

聽到這鞭炮聲，陀螺娘家人料想陀螺病入膏肓，準是陽壽夠了，去了，於是，派人來打探消息，處理後事。因為，老鴉沖這地方遇到人死了這種事是放起身炮的，一是恭喜死者苦盡甘來，二是向鄉親們報導死亡資訊。

待陀螺娘家人瞧著陀螺沒死，還有一口氣在，就責罵春打鑼：「你有三分蠢氣，還是怎麼的，深更半夜燃什麼鞭炮，是想咒陀螺早死麼？」

春打鑼一番良苦用心全遭委屈趕得無影無蹤了，他不敢吱聲。他用商量的口氣說：「讓陀螺上你們娘家打住些日子，好不？離開這倒楣的地方，也許病會好的。」

「你倒是會踢球呀，想得美。」娘家人害怕陀螺身上的晦氣傳染給了他們。

夜，在睡人的感覺裏，就如乘一艘平靜的航船，舒適地躺在上面，從日落至翌日日出的這一段行程，欸乃幾聲就到了，無知無覺的，靜悄悄的，似乎只是一瞬間的事。可是，對於醒著的人，夜的感覺又別是一種滋味，眼睜睜看那夜的顏色，緩慢地磨磨蹭蹭地由淺入深，又緩慢地磨磨蹭蹭地由濃變淡，一路煎熬，乃至終於聽到那雄雞破曉的啼鳴，滴血的眼睛才發現黎明還是姍姍遲來。

肖清涼一夜沒合眼。

他打算回一次廠。

這一段日子，肖清涼爬山越嶺對老鴉沖及附近周邊村落的麥稈資源情況進行了調查摸底，認定在這裏建一個收購點是非常合適的。村長說公路維修得差不多了，說麥稈堆放的地方也與占地農戶寫好了租用合同書。肖清涼忙著這些，還要抽時間代替陀螺照顧大棚，大棚裏辣椒已經播種了，正長胚根了，每天早晚必須淋水濕潤土壤。

按照廠裏的日期安排，肖清涼還可延擱兩天，但陀螺的病已經不能等了，他決定趁此機會帶陀螺去城裏醫院做一次詳細檢查。他的書面報告剛完成的時候，他聽到了雄雞的叫聲，就起身去徵求陀螺夫婦的意見。

陀螺屋裏的燈一直亮著，她兩目無神半躺床頭，背後墊著棉被，春打鑼陪坐床的另端，看樣子，兩人都沒睡，陀螺是有病沒法睡，春打鑼是不敢瞌睡，他擔心老婆聽到不時響起的鬼紡棉花的聲音，感到害怕。有他相伴，陀螺就不孤單，心裏就有主了，壯膽了。

見肖清涼走進來，春打鑼就問：「肖師傅，你沒睡？」

「沒睡。」

「有事嗎？」

「我在想，陀螺的病老是這樣耗著，也終究不是辦法，不如跟我去城裏診治一下。」

「我不去。」陀螺一聽說離開山地，去陌生的城裏治病，沒思索就拒絕了。生死由命。先注死後注生。

「為什麼不去？陀螺。」肖清涼奇怪地問。

「沒錢。」

「肖師傅，煩你積一積德，帶陀螺去吧，我們還有四百元錢，再說用完了，還可去借，留得青山在，何愁沒柴燒呀。」

「我是這麼想的，我住在你們家，租用你們房屋，廠裏按規定會付一筆租金，就拿這一筆錢做陀螺的醫藥費，至於你家那四百元，還是投資到大棚上去吧。」

「謝謝你，肖師傅，我不去呢。」

「別固執了。」

「我的病沒希望呢，即便治好了，也活受罪，何必呢？」

「人之所以活著是證明自己還活著，與快樂苦難無關，陀螺你應該振作精神。」

陀螺哭了。

九

陀螺跟著肖清涼去了一趟城裏。她是勉強去的，連走路的力氣也沒有。明生和肖清涼他們用椅子抬著她走幾里毛路，在鄉公共汽車停靠點乘的車。

一個星期後，陀螺回老鴉沖了。她是和肖清涼一塊回的。她臉上略現紅潤，蕩漾著笑容。她的命終於撿回來了。

藥不對方，不怕用船裝。陀螺逢人就這樣感歎，還是大城市大醫院，一到那就診斷說是甲亢，還說這病過去是難治的，現在卻不算難事了。

受陀螺精神感染，春打鑼高興地想起平日禾田裏生火螞了，就用農藥敵敵畏治殺，起稻瘟就用稻瘟淨，因而他也一邊感歎，是呢，藥要對方，人是這樣，動物植物也均是如此。

陀螺從包裏拿出大包的藥，堆桌上，堆滿一桌。醫生說，只要她堅持服用半年的藥，用加碘鹽，多吃海帶，脖子可望恢復至正常人形狀。回味著醫生的話，她心裏高興，信心倍增。

陀螺服過藥，就去看大棚。

這一次，肖清涼帶她參觀了城郊的大棚蔬菜種植園，一棟棟的大棚整齊排列，有種白菜的，有種黃瓜的，有種辣椒的……恍然置身季節之外。陀螺大開眼界。

她走到大棚地頭，揭開大棚一角，棚裏立時湧出一股酸腐的熱浪氣息，很是嗆人。那些剛露芽抽葉的辣椒苗子，枯萎萎的，全死了，無一倖免。陀螺上城看病時，反覆交代春打鑼勤顧大棚，看情形，春打鑼從沒來過。大棚需要每天通風，每天淋水。不難想像，那些可愛的辣椒苗遭受了春打鑼的虐待，它們失去了空氣的滋潤，失去了水的濡養，稚嫩的生命自然就早夭了。可恨春打鑼面對這樣一種生命竟一點也不憐惜，無動於衷。陀螺心如刀割，氣憤地罵：「春打鑼，你是個畜生。」

陀螺氣急敗壞地從大棚這頭跑到大棚那頭，又從那頭跑向這頭：「春打鑼，你這扶不上牆的稀泥，我非治了你不可。」

她拾起地上一塊土疙瘩，快速奔回家。正趕上春打鑼從屋裏出來，兩人在階基上碰個正著。陀螺將手裏的土疙瘩砸向春打鑼的瘸腿，春打鑼閃倒在地上，腿上滲出了血。他呆呆地望著陀螺。陀螺氣得臉變成了鐵青色。「春打鑼，打冤了你？」陀螺咬牙切齒地說。

「沒，沒冤，再來一下。」春打鑼愧疚地說。他估摸錯了大棚辣椒在陀螺心目中的分量，他想不就幾株辣椒苗麼，死了就死了，什麼鬼反季節大棚蔬菜，根本不可能的，遲夭不如早夭。春打鑼就像一塊牛筋，陀螺總也啃不動。陀螺想做的事，就一準要做成，不然就會被人瞧扁了。

肖清涼見了，就勸：「陀螺，死都死了，鬧也無用，何況春打鑼腿殘，也有難處呢，趕快補種吧。」

陀螺淚眼婆娑地補播辣椒種去了。

耽擱了好些天，陀螺沒這樣走進土地，與土地親近了，心裏就莫名地慌，如很久沒吃葷腥了一樣慌。死了的辣椒苗床應該重新深耕翻曬。她用力揮舞著鋤頭翻地。新翻的地芬芳著馨香，縷縷潛入陀螺心底。陀螺的眼光望過大棚出口，看到遠處崢嶸的山巒也彷彿春天的柳條，隨風舒展，輕輕搖曳。這時候的陀螺才真正屬於她自己。

她精心地把苗床土壤起畦打碎，整細整平。然後，她又在路邊的草坡上刨草皮。草皮曬乾了，燒成灰，撒在苗床上，既是肥料又做苗芽扎根的鬆土。

肖清涼檢查了春打鑼的腿傷，只破了皮，並無大礙。土疙瘩不比石頭，鬆鬆軟軟，砸在腿上只是樣子嚇人。春打鑼臉面上很難過。他委實應該挨打。肖清涼不知是該同情春打鑼還是應該同情陀螺。作為旁觀者，他想說些什麼，又不知該說什麼，就和春打鑼聊了一會天，也趕去看大棚了。

遠遠望去，大棚如一尊龐然巨物雄踞在公路邊的原野裏。大棚邊侍立著一個雄壯的稻草人。肖清涼感覺稻草人和往日有了些異樣。稻草人頭上佩戴著一個猴頭面具，有些像孫悟空。那是陀螺上城治病經過一個地攤時買的。她發現買這玩具的婦女均是為自己的孩子，她出於羨慕就想著大棚邊的稻草人，若是也能帶上這樣的面具，肯定會是一件頂有趣味的事，她毫不遲疑就買了。回到家，她迫不及待安上去。安妥後，她左看三步右看三步，前看三步後看三步，感覺上很是中意。

看見肖清涼，陀螺丟下鋤頭跑過來問：「肖師傅，要得麼？」

「好，蠻精神的。」肖清涼笑著說。

「它精神了，才好幫我看護大棚啊。」陀螺認真地說。她想的是，我這樣精心打扮稻草人，看重它，它受感動，必不會辜負了它的職司。

田野裏，不知不覺牽扯著淡淡的暮靄，如輕煙。

「喲，喲喲，喲喲喲……」

那是村人在水田邊呼喚水鴨回家了。小路上不時有三三兩兩的村人趕著牛羊荷鋤而歸。

這樣一種氛圍，讓肖清涼想起家來。妻子早死，留下一個上幼稚園的女兒，退休的老父親還要操心費力耕耘那兩畝菜地。愁緒不覺暗自而生。他沉默地歎息了一聲。

女人是敏感而細膩的。陀螺問：「你想麼子了？」

「我在想，這時節我那老父親也該挑著糞桶回家了。」肖清涼走時，他父親說你安心工作，不要老是念家，我還能替你頂擋一陣子。肖清涼心一熱，就愈想家。

陀螺去過肖清涼家，知道他家雖然比老鴉沖人家的日子要盛，在他們那裏卻只能算一般人家。她就落淚，不為自己，為肖清涼。他這樣知寒知暖善解人意，原來也是苦命的人。她體貼地問：「你為什麼不再找一個？」

「還沒做過想。」

「為什麼？」

「順其自然，隨緣而安。」

陀螺不做聲了。她聽著山坳上晚風吹動林梢的聲音，木了。

十

終於到了收麥稈的那一天，陀螺是第一個送交麥稈的人。

她起得早。她把先天捆紮妥當的麥稈一捆捆搬到收購點，很大的一堆，小山一樣。由於路程不遠，不一會就運完了。及至她過了秤，領著錢（錢一律是銀行出來的嶄新票子，獵獵作響），別的人家才開始相繼送麥稈來。他們望著陀螺手裏捏的一疊票子，想起自己也會賣同樣多，甚至還更多一些，就興奮地說：「咦？陀螺，你送這麼多啊！」

「這算麼子，還會有比我賣得更多的。」陀螺矜持地應道，心裏卻像喝了蜜似的。

過去，陀螺家的麥稈當柴燒了，白糟蹋了。這款項是一筆額外收入呢，吃鹽也很能吃一陣子了。她洗澡先前是用馬頭肥皂的，現在她準備改用舒膚佳香皂了。洗頭髮她平常用的是稻草灰，現在她也想換成雨潔或拉芳洗髮水之類的了。因為那些東西不但能去頭皮屑，還能使頭髮柔順……

一收麥稈，陀螺更忙了。造紙廠除了肖清涼外，又新派來一名出納，專門負責麥稈款項的支付和結算，陀螺附帶管他們的伙食。肖清涼是掌秤的人，還嫌人手不夠，又臨時雇用春打鑼開票。

開票是一項挺簡單容易的工作，儘管春打鑼沒幹過，但還是很快明白了其中的門道。票是造紙廠事先列印的，加蓋著造紙廠的紅頭大印，其中有一格空著，只要將收購麥稈的重量填上就成了。然後，農戶憑票去出納員那裏領款。

春打鑼坐在肖清涼身邊不遠。肖清涼過一秤報一筆數，春打鑼填一張票。原本配合默契。

天是大暑天，悶熱得收送麥稈的男人們都打起了赤膊。送麥稈的人密密麻麻排成了一字長蛇陣。過秤的肖清涼在人們「快、快」的催促下顯得有些手忙腳亂。明生接近春打鑼說：「我們做筆交易，怎麼樣？」

「什麼交易？」春打鑼疑惑地問。

「我送一捆麥稈，你給開兩張票，多開的那張票我倆二一添作五。」明生說。

「肖師傅知道了，怕下不了臺。」春打鑼擔心地說。

「只要你不說我不說，肖師傅絕對不會知道。」

「這種事做不得的。」

「牛到草樹下不吃草，那是一頭病牛。」

「好，試試看。」

一回，兩回，他倆很順手。

第三回他倆正在交頭接耳，陀螺送茶水來了。陀螺留了心，對春打鑼說：「人吃良心樹吃根，人家肖師傅待你並不薄吧？」

這件事不是肖師傅發現，卻是陀螺發現了，春打鑼料想是無妨的。

到了晚上睡在床上，春打鑼想起白天的事，想起陀螺那句不輕不重的話，就說：「陀螺，你變了。」

「怎麼變了？」

「胳膊肘往外拐。」

「別拐彎抹角好不好？我要睡了。」

「肖師傅是不受我們家歡迎的人。」

「他怎麼了？」

「仔細想想，白鼠出現，鬼紡棉花，直到你生病，你看，這一連串倒楣事全發生在肖師傅來之後。」

「你錯了，肖師傅來以後，幫我們家割麥，種反季節辣椒，帶我去城裏治病，是我們家的大恩人，感謝人家還來不及，你，怎麼能這樣說？」陀螺反感丈夫的說法。

「反正，讓他租別處去住。」

「不行。」

「你捨不得？」

「反季節辣椒剛開了個頭，還指望他呢。」

這一夜，兩夫妻彆彆扭扭吵鬧了一夜。昏昏沉沉的各人想著各人的心事。似醒著又似睡著了。後半夜，雖然又如期聽到了那紡車「口楞口楞」轉動的聲音，陀螺已然不再覺得害怕，反倒把它當做音樂在欣賞，她希望肖清涼事業有成，不要在老鴉沖栽了筋斗，不然，造紙廠以為老鴉沖人難以琢磨，明年再不敢來老鴉沖設立麥稈收購點了。

第二天清早，陀螺就對肖清涼說：

「別讓春打鑼開票了。」

「為什麼？」肖清涼不解地問。

「他身體不便。」

「到哪去找人代替他？」

「我。」陀螺道。

「你？誰搞伙食？」肖清涼實在沒有思想準備。

「我已託付豆子了。」陀螺道。

就這樣，春打鑼下來了，他又在家編起了篾貨。

中午，豆子去陀螺家做飯，明生回家沒飯吃，火往上躥，罵道：「豆子，你死到哪裏去了！」

「沒良心的，又沒斷手瘸腿，不會自己弄飯？」豆子忙完回家聽了本想解釋的，但一想到明生遊手好閒，家務事從來不動手，不疼老婆，也上了火。

火對火的結果是，明生動手打了他老婆。豆子臉額上青紫了一大塊，哭得天昏地暗。明生坐在火桌旁腿肚子也發顫。他沒料到會出現這樣一種局面。豆子捲了包袱拼死命要回娘家，說這種日子沒法過了。一沒好吃懶做，二沒偷人做賊，哪裏該你明生隨隨便便打的？你明生既然有本事打人，就有本事在娘家人面前說出個理由來。

明生拽著包袱，攔在門邊，不准妻子回娘家。

豆子見明生橫豎擋著門，就把包袱往床上一丟，又撕心裂肺大聲嚎哭。明生無所適從，就說：「豆子，你若真慪氣，就在我臉上抽兩下解解氣。」豆子果真不哭了，背向著明生。

下午，豆子去送飯，陀螺見豆子臉上的那塊青紫，關心地問：「豆子，這是明生打的吧？」

「沒呢，我自己沒長眼睛撞上門框了。」豆子掩飾道。

十一

如果是昨天這個時節，太陽早就照到對面的馬路上了。男人們也早就袒胸露乳地行走在田間地頭了。天氣灰灰暗暗，那些往日還漂浮著的雲塊不知何時凝聚到了一處，因而天空的灰暗也便遼闊蒼茫。氣溫是明顯地降下來了。就像一口山塘漏穿了底，山塘的蓄水倏地往下瀉落。

暑天裏希望痛下一場暴雨，刷一刷涼。但看那天上的雲實在不是下雨的雲。春打鑼很失望。他昨夜睡到半夜覺得屋裏悶熱睡不落覺，臨時把涼床搬來無花果樹下，睡了。涼絲絲的，他多貪了一會睡。醒來望著突然陰暗的天空，他反倒高興起來，感歎沒有太陽的日子真好啊。

他握著篾刀去附近自留竹林裏砍來竹子，坐在涼床上破起篾來。竹節破裂的聲音極響。響滿一村。

村人就明白春打鑼又破篾編織竹器了。

明生和村裏村外的幾個後生，睇見春打鑼眼角兩坨眼屎還濕，就打趣：「春打鑼蠻睡得呢，人家早歇會了呢。」

山裏人家勞動強度大，地又遠，他們吃過早飯上地勞作一兩個時辰後，就在地頭覓了合適的地方休息一支煙的時間，取出自帶的茶水和糕點，吃喝。糕點是自製的，多是麥粑薯條之類。然後又繼續勞作至中午吃飯時節才回家。他們把其間小憩的那個過程叫歇會。

「人家歇會關我鳥事。」春打鑼眼也不抬應著。「你們在做什麼？」

「借你的桌子用。」明生說。

「做什麼？」

「押寶。」

「我從不押寶。」

「我知道，只借你的桌子用。」

「派出所曉得了，下不了老台。」

「派出所沒收了你的桌子，我們照價賠償。」

春打鑼不做聲了，算是默許。

明生把桌凳緊挨涼床擺了，他們三五人吆喝著押起寶來。不一會，氣氛就上來了。只見明生吼道：「押四塊賠五塊。」賭注不大，很吸引人。明生時不時拿眼往春打鑼身上睃。

春打鑼伸長脖子偶爾瞧一瞧。這種押寶就是賭博，在山地是極普通的，挺簡單。不會的人一學就會。他們將兩枚硬幣在桌面上彈得滴溜溜轉，用碗罩住，待硬幣靜止不動了，再讓人下注在某一門上。

春打鑼告誡自己，這寶是不能押的。怕押花了心。

太陽偏又從雲層裏翩然越出。那是中午的陽光，烈得曬捲了篾條的邊，甚至還爆裂了縫。春打鑼慌忙把涼床移往階基上。明生他們身上也蒸出了汗。明生說：「春打鑼，我們也把桌子搬進來，如何？」

「不行。」

「為什麼。」

「你們在我屋簷下押寶，等於陷我成了窩戶，挑百擔水也洗不清了。」春打鑼擔心地說。

「難道你忍心眼睜睜地看我們被曬？太不夠意思了啊。」明生說。

「噯，明生你咋這麼強人所難。」春打鑼口氣分明又軟了。

於是，明生他們也搬遷至階基上押寶。

夕陽西下。

地上橫躺著的無花果樹影就像一個不斷充氣的大皮球，朝階基上不斷發脹。

明生大著嗓子喊：「押三塊賠五塊。」

春打鑼心裏一動，尋思道：這樣賭法，明生你有好大的家底。不禁替明生捏了一把汗。拿眼去看，明生是莊家，頭上冒汗，那些人手頭不多不少均攥著錢票子，顯見明生是輸了。明生的錢是賣麥稈的錢，他手裏還有一把。他一點也不憐惜，對春打鑼說：「春打鑼，難道你也想賭一注？」

「不，我不。」春打鑼趕忙謝絕。

「是怕陀螺？」

「不。」一想到陀螺，春打鑼就莫名的煩躁，並且有些擔憂。篾條劃破了他的手，傷口不大，流著血。這是歷來從沒有過的事，他把手放在口裏吮吸著血，他認為這是壞血。他將自己的血吐在地上，寡淡寡淡，還帶一縷縷的絲。

入了夜，只屋裏亮著燈。

明生說階基上墨黑，不看見，就擅自把桌凳抬進屋裏。這一回，春打鑼沒有阻止，站在桌邊看。

明生精神一振，又吼：「押兩塊賠五塊。」

春打鑼摸一摸兜，剛好買鹽還剩兩塊錢，就下了注。春打鑼沒贏，他輸了。他有些灰心。

「春打鑼，下回運氣也許就轉了，愛拼才會贏。」明生做他的工作。

「是啊，人生難得幾回搏。」春打鑼心癢癢的，真的是也很想賭一回了。贏姑且不論，輸姑且不論，他唯一注重的是眼前他太需要刺激一下。他取出酸菜罎子底下僅剩的那四百元，較上了勁。

結果，當然是春打鑼那四百元全遭明生吃沒了。

陀螺從麥稈場上回家，人已散了，屋裏一片狼藉。回家路上，她就聽到人們議論春打鑼如何如何傻。她問春打鑼：「你賭了？」

「賭了。」

「輸多少？」

「兩塊錢。」

「那四百沒動麼？」聽說只輸兩塊錢，陀螺心稍安。

「動了，一個也沒了。」春打鑼漠然地說。

「那你為什麼說只輸兩塊？你扯謊？」陀螺激動說。

「我其實真的是只輸了兩塊，那四百元是扳本弄沒的，不算輸。」春打鑼說。

十二

家裏省吃儉用積存的那八百元錢，左一撇，右一捺，全遭春打鑼折騰盡了。若是偶爾人有傷寒暖痛、人客往來，這開支就任何著落也沒有了。家，這個主是無法當了。

油鹽柴米，土裏田裏，雞鴨鵝，春打鑼沒伸過手，都是陀螺苦撐著。睡在床上，陀螺一夜沒合眼。與春打鑼打鬧，他又無所謂。她真不知春打鑼究竟是怎樣一塊材料，氣快把她憋死了。

她覺得夜就像擀麵，被憂愁和寂寞抻得老長老長。春打鑼偎近陀螺，濛濛糊糊地把手放在陀螺胸脯上，撫摸著那對肥碩的乳房。

結婚那晚，陀螺說過這乳房是春打鑼的專利，是屬於春打鑼的。多年來，陀螺已經習慣了這種撫摸，並感覺安適和快樂。可是，這一回，不清楚是怎麼了。同樣是春打鑼的手，陀螺恍惚覺得那手長了刺，讓人生痛，讓人心裏流血，讓人受不了。陀螺將春打鑼的手拿下來，用力摔在床板上，山響。而春打鑼翻了一身，又鼾聲四起。

陀螺睜圓了眼睛，看那夜，夜的顏色除了黑什麼也沒有。

「口楞，口楞」。陀螺又及時聽著了紡車轉動的聲音。她頓時停止了一應雜念，傾心聽那神秘的聲音。那聲音輕揚而有節奏，磁場一樣吸引著陀螺的所有注意力。

她耐不住起床拿著手電筒爬上天樓。奇怪的是她不再感到害怕恐怖，倒認為那是一種仙樂。她好奇極了。但是，她依然什麼都沒有看見。只有那架用了幾代人的老式紡車靜靜地坐在那兒，不冷也不熱，陀螺握住紡車的手搖柄，手搖柄很髒，一手塵埃，可見手搖柄沒被用過。到底是一種什麼力量使紡車轉動的呢？紡車轉動時又是一番什麼樣的景象呢？

陀螺在紡車周圍撒了一層地灰。她想無論是什麼東西，它要使紡車轉動，必須接近紡車，到時，它的腳印就會不可避免地留在灰塵上。

任何東西只要動了心思，無論怎麼神鬼莫測均是有跡可尋的。陀螺的努力沒有白費。

第二天深夜，當陀螺在寂寥中聽到那聲音，去察看地灰的時候，她終於還是發現了蛛絲馬跡。粗心的人是難於窺破的。地上顯露出三五個細小竹枝劃拉過的痕跡，渺若驚鴻，灑脫之至。陀螺斷定那確乎是一種足跡，不是人的，是其他動物的，跟鼠足的形狀很相似。

房屋是人類特意為自己精心構築的，是用來住人的。人類把它當做可以遮風避雨的家園。但誰也難保哪一幢房子裏沒有鼠。這年月，鼠和人類比肩行走。

假如地灰上的足跡屬於鼠，那麼，這鼠是通過何種方式使紡車轉動，這又是一隻什麼樣的鼠呢？陀螺想，不管怎樣，也許揭示的日子不會太遠了。該來的總是要來，該去的總是要去。

陀螺再回到床上睡覺的時候，她心裏踏實多了。不再想任何事。

早晨起床第一件事，陀螺照舊去看大棚。稻草人姿勢永遠不變地規規矩矩站在一邊，陀螺很滿意。她揭開棚膜一側，那裏懸著一隻溫度計，棚內溫度在適宜範圍內。

棚室內因蒸發而凝結在薄膜表面的微粒水珠集合成大粒水滴，並沿薄膜流向地面。

移栽定植後的辣椒苗返青，長成棵棵小樹，陀螺在大棚內慢悠悠地轉著圈，臉色也像樹葉一樣舒展。她蹲在地頭，拔起爛草來。爛草雖然不多，任它發展，說不準會把辣椒地的營養爭吃盡了。

肖清涼叼著一支狗尾巴草走進大棚，狗尾巴草自在地搖擺著。他把狗尾巴草的莖當牙籤了。他眼尖，看見一棵辣椒樹上悄悄地掛著一枚蠶豆大的小青果。那樹長得矮，卻比其他高大的辣椒樹先結果。他高興地叫：「陀螺，辣椒樹結果啦。」

「真的？」

「你來看吧！」

陀螺在肖清涼的指點下，終於看到了第一枚果實。其他的樹也正是抽枝長葉來勢旺盛的時候，只一兩棵開著白色的小花。陀螺無比興奮，不禁握了肖清涼的手搖著，說：「難為你了。」

「陀螺，你真聰明。」肖清涼只是引她上路，沒想她居然這麼快就進入了角色，把大棚蔬菜種得像模像樣。

高興著，高興著，陀螺心緒陡地變了。她覺得自己就像牆壁上的團魚，四腳無靠，獨打鼓獨划船，全望自己。她孤單極了。她輕輕地軟軟地說：

「肖師傅。」

「怎麼了？」

「我在你肩膀上靠一會。」陀螺猜想肖清涼不會拒絕的。因為，那肩膀她記得已經靠過一回了。那回上城看病，她和他乘公共汽車坐在同一排座位上，她弱不禁風全身軟成一團泥，頭自然就枕在肖清涼的肩膀上。別人還以為他們是兩口子。而那肩膀一動不動不論汽車如何顛簸總是穩重地墊著她的頭，給人的感覺是舒適而有力。當時，陀螺沒有氣力細細體會，過後回想起來才倍覺溫馨。

「不，那怎麼行？」肖清涼一口拒絕。

「行的，實際上你的肩膀我已經靠過了。」陀螺固執地說。

「這回和那回是兩碼事呢。」

「什麼兩碼事？」

「春打鑼知道了，會作怎樣想？」肖清涼頭也不回，走出了大棚。他不敢回頭。

十三

大棚辣椒開花結果前期是極耗肥力的。陀螺準備追施一層重肥。她愁苦著臉跟春打鑼商量款項的著落。春打鑼憋了很久，才說：「借吧。」

「借，借，借你的頭。」陀螺氣惱地說。

「不借，又怎麼辦呢？」春打鑼為難地說。

「你男子漢不知怎麼辦，一個女人家又能如何？你找明生去借呀！」

「我不去。」春打鑼認為自己正行正步，起早摸黑做篾活賺錢，從不偷工取巧，憑得是過硬的技術本事。去向明生借錢，他下不了這個臉。況且，他知道錢入了明生的口袋，就等於蛇進了石眼。

「那只好把麥子賣了。」陀螺說。

「麥子賣了，糧食就成問題了。」

「糧食成問題你打什麼緊，尋明生吃喝呀，明生是你的爺。」

春打鑼曉得陀螺在說氣話，就不吭聲了。

肖清涼坐在那邊屋裏讀報紙，清晰地聽著這邊屋裏的吵鬧聲。他的心比他們當事雙方還揪得緊。他就喊道：「春打鑼，請過來一下。」春打鑼應聲就過去了。肖清涼常常用這樣的方法消弭這夫妻倆之間的戰爭。離開了一方，一個巴掌就拍不響了，吵不成了。他非常同情陀螺。她是既當女人又當男人。作為女人，她真的不容易。

肖清涼從兜裏掏出一張大票交給春打鑼，說：「到我這裏借一百元，別把正事耽擱了，你也該吵呢。」

「謝你。」春打鑼言不由衷地說。肖清涼的大方，他是折服的，況且他使用的辦法，委實是幫了他們倆夫婦的大忙，這春打鑼也明白，但他又總隱約感到肖清涼的危險性，感到肖清涼不宜久住在他家裏。春打鑼接過錢少不了說：「待出手了篾貨，到時還你。」

春打鑼拿著錢，一瘸一瘸又走回去了。他的拐杖叩擊地面，發出的聲音，一時輕一時重，在這棟老式房子裏迴響著。

陀螺收到那錢，心裏不安，立即走過來退還肖清涼。肖清涼驚訝地望著陀螺，說：「我只是想幫你一把。」

「我不需要你這麼可憐我。」

「這是我的一片心意。」

「我不承情。我脖子大，人醜又粗，是沒出息的山地女人，你看不上眼是不？」陀螺低頭看著腳尖說。

「你別誤會。」肖清涼窘迫得心裏有許多話，一時無法表述出來。他太瞭解了，陀螺是天底下最好的女人，儘管她表面冷冰冰的，內心卻像菩薩那樣慈善。他不經意在深深地讀著陀螺了。

陀螺走了。她已經決定賣了麥子湊合湊合，往後再賣了辣椒把麥子羅回來。這樣，糧食缺口又補平了。她恨的是春打鑼鐵不成鋼。他好人的話不聽，聽病人的，偏遭明生哄得團團轉。三十歲的人了，吃錯了藥一般，成天糊糊塗塗的不辨順反。不知走的麼子運。

肖清涼去廁所解手。廁所在屋當頭背眼的地方。山地的廁所大多飼養著豬。就是廁所在豬欄屋裏。屋子一邊是豬圈，一角是廁所。人和豬合用一個茅坑。人的糞便拉在那個茅坑裏，豬的糞便也拉在那個茅坑裏。因此，在山地，廁所和豬欄似乎是一個意思。

豬欄裏有兩頭肥豬共用一隻木盆吃潲，一頭是暗地裏一個勁地吸水一樣吃，生怕虧了，不知內裏的人還以為牠講斯文沒吃呢；另一頭是「啪啪」地大口大口吃，也生怕虧了，潲水濺得盆外滿地都是。牠們這副吃相，到頭來不知誰吃得多。吃完了，一頭津津有味，意欲未盡地舔著盆沿，另一頭不耐煩地用嘴拱著盆底，把木盆掀翻，不斷發出「嘭嘭」的巨響。正慪著氣的陀螺聽到木盆的響聲，知道潲沒了，擔心木盆拱破了，就火急火燎往豬欄奔，移開木盆。她在欄門內與朝外走的肖清涼碰了個滿懷。陀螺就勢依偎在了肖清涼懷裏，肖清涼也自然攬著她纖細的腰。他們腦子一片空白，什麼也不想，就這樣溫存著。

十四

麥稈收購結束了。

老鴉沖憑空增添了幾座麥稈垛子，山一樣高高大大。任務完成了，肖清涼也便要走了。走的那天，陀螺親自去鄉場上割了一坨鮮肉，還有肖清涼平時喜歡吃的豬肝、豬腰子，炒了給肖清涼餞行。春打鑼不時熱情地往肖清涼碗裏夾菜勸酒，不時說些肖清涼如何幫忙、如何好、如何懷念的話。肖清涼一句也沒聽進去，只象徵性地敷衍了兩句。他沒有胃口，只稍許動了動筷子，就放了碗。他去了一趟大棚。

陀螺站在稻草人身邊暗自神傷。她見肖清涼來了，就朝他大聲喊道：「肖清涼，我恨你！」

「恨？」肖清涼喃喃自語。

「我恨你沒良心，丟下大棚不管了。」陀螺沒種過大棚蔬菜，無任何經驗，她擔心肖清涼走了，大棚辣椒有什麼閃失，她找哪個商量去，她害怕一個人面對那種未知的惶惶的日子。

「陀螺，我是單位上的人，端單位碗，服單位管，身不由己啊。」肖清涼解釋。

離別的時候，陀螺不知自己為何竟說出如此怨恨的話來。她眼睛落在不遠處高高的麥稈垛子頂上，那裏有一隻鳥跳來跳去，大概是在脫粒的麥稈上翻找食物，那孜孜以求的樣子格外慟人。牠覓得了幾顆麥子呢。陀螺眼角濕潤了，她怕眼淚掉下來，說：「你還回嗎？」

「說不準，也許機會還會有的。」肖清涼一邊說著，一邊檢查大棚的棚腳是否牢固，若是鬆了，就弄結實，別要給突然而來的大風掀落了，一會他又仔細觀察辣椒樹，是否起了病蟲害。確信一切都正常，他才放心地說：「陀螺，再見了。」

然後，他頭也不回的走上了公路。他長長的影子，拖著他，漸漸消失在公路的轉角處。

陀螺的眼睛凝成一線追著那影子，就像蠶吐絲一樣愈抽愈遠。陀螺的心思被抽得空空的，成了一隻吐盡了絲的蠶子。

近一向來，由於天熱，春打鑼均是晚上一個人睡在無花果樹下的涼床上。他粗重的呼嚕聲縈繞在濃密的無花果樹葉之間，被露水打濕。

這一晚，春打鑼突然興起欲望，想重溫一下男人擁有家，擁有老婆的那種溫馨。他走進床屋，拉亮燈。陀螺已經熟睡了。他仔細打量他的老婆。他意外地發現，陀螺身邊多了一些東西，譬如：香水、鏡子之類。陀螺常在床頭灑香水，勞動之餘也常坐在床頭照鏡子，她看到鏡中自己的脖子由過去的臃腫漸次細小，心情就好，就唱山歌哼小曲。陀螺出落得漂亮了。春打鑼急躁地伴著陀螺睡下，準備做他想做的事情。陀螺猛然睜開眼睛，驚恐地望著他，彷彿望著一個陌生的男人。她斷然說：「你遠一邊去。」

「我是你男人，為什麼要遠一邊去？」

「你是我男人，是沒錯，但你身上的狐臭氣令人忍受不了，甚至討厭。」

「我身上的狐臭氣生來就有，你過去又不是沒領教過。」

陀螺捫心自問，是呀，春打鑼身上的狐臭也並不是今天才有。為什麼突然變得這樣難以容忍了呢。陀螺自己也不明白，只是心情煩悶。她只是想如果再繼續跟春打鑼待在一起，遲早會被他的狐臭氣醃成一壇酸菜。

於是，她毫不猶豫地挾了一床單被，獨自睡在無花果樹下的涼床上。青蛙從涼床底下躍過，蝙蝠揩著涼床掠過。遠處還傳來貓叫春的聲音。牠們所發出的聲音組合著山地的夜晚。陀螺睏不落覺。她有些害怕，就打開肖清涼的房門，睡到肖清涼的床上。床上，肖清涼的氣息還在。陀螺枕著這氣息很快入了眠。

轉眼就過了二十來天。

這期間，落了兩場暴雨。陀螺穿上雨衣去看水。麥稈垛子的排水溝淤塞滿了垃圾，那是渾濁的山澗水從山窪裏攜帶來的。陀螺用鋤頭撈盡垃圾，掏著淤泥。排水溝暢通無阻後，她又去瞧大棚，大棚的排水溝情形也大致差不多。她又是一陣緊張的疏通工作。雨天，陀螺就這樣匆忙往返於麥稈垛子和大棚之間。忙夠了，累了，就坐在大棚裏躲雨，看雨，聽雨。

密密疏疏的雨點緊緊慢慢地敲打在棚膜之上，外面煙雨如簾。這樣靜心時候的雨天，輕易就讓人緬懷起了一些陳年舊事。陀螺憶著童年；憶著第一次月事來臨的日子，那種驚慌，那種惶惑；憶著春打鑼第一次怎樣把她弄成婦人，那種快感過去後的空茫，那種終於為人婦的喜悅。她老以為山地婦人一生的日子原本就不過如此。肖清涼出現後，她就不斷批評自己對婚姻的理解太過粗淺。一憶起肖清涼，肖清涼的影子就打陀螺心底升騰而出，沒了春打鑼，沒了讓陀螺思想為之停留過的一切美好事物，不能自己。

當最後一場雨停的時候，陀螺收到了肖清涼的一封信。信是村長送來的。

那天，陀螺蹲在大棚裏看辣椒。辣椒樹上掛滿了一樹樹的辣椒果。辣椒果實膨大，泛著淺綠色的光澤。陀螺就這樣每天細心看著它們成長。現在眼見可以採收上市了。到哪去賣呢，陀螺正發愁，就聽到村長在外面喊：「陀螺，信。」

陀螺接過村長手裏的信，擇最大最飽滿的辣椒摘了幾斤送給村長。村長笑咧了嘴。他在大棚裏參觀了一遍，贊許地望著陀螺說：「陀螺，你真行，我馬上去鄉里彙報，請他們組織參觀推廣。」

陀螺心裏美極了。她想挨家挨戶摘幾個送給鄉親們嘗嘗鮮。送走村長，陀螺迫不及待就打開了信。

陀螺：

收到這信的時候，你的大棚辣椒應該到了採收上市的時候了。至於銷路你不用犯愁，倒是要注意青枯病，發現病株及時拔除，並在病株及其周圍再用石硫合劑灌根防止病害蔓延。你的病我又專程去拜訪了醫生，醫生說只要你堅持服藥，保持心性樂觀舒暢，就可望徹底根治，因為你還年輕。

……

看完信，陀螺把信捂在心口，心口那裏暖著，久久地暖著。陀螺又哭了。哭夠了，陀螺就一棵棵地觀察辣椒樹。她果真發現三五棵辣椒樹愈長愈縮，果實乾癟癟的，顏色也枯黃黃的。這不是青枯病是什麼。肖清涼真是神仙，他的聲音就這樣及時而至，如在身邊。

陀螺心一下子就實了。

十五

滿地月光在草尖上跳蕩。十五的月亮是千篇一律地大而且圓。

忙清了家務，夜不早了。陀螺又去了她家屋背後的山塘洗澡。往昔，陀螺是挑了水回家加了溫後倒在一隻木盆裏洗澡，但總感覺不盡興。在娘家做閨女時，她就想到河裏或山塘裏洗一回澡。她娘就說有一個女孩去山塘洗澡，不知不覺懷了蛤蟆的種，生下的全是蛤蟆蛋，怪嚇人的。至今陀螺還心有餘悸。肖清涼來了後，她又萌生了兒時的想望。肖清涼每晚去房子背後的那口山塘洗澡，洗了澡回來，他身上、頭髮上淌著水，嘴裏還哼著小曲，那副精精神神的模樣彷彿渾身的忙累和疲憊都洗濯乾淨了，很讓人羨慕。肖清涼走後，陀螺就試著到山塘洗澡了。

那一晚，月光也清朗。青蛤蟆和土蛤蟆的叫唱聲混合在一起，分不清誰是誰的。遠處的田野明滅著捉蛙人的手電筒光。陀螺做賊似的一路掩至山塘。塘畔生長著一圈楊柳樹，柳條輕搖。有一股活水經過山塘潺潺流去。陀螺穿了內衣慢慢探著走進塘裏，覺得還不過勁，又把內衣脫了扔在堤岸上，一絲不掛地泡在清涼的水裏。這感覺自然不是家裏那隻木盆可比。自此，陀螺成了癮，每晚須來泡一泡。

肖清涼是傍晚的時候回的老鴉沖。他回來時陀螺下地沒回，春打鑼又沒告訴陀螺，因此陀螺壓根不知道他已經回了。肖清涼回來後一刻也沒停歇就急忙拜訪村長去了。過一天，廠裏派出的卡車會來運輸麥稈，肖清涼先行是與村長銜接麥稈裝卸人員的安排。村長留他喝完酒吃完飯，天色已是晚了。山塘是他的必經之路。他乘了一天的車，也想洗個澡。

陀螺尖起耳朵老遠就聽到了腳步聲響，加之熱鬧的蛙鳴聲也闃然而止，她知道有人走近了。她怕羞悄悄地躲藏到楊柳樹底下水中的陰影裏。她以為是捉蛙的人，一走就過去了。沒料，那人走到堤岸的高處脫得赤條條的，往塘中央縱身一躍，「撲通」一聲，濺起的水花一丈多高，就沒入了水裏。肖清涼每回洗澡均是這般姿勢，刺激，好玩。

陀螺聽到那「撲通」一聲，猛然一驚。她原本就踩在水底溜滑的軟泥上，一慌張就失了腳，滑進深水裏了。她不會鳧水，幸虧慌亂中及時抓住垂在水面上的幾根柳條，否則，後果真不堪設想。

肖清涼露出水面的同時聽到了陀螺的驚叫聲，方才知道水裏另外有人，聽聲音又很熟悉，就問：「陀螺，是你麼？」

「你，請問你是哪位呀？」陀螺嚇蒙了，反應不靈敏，暫時失卻了準確的判斷力。

「我是肖清涼，你嚇著了沒？」肖清涼關心地問。

「肖清涼，真是你嗎？」

「是我。」

「真嚇壞了。」陀螺右手撫著心口，發覺心還在那跳著。穩一穩神，陀螺又柔柔細細地說：「肖師傅，我的腳抽筋了，你快過來扶我一把。」

熟諳水性的肖清涼三劃兩劃就到了陀螺身邊，伸出手攬著陀螺的細腰，把她擁入懷裏。陀螺兩手抱著肖清涼，緊緊地抱著好像抱著一棵大樹。兩坨肉球緊緊地摟抱在一起，融化在水裏。

潔白的月光下，肖清涼用手撫摸著陀螺的脖子，脖子已經大致恢復正常，他又撫摸她肥碩的雙乳，很富彈性而有韻味，接著，他大膽地撫弄她山腰中的那窩亂草，那草鬱鬱蔥蔥、蓬蓬鬆鬆，當真是可以在那裏放牧牛羊的呀。撫摸了一個遍。肖清涼激動地把陀螺橫端在水面並把她高舉過頭，大叫道：「陀螺，你這個漂亮的大蠢寶，我愛你。」

陀螺閉著眼睛幸福得成了一個泥人，就像一件藝術品，任由肖清涼把玩著。

山地在寧靜中睡著了。

肖清涼和陀螺在寧靜中呢喃。

可是，不論你是幸福快樂如做神仙，還是受盡磨難如在煉獄，日子的腳步卻絕不會因此而為你停留。

陀螺的大棚辣椒不但種植成功了，而且還豐收了。在肖清涼的安排下，她把辣椒用蛇皮袋裝了搬上進山運輸麥稈的卡車，去城裏銷售。車是便車，出出進進，沒費一個子。又加之這時候季節辣椒已經滅跡了。大棚辣椒就理所當然成了稀貨。剛一下車，就被城裏的菜販子們搶購一空，得了季節辣椒的雙倍價錢。陀螺好不高興。

回了老鴉沖，村裏的人就圍攏來。他們望著陀螺，那眸子裏羨慕的成分居多。他們再不想站在觀望的位置上了。陀螺種大棚辣椒所嘗到的甜頭極大地吸引了他們。他們受窮受怕了。陀螺簇在人堆裏被他們推來擁去，回答著他們七嘴八舌的提問。種大棚辣椒的成本多不多，怎麼種，有沒有病蟲害，銷路如何。就是無人問累不累。他們認為當農民天生是累的料，辛苦的命。他們認了。後來，話題歸根到一個問題，他們問：「陀螺，大棚除了種辣椒，還可以種其他蔬菜嗎？」

「可以種。」肖清涼帶陀螺參觀反季節蔬菜種植園的時候，陀螺學到許多有關這方面的知識。她肯定地說：「苦瓜、茄子、絲瓜等都可以種。」

村裏的人就說：「眼快不如先動手。」

她怕大家一窩蜂都種辣椒，賣不到好價錢，又商量安排種的種苦瓜，種的種絲瓜。

豆子走到陀螺身邊，拉著她的手苦著臉說：「陀螺姐，你是知道的，明生整天東遊遊西蕩蕩，不顧家，我是多麼的羨慕你，我是多麼的想種大棚蔬菜。可是，可是……」

豆子說著眼淚就流出來了。

「怎麼啦？」陀螺鼓勵豆子。

「可是，我沒本錢，沒文化。怕這心願難以實現。」豆子父母生育六個兒女，她排行老滿。家裏窮，糊口都困難，豆子穿的衣服悉數是哥哥姐姐們的破舊衣服，上學就更不用提了。後來，嫁了明生也沒過過一天舒心日子。

「你是想要我幫助你？」陀螺問。

「……」豆子不做聲，她不好意思開口。

「這樣吧，你就種我的那個大棚，現成的，賺了錢再還我。」

「這怎麼行，你自己呢？」

「我再想法子吧。」陀螺心裏已經有了主張。

十六

豆子沒花任何本錢就賒到陀螺的大棚來種，心裏舒坦，就和明生打商量，看如何種法。她擔心明生沒有事做，會心野得不可收拾。明生聽說豆子擅自做主接手陀螺的大棚，事前也不通氣，就火，罵道：「種你娘的×。」

「人家陀螺姐種得。我何理種不得？」豆子委屈地申辯。

「陀螺是靠肖清涼。」

「我靠的是你。」

「我？你指望錯了，我要出去打工。」

豆子曉得明生是躲懶，他怕被某一樁具體的事絆住腳，失了遊蕩的自由。明生不是扎實勞動的料，他著重謀的是活絡錢鬆氣財。豆子想起自己苦，嫁了這樣一個人，也惱了，說：「你沒鳥用。」

「那你滾，傍能耐的去。」明生衝口而出。

「滾就滾，誰怕誰。」豆子一氣回了娘家。害得明生家裏沒人煮飯吃，衛生也無人打理，桌上塵埃落滿一層。明生暗地裏怨恨陀螺不該逞能多管閒事。他就去對春打鑼說：「沒法過啦。」

「你？」

「豆子和我吵嘴回娘家了，都是陀螺害的。」

「陀螺？」

「她的鬼大棚。」

春打鑼低頭，默了。

「春打鑼，你注意到了沒有，陀螺和肖清涼好像有些不正常哩，早預防呢。」明生在春打鑼耳邊神秘地說。一心關心朋友的樣子。

「別胡說。」春打鑼口裏這麼說，待明生走後認真巴意琢磨起這事來了。陀螺婦道人家沒腦筋聽外人的術，變得越來越不像樣了。她的大脖子病治癒了，講話氣也粗了，眼也高了，人也精神了。與她站在一起，春打鑼明顯地感到了不合拍。他倒是希望陀螺永遠地大脖子，因為那個樣子的陀螺才永遠是他春打鑼的陀螺。春打鑼產生了空前的危機感。他再也不能沉默了。

夜深人靜，等到陀螺睡熟了的時候，春打鑼帶上篾刀一個人悄悄地瘸著腿走進大棚，對準那些生氣正旺的辣椒樹一頓橫掃。開始春打鑼還覺得手軟，砍著砍著，春打鑼生出了一種痛快淋漓的愉悅。一直到一棵辣椒樹也不剩，他才罷手。

第二天，陀螺依舊去顧看大棚。大棚裏辣椒樹零亂地歪倒在地上，一地辣椒。遽然瞧著這慘不忍睹的場面，陀螺立時驚呆了，她風急火燎地跑到村長那裏，說：「我的大棚辣椒一夜之間被人毀掉了。」

「是哪個狼心狗肺的東西，下得了這樣的重手。」村長氣憤地問。

「不知道。」

「捉賊捉贓，你捉到了再來報告我，一準嚴懲不貸。」

陀螺心不甘地怏怏返回家，她氣得臉色蒼白，人也癡了。她發誓要尋找到那人，剝他的皮，喝他的血，方才解恨。肖清涼勸她算了，他說：「不就幾棵辣椒樹麼，不就一個大棚麼，算什麼，我家的大棚比起這個規模大得多呢，我還正愁老父親種不動了。你如果想種，就替了他老人家。」

聽了肖清涼的體己話，陀螺心寬了不少。她恨恨地說：「畢竟是親手栽培的呢，心痛啊。」

一到夜間，那紡車轉動的聲音總還是如期響起，從不間斷。為此陀螺花了無數通宵，默守在紡車一邊，力圖揭開謎底，但無任何進展。她在，那聲音就無，她走了，那聲音就出來了。捉迷藏似的。陀螺煩透了頂。她就跟肖清涼嘮叨，我女人家不行，你男人家也不行麼？她不願跟春打鑼說，跟春打鑼說她柔不起來，再說跟他說也白說。

其實，那古怪詭譎的聲音也照樣吸引著肖清涼，只是他東奔西跑沒時間和精力管這樁事。他也想在離開老鴉沖之前把這事徹底解決了。他借來一支鳥銃，白天他就在天樓上佈置了一天。

天樓是農村裏老得不能再老的那種，房間窄小而低矮，光線黯淡。肖清涼打開天窗，使天光透進來。他就貓著腰繞著紡車踱步沉思。他又走進隔壁那間房裏，著意找尋有利觀察紡車和整個房間的最佳位置。他動手在牆壁上鑿了一個洞，把銃安在那個洞裏，這樣站在洞口觀察紡車和整個房間就一覽無餘了。佈置停當，他倚在牆壁上休息養神，靜候那聲音的出現。

陀螺不願肖清涼一個人單獨涉險，她也爬上樓來依偎在他身邊。她以為這是危險的，因為神秘的氛圍賦予了它危險性。還有強烈的好奇心也促使她的心提到了嗓子眼。

他倆輪流替換守在洞口監視，大氣也不敢出。屋外黃泥蛇的叫聲打濕了屋裏的安靜。

子夜時分，陀螺終於發現了動靜，她用胳膊肘輕輕地捅了捅肖清涼。牆壁上緩緩爬出一隻白色的動物，機靈的眼睛，長長的尾巴，天啦，這就是那隻白鼠，陀螺看見過的那隻。那白鼠爬一程停一會，眼睛滴溜溜亂轉，支著耳朵傾聽四方，那緊張的樣子彷彿牠在努力調動全身的各個感覺系統，但牠並沒有發現可以危及牠安全的因素。白鼠放落心，溜下了牆。落足實地的白鼠，表情就極自然了，牠快速而敏捷地潛行至紡車旁邊，仰起頭伸出前腿，後腿用力一坐，「噌」就上了紡車。牠的四肢在紡車上一節一節很有節奏地攀爬著，紡車就悠悠然轉動起來。那奇妙的聲音也便隨之發出。陀螺忽然發現了白鼠的可愛。這樣一種詭譎一經捅破，說複雜也複雜，說簡單也簡單。陀螺久壓在心頭的鬱悶一下就解脫了。肖清涼扣動了扳機。陀螺來不及阻止，「砰」的一聲槍就響了。

白鼠從紡車上跌落，踉蹌一圈，又尋著來路倉皇逃走了。白鼠跌落的地方，殘留著一汪血，還有牠那根長長的尾巴斷落在地上不停地抽搐著。

由於陀螺再也不和春打鑼睡同一張床。春打鑼就搬至另外一間房裏睡了。床屋裏只陀螺一個人。陀螺去關床屋門，意外地看見門背後有一線新鮮血跡是從牆上延伸下來的，那血跡一直延伸進了牆腳一個潮濕的洞穴裏。她猜想是白鼠的血。陀螺又將這一奇怪的事告訴肖清涼。肖清涼就蹲在洞穴邊詳細探究。他說他要活捉這白鼠，就拿了鋤頭不停地刨，刨至洞底終於又見著了白鼠，白鼠一副惶惑畏縮的樣子，還發著抖。肖清涼突然不忍。白鼠像是知道肖清涼的不忍，趁這空當，飛快地鑽出洞穴逃得無影無蹤了。肖清涼搖一搖頭，感慨道：

「這精靈古怪的一個東西。」

白鼠的窩是用稻草和破棉絮築的。這些亂七八糟的物什下面，全是金條子，閃爍著燦爛的光輝。這些金條子想必過去是用木箱貯藏的，只是年代久遠，木箱早已腐朽殆盡化成了泥了，見不到了。

十七

老鴉沖一個巴掌大的地方，和陀螺一批辦理離婚手續的出乎預料竟然還有明生和豆子。這是村人絕對沒有想到的。

鄉民政所剛批了准，拿了證，明生就攜帶鄰村的兩個女孩去了深圳這個著名的大口岸、大世界，用女人賺活絡錢去了。離婚之前，別人勸明生：「不就和豆子吵了一架嗎，把她從娘家接回來不就得了。」明生無所謂地說。婚是明生提出來離的。

「豆子嫌我無用，待在娘家不肯回來，離了就離了。」

豆子做夢也沒想到吵鬧一場竟輕易就導致了離婚。讓她簽字按手印的時候，躊躇了一陣，她說：「這麼負心的人離了就離了，有什麼值得留戀的，難道世上就只剩他一個男人了麼。」

陀螺的離婚也像明生一樣沒費多大周折。起初，春打鑼不情願，一股腦提出了許多無理要求。陀螺把那些金條子全部擱在桌面上，說：「春打鑼，這些都是你的，我一根也不留。」

春打鑼眼瞪成桐籽大盯著金條，二話沒說，也簽了字。強扭的瓜不甜，他還信奉命裏有終須有，命裏無莫強求。能和陀螺廝守這麼久，也知了足。他將金條子兌成現金存入信用社，洗了手清淨地玩，一生吃穿用也不用發愁了。豆子離婚後有事沒事喜歡去春打鑼家串門子。她認真巴意接種了陀螺的大棚。

陀螺離婚後去看大棚，大棚空空蕩蕩，稻草人還在，她又去看了她曾經付出了心血和汗水的土地，但她沒去娘家。她是和肖清涼一起搭乘造紙廠最後一輛運輸麥稈的卡車走的。卡車開出老鴉沖不遠，突遇路基垮塌陷落山坡打了幾滾，把司機和他倆拋在一個深深的草甸子裏，躺了很久。最早醒來的是陀螺，她醒時發現自己還緊緊地撲在肖清涼身上，肖清涼跟死了樣沒動靜。

幸好司機和陀螺沒大礙，只有肖清涼肋骨骨折了幾根，被單位轉到了省城大醫院治療，陀螺陪護。

給肖清涼去藥房取藥時，路過醫院動物實驗室，陀螺有生第一次看到了那麼多關在籠子裏的小白鼠，這些小白鼠和被肖清涼放生的那隻長得一樣。先前有關白鼠的傳說和神秘一下就煙消雲散了，原來白鼠也只不過是一種極普通的動物而已。陀螺心裏突然就瓷實起來，猛地漲滿了力量，足夠把內心的春天撐起。

大樹下

一

汪道生在去大樹下的路上看到條蛇。

他正煩惱萬分，見蛇潑皮似的將頭從油茶樹枝葉間升上來，吃了搖頭丸一般得意，就反感，就冒火。他把鐵套子放到一邊，用銃桿將蛇砸成血肉模糊的幾筒，嘴裏還助狠：「斬碎你！斬碎你！」

他心裏窩著個事，是他女兒二斤帶來的。

發洩過後，汪道生心裏騰出一截地方，感到沒那麼啞憋了。他拿出手機撥打小舅子謝小木的電話。這事與他當年一樣，不會給岳父謝原高長臉面。不長臉面，他怎敢找岳父說呢。謝原高生氣發火的場面，他沒少見，好似你借他米還他糠，半點情面都不留。而汪道生又沒別的親戚，連個打商量的都沒有。

謝小木耳朵上吊著聽診器，一邊詢問病人一邊開處方。他聽到姐夫電話裏的聲音猶豫徘徊，吞吞吐吐，心裏有點不快。不過，這念頭只一閃就給風吹走了，畢竟姐夫年齡比自己大，又加上姐姐的緣故，使他對姐夫無論如何冷淡不起來。

他恍惚看到姐夫落寞的影子，瘦小，單薄。

汪道生邀請謝小木到大樹下打獐子。

謝小木是鄉衛生院的醫生。鄉衛生院不比城裏大醫院，他既當醫生又當護士，既把脈又打針。他家與衛生院相隔不到一支煙的路程，所以他很少到衛生院坐班，病人在衛生院找不到人，自然會直接找到家裏。謝原高旁觀兒子的忙碌，目光充滿欣賞。謝小木從醫校畢業時，鄉里的幹部為了巴結謝原高，建議謝小木從政，謝小木天庭開闊，有大學的文化作底，出息上一定會蓋過謝原高。謝原高認定當醫生好，技術活，耐得長，哪朝哪代都用得上。

謝小木把病人打發走了，準備出門。謝原高問：「到哪裏去？」

「好久沒到衛生院現影，打個轉。」

大樹下高高低低，橫在謝小木家和汪道生家之間。如果傳說中的大樹還在，如果在謝小木家和汪道生家扯條直線，那棵大樹就是他們之間的中點。

一路鳥聲相伴，謝小木毫不費力爬上大樹下。他站在翻坳的埡口上，舉目四顧，看到遠處鏡子樣的梅花洞水庫，把天光反照到兩邊的樹林間，還有岩縫裏。陡峭的山道上，汪道生躅躅獨行，一副沉思的模樣，卻突然遭石頭絆起個趔趄，歪歪扭扭似要往懸崖下跌落。趕山狗走在他前面，偶爾返過頭來望他。

兩郎舅見上面，互相裝煙。謝小木上身著一件紅短袖運動衫，下身黑色運動短褲，身材樹筒子般結實，舉手投足，青春，利索。汪道生站到他身邊，細窄的肩頭襯托得更加瘦削、萎瑣。汪道生啞巴樣不說話，只管獨自走到條砍柴人走出來的荊棘路上下套子。

謝小木來不及把煙抽完，聽到姐夫吆喝著趕山狗圍繞幾個下套的地方瘋跑，製造出很大的響動，彷彿山崩地裂的樣式。謝小木清楚姐夫是想把蜇伏在草縫和洞穴裏的野物轟出來，便也大喊大叫，捉賊一般，間或漫無目標亂放空銃。

大樹下，被他們搞成狼煙四起。

這樣鬧騰，蠻費體力，汪道生臉上的汗珠黃豆樣滾滾而落。他停下來，坐在遠離套子的石頭上抽煙，歇息。煙沒抽一半，鈴鐺就響了，起初只輕輕地響了一下，疑似風吹，只一歇的工夫，劇烈起來。汪道生的套子全是鋼筋彈簧所做，還裝了響鈴，沒碰是個靜物，一旦不小心碰觸，十拿九穩，野物越掙扎，響鈴叫得越歡。從響徹山地的鈴鐺聲中，謝小木彷彿見到野物掙扎。他飛一樣跑，趕山狗跑得更快。碰響鈴鐺的是一隻麻兔，也許這兔子對環境突然這麼安靜感到奇怪，鑽出來查看究竟，沒想就套住了。

大樹下的野物就是蠢笨，好像浮躁了幾千年，稍有風吹草動就輕易上當。

獐子沒打到，倒是套著兔子。

換了幾處下套，正興頭上，汪道生突然發話：「弟，你幫我管一管二斤。」

「二斤怎麼啦？」謝小木愣一下問。

「她私自找男朋友了。」汪道生恨恨地說。

「姐夫，你怎麼也舊腦筋呢。你在爺老子面前扮矮還不夠，現在想和爺老子叫板，撿他樣了。」謝小木笑著，沒當回事。

「怎麼敢？在我們這山地，爺老子是棵大樹，我只是棵小草，但我總不能眼睜睜看著個醜鬼把自己這麼漂亮的女拐騙了吧？」汪道生憤憤不平。

汪道生有兩個女兒。二妹子在讀初三，大妹子二斤已經能在外面掙錢了。二斤寫信來，說她在深圳某家著名外資企業打工，活幹得開心，不用掛念，每月還寄回一大把錢。汪道生掂量那錢是二斤她娘餵一年豬所掙不到的。生養女兒這樣能幹，汪道生連走路都見到驕傲，腳步輕快。

謝小木一家也替汪道生面上生光。

年底，二斤坐火車回來了。她穿著看似夏天的裙子，連衣裙領口低在肥沃的乳房邊，白皙的皮膚上不時露出細長的胸罩帶子，綠綠的，異常扎眼。她揹帶回一台手提電腦，一落屋就插上無線網卡上網，嘴裏哼著網路流行歌曲。家裏的沉悶一掃而空。和二斤一同回家的女孩對汪道生說：「二斤在一家髮廊給人做推拿，月薪蠻高。」

汪道生聽到這話，臉上像罩了層霜，目光刀鋒樣在二斤身上遊走，問：「到底在外頭做什麼？」

二斤反感說：「做推拿又怎麼樣？」

汪道生克制住衝上口的憤怒，問：「那麼多職業可做，為什麼單選這個下賤的？」

二斤說：「這職業好來錢，鬆氣，至於下賤不下賤，我從沒當回事。」

這世界，下賤如何，不下賤又如何。她只希望弄到足夠多的錢，改變生存狀況。她還直言不諱稟明她有一男友，準備嫁他，她需要他，需要，壓倒一切。

二斤一連串話，如大炮，轟轟隆隆地把汪道生炸懵了。

汪道生揚在半空中的手掌差點落到二斤塗滿胭脂水粉的臉上。

榨樹灣人家開始張貼迎春對聯。二斤男友上門找二斤，汪道生狠起心腸將二斤鎖在裏屋，不准出來。那男友臉上有道斜疤，還少了根手指頭，一看就知不是什麼好貨色，怎樣看怎樣生嫌。儘管他提著大堆禮物，很闊的樣子，汪道生毫不客氣轟了他出門。

汪道生煩悶，埋怨謝小蘭說：「你應管好你女。」

「你就不能管，她不是你女？」謝小蘭說著，一張圓臉一下子拉得比馬還長。她同樣不喜歡二斤男友，多次提醒二斤，但看二斤那架勢，就像當年的自己。只是歎息。

「你是女的，有些話好說些。」汪道生堅持說。

「你是男人，是家裏的主心骨。」謝小蘭有謝小蘭的道理。

面對這個棘手的大難題，他們找不到梳理的路徑，手足無措。

子不教父之過。

這一碼子事，汪道生緊緊捂著，生怕岳父知道了責他教子無方，辱沒岳父家的名節。

原本想二斤受了汪道生的責罵，會有所收斂，沒想到她連汪道生面也不見，躲著他，依舊我行我素。

謝小木問：「二斤那個男友是哪的？」

汪道生猶豫一會，答：「你還記得王代新不？」

「當然記得，就是你屋對面打過姐的那個男子。」

「你說他會養出好崽麼？」汪道生反感地說個不止，」「家醜不可外傳，我特意叫你出來商量這事，我現在半點主意也沒有，你姐成天唉聲歎氣，沒心思做事，這家沒了她，怎麼過啊？」

謝小蘭在榨樹灣受苦受累，就指望她的小孩能過上好日子，現在二斤這樣子，怎麼不讓她灰心呢。謝小木擔心姐受不了，她生命的弦緊緊地綳了一世，真怕哪天說斷就斷了。

謝小木問：「你找二斤談沒有？」

「談了。她反倒說到前面，如今真是翻天啦。」汪道生悻悻地說。

那天，天氣晴好，趁謝小蘭趕場不在家，汪道生洗了嘴巴和二斤談心：「你到底有什麼想法？」

二斤在桌子邊照鏡子抹胭脂：「不管未來是什麼樣子，至少我不想像你和媽一樣，苦一生，抬不起頭。做按摩又不等於是做別的，你們門縫裏看人。」

汪道生又問：「你一定要找王代新那刀疤臉崽作對象？」

「是的。」二斤沒絲毫猶豫。

「不准找。」汪道生堅決說，「找他，就是我們家的恥辱。」

「這是我的事，當初媽找你的時候，外公不是也不同意，你們還不是照樣在一起。」二斤反駁。

「你找了他，就再也別想進我家的門。」汪道生像當年謝原高那樣對女兒說。

「不准進就不進好了。」二斤哭哭啼啼，心一橫，發衝走了。

二

大樹下不是一座山，是一路山脈，最高峰叫大樹下，過去有棵大松樹盤踞在那裏，是棵盤踞了數百年的古樹，樹幹兩三人合抱那麼粗，枝繁葉茂。山地人在山上砍柴勞動，喜歡坐在大樹下乘蔭避雨。方圓十數丈地方，射不進一縷陽光，漏不下一滴雨水。大煉鋼鐵年代，山上樹砍光了，輪到這棵古樹，山地人患怯，不敢下手，請示謝原高，他一點沒猶豫就表了態，一個字，砍！山地人說要砍也要起動起動吧。謝原高問起動什麼？山地人說這棵樹幾百年下來，恐怕早成了精，不起動山神，說不定會惹出禍來。那時正時興與天鬥與地鬥，加之謝原高血氣方剛，不信邪，就砍了。砍了，這山上不再有大樹，但那地方，山地人還是循著習慣叫「大樹下」。

汪道生和謝小蘭戀愛那陣，謝小蘭和他一樣高矮，不料結婚後，謝小蘭又長了一程，比他高出半片豆腐。他覺得心氣也矮了一截，不敢去謝小蘭家，即使去也是縮手縮腳，做賊般。岳父是地方上聲威赫赫的鄉長，無論走到哪裏，都受到山地人的巴結。而汪道生僅僅繼承父母一棟破屋，除此之外什麼也沒有，誰願意嫁他？沒承想，祖墳上冒了青煙，碰到謝小蘭這麼賢良這麼漂亮這麼有家教的女子。汪道生真是喜一半，憂一半。

汪道生種田的犁鏵功夫一般。

他站在水田裏扶著犁把，牛走在前面，他比犁把高不到哪去，翻過來的泥坯時薄時厚，不勻稱。但他打獵在梅山地方卻是首屈一指，槍法奇準，幾乎是想打哪就打準哪。他喜歡打獵，沒農活時幾乎天天泡在山裏。謝小木好玩，對姐夫的獵技蠻羨慕，沒事時多次要求陪他打獵。汪道生敵不過謝小木的纏，曾帶他去過一次，到大樹下。

那次打獵，對汪道生來說，永生難忘。

是臘月裏的一個太陽天，溫暖的日頭照著謝小木和汪道生。謝小木第一次打獵，特別感到新鮮，渾身是勁。他們就像兩隻貓在大樹下的山裏到處亂鑽，穿梭，山雞兔子居然吊了一銃桿。回到家，兩人滿身膻臊氣味。謝原高從屋裏往門外走，碰見他們這樣親近，不等他們打招呼，臉立即板了，如臺上作報告樣訓斥汪道生：「你鬼鬼祟祟，好吃懶做，可別把你小舅子的樣帶壞了。」

汪道生臉色一下像剝落的乾泥巴，「砰」的一聲掉落地上，再不敢叫謝小木打獵。

山地上的人都說汪道生浪。

當然，他的浪不外乎是指他打獵，山上樹木砍伐，麻雀都少見了，他對打獵還這麼癡迷。明知鳥盡了他卻不願意把弓箭藏起來，心思很少花在田地上。不是浪是什麼。

謝原高解放初期參加工作，官至鄉長幾十年沒挪窩，在全國那麼多官員中，鄉長雖然微乎其微，算不了什麼，但在梅山那方山地，卻是個抖一腳地就動的人物。他培養的手下，有的早已官至市縣級，所以誰也不敢輕易得罪他。又因他為人耿直，嫉惡如仇，雖然退休多年在家，地方上人見了他，依舊畢恭畢敬。

謝原高是個頹頂，不論是在家裏，還是坐在鄉政府辦公室，他都喜歡撓頭，彷彿他頭每天都發癢，總也撓不到。沒撓的時候，他就把手抱在胸前，走來走去，接二連三想起許多事。他壓根就看不上汪道生。

在他眼裏，汪道生一無是處。

平日裏，謝原高嗓門粗大，口若懸河，做報告從不要打草稿，如果給他稿子，反倒可能念錯，所以他乾脆不用稿子自由發揮，想到哪說到哪，工作總結，展望未來，竟然條條是道，弄得那些筆桿子出身的幹部也不得不佩服，讚揚他有水平有魄力。

謝原高不止一次對家人說，他革命工作幾十年，風裏來，雨裏去，別的經驗沒積累什麼，就是對汪道生這一號人，一眼就能看到他骨頭縫裏去，十足一坨扶不上牆的稀泥。他感歎他那傻女謝小蘭，世界上那麼多優秀男人，千選萬選，最終偏挑這麼隻漏燈盞。

謝原高想起這些，心裏就不開闊，企圖改造汪道生這匹脫韁的野馬，讓他順著自己的心意走。每見到汪道生，謝原高總肅著個臉，眼睛燈籠樣死罩著他，毫不轉彎抹角地詰問他這段日子在搞什麼，告誡他要如何努力強家立業之類的話。謝原高上完政治課，汪道生才能自由活動。汪道生哭不是，笑不是，緊緊夾著尾巴做人。由於岳父不停地施加細緻入微的管束和鞭笞，汪道生看見岳父，看見謝小木，看見他周圍的人，再不敢講粗話痞話，變得循規蹈矩起來。及至建新房，家裏添置風扇、電視，汪道生腰桿才稍硬，往岳父家走動多起來，和謝小蘭一起，有時還帶著二斤。

他私下裏對謝小木說：「一看到爺老子斜睨的目光，就想趕快變成一條泥鰍。」

謝小木有些奇怪，問他：「那麼多東西好變，怎麼就偏偏想變成一條泥鰍？」

他說：「變成泥鰍，就好鑽進厚厚的泥巴把自己藏起來。」

這種沒骨頭的話，真虧他說得出口。

謝小木想不通，就汪道生這樣式，即便是想浪，也浪不出個多大的動靜。偏生姐姐是死心塌地地愛上了他。

汪道生和謝小蘭是在修梅花洞水庫時認識的。

汪道生是個孤兒，隊裏安排他和一個老頭一起在工地上看管材料。謝小木媽姜扶花是半邊戶，必須完成水庫工地上指派的勞動任務，每天都早出晚歸。

謝小蘭和村裏的一幫小妹子跟大人們去水庫工地旁扯豬草。她們湊在遠離工地的岩角落裏打撲克，爭上游。她們沒錢，就賭豬草。謝小蘭輸了，輸得她的草籃子裏快見底了，媽整天在工地上，回家天就黑，如果把豬草輸精光，到哪裏去搞豬草呢，回去怎麼交差。謝小蘭眼淚都急出來了。站在旁邊觀陣的汪道生見此情形，不動聲色地蹲在旁邊指點幾下，幾輪就轉敗為勝。汪道生知道她們聚會的地方，每次都去。汪道生牌打得精巧，往往出乎意料先把人家大牌頂掉，然後留下自己做大，為所欲為。謝小蘭從打撲克開始認識汪道生，對他生起好感。汪道生也沒想到就幾回打撲克，會與謝小蘭結下姻緣。有時，謝小蘭打撲克，汪道生就幫她扯豬草，如果打撲克打到天黑，籃子裏還是空的，他倆就一起去扯。

晚霞西墜，暮靄蒼茫。謝小蘭走在前面，眼睛只盯著地上的豬草，沒想到樹枝上一條花蛇在蕩秋千，牠的嘴正好碰到謝小蘭口唇上，順便噬了一下。謝小蘭口唇迅即烏紫，腫成豬八戒。汪道生來不及多想，抱著謝小蘭吮吸她傷口。幸好花蛇不是劇毒蛇，經汪道生一陣用力吮吸，烏紫迅速消散。往後，汪道生見了謝小蘭，便少不了吻。起先謝小蘭面露羞色，推搡。漸漸的，就成了自然。結果是謝原高千般阻撓，謝小蘭還是死心塌地跟定了汪道生。

謝小木還小，他的想法很簡單，只要姐喜歡他就喜歡。

謝小蘭和汪道生結婚後，謝原高總繞不過這道彎，責怪老婆，似乎姜扶花是他們的同謀，認定她在這樁事上沒有有力支持自己，火氣動不動就往姜扶花身上到。姜扶花總是開導他：「小蘭既然已跟了人家，你再吵也沒用，汪道生條件差，人還是不錯，只要人好，家是人置起來的呢。」

姜扶花畢竟是女人，心氣沒這麼硬，有事沒事往女兒家走動。

有了姜扶花的勸導，謝原高不滿的聲音漸漸少了。

榨樹灣是個大院落，在梅花洞水庫堤岸下面，一條渠道打院子邊邊流過。房屋就像山上的樹一樣密密麻麻，一層一層，好像畫家所雕刻。可是，人多地少，每人份額上的責任田才二分多一點點，即使土地肥沃，出金產銀，也盤養不活一個人。

謝小木到榨樹灣出診，在返回路上，遇到汪道生。汪道生說：「弟，你來了，怎麼不去我家坐一坐。」謝小木說：「沒時間。」

「再沒時間，也不至於把汪道生這條路斷了，別人會怎麼看。」汪道生有點窘迫。看著他的窘態，謝小木有些不忍。

路過一個簡易商店，謝小木買了兩瓶邵陽大麯，汪道生好這一口。汪道生喝酒必醉，走路打飄，謝原高不喜歡，謝小木也不願意看到那種場面，但謝小木還是買了酒。這山上實在沒有更好的可以表達心意的東西。

汪道生嬉笑著對店主說：「這是我弟，特意過來看他姐的。」

聽汪道生這樣有點炫耀的介紹，店鋪裏搓麻將的村人，圍著看牌的人都會回過頭來打量謝小木。羨慕汪道生碰上了這麼體面的親戚。汪道生姓汪，三點水加一個王，在這個村子裏是獨姓。汪道生父親是外來的老獵戶，沒少受村人擠兌。到了汪道生手上，沒有發生根本性的轉變。汪道生想扭轉這種局面。

汪道生住的房子比不上岳父家的豬欄，兩間正房，板壁，給風吹的歪歪斜斜，總起來也就三四十平米。屋場周圍除了屈指可數的一些竹子，就全是空地，只要有心，想把房子建多大就可以建多大。謝小木坐在地面凹凸的房屋裏和汪道生喝酒，因桌子擺不平，碗裏的酒水就從一邊往外溢。頭頂不高的地方有個假二樓，是汪道生用來貯藏穀子之類的倉儲。正是雙搶過後不久，過冬的穀物滿滿地壓在枕木上，彷彿隨時都會塌陷。謝小木擔心塌下砸傷自己。

汪道生若無其事。

汪道生家裏唯一讓人看著舒服的是那一套老掉了牙的陳舊桌凳，給謝小蘭擦拭得油亮水滑。謝小蘭手眼巧，是個給一升米就能做出一桌飯的人。可他汪道生沒有一升米給她做，要不，謝小蘭也會把家整理得有板有眼。謝小蘭嫁到榨樹灣，過著這樣的日子，真是糟蹋自己。謝小木就小孩樣的想法，把姐接回家打住一些時日，好飯好菜招呼，這樣窘迫的日子少一天就是一天。但姐就像流進塘裏的水，塘就是她的家，一切都在這裏，怎麼可能輕易離得開呢。

謝小木和汪道生坐在桌邊喝酒，聊一些不著邊際的閒事，謝小蘭在用茅草斜蓋的偏房裏一邊燒柴火，一邊炒菜。菜全是苦瓜茄子辣椒之類，這都是謝小蘭一鋤土一勺糞種出來的。謝小木吃著，如嚼泥土。當然還有臘野雞、乾兔子肉之類的野物，謝小木連看一眼都覺得不爽，別說去吃那野物。

謝小蘭頭髮零亂，從謝小木身邊經過，他總能聞到她身上傳來的潲水氣味。沒嫁之前，謝小蘭細皮嫩肉，清秀，嫁給汪道生做了兩個孩子的媽後，就成了這般模樣，謝小木鼻子發酸。不過，謝小木沒看到姐說委屈，當然即便有委屈，姐又怪誰呢，這是她自己選擇的路。一朵好端端的鮮花，移栽到榨樹灣就成了普通的一棵草。

三

因為沒通公路，謝小蘭和汪道生每次回家都是步行。謝小蘭性子急，走起路來甩手闊步，回一趟娘家汗冒水流。

謝原高見到謝小蘭這般樣，就心痛，要女兒沒事少回，何必受這無謂的苦累。尤其想到他手下一個普通幹部，他的女兒長得沒謝小蘭好，論內實也不如謝小蘭，卻找了個縣政府的秘書做女婿。那秘書架副眼鏡，每回開著車來鄉鎮府看岳父。謝原高認定人家是故意在他面前顯擺，心裏不爽，就莫名地煩躁，繼而大罵汪道生無用，說：「每回來，從沒見帶來過好事。」

汪道生怕的就是岳父這種不留面子的狠話，自然與謝原高安靜地吃完一桌飯的時候少。他選擇的方式是能避則好，不能避，便是如謝原高說的那樣，他的頭只差沒紮到褲襠裏了。這個家裏，汪道生除了偶爾與岳母姜扶花聊聊家事，和謝小木待在一起的時間多。他覺得家裏只有謝小木隨和，不會看輕他。跟謝小木在一起，他的話變得特別多，常把一些無趣的事物說得有滋有味。謝小木發現汪道生並不是一點本事也沒有，蠻能說會道的。因此，謝小木一方面又並不很討厭他。謝小木想，我就一個姐，看著他們夫妻倆受窘，也不應該袖手旁觀。便背著父母偶爾給謝小蘭錢，幾十、百把的只要口袋裏有，尤其是需錢買農藥化肥的時候，謝小木更掏得慷慨。

見謝小木這樣開明，通情達理，汪道生愈加喜歡，甚至在榨樹灣吹牛，說我那小舅子可不比岳老子，畢竟是讀了書的人，有本事，了不起啊。好像謝小木在榨樹灣立起威信，他跟著眉毛也長了。

有一回，謝小蘭挨了鄰居王代新的打。

王代新與汪道生家隔個菜園子，越過菜園子，相互看得見，叫得應。菜園子是王代新的，王代新特別惜愛菜園子，在菜園子四周圈了一米高的竹籬笆牆，牆牢固、結實，為的是不讓雞飛、狗鑽。謝小蘭餵了一群雞，這群雞每天下一堆蛋，這些蛋除了孝敬爹媽，餘下的就拿到鄉場上換些日常生活用品和二斤的學習用品。謝小蘭把這群雞當寶貝待。沒想一天，其中一隻雞賊靈敏跳到王代新的籬笆牆頭上。

這一下，事情就出來了。

雞看到籬笆牆裏綠油油的白菜、蘿蔔，興奮地在籬笆上咯咯叫喚，然後直撲下去，接著，其他雞也跟著一隻隻飛上籬笆，落進了菜園子裏。

王代新打屋裏出來見到這一幕，簡直心都氣爆，翻了天了。他順手操起一根扁擔，可他還沒趕到籬笆邊，那些雞早幾飛幾縱，逃往汪道生家裏去了。謝小蘭下地，不知這一節，等她回來，發現那些雞東一隻，西一隻，全部倒在地上，沒了氣。如果是犯雞瘟，絕不會這麼快都死了，必定有人看著雞眼紅，下了毒。謝小蘭打開雞肫，果真聞到股老鼠藥氣味。再往地上各處察看，發現老鼠藥撒到了家門口。她心起懷疑，是不是王代新？麻起膽一問，王代新這廝承認倒也爽快，指著自個鼻子說：「沒錯，是我。」

謝小蘭氣得直哆嗦：「雞不像牛，牛不聽招呼，你可以用繩把牠鼻子牽起來。你看村子裏哪家不餵雞，你家的雞還跳到我家桌子上搶飯菜吃呢，我們也只是把雞趕走，不像你這樣惡毒，下得了手。再說你把藥放到你園子裏情有可原，可你放到我家門口了，這不是明擺著欺負人嗎？」

王代新本就不是個講理的人，一來二去，雙方吵罵起來，情急之下，王代新動手打了謝小蘭一耳光。

汪道生找王代新理論：「你一個大男人，憑什麼打女人？」

王代新石頭樣硬，油鹽不進。

沒辦法，汪道生只好上岳父家，搬救兵。

聽汪道生說完事情起因、經過，謝原高發怒了。一方面他為女兒被打心痛，另一方面他以為全是汪道生沒能耐引起的，榨樹灣的人看來真沒把汪道生這個畜生放在眼裏。他雙目圓睜，質問汪道生當時去哪了，老婆遭人欺負，你肯定是在外面打牌吧。打狗欺主，我這個老面子讓你全丟盡了，在地方上還怎麼做人啊。

更著急的是姜扶花，好不容易將女兒養大獨立成家，卻這麼不得安生，怎麼得了，原以為嫁給汪道生，只是生活苦點累點，那倒不要緊，只要自己勤勞致富，日子還是有個盼頭，現在倒好，外面人都欺負到女兒頭上。她見男人站在那裏發火，就提醒他：「老傢伙，你別老逼他，他在榨樹灣獨家獨姓，無權無勢，講話沒斤兩，哪個會聽他的。榨樹灣那個村長的父親不是和你在一起搞過土改，他在那裏有面子，你打個電話要他老人家管一管。」

謝原高想若是發財升官這樣的好事向人家說起，才有勁。這樣的事，叫他如何開得了口。那個王代新著實可惡，汪道生沒人樣，可謝小蘭是他謝原高的女呀。不看僧面看佛面，真是太沒把他個鄉長放眼裏了。謝原高左右為難，雙手直往禿頂上撓。

汪道生彙報這事時，謝小木在場，他聽後煩躁不安。現在不知謝小蘭一個人在榨樹灣怎樣了，身邊一個照顧她的人也沒有，可憐的姐姐。看著父親的磨蹭做派，想他當鄉長下令砍那棵大樹時的不含糊，謝小木窩火，抓起電話就撥榨樹灣王村長。

王村長是謝小木高中的同班同學，平素感情上稱兄道弟，來這邊鄉政府機關開會辦事時，謝小木沒少請他喝過酒。現在謝小木姐在他村裏受到欺負，關照不用說，竟連個電話也沒有，謝小木有點生氣，就在電話裏嚎叫：「老同學，你當什麼鳥村長啊。」

「怎麼啦，吃了槍藥。」王村長嬉皮笑臉回應。

「你們村王代新吃了豹子膽，竟敢打我姐，翻天啦。」謝小木說。

「哦，是這個事，你姐夫來過我家，向我報告這個事，我也去看過你姐，明傷是沒大礙，就是那些雞沒一隻活的。」王村長頓一頓，又繼續說道，「王代新這畜生真的做得出，手段之殘忍，態度之惡劣，在我村絕無僅有。我批評他，他一點也不接受。好男不與女鬥嘛，這是老輩就留下的道理。」

「那你們村裏打算怎麼處理？」謝小木問。

「我已責令他向你姐賠禮道歉，並賠償損失。沒料他反過來質問他的菜園子怎麼辦？」王村長看來也受了慪氣，他說，「王代新那狗日的，平時在村裏橫進武出慣了，油鹽不進。」

「既然你沒辦法，那我過來，看我有沒有辦法整趴他。」謝小木終於忍不住說。

「隨你，老同學。」王村長無奈地說。隨之，他又補充，「讓他碰碰釘子也好，要不他真的不知天有多高，地有多厚。」

臨動身，姜扶花叮囑謝小木多帶幾個人，以防那個天殺的凶徒子，犯橫，去了吃虧。謝小木不信在榨樹灣地方果真能把天翻了去了。

地上躺滿雞屍。

謝小蘭披頭散髮坐在王代新屋階基上。她同樣來了強勁，耗上了，說王代新不給個說法，就不回家。謝小木料想姐木善，想不來這樣的法子，肯定是汪道生出的主意。謝小蘭看到謝小木，委屈的眼淚骨碌碌滾出來。謝小木心痛得無以復加。

王代新光著黝黑的上身，正在屋端頭不遠處的一座磚窯上挑土磚坯。滿滿的一擔土磚坯挑在肩上沒事一般，行走如常。

汪道生在窯下叫道：「王代新，你下來，我小舅子來了，看你怎麼說。」

窯有兩人多高，幾根松樹用碼釘搭在一起做跳板以供上下。王代新聽說謝小木來了，先自蔫了幾分，他賴在窯上不肯下來，也不吭聲。

謝小木從學校出來還沒幾年，在學校裏翻單槓雙槓打籃球鍛煉出來的體力和利索勁還在。見王代新躲在窯上沒動靜，火氣騰地就往上竄，他踩著松樹跳板幾縱幾跳就上了窯頂，猶如猛虎撲食，他揪住王代新衣領，用傘尖頂著他的喉嚨。沒想這傢伙欺軟怕硬，外強中乾，一見謝小木採取奪命之勢，嚇傻眼，撲通跪在窯頂上，求饒，並自己打自己嘴臉。左一個右一個，啪啪有聲。

在路上，謝小木已想好，王代新打姐姐耳光，謝小木要他至少十倍還給姐，並想好打他耳光的招式。戰場上是不准虐待俘虜的，既然王代新主動求饒跪下了，謝小木不好再出手。

「王代新，我姐和姐夫好欺負，是不？」謝小木聲色俱厲質問。

「不敢。」王代新哭喪著臉說。

「那你怎麼辦？」

「就按村長說的辦。」王代新說。

這件事過去後，汪道生來岳父家喜形於色，連連對謝小木說：「這下好了，村人包括村長都說，王代新被你把火影放下來了，從此規矩多啦，在你姐面前大聲也不敢出一下了。」

沒料謝原高聽了反感，叉腰吼道：「你喜個雞巴毛。一個大男人，老婆讓人打了，你說你還算不算男人。我看你還站著撒尿個屁，乾脆蹲下撒，女人樣。」謝原高說罷就去扯汪道生，死活要他蹲下。以前謝原高只是訓斥，誰料這次倒動手了。汪道生面如土色，只差沒掉淚了，誰叫自己找鄉長的女兒呢。

汪道生被謝原高這一刺激，徹底換了個人，不打牌了，人勤快多了，田頭地裏整得有模有樣了。沒幾年工夫，歪斜的房子變成了紅磚樓房。

棍子底下出好人。

瞧著汪道生得成正果，謝原高得意地說：「可見人是要管，要教的。」

四

受了二斤的氣，汪道生頭髮一夜就白了，像下了霜，比謝原高還白。

謝小木想，我真的應當找二斤好好談談，不能放任不管。

謝原高七十大壽，正是大年初一。謝小蘭汪道生還有二斤一起來祝壽。他們抬著半邊豬肉，燃放數十米鞭炮，很熱鬧，吸引無數喝壽酒拜年的鄉鄰圍觀。謝原高高興，有說有笑，說盤養崽女圖的就是這個，人氣。謝小蘭汪道生坐下喝茶，父親就問汪道生今年收成怎麼樣。在汪道生面前岳父從沒這麼把自己放下來過，也許是他生日心情好，汪道生受寵若驚，高興地答：「承蒙您老人家關心，雖然今年雨水少，但我家田地大多在水庫下，占著灌溉的便利，田裏地裏收成還行。」

山地人除了田地，收成就沒別的來路。打獵對汪道生來說只是業餘愛好，不像他已故的父親，是把打獵當成事業經營的。汪道生忙完田地上的活，才有空鑽進大樹下山裏，有時連續幾天都看不到野物的蹤影。聊一陣，謝小蘭汪道生主動走進廚房幫忙洗菜切菜。他們知道這個時候廚房最缺人手。

二斤和外公坐一桌。謝原高慈祥地看著這個好久不見的外孫女，說：「長水靈了。」

二斤跟父母鬧皮絆，對外公卻一點不膽怯，嗑花生瓜子，吃蘋果香蕉，與外公隨意嘮。二斤自上小學四年級起就轉到鄉中學讀書，一直讀到高中畢業，吃住在外公家，只週末回榨樹灣打個轉。這也是謝原高的意思。謝原高說：「二斤是顆好苗，不放在好的教育環境裏培養，就會耽誤這棵苗。」

謝原高自己學歷不高，巴望後代出息。俗話說，會得前人好有人做媒，會得後人好有人燒香。做長輩的就圖往後死了香火旺盛。二斤學習成績本來就在可上可下之間，估計考大學上二本挺難。讀高一時，美術老師偶然發現愛描眉畫眼的二斤，對色彩有些天然的敏感。而偏偏當時的班主任是熱心腸，家訪時為了討好謝原高，說考特長生文化分可降低，二斤有繪畫天賦，可以學特長。不過，謝原高始終看著目標，眼花而不亂，強調現在以學習知識考大學為主，考上大學再愛美術也不遲。班主任老師一想也是個理，就適時止聲。誰想二斤從此當真生起當畫家的夢想，精力分散，學習成績更是落下一大截，半道學的美術也無疾而終。結果，高考三本都沒上，去省城讀個職專了事。

讀書那陣，二斤在外公家想要什麼就和外公說，今天買本子，明天買筆，還順帶個胭脂水粉什麼的。這些錢，謝原高是有求必應。謝原高認為女孩子喜歡打扮是天性，他喜歡二斤的乖巧伶俐。現在回想起來，也許是謝原高把二斤慣了。當然，這個話，汪道生是斷不敢與謝原高面說。二斤放在岳父家讀書，傷寒暖痛，自己沒管過事，況且，二斤去省城讀書也是岳父出學費，汪道生只管生活費，這麼好的岳父到哪找？雖然有時他心裏恨岳父，但對岳父永遠只有敬畏感恩的份，說話小心翼翼，生怕輕重不適，衝撞岳父。

二斤的乖巧、活潑，做舅舅的謝小木也是歡喜不已。二斤去省城讀職專還是謝小木送的她。謝小木比她大十多歲，人家都說他倆像兄妹，不像舅甥。過去他們舅甥之間無話不說，就連哪個女同學早戀二斤也要告訴謝小木。

現在二斤是怎麼呢，決定終身大事謝小木竟一點不知曉，是不是她真的如汪道生所說書讀多了，人反倒變懵懂了？

謝小木把二斤叫到一邊，問她：「王代新兒子，叫什麼名字？」

「叫王旭，小學同學，我在讀高中時，他在鄉街上學美容美髮。」二斤回話倒還像過去一樣爽快。

「你喜歡他什麼呢？」

「喜歡他身上的男人氣。勇敢，不服輸，敢於擔當。」二斤火辣辣回答。

「怎麼過去從沒聽你提起過？」謝小木疑惑地問。謝小木聽汪道生說二斤突然出現這樣一個男朋友，就像麥地裏突然蹦出一隻羊牯，久久沒恍過神來。幸好這事只有謝小木知，若是給謝原高知道，怕是不得了。

二斤說：「王旭做理髮行當，現在在深圳那邊開髮廊。」

王旭的髮廊開在一片小區的過道裏面。別看他學歷不高，頭腦卻是很靈泛。他將自己的名字拆開，髮廊的招牌就是「九日美容美髮院」，蠻有創意的。聽著二斤介紹王旭，謝小木就想起髮廊裏那些理髮的男孩形象，頭髮染得五顏六色，身體單瘦像一隻蝦米，說話一副女人腔。

二斤和王旭的交往，自外公家讀書時候就已開始。王旭雖然住在二斤家對面，只隔一個菜園子，但他們很少見面。當然，做為鄰居，小時候不可避免常在一起踢毽子，跳房子。因為王代新打謝小蘭的事，二斤連續幾個星期沒理王旭。她對王旭說：「你爹太討厭了。現在我們兩家成了仇人，我們也不要來往了。」

王旭百般解釋，說當時我在鄉街上學理髮，和你一樣不在家，一點也不知情，事後我說了爹一頓，的確過分了。王旭申辯：「你總不能糊塗得將父親的錯放到我身上來吧。」

於是，二斤和王旭又和解了。每個星期天回家，王旭便到大樹下接她。眼看著他們親熱交往，汪道生對謝小蘭講過幾次，責備謝小蘭沒教育好二斤。謝小蘭其實也早發現苗頭，點醒過二斤，她對二斤說：「女孩子不同男孩子伴。這樣在村裏進進出出，會惹人閒話，名聲不好。」

二斤一隻耳朵進，另一隻耳朵出，無所謂，說：「身正不怕影斜。」

二斤對謝小木說：「舅舅，我爸就是對過去與王代新的事耿耿於懷，看不起那家人，你不會也是這麼古舊短視吧，我還指望你給我們做媒，成全我倆呢。」

沒想那時候的憂慮如今真的應驗。

對於王代新，曾有一段相當長的時間，謝小木很憎恨他。不過，事過境遷，隨著時間不斷延伸，這種所謂的憎恨在謝小木心裏已慢慢淡去了。如果不是二斤這樁事冒出來，謝小木幾乎已忘記他。從內心裏面，謝小木也偏向汪道生一邊，和王代新這樣的人做親家一定很尷尬，不好交往。這可不是一天兩天的事，而是一輩子。雖然，二斤找的是王代新的兒子王旭，但這小子的情況謝小木一無所知。

汪道生想請謝小木做二斤的工作，二斤反倒拉謝小木做媒了。謝小木說：「二斤，那個王旭，我都沒見過，更談不上瞭解了，我怎麼可以給你做媒？婚姻又不是兒戲。」

「你認識這個好辦，我要他請你吃飯，不就認識了。」二斤笑道。

五

二斤果真領著王旭過來了，她不敢帶回外公家，怕外公看到橫加阻攔，她擔心外公和父親汪道生兩股勢力合成一塊，那麻煩就更大了。她先打電話約謝小木，在鄉街上「和記土雞店」吃午飯，二樓「一剪梅」包廂。

對於「和記土雞店」，謝小木當然不陌生，謝小木有朋友來，大多是在那裏請。

「和記土雞店」坐落在街尾，鄉政府斜對面，裝潢有點城市味道，在大樹下這一帶山地，是最氣派的飯館子，城裏有的菜這裏一般都有。還有自產的土菜，比如蛇、野生菌、田魚等野味，這些新鮮的野味，在城裏很稀罕。所以，常有城裏人開車來這裏吃。

從謝小木家到「和記土雞店」，過去是土路，修建公路後，路兩邊不管是空坪隙地，還是良田沃土，房子就如雨後春筍一樣冒了出來，或高或矮，有些是本地人所建，有些是外地人買地建的。不些年，就成了像模像樣的街道。

謝小木熟門熟路跨進「一剪梅」包廂，就看到二斤坐在王旭腿上談笑。那叫王旭的臉上果真有一道斜疤，耳朵上還裝了耳釘，估計不是金就是銀做的，鑾刺眼，手上還少了一根手指頭。謝小木皺起眉頭。見謝小木進來，二斤趕緊站起來說：「舅舅，以為你不來啦。」

謝小木佯笑說：「外甥女請客，我不來麼，不吃白不吃。」

二斤咯咯笑著，先把謝小木和王旭彼此介紹一番，就吩咐男友：「王旭，快叫服務員點菜。」

王旭竟厚起臉皮把菜單遞過來，說：「舅舅，您看點什麼菜？」

謝小木看著王旭那少了一根指頭的右手，就像看到斷腿的蒼蠅，隱隱不快，但又不好發作，只淡淡地說：

「隨便。」

無奈王旭推來推去，謝小木只好點了新鮮的清炒野生菌。王旭又點了幾道菜。席間，王旭毫無顧忌地敬謝小木酒，一滿杯一滿杯先乾為敬，看他喝酒的樣式，倒也豪爽。喝了幾杯，謝小木的臉漸漸潮紅，有了酒意，先前的不快慢慢退卻。王旭見機仗著酒興與謝小木聊起他和二斤的事，說希望得到謝小木的幫助和成全。他們知道必須各個擊破，謝小木是他們選擇攻破的第一個。

謝小木手裏擺弄著打火機，若有所思地看一眼王旭，想，外甥女看上的這小子是不是一個油嘴滑舌的鬼？他隨便樣的問王旭在深圳搞得怎麼樣，王旭說美容美髮店已打開了局面，現在就是缺少幫他照料店面的人，若是與二斤的事談成了，這店就交給她全權打理啦。王旭忽然說：「我以前認識你。」

「你以前認識我？」謝小木說。

王旭說：「在鄉街上學理髮的時候，見過你去我師傅的理髮店理過髮。」還說謝小木喜歡板寸頭。

謝小木就問：「你師傅是哪一家店？」

他說：「我師傅是個瘸子。」

鄉街上幾個理髮店，只有一個是瘸子開的，謝小木經常在他那裏理板寸頭。那瘸子的板寸頭的確理得刷子齊，手藝精緻，沒說的。每回理完髮回來，謝小木都要在鏡子前端詳一陣，自我欣賞，板寸頭讓人精神啊。沒想邊喝酒，邊套起了近乎，謝小木猛然警醒。礙於二斤在，畢竟謝小木和王旭不好深談，以免失了格，就藉故喝多了，搖搖晃晃往回走。王旭扶著謝小木相送，謝小木揮一揮手說，不必了，我自己回家。走到門邊，謝小木口齒含混不清說：「王旭，你先回榨樹灣，二斤你送我回家。」

二斤這倒蠻聽話，就扶著謝小木走出了「和記土雞店」。王旭埋單走了。他走時還在店前跳了個高，蹦了下，他見謝小木雖沒表態，但好像鬆了口的樣子，想來是高興得蹦跳吧。對他這些動作，謝小木看在眼裏，並沒當回事。謝小木心裏想的是，既然二斤死心塌地了，這件事怎麼才能解決呢。總不至於弄出了人命才醒悟。

謝小木和二斤回到家裏，謝原高就問：「又和什麼人喝了呀，搞成這樣。」

「就和二斤啊。」謝小木說。

「二斤又不是外人，犯得著進館子麼。」顯然父親懷疑謝小木的話。

「和二斤就進不得館子啊。」家裏就謝小木不怕父親，敢與他如此說話。至於為什麼要和二斤進館子，謝小木終歸說不出所以然來，在謝小木對父親的瞭解中，二斤這事，他是絕對不允許的，就像過去對姐姐姐夫一樣，會毫不含糊鬥爭到底。可父親的身體每況愈下，雖還沒發現致命的大病，但滿身都是隱患，隨便哪一處冒出來，都可能要他命去。所以，有的事，謝小木乾脆不讓他知道，怕他受了刺激，後果不堪設想。

六

一條鋥亮的石板路從榨樹灣的村沿上，蜿蜒經過汪道生家門口，像一條調皮的遊龍，繞來繞去，糾纏著。這年頭，很多山地人都學外面的樣，建起了水泥預製結構樓房，石板路卻始終保持原貌，一成不變，大家都不敢動，即便不小心動了某一塊石頭，也迅速擺歸原位。

大樹下的村莊大多都有這樣古樸的石板路，但只有榨樹灣保存得最好。

汪道生從山上打獵循著石板路回來，看到王旭在家，與二斤打情罵俏，像在自己家裏一樣隨便。汪道生氣不打一處來，把桌上正冒熱氣的一隻茶杯用力摔碎，碎片飛到牆上彈回來，落在汪道生腳下，不解恨，他拖起二斤又是一巴掌。謝小蘭用力拽著他，把汪道生摁在木椅子上，頭髮蓬亂的她毫無主張，只能兀自歎息。

王旭灰溜溜走了。

不管汪道生氣成啥樣，二斤與王旭依然勾肩搭背在村子裏轉悠。尤其可氣的是，王旭整個人跟沒長骨頭般，腦袋掛在二斤的肩膀上，雙腳幾乎是拖在地上走。

汪道生衝著他倆的背影啐了口痰說：「小蘭，你真就不管啦？讓他們在村子裏丟人現眼。」

謝小蘭回了句：「什麼瓜結什麼種。」自個餵雞去了。

汪道生和二斤之間的矛盾越陷越深。二斤看到汪道生就像見了仇人一樣，雙眼都撇到一邊去了，更不說話。

眼睜睜看著父女關係破裂，汪道生痛苦萬分，他曾經對二斤寄予了多麼大的期望啊，現在卻變成這樣，這麼不爭氣。他酗酒更厲害了，身子骨裏的鐵質慢慢在消失。他感覺無臉見人，也很少上岳父家了。人在路上走，更是連個腳步聲都沒有。

謝小木只要看見他在店裏喝酒，就將他的酒碗奪了，將酒潑在地上，他凶著眼睛瞪了謝小木一會，又默無聲息走了。

無論汪道生扮怎樣的式樣，二斤依舊我行我素，一點也不退縮。汪道生說：「二斤，你在爹媽面前真的是本事上得天，你也不用這樣，哪天我會估摸個把戲你看的。」

汪道生終於出事了。

他喝了酒去大樹下打獵。走到那處懸崖時，一條本是野獸走出來的路，彎彎曲曲，時不時還被耷拉的樹枝遮掩。在汪道生眼裏卻變成了一條通天大道，無限寬敞，他和趕山狗放肆奔跑。結果他一腳踏在路邊一塊虛石上，滾下懸崖，摔了幾個跟頭，腿骨斷了，臉面也遭荊棘劃破成個爛苦瓜，血淋淋的，動彈不得，倚著岩坡呻吟。

天上的飛鳥，還有地上的蟲子，牠們發出的聲音和著汪道生的呻吟，組合成一支奇怪的曲子。大樹下靜寂得峭壁上掉落一點沙土都聽得到。汪道生想起自己以前受岳父的慪氣，現在受二斤的慪氣，一生就沒有過順暢，委屈的淚珠子就沙沙滾了下來，越湧越洶。

王代新打柴路過這裏，看到是汪道生，只看了一眼就走開了，過一會，他又轉了回來，問：「汪道生，你這是怎麼啦。」

汪道生眼睛已被血水粘糊，聽到是王代新的聲音，就將臉撇到一邊，沒理他。

王代新站在高埂上，沒動，汪道生知道他在猶豫。無論怎麼樣，哪怕就死在這裏，汪道生決定不承他的情，更不願受他的恩。

猶豫了陣，王代新走到汪道生身邊，說：「道生，你傷得不輕，我背你回家。」

「王代新，我們今生今世，雞鴨不合群，雞進雞欄，鴨進鴨籠，各不相干。」汪道生終於說話了。

「陳芝麻爛穀子，就別提啦。過去是我做過分了，現在為了下一代，我們兩家和好吧。」王代新說著，矮下身子，把汪道生放到背上。王代新背著汪道生本來往榨樹灣方向走了一程，又返回，說：「你小舅子是醫生，乾脆送你去他那診治得了。」

汪道生和王代新到達謝小木家正是晌午時節，姜扶花不記前嫌，留王代新吃了中飯，說了一通感謝的話。謝小木就給汪道生檢查傷勢。臉上的明傷好辦，消炎換藥就行，但骨折處需要手術，送縣城醫院，汪道生又沒錢，謝小木打縣人民醫院骨傷科一個朋友電話，請他帶上手術器械坐車來謝小木家給汪道生做了手術。只要做了手術，汪道生就可在謝小木家接受治療，可以省一大筆費用開支。汪道生對謝小木的安排自是感激不盡。

聽說汪道生出事，謝小蘭急急火火趕了過來，看到汪道生那模樣她就抹眼淚。姜扶花在一邊陪著女兒抹淚，歎息，一邊說幸虧王代新，沒有他，汪道生在大樹下叫天不應叫地不靈，還不知會是什麼結果。

謝小蘭在娘家護理汪道生一天，住了一晚，這是非常難得的，平常她很少在娘家住。她掛念家裏，二斤從來沒有操持過家務，豬牛雞鴨，她一個人在家裏怎麼搞呢，她不放心。心繫兩頭，一端是汪道生的傷情，別一端是家裏。謝小蘭就像一棵被移栽的瓜秧子，打從娘家嫁到榨樹灣，便在榨樹灣扎根，發芽，生枝，開花，結果。日子久了，竟把娘家當成了走親戚一般，自己成了娘家的客人。

天沒敞亮，謝小蘭就回了榨樹灣，安排二斤過來護理汪道生。二斤彆彆扭扭，她對汪道生不尊重自己婚姻的選擇心懷不滿，恨汪道生。可是，現在汪道生出了事，她再恨也狠不起來了。眼見汪道生這般模樣，她遠遠地站在屋角，眼淚直冒。

七

謝小木被鄉衛生院委派到縣人民醫院進修學習。凳沒坐熱，謝小木就接到母親電話，說父親雙目失明了。

姜扶花給謝小木打來電話的時候，謝原高失明已有一陣子了。起初以為是吃多辣椒，吃出火來，火消了就會好的，沒引起重視，等了些天，竟沒一丁點起色。謝原高失明後，見天和姜扶花鬧皮絆，有時還動不動摔東西，他上廁所找不到屙屎的坑，睡覺脫衣服不知放在哪裏才最合適，他有咳嗽的老毛病，一咳床頭的痰就一大堆，他睡時把脫下來的衣服丟到那些濃稠的痰液上。謝原高連謝小木也罵進去，沒用的傢伙，虧還學醫，這點小毛病都診不好，白送他讀書……

姜扶花埋怨家不像家，烏煙瘴氣，時也難過，說：「你做兒子的快拿出一個主見來啊。」

爹也真是的，他雙目失明怎麼能怪娘呢，怎麼能把怨氣撒到娘身上去呢，都一把年紀的人了，加之娘還有高血壓心臟病，如果再把娘整病了，那誰來照顧他們呢。謝小木意識到問題的嚴重性，當即就請假，往家裏趕。

謝原高眼睛過去一直寄生倒睫毛，這些倒睫毛刺得他眼瞼紅腫，像爛眼皮，謝小木幫他拔過。當然，在這事上，忙得更多的是母親，幾乎每隔幾天就要來一次，以至那個拔倒睫毛的夾子，磨成了一件古物，透亮。後來，母親眼睛不好使了，就把這拔倒睫毛的任務移交給了二斤，說二斤眼睛尖著呢。母親分析謝原高的眼睛終究會被倒睫毛刺瞎的，現在真的應驗了。

清明節的時候，謝原高的眼睛還有光，生活可以自理，看遠處的來人，搭個棚子，久望一點，還可以辨認個誰來。謝小木以為是上了年紀的緣故，視力自是不能與年輕人比。即便一顆樹活的年代久了，也得皺皮、枯枝，這是自然規律。因此，謝小木疏忽大意了。

父親是一棵樹，謝小木和謝小蘭只是樹上延伸的枝丫，至於二斤他們就更小了。現在父親病了，痛的就是謝小木們啊。

謝小木到家的時候，二老都在看電視，謝原高臉幾乎貼到電視機螢幕上，確切說父親不是在看，而是用耳朵在聽。見到雙親安好，謝小木心放下一半，說：「爹娘，我回來了。」

謝原高把臉從電視機前挪過來，轉向謝小木，問：「你是哪個？」

或許是電視機聲音嘈雜，一時聽不清謝小木的話。

謝小木又說：「是小木啊。」

謝原高不放心似的，問姜扶花：「這是哪個？」

姜扶花答：「這是小木，你崽。」

哦，是崽啊，謝原高恍然大悟，難怪聽聲音這麼熟悉。你看人老就不堪用啊，連自家兒子都認不出來，真是老糊塗了。他有些激動，起身朝謝小木走來，不小心碰翻茶杯。謝小木趕忙扶他坐到沙發上，說：「爹，我陪你去醫院看眼科吧。看能不能做手術。人沒了眼睛，多不方便。」

謝原高一聽就搖頭，七老八十的人了，黃土已埋到脖子上，沒必要挨這個痛。姜扶花同樣擔心，這麼大年紀的人還做手術，萬一拐場，怎麼辦。

左右鄰居也在打破，眼睛是總處，不能隨便動啊。好端端的一雙眼，給手術刀一弄，搞不好還丟條命，就不合算了。有人竟爆出句：「怕是大樹下那顆老古樹找上了。想那顆古樹，幾百年了，都成精了，砍了它，能不怪罪麼？怕是得去大樹下拜拜，燒燒香火。」

按謝原高往日的脾氣，不把人家罵個狗血淋頭才怪。可，出乎謝小木的意料，謝原高竟愣愣地問：「還真有這個邪？燒了真的就好呀？」那神態與小孩無異。謝小木不得不在心裏感歎，爹真是老了。

姜扶花買來香燭，鞭炮，要找法師去大樹下拜祭。

謝小木哭笑不得。只好反覆向謝原高解釋，說人的身體好比一台機械，使用時間長了，裏面的零件什麼的自然磨損，會出現故障。就是犁田的犁耙使用長了，那犁耙把還得散勁呢。謝原高內心認同兒子的意見，如今兒子回來了，有了靠處，有機會賭一把啊，沒了眼睛，人就等於死了沒埋。

有了光，就能找到方向了。

猶豫一會，他發話了，那就去看看，搞不得就不要霸蠻。

醫院確診謝原高患的是老年性白內障，手術就能重見光明。

手術很成功，幾乎一支煙久就出來了。謝原高眼睛上蒙著一層厚厚的紗布，樣子怵人。這是小手術，又不是動內臟，護理也不難。謝小木打發汪道生送娘回家，自己一人照料父親。沒料到了下半夜，謝原高趁謝小木瞌睡時，把輸液針管拔掉，還不停撕扯眼睛上的膏藥。然後跑到窗子邊，對著外面大聲呼喊：「汪道生！汪道生！」聲音宏亮，如黃牯牛嘶叫。這樣的聲音就像一隻大鷲在寂靜的醫院裏，飛來飛去，特別清晰空近。整個醫院都驚動了，不知發生了什麼事，紛紛來病房看熱鬧。

看到謝原高這樣子，謝小木很害怕，謝小木從沒見他這樣過，瘋了差不多。做眼科手術，阿托品用過量了，不止擴瞳，還讓人產生幻像。謝小木就問醫生，說是不是用過量了，醫生說，沒有，即便這樣藥性消退後就會沒事了。謝小木就想，父親這麼多人事不記得，怎麼就偏偏記著汪道生呢，是由於汪道生條件窘迫，他怕謝小蘭吃苦，而擔心才記掛著他？但謝小木從父親叫汪道生名字時的表情來推斷，感到不全是。看來，幾十年下來，父親還沒忘記對汪道生的恨，如果不是汪道生，謝小蘭當時在父親退休之前，弄個事業編制的工作應是毫無疑問的。有了工作，謝小蘭的一切就好辦了，至少生活上就有保障了，不用犯愁了。正準備操作這事，不料，謝小蘭迫不及待跟了汪道生，汪道生怕謝小蘭有了工作，本來就已經是天上地下了，若是謝小蘭工作了，條件更好了，那他們之間的距離也就更遠了。謝小蘭也倔強，就像飛蛾一樣，明知那是火，可以把你燒成灰，卻偏要去撲。當父親和謝小蘭商量怎麼辦時，謝小蘭不要工作選擇了汪道生。她不顧謝原高的勸阻，不相信四肢身體健全的人會活不下去，怎麼活都是活，沒父親說的那麼嚴重，沒什麼大不了。

謝小蘭是沒餓死，是活下來了，可活成了什麼樣子哦？謝原高恨汪道生，恨他擄走了謝小蘭的心，恨得牙癢癢的。謝原高一直後悔，如果當初採取強制性措施，阻止這場不對稱的婚姻，謝小蘭的前程必定會是另一種景象。但生米煮成了熟飯，父親只能徒喚奈何。從謝原高這方來想，他也不容易啊，鬱悶了幾十年，在醫院裏這麼敞口叫喊幾聲，也算是一個出口。

過了兩天，謝原高情緒漸漸安定下來。謝小木陪他睡同一張病床，他睡那頭，謝小木睡這頭。謝小木人長得高大，腿長，被子短小，常常腳趾頭伸出了被窩，謝原高就幫謝小木把被窩掖緊，他已經恢復正常。

一個星期後，除掉眼睛上的膏藥，謝原高又看到了一個嶄新明亮的世界，他像打了一個生產大勝仗似的，樂呵呵地，如期出院。

八

恢復了視力，謝原高像年輕了十幾歲，又明察秋毫了。他走路再也不用擔心給什麼絆住，步子彷彿變輕快了很多。他時常到鄉街上到處走走看看。不過，謝原高總覺得與以前上鄉街上比，少了點什麼。具體少了什麼，謝原高也說不出來，就像背上癢，找不到具體位置一樣，難受。

一日，他踱步到「和記土雞店」，發現店面大變樣了，從招牌到門面內好像都重新裝修過，感覺好奇，便進去溜了一圈。對這裏，他曾經非常熟悉，鄉里的接待幾乎都放在這家店鋪。店老闆隔老遠見到他會滿臉堆笑遞上煙，特別是每當他拿單據去找謝原高時，鄉長鄉長叫起來蜜一樣甜，謝原高看不慣店老闆的狡黠，還有奸猾，對送來的報銷單子盤查特別仔細，盤得他雙眼發白，用老闆自己話說只差沒刨祖墳了。人家飯吃了，字簽了，就差你鄉長劃個同意二字。可偏生謝原高認真，非得一個個叫上核對才甘休。甚至，有幾次兩人為著發票拗了背，謝原高下狠心，不再到這鳥店簽單，看你的奸猾往哪裏使，但又礙於這店確實經營得法，被接待的人都喜歡這裏，只好做罷。簽單歸簽單，該把關謝原高照舊把關。店老闆想做這單大主顧，儘管心裏慪著難受，也沒辦法。

現在好了，和記老闆再不用受謝原高的慪了，見到他，叫了他聲謝鄉長，就忙自己的去了，待他明顯冷淡。

謝原高無聊至極，就往外走，碰上從外進來的服務員。服務員大大咧咧地問句：「老革命，二斤是您外孫女？」

「是啊，是在我家讀書長大的呢。」謝原高想也沒想就答。

「好乖態的喲。」服務員說。

「那當然。」聽到有人誇二斤，謝原高心裏得意。

「只是她找的對象卻不亞篩咧，醜得能嚇走鬼。」

「她哪有什麼對象？你們搞錯了吧。」謝原高瞪大眼，愣住了。

「她和她對象經常來我們店裏吃飯，相熟呢。」

不等服務員把話說完，謝原高早已滿腔怒火。他想，把我謝原高當什麼人了，這樣大的事竟然瞞得鐵緊，氣都不吭一聲，好像家裏人和這些勢利的社會上人串通一氣，欺負他退休無職無權，連起碼的尊重也沒有。想以前，在這方山地上，還從來就沒有人敢這樣對待他謝原高。

謝原高埋頭急走，他腦子裏只有氣憤，沒有別的事物，以至迎面而來的汽車大鳴喇叭他也聽而不聞，差點與汽車撞個滿懷。汽車尖利的急剎聲把他從憤怒中驚醒。

他衝汽車嘀咕，狗日的。

一落屋，他就怒氣衝衝對姜扶花吼：「老姜，我的工資全歸你領，你吃我的，用我的，我哪點對不住你？」

姜扶花正在弄午飯，聽到謝原高的吼，丟下鍋鏟說：「老傢伙，我嫁給你幾十年了，吃你的用你的，理所應當，你今天怎麼啦。」

姜扶花不知謝原高的火起因何處。姜扶花就像一把乾樅樹葉子，著一點火星就熊熊燃燒。她對謝原高說每天裏你心裏只有單位，地裏活家務活從沒動過手指頭，每天還熱飯熱菜侍候你，別說是婆娘，就當保姆，工資往低裏算，只算每天十塊，一直算下來，你看是多少啊。才結婚那陣，你月薪才二十多塊……姜扶花說起來就沒完沒了，很生氣。

「二斤找對象，這麼大的事我都不知，你們把我當外人防啊。」

「二斤什麼時候找對象了啊。你碰了鬼啦。」姜扶花感到莫明其妙，激動地說。

謝原高眼睛緊緊盯在婆娘臉上，沒看到什麼。可是，姜扶花卻想不通，倆老口子從沒紅過臉，粗話沒半句，老傢伙突然發神經了，仗著他有退休薪，將幾十年的夫妻感情擱到牛欄上了。姜扶花有高血壓，受不得刺激，只見她臉色漸次潮紅，手也發抖。顯然她血壓升高了，謝小木趕緊取來降壓藥給她服了，把她扶到沙發上躺下，休息。

謝原高又問謝小木，看謝小木知不知情。謝小木搖頭說不知。謝原高敦促謝小木打汪道生電話，通知他們一家大小火速回來，開個家庭會，這還了得，這股歪風邪氣不整一整，簡直不成體統了。謝小木藉故母親血壓升高，現在不宜開家庭會，建議暫時緩一緩。謝原高繃著臉說：「你的建議無效，一時也等不得了，這會非開不可了，讓你母親帶病堅持參加會議，不得缺席。」

當著父親的面，謝小木拿出手機裝模作樣打汪道生電話，喂，喂了幾句，其實謝小木並沒有將電話撥通，謊稱汪道生在縣城辦點事，一時趕不回來。

沒料這一招也不管用，糊弄不了。謝原高說就是天塌下來了，也要趕來，並且得迅速趕來，不得有誤。

謝小木只好避開父親撥通汪道生電話，將家裏情況說了遍。說：「看來這事要穿幫了，反正是要穿，遲穿不如早穿。如果再瞞下去，保不準父親會跑到你榨樹灣來。」

汪道生說：「好，馬上過來。」

他也豁出去了，反正要面對的。

九

山上，一些樹木枯黃了，一些樹木卻依舊豐沛青蔥。

汪道生提著一隻兔子、兩隻野雞，帶領謝小蘭和二斤往岳家趕。走到大樹下，他提出歇一會。因為走得急，謝小蘭臉上的汗水蚯蚓一樣爬動。出門時汪道生只說母親血壓突然升高，要去看看，沒提開家庭會。他擔心二斤沒開過家庭會，會不以為然，又擔心二斤害怕這會是衝她來的，會抵觸，不肯去。

二斤沒有歇，耳朵裏塞個耳機，在聽ＭＰ４，手在四處採摘映山紅。三月的陽光繾綣，映山紅開得熱鬧。這條路二斤走得並不比汪道生謝小蘭少，特別是上學時每星期一個來回，每年逢到映山紅盛開的季節，二斤都要鑽進花叢中，嬉鬧一陣。她喜歡映山紅不顧一切的恣肆，還有張揚。

趁著二斤不在，汪道生向謝小蘭解釋導致母親血壓升高的原因。

汪道生說：「現在最關鍵是要弄清楚二斤到底是一時鬼蒙了頭，還是打算一生都押在那醜鬼身上，還有到底你同不同意這樁婚事，同意怎麼辦，不同意怎麼辦，必須得有個底。趕在開家庭會前，我們得統一思想。你爺老子可是個來不得半點馬虎的人。」

謝小蘭沒有說話，只是流淚。想起自己當初嫁給汪道生何嘗又不是二斤這樣。可是，嫁給汪道生後真的如當初所想的那樣，幸福麼，快樂麼，有過後悔麼。謝小蘭沒有想過，她不願意去想，她覺得那是一堆亂麻，誰也理不清的。她只是認準一個方向，嫁給了汪道生，就要和汪道生在一起，不論是苦難，或者幸福。人生的路謝小蘭已走了一半，憑這一半路程所得來的經驗看來，和汪道生在一起，苦難是有的，當然快樂也不是完全沒有，她覺得這樣子是很正常的，她很知足。對二斤的事，謝小蘭實在找不到強有力的理由去反對她。人各有命。但是，如果真的要她去面對王代新做親家，面對醜陋的王旭做女婿，她沒有半點思想準備，無法接受。所以，每當汪道生問及二斤的事，謝小蘭保持沉默。這時，她忽然問：「汪道生，當初爺老子也不同意我嫁給你啊，你怎麼想？」

「恨你父親不近人情，嫌窮愛富。」汪道生說。

「那現在王旭也恨你不？」謝小蘭說。

「王旭怎麼能和我比呢，至少，我臉上沒疤，手上沒少一根指頭。」汪道生對謝小蘭拿他與王旭比較，有點生氣。

謝小蘭一想，的確是的，二斤究竟看上王旭什麼？

謝小蘭問二斤：「這次為你的事，你外公外婆鬧皮絆，外婆血壓升高，如果有哪裏沒對上頭，你外婆的血壓能引發心臟病，那樣會很危險，看你怎麼辦？」

在外闖蕩幾年，二斤早已不是不諳世事的小孩子，她自然能惦量輕重。外公的脾氣她也瞭解，沒個說法蒙混不過。加之她也清楚，這事遲早要面對。

二斤不做聲，踢著路上的麻石子，心頭亂糟糟的，理不出頭緒。她不知道自己怎麼就喜歡王旭，論長相，正如父親說的醜陋不堪，說家庭，過去兩家之間還鬧矛盾，她也懷疑自己是不是吃錯藥，腦子進水。但她現在真的離不開王旭啊。

記得上省城讀書之前，王旭就在這條路上接送她。也是映山紅開放的季節，王旭不經意在大樹下發現一個山洞，比孫悟空的花果山水簾洞還要神奇，石桌石凳，還有各式石筍，彷彿真的是神仙居住的地方。

二斤不信，說：「王旭，你騙人。」

「崽騙你！」王旭說。

「我上學放學，這條路走了無數回，怎麼就從沒發現有這麼個好地方？」

「我也是偶然發現的。」

「你怎麼發現的？」

那天，王旭去接二斤，看到一處樹蓬裏突然走出來一個男子，又走出一個男子，緊接著又走出十數人。王旭好奇，待他們走得不現了人影，便撥開樹葉，竟發現是個洞。洞口石壁發亮，肯定是進出的人手摸索成的。他試著往裏走，越走越大，像房子一樣，各種香煙氣味充斥其間。這是一個秘密的賭博場所。那時候，查賭查得嚴，一經查獲，連桌凳都當作賭具搬到鄉政府去了。山地人不敢在家裏聚眾賭博，就呼朋喚友到這山洞來賭，神不知鬼不覺。

汪道生剛結婚那年，在這洞裏參加賭博就被抓了一回。謝原高接到舉報，指示鄉武裝部長帶領民兵捉寶，端了這賭窩，其中就有汪道生。武裝部長感到棘手請示怎麼辦，謝原高說捉，一樣捉，沒有特殊化，甚至還要嚴，還要狠。民兵把角票塊票攏到一起，毛毛草草，裝了半蛇皮袋，十元票值的都很少。發生這個事，如果謝小蘭和汪道生還沒結婚，謝原高拿命也要阻止這樁婚姻。可惜，為時已晚。

二斤覺得不去洞裏看看好可惜。和王旭一同進去後，王旭躲藏起來，在石筍後面鬼叫，那洞很古怪，人的聲音在裏面好像變了味道，會繞彎，恐怖，陰森。二斤嚇得腿腳發麻，不敢挪動半步。待王旭一現身，她就抱著他又捶又打，口裏罵：「死王旭，死王旭。」王旭趁勢抱住她，用嘴巴堵住她的嘴。就這樣，她把自己糊裏糊塗交給了王旭。以後，王旭每次接送，都要在這裏要她。那時候，王旭臉上沒疤痕，也沒少手指頭。上省城讀書後，她想和王旭是不可能的，遂停止了和他的任何聯繫。

走著，想著，二斤蹲在路上哭了起來。

看到二斤哭，謝小蘭和汪道生圍上來。

汪道生問：「是不是王旭強迫你，威脅你？」

「這樣一個二流子有什麼可怕的，紙老虎。」謝小蘭擁著二斤說，「只要你外公一句話，派出所把他抓起來，判他吃幾年牢飯沒問題。」

照謝小蘭想，謝原高不只是她們家的一棵大樹，而且是這個山地上一棵頂天立地的大樹。想到這裏，她說：「雖然你外公是退休在家，但昔日的影子還在，要派出所抓個把人，還不是小菜一碟。只是你自己心裏面要有個橫豎，站穩立場。你有主意，我們才有話和外公說啊。你現只須答應一句，是跟他還是不跟他。」

不料，二斤揚起頭，說：「你們能把我弄到城裏去，我就不跟他。」

沒想到二斤的目標這麼明確，這麼直接，要成為城裏人。汪道生謝小蘭呆了。城裏的世界，誰不想去？寬敞的馬路，如虹的街燈，還有琳琅滿目的商店，整一個花花世界。謝小蘭汪道生是夢裏也去過千百回。

汪道生問：「王旭那二流子相，也能進城？」

「王旭不是二流子。」二斤替王旭辯解。

謝小蘭汪道生是看著王旭那小子長大的，一條褲子鬆鬆垮垮，掛在肚臍眼上，似隨時有鬆落的危險。頭髮尺長不說，還時不時染幾絡紅色，或者綠色的夾在其中，看著就讓人噁心。二斤說那是時尚、是潮流。但看那臉上的疤痕，過去是沒有的，必定是尋凶砍架砍出來的。謝小蘭汪道生看到就討厭。還暗地裏說王代新是這樣橫出武進的人，養大的崽也沒差毫釐。

二斤說：「他說會在深圳買房子，把根扎那裏。他才不想一輩子待在山窩裏。」

二斤也自心底不想回山窩裏。職專還沒畢業，她已開始邊學習邊找工作了，

首先，她到了××大商場的女裝品牌店當營業員，下課以後扒幾口飯轉乘兩趟公共汽車往商場裏趕。該大型商場很有名，對員工的管理非常的嚴格，需要站著並且面帶微笑的迎接顧客，二斤每天得站著工作四個小時，腿都站腫了。顧客基本上都是女孩子，這些女孩子三三兩兩的進來，一邊挑選一邊詢問是否打折，在得到否定的回答後，仍是一件又一件的試著，二斤便要一件又一件的幫她們拿。女孩子們一邊翻看衣服的吊牌，一邊拿出手機，二斤知道，她們都是抄號族，只在商店裏面試好顏色及大小，把衣服的貨號記錄在手機裏或者是照下來，再到網上找人去代購。而她的工資收入跟業績掛鈎在一起，這樣一來她一天的努力就白費了。收入低還要受氣，她就跳槽到了一家快遞公司，工作上輕鬆，每天就是處理一些單據什麼的，卻是枯燥乏味。她又去旅行社想當導遊，她能說會道，相信自己可以做好這個職業，她看到那些職業導遊，拉長線，組團，幹得紅紅火火，她挺羨慕。可是這不是她所學的專業，她沒有導遊證。後來她聽朋友介紹，一家旅行社在「賣桌子」，「賣桌子」實際就是你跟旅行社簽訂一個商務合同，不用花本錢，旅行社給你印製一盒名片，××旅行社導遊，就允許你打著旅行社的旗號組團，組一個團，她就可以分到高額提成。她做了半年，嘗到了一些甜頭。二斤有個同事，在旅行社工作多年，經驗豐富，屬於長老級人物，有一回當她同事帶著一個團逛購物商店，導遊帶團去購物，在商店裏也是拿提成，看著這些提成來勁，那同事帶團多逛了幾家，以至於錯過了乘飛機的時間，結果惹了官司賠償十多萬。二斤就怕了，原來這條蛇也咬人。

二斤就像一隻螞蚱，在都市裏蹦來跳去。最後，她竟蹦到了深圳一家鞋廠。做夢也沒想到王旭的「九日美容美髮院」就開在鞋廠大門口。

第一天上班，剛到廠大門口，二斤聽到背後有人叫：「二斤。」

她返過頭見到竟是王旭。

王旭說：「二斤，你怎麼也到這裏來打工啦。」隨之，勸二斤：「你別進廠，好累的，來我這吧，給你廠裏雙倍工資，我正缺人手呢。」

二斤半推半就，進了「九日美髮美容院」。時隔多年，兩人又同居在一起。

二斤不會做理髮的活，來了顧客就在一邊幫忙洗洗頭，做做按摩、推拿。

沒料，有一天，店裏進來一個叫阿龍的人，牛裏牛氣，大嚷嚷理髮、按摩一條龍服務。阿龍是這小區裏有名的痞子，平日裏都是一幫子人進進出出，無人敢惹。他過去也來理過髮，王旭都是小心侍候，生怕稍有怠慢。見他進來，王旭就安排店裏最漂亮的阿秀給他服務。也許見到這陣式，阿秀害怕，捉刀的手發抖，阿龍的臉上給刮出一條淺淺的豁子。阿龍對著鏡子左看右看，唬的站起來，抽了阿秀兩個耳巴子，還不解恨。

王旭趕緊拿出一條軟芙蓉王煙，賠禮道歉，表明願意陪他去醫院看看。阿龍根本就沒把王旭這個外地人放在眼裏，提出要阿秀跟他走，免費為他和他的朋友們按摩。王旭看看阿秀，如果阿秀願意那自是沒話。可是，阿秀搖頭。阿秀是王旭的員工，她在店裏的人身安全，王旭必須負責。二斤嚇得臉色蒼白，躲在王旭身後，不知這事如何結果。

王旭說：「龍哥，請您不要為難小店。」

「你這鳥店就是這麼服務的麼？」阿龍說。

「那您到底要怎麼樣？」王旭爛著臉問。

「如果她不願去，也可以，只要你臉上也來這麼一下。」阿龍說。

「真的麼？」王旭問。

「當然真的。」阿龍料想王旭不會的。

王旭操起剃刀二話沒說就往自己臉上劃了一下，血滋的一下往外湧。王旭臉不變色說：「行了吧。」

阿龍一愣，既尷尬又不甘，說：「不行，你再剁一根自己手指頭，我保證永不找你麻煩。」

王旭好不容易在這個地方落下腳，他也不甘。只見他像當年謝原高下令砍大樹一樣，毫不猶豫自剁了一根指頭，指頭當場就掉在地下，泥鰍一般跳動。

阿龍啐了口痰，走出「九日美容美髮院」，在門口，他悻悻丟落一句：「算你狠。」

人生地不熟，二斤想起這事就後怕。為此，二斤認準王旭是一個敢於擔當的男人，找他不會有錯，以後至少有安全感。

十一

瘸子的理髮店坐落在通往大樹下的一條岔路口，站在他店鋪前，一眼就可以看到遠處田埂還有山邊上的野花，在下午的斜陽下色彩愈加鮮亮。

瘸子正在給人剃頭，見謝小木進來，忙打招呼：「謝醫生，好久不見你來啦。」他仔細打量謝小木的頭髮，這麼久沒來，懷疑謝小木在別的店裏剪了。這是對他理髮手藝的否定啊。他的生意平常就是做點老主顧。

謝小木說：「好久沒來看你，頭髮都蹭到耳朵上了。」

「請坐，請坐。」瘸子指指椅子。平日傷風感冒的他也找謝小木，來往多，自然比較隨便。他說，「我知道你時間金貴，稍等，就好，就好。」

謝小木的板寸頭理到一半，謝小木問瘸子：「你認識王旭麼。」

「認識，是我徒弟啊。」瘸子說。提到王旭，他好像很高興，「他現在出息了，在深圳自己當老闆開髮廊。」

「他怎麼樣？」謝小木問。

「這傢伙腦子靈醒，對理髮悟性好，什麼頭髮式樣，一學就會，並且還會變花樣。」瘸子興奮地誇著。他說，「去年王旭回家過春節來拜年，見我忙不過來，順便幫我做了一個板寸頭的活。我和他各做一個，同時動手，結果他比我先完工，剪刀功夫一點也不拖泥帶水，式樣在我教的基礎上有創新，硬是比我做的好看，不服都不行。他在外面見識得比我多。要是我這條腿方便，我自信也不會比他差到哪裏去。」

天擦黑了。

謝小木從瘸子理髮店回家，汪道生一家三口也到了。這麼大的事情沒將他放在眼裏，無義不孝。謝原高大發雷霆，把汪道生一家三口訓個狗血噴頭，大氣不敢出。汪道生雖然眼睛不敢正視岳父，心裏還是高興，畢竟身邊多棵大樹。於是就壯起膽子一五一十向岳父講起二斤和王旭的事，一點也不敢隱瞞。他希望岳父能夠支持他，把吃錯藥的二斤拉回到正確的道上來。

聽完汪道生的話，謝原高又陳穀子爛芝麻將汪道生謝小蘭夫婦臭罵一頓。但這個事最終落著點還是在二斤身上，卒子得過河才行。謝原高工作幾十年，知道哪裏該硬，哪裏該軟。發完火，他把二斤拉到身邊說：「崽，你小小年紀，走路沒外公過橋多，現在外面到處是騙子，我們不要上當。」

「外公，我沒上當受騙，我要嫁給王旭，是我自願的。」二斤眼淚洶湧。

「那小子有什麼好呢，會搞得大家都沒面子的。」謝原高憂愁地說。

「我不要面子。」二斤素來就沒怕過外公，想說什麼就說。

「面子都不要，那你要什麼？」謝原高臉色子沉了下來。

「我要進城。」二斤堅持說。讀了書又找不到固定工作，要她這樣老死荒山，心有不甘。

為了她的工作，謝原高找過一些老部下。這些部下在一線任主職的，有的被雙規，有的退了二線，沒任主職的，說不起硬話，除非是說一些理解應當幫忙之類的客套話，敷衍了事，找也是白找。再說人家看你雖然曾經是鄉長，是老領導，在烏大的山地有點威信，但如今退了休，說不準並沒將他當碗菜了。

謝小木不想看到父親這麼大年紀了，還到處跑，到處受慪，受了慪要是有個結果還算值。父親無職無權，哪來的結果呢，謝小木太清楚了。謝小木就建議二斤跟他學醫，學有一技之長，糊口是沒問題的。

二斤接觸幾天醫藥書，沒興趣，放棄了。

聽到二斤這麼說，謝原高心痛，針一樣扎。自歎老了幫不上了。謝原高從來沒有這樣認識到自己老了。二斤一句「要成為城裏人」，噎得他是面色發紫。和二斤畢竟隔了一代，溝通有障礙，對於謝小蘭汪道生，謝原高卻是習慣老一套，自信奈得何他們，轉而衝汪道生夫妻發威：「二斤的問題我不管啦，你們自己去解決，解決不了，你們別回來見我，只當我死啦。」

汪道生一家就像是謝原高放飛出去的風箏，在遠遠的天邊飄著，不管怎麼飄，那根線始終維繫在謝原高這棵大樹上，在謝原高手裏。對於汪道生和謝小蘭的婚事，謝原高一直反悔當初沒下狠勁把剎車踩到底。以至現在二斤也這樣。正所謂是前頭烏龜爬壞路，後頭烏龜循路爬。過去，汪道生緣於岳父的阻撓，儘管表面對岳父恭恭敬敬，內裏卻是特恨岳父勢利的。當他自己走到這條路上的時候，他好像理解了岳父的行為，做岳父的沒別的願望，就是希望女兒好。

謝小木也理會謝原高，父親真的老了，他再也不能充當一棵大樹的角色。他不要謝小蘭汪道生回來見他，是想給自己找一個說法，讓自己下臺。他真的再也不想牽著那根線了，累了。一把年紀了，兩腳一伸，不可能把這些牽掛帶進黃土裏，就像不能把生前的財富官職帶走一樣。

一場家庭會議，以謝原高怒罵汪道生夫妻倆告終。這是汪道生做夢也沒想到的，他借助岳父的威勢把二斤的事徹底了結的想法成空，就很失望，一下子感到好孤單好無助。

謝小木有事去衛生院，路過「和記土雞店」，看到汪道生一人坐在隔壁一個小店喝酒，他背向著鄉街上，謝小木看他猥瑣的背影有點像，進去一看，果真是他。他眼睛血紅望著謝小木。謝小木有點生氣，說：「姐夫，你還真有仇啦，真的不回家啦。」

「弟，我怎麼敢有仇呢。」汪道生舌頭硬了，說話打囉嗦。

汪道生喝酒不是用杯，而是用碗。他不知是喝幾碗酒了，這樣喝下去，是會出問題的。謝小木奪過他的碗，把酒潑在地上。他瞪著眼望著，呆呆地。小店老闆見謝小木發怒，慌忙解釋，說汪道生在「和記土雞店」賣野物，賣了三隻兔子，兩隻山雞，開始說只喝三兩酒，後來不知怎麼就沒邊了。對謝小木說對不起，如果以後汪道生再來喝酒，絕對不敢讓他喝這麼多的了。看來店老闆也怕汪道生喝酒喝出問題，他脫不了干係。

脫離了謝原高，汪道生這一家就像斷線的風箏，會飄到什麼地方去呢。謝小木不敢想像。在謝小木的攙扶下，汪道生又跟謝小木回到家裏。謝小木說：「姐夫，到了鄉街上，不回家裏，外面的酒好喝些啊。」

汪道生這時已爛醉如泥，不能回答謝小木的話。

謝原高看著汪道生這齷齪相，說：「沒用的東西。」

汪道生益發酗酒，幾乎到不能吃飯的程度了。直到一天，忽然傳來噩耗。汪道生喝酒喝多了，去了。外頭紛紛傳言他錯把一壺農藥當酒喝了。謝小木得信去看的時候，汪道生很寧靜，四肢僵硬，蒼白的臉色裏隱著一些酡然，根本聞不到任何有關農藥的氣息。搭脈搏卻還有動靜。幸虧謝小木是醫生，不然，他姐夫汪道生就算有十條命，也被放入棺材裏誤當死人活埋掉了。謝小木緊急搶救掛吊針，一邊搞車趕快送醫院。

住了半個月醫院，汪道生回到了榨樹灣。是謝小木租車送他回到榨樹灣的。謝小木勸他：「姐夫，你應當拿出一點胸懷，像當年爺老子容納你一樣容納王旭，看來，你再怎麼樣跳也改變不了事實。」

回想當年，汪道生沒少受岳父的輕慢，白眼，這麼多年，不是也過來了。不知不覺，汪道生猛然發現自己走在了岳父的舊路上，用岳父的方式去喜歡去憎惡。可是，岳父是棵樹，是棵大樹，他算什麼？

汪道生回到家，見二斤與王旭坐在屋裏，腦袋挨腦袋旁若無人親嘴。汪道生那剛被謝小木勸下的怒氣，一下又燃起了。

「媽的，你當我死了不成？」汪道生怒罵道，抓起牆上的鳥銃同時對準了王旭、二斤，「我叫你們親，親到閻王殿去。」

汪道生雙眼發紅，四肢發抖，像一隻被突然轟出窩的兔子。

汪道生的舉動驚散了王旭、二斤。

二斤恐懼地望著汪道生：「爸，你怎麼啦。」

「我砰了你兔子崽子。」汪道生咬牙切齒吐出句話。

「汪道生，你作死呀。這是要死人的。」謝小蘭丟下餵雞食的盆子，想奔過去，可雙腿在發軟。這哪是與她同眠十幾載的汪道生呀。

「汪叔，你要打衝我來，與二斤無關。」王旭一把推開二斤，揚著頭，雙眼盯著汪道生，臉上全無一點怯意。

「砰」的一聲響，二斤與謝小蘭同時坐到了地上，接著汪道生像條抽了筋的蛇，軟塌塌靠在凳子邊。只有王旭，像一截樹樁，昂首挺立在那裏。不知是汪道生太氣了，瞄不準，還是被王旭的模樣給嚇了，銃子擦過王旭的衣角，飛到了對面牆縫裏。

事後，謝小蘭問：「汪道生，你要真打死他，怎麼得了啊。」

「他媽的，沒想王代新個孬種，還生了個虎樣的兒。」汪道生答非所問，眼前閃現王旭面對鳥銃時的模樣。他腦瓜子好像一下開竅了，再也不顧慮這顧慮那。他寬慰自己，唉，算了吧，人各有命，誰急也沒用。

十二

過去的就過去了，人總是要向前走的。

二斤和王旭的婚事在榨樹灣如期舉行。原本打算過完年就下深圳，沒料，為婚事耽擱了幾個月，好在現在終於有結果，也值。他們臉上溢著幸福，還有某種說不出的什麼混合在一起的表情。在向父母行禮時，汪道生看到王旭看自己的目光坦然，堅定，沒有絲毫自己當年對岳丈的恐懼與怯懦。王旭的眼神深深刻到了汪道生的心裏。

王代新更像撿到寶一樣，紅光滿面。他家的那個菜園子被他自己拆了，成了一處闊大的空坪。汪道生和王代新家之間搭起了好大一個棚子，兩家合在一起做喜酒，各收各的人情。鞭炮碎屑紛紛揚揚墜落，鋪滿了空坪，緋紅一地。

二斤畢竟是汪道生女兒，汪道生想既然要辦婚事，就要在榨樹灣搞出點動靜，不能做賊一樣把女兒偷偷嫁了。他對謝原高說二斤好歹是他的外孫女，摯意邀請岳父去旺一旺氛圍。謝原高從沒踏足過汪道生屋場，汪道生想借女兒結婚達到目的，親自來接岳父，打住幾天。謝原高一口回絕，說年老體衰，腿腳不靈便，再說這也不是什麼光彩的事。汪道生要對謝小木說時，謝小木主動說：「二斤結婚我肯定來，到時我會封一個厚厚的紅包送給二斤，算是對她婚姻的祝福。」

汪道生聽了蠻受用，眼裏生起淚花。

婚事辦完之後，也就是二斤和王旭重返深圳的那天，汪道生重上大樹下。一個人站在山頂上，遙想著多年前被岳丈下令砍掉的那棵大樹，老覺得彷彿不曾被砍掉，那棵大樹依然立在原地。他向四周看看，周邊生長著一片小樹林，長勢正旺，那旺盛的生命力充滿著不可抗拒的活力。汪道生不覺挺了挺腰桿，使勁做了幾下深呼吸。

汪道生戒掉酒，白了的頭髮慢慢長出黑來，就像枯黃的冬茅草返青一樣。如今年輕人都出去尋路，沒人作興砍柴伐木，大樹下變得大樹茅草灌木紮堆，四處蔓延，蓬蓬勃勃，人都走不進去。過去因為大肆砍伐沒處藏身逃走的野獸又重回來了，時常見到成群結隊的野山羊，還有野豬之類的罕見野獸。只要有野獸，汪道生就有使勁的地方。可是，大樹下成為了自然保護區，禁止打獵了。如果隔幾天沒到大樹下打一轉，他心裏就空蕩蕩的。隔三差五，他總要帶上獵犬，到大樹下縱躍奔跑一番。在野獸的怒吼聲裏，他毫無畏懼，鳥銃上繳了，他就扛著桿木槍，精神抖擻。

大樹下闊大，幽深，他即便使盡一生的力氣，也永遠找不著邊。

福林的光洋

一

西斜的太陽就像一個摘不到的柚子，紅橙橙的，高高懸浮在天空。

福林從柚子樹根下的洞穴裏掏出來、撒開去的，儘是一些螞蟻窩碎片，還有螞蟻。這些玩意鬧得他頭上腳底地面到處都是。秋風好像剛從地縫裏鑽出來，浴著泥土味，還有青草香，一波連著一波。碎片滿地亂蓬蓬飄舞。那些喪家的黑螞蟻黃螞蟻慌不擇路，四散奔逃。

周圍十數米，黑壓壓的傷兵殘將，在淡去的日光裏，格外扎眼。

幾隻黃螞蟻沿著腳跟爬進了福林褲筒子，一寸一寸，直往他胯底下蠕動。有的甚至爬到他撒尿的東西上，往陰裏咬噬。他麻木得沒有任何反應，似乎身體是別人的。

柚子樹孤零零地站在屋端頭，樹幹粗壯，光滑，呈古銅色，看上去年齡比福林小不了多少，結的柚子卻越來越好吃，不只皮薄，肉厚，水汁也特別豐沛。這棵柚子樹是福林回家開染坊時節栽的，當時只是想著柚子樹能避邪，壓根沒想到會吃上柚子。福林坐在樹根下，一點點摳。摳出來的黃土散在洞邊。他的指甲磨平了，指尖擦破了，殷紅的血滲在新鮮的黃土裏。

不會有錯的，凹陷地面低深的一個小坑，巴掌那麼大。他拗著性子給自己鼓氣。潛意識裏殘存的這麼一點記憶，如同歲月的釘子，緊緊鍥入了他腦子！怎麼可能錯呢？

蟻穴已到盡頭，再往裏就是堅硬的石壁，掘不動了。一個黑漆漆的窟窿呆望著福林蛙樣匍匐著的身體。福林臉色蠟黃，晃著白，讓人見了生怕。他一無所獲，就煩，就嚷：

他奶奶的，胯底下跑了條卵。

他的話渾濁不清，嘰裏咕嚕，像鳥語。

細碎的陽光在柚子樹下的洞底晃來晃去。柚子樹旁比肩生長著一棵苦楝樹，兩棵樹並排在一起，樹根和枝葉交錯，情侶樣的。苦楝樹粗糙的根蚯蚓般凸出地面，裸露著疤痕，樹枝早吐出了新芽，乾癟的苦楝子卻還耷拉在樹梢，一串串隨風晃蕩，一副留戀季節的瑣皮相。柚子樹上的柚子太高，他不敢想，如果還返回去幾年，即便柚子再高，他也不在話下。福林順手抓起一顆垂在身前的苦楝子送到嘴邊，又丟棄。他分不清苦楝子有毒，會鬧人，只感到餓，想吃東西。他咽了一下口水。細長脖子上的喉結算盤珠子一樣隨著吞咽上下滾動，嘴唇上的皺皮，乾裂，快要剝落。

一群肥碩的麻雀圍繞福林疾飛，彷彿聽得到牠們打飽嗝的聲音。

苦楝樹右邊過去一箭遠，他的屋場後面，有一域修長的竹林。他在竹林邊緣隨手撿一根陰乾的苦竹做拐杖。竹杖粗糙，扎手，他無所謂，拄著拐杖蹣跚走進竹林。竹杖不住抖動，彷彿生了翅膀，隨時都會從手裏飛走。他死死攥住。竹林每一處低窪的地方，他都尖起眼來，仔細探尋。

光禿的幹竹枝像一個惡劣的頑童，以捉弄人為樂，不時彈擊他，將他陳皮一樣的臉劃破。血痕，一壟一壟。福林如斷根的蔫草，站不穩了，這時只要有一陣風，就能輕易把他刮到天邊去。

他轉出竹林，來到牆頭。這裏有個拆遷了的茅坑，或許有希望呢。他揚起精神跳下去。

茅坑糞水齊膝深，日光久照，氾濫著糞臭，招來蚊蠅「嗡嗡」亂竄。蝴蝶也在附近低旋。

蔣前進路過這裏，看到這一幕，好奇地駐足觀看。

福林躬在糞池裏，如一隻沒肉的蝦殼。幾隻螞蟻馱在他背上，焦急地跑來跑去，尋找著陸的地方。蔣前進沒看到什麼，疑惑不解，就喊他：「福林，你在做什麼？」

聽到有人喊他，福林抬起頭，用手背擦了擦眼睛，努力想看清這個背手站在岸上叫他的人是誰。他目光呆滯，像即將油盡的汽車輪子，艱難滾動。他似乎在想，眼前這人到底是誰呀？似曾相識，面熟得很，但一時又想不起來。見到福林那副茫然的樣子，蔣前進就像面對個陌生人樣，自我介紹：「我是蔣前進啊。和你一起下過益陽的蔣前進啊。」

蚊蠅在福林周圍飛來飛去。太陽照在墨黑的糞塘裏，竟也有光折射，晃著蔣前進，晃著岸上的竹林，還有高大的柚子樹。蔣前進手臂上的紅袖章在陽光下格外扎眼，福林眯逢著眼，盯了半晌，好像記起什麼，又好像什麼都渾濁，自顧自轉身，繼續摸索。

吉昌放學回家，正好看到蔣前進站在糞塘岸上探著身子朝糞塘俯望，看把戲一樣，他老遠就打招呼：「蔣書記，在咯做麼子呀。」

「沒做麼子咯，吉伢子，你看，你爺老子，這是弄的哪出咯。」蔣前進指著糞塘說。吉昌這才看到站在糞塘裏的父親。父親就像一片即將離樹的枯葉，搖搖欲墜得嚇人。吉昌的心一下就揪緊了，直打哆嗦。

他趕忙蹲下身子，伸長胳膊把父親連拉帶扯地拖出茅坑，所幸福林不重，可全身都浸滿了糞水，也蠻沉的，把個吉昌只累得氣喘吁吁，使出了吃奶的力氣。望著滿身污濁，臭氣熏天的父親，他氣不打一處來，一邊喘著粗氣一邊氣惱地說：「你不要命啦，那是糞池，什麼地方不好待，你待那裏面……」

福林望眼吉昌，隱約記起他曾在自己的身前身後撒過歡，應該關係非同一般，臉上顯現出親近的意思，齜著牙笑了起來。可是，他到底是哪個咧？越拚死想，腦子裏越亂糟糟的扯不清。

「你是不是在尋找什麼？」蔣前進一隻手捂著鼻子，一隻手當蒲扇趕著臭氣，湊過來問道。

尋找？對，是尋找！尋找什麼咧？福林茫然地望了望柚子樹，一副沉思的樣式。他兩目深陷，如那掏空的蟻穴，幽幽的，向著蔣前進，喃喃翕動著嘴唇：「咿……咿……呀……」

他嫌嘴拙不能稱心如意表達，伸出沾滿糞便的雙手，拇指與食指圈成一個小圓鏡的形狀，再攤開雙手做包圍狀，指指地面，然後左圈圈，右圈圈，不斷重複比畫。

小圓鏡樣的東西。他想尋到卻沒法記準具體藏在什麼位置。

「光洋？是不是？是不是光洋？」蔣前進興奮地問。

蔣前進猜福林指的小圓鏡樣的東西一定是光洋，他一直都認定福林藏匿著大量光洋，只是從來沒抓住把柄。

光洋，就是銀圓，當時已經不准流通了，可因為存世量少，暗地裏，收購價倒是打滾樣的往上飆漲。

如果福林真的把光洋藏在茅坑裏，任你祖宗十八代也找不到，虧他想得出來。蔣前進想著轉身對吉昌說：「吉伢子，現在是新社會了，你又是一名光榮的人民教師，看來當時劃成分的時候，我們是犯了錯誤了，憑你父親開染房，還有大量光洋，就至少可劃個地主或資本家。」

吉昌在公社中學教語文，學校就在公社機關隔壁，中間只隔一座大禮堂，當然知道蔣書記說的這些。如果照蔣書記說的，把父親劃成地主，那他肯定當不成老師。他在學校教書，時常看公社門口鬥地主，地主頭戴著高帽，胸前掛著牌子，寫上地主的名字，背上寫著「徹底清算，好好改造」的字樣。打，跪，拔鬍子，脫衣服，那是常有的事。有的地主受不住逼，上吊，跳井，自刎。雖然與自己無關，但吉昌想起就感到後怕。他說：「蔣書記，我爺老子中風，您是知道的，以前開染房賺的那點不都上繳了嗎，您也知道的不是，他現在自己姓什麼都搞不清，他連我都不認得，還曉得麼子光洋咯。」

「你回去，跟你爺老子好好溝通一下，要他儘量配合組織把自己手裏的光洋上繳，我們會酌情從輕處理，對你也不會有很大的影響，畢竟我與你爺老子有幾十年的交情，這點面子我還是會給的，你多做做你爺老子的工作……」

「咿……咿……呀……」福林還在不停地用手指比畫著，嘴裏含糊地念著只有自己能聽懂的話。

吉昌連忙拽起父親，朝蔣前進又是點頭又是哈腰，說：「蔣書記，醫生說我爺老子中風，行為言語沒個定準，您別介意。」

二

吉昌過去叫蔣前進為蔣叔叔。

自從蔣前進當了大隊支書，就改叫蔣書記了。蔣前進以前經常來家裏串門子，每次見著福林總是哥哥長哥哥短，還時常同福林回憶下益陽那陣子的事。蔣前進無數次對吉昌講他爺老子多有本事，開染坊那陣子多麼風光，還有一搭沒一搭聊起福林一定藏了很多光洋，要吉昌弄出來點去外面換。

當了大隊支書後，蔣前進雖也常到吉昌家來，再也不見以前的親熱勁頭，更不曾與吉昌嘮嗑了，可他那小眼睛卻老是肆無忌憚地到處打量，好像要把吉昌家的旮旯裏都看穿，生怕漏下什麼地方。他還說村裏也常有販子賊樣來收購光洋，別的大隊都抓了好幾起販賣光洋的案子，但在他們大隊，他睜隻眼閉隻眼。吉昌只是搖頭，說沒看見過。吉昌從來就不喜歡蔣前進，覺得蔣前進是個心口不一的人，對他們家虎視眈眈，他們家的一舉一動都逃不過蔣前進的那雙鼠眼，可蔣現在畢竟是支書，得罪不起，所以在蔣面前，他不敢有絲毫怠慢。

吉昌能當上老師，是蔣前進給安排的。當時，老師是「臭老九」，沒多少人願意幹，吉昌央求福林找蔣前進說情，自願去當老師，福林不情願，吉昌就悶著腦袋，不吭聲，整日望著天，聽任日頭從黎明移動到黃昏。福林只好送了蔣前進幾塊光洋。吉昌先是被安排在大隊的小學當民辦老師，然後再調到公社中學。

蔣前進手臂上戴紅袖章是什麼時候的事，吉昌真的搞不清楚，就像他搞不清他父親到底有沒有光洋一樣。

太陽高懸。柚子樹下落滿鳥屎。蔣前進帶著一幫人來到福林家。吉昌坐在苦楝樹下看書。福林站在染石旁邊看一隻吸飽了人血的蚊子，那蚊子身體就像飛機一樣龐大，墨黑一坨，經過福林身邊，沉沉地越飛越遠。福林正要去追，蔣前進來了，他一眼就發現蔣前進戴著一個紅彤彤的布套，上面不知是字還是圖案，他好奇地拉著蔣前進的衣袖，撫摸著紅袖章，像看西洋鏡，他試圖把紅袖章拽下來。蔣前進手一甩，就像甩一隻蟑螂，吐瓜子殼一樣說：「幹什麼？」

「這東西火紅火紅，一定避邪，給我試試。」福林那時看起來還好好的，沒點病相。

「你不配！」蔣前進撫平被福林弄皺的袖章繼續粗聲說話。他手裏拿著張報紙，高聲念著一篇社論，大意是破除舊思想、舊文化、舊風俗、舊習慣。福林不知這是何意，突然感到蔣前進令人費解，平日裏關係你來我往，大話沒半句，滾熟的鄉里鄉親，犯得著你這麼作古正經？我們這些平常百姓與這些又搭不上邊。福林起初以為蔣前進和他鬧著玩，沒放心上，但看到蔣前進身邊那麼多的人，就摸不準了。

正疑惑間，只聽蔣前進話茬一轉，說，「福林，你要老實交待，你開染房時節，到底藏了多少光洋，一律悉數上繳。」

到了這裏，福林才知道蔣前進是認真的。他不著邊際回答：「光洋，你就別逗了，你別往我身上扣帽子咯，我倒真想有光洋，聽說現在挺值錢的，一塊能換一擔穀子，可要有呀，要不你弄幾個給我？」

福林猜蔣前進是在使詐，如果蔣前進真知，不就直接搜出來得了。

一隻麻雀從頭頂飛過。

「你太不識時務了，我要搜出來了怎麼辦？」蔣前進威脅說。

「你搜吧，搜出來了，隨你們怎麼處罰。」福林聲音硬了起來。

蔣前進夢裏都見到福林藏的光洋，那些光洋就像裝了輪子一般，俏皮地在他眼前溜來溜去。等到他伸手去抓它們的時候，忽地一下又溜走了。他和它們捉了一夜的迷藏，最終邊都沒挨著，懊喪不已。

時間靜止下來，他們僵住了。蔣前進折了一根竹枝，咬在嘴裏，一揮手，說：「給我搜！」

吉昌看著蔣前進帶人翻箱倒櫃，把家裏搞得雞飛狗跳，只覺著好笑，就像看一場鬧劇。蔣前進沒搜到什麼。弄出這麼大動靜，卻沒一點收穫。臨走，蔣前進眼睛狠狠剜了福林一眼，像要把福林活剝了一樣，聲嘶厲竭道：「總有一天，我要來掘地三尺，我看你福林還能藏到什麼時候，你瞞得過別人，可瞞不過我。」

蔣前進走出去老遠，福林衝地上吐了口唾沫，心裏頓時滿是憂慮與不安。自打蔣前進當上了這個支書以後，說話就總是陰陽怪氣，句句帶刺，而且每根刺都直指光洋，總想從福林的嘴裏探出一點口風，他還幾次三番指派一些地痞到福林家威脅，逼他交出光洋，前陣子還經常有販子上門，同福林套近乎，出高價收購光洋，福林是軟硬不吃，通通一句「沒有」打發掉。

吉昌哪裏有耐心聽蔣書記說話，更何況當務之急是趕快給老父親洗個澡，把滿身糞臭去掉。他只好說：「蔣書記，天不早了，您請回吧。」

蔣前進開了一天會，肚子早造起反來了，就走了。

吉昌不顧父親的手舞足蹈，硬拽著他衣服往家走。福林便在後面又急又惱，不情願地哇哇大叫。

話雖然這麼說，但吉昌的記憶還是跳動了一下，又是光洋，家裏已經為這該死的光洋丟了母親的性命還嫌不夠嗎？

吉昌母親秋香是個圓臉，配上清澈的大眼睛，看上去很漂亮。身上穿的永遠都是那些漿洗得硬邦邦發白的土布衣服，每天除了伺候全家大小，還得在田間地頭勞作，不見她有半點怨言。

一想到因為光洋而死的母親，吉昌就止不住暴躁起來，大聲吼叫：「爺老子，那些能要了人命的東西，如果你真有就全部交上去，沒有就和人家說清楚，我受不了啦。」

「咿呀……咿呀……」福林不停搖手。

吉昌耐著性子給父親擦洗完身子，找了件還算乾淨的衣服給父親換上。

福林見吉昌看他的眼神充滿了憎惡，笨拙地過來想牽吉昌的手，他想抓緊手頭還擁有的一分一秒讓兒子明白，他必須找到想找到的東西，對吉昌做一個交待。不然，說不定哪天舊病重來，就什麼都一筆勾銷了。他不是憐惜自己生命就要終結，而是擔心如果那樁重大的心事未了，將會死不瞑目。

那他所有的努力就白費了。

吉昌推開父親的手，只是隨著他往外走。

父子倆走到屋門前的池塘邊。福林望著發臭的池水，懵懂的思維好像漸漸清晰，一些時間的舊痕泉水樣斷斷續續往外湧。池岸邊雜七雜八的野草和藤蔓蓬在水面，彷彿要把池塘水面都網攏來。池塘中央有一條用厚實松樹板搭就直通福林屋基的小橋。福林開染房時，經常站小橋上，在這池裏褪漂染布。經過著色的整匹染布，長長展開去，把池水染成深藍再緩緩隨著漣漪散開。如今，假若細心，池底還可約略望見積年沉澱的靛藍渣影。小橋也恍惚被染成淡藍，經歲月的刀子，切入了木質的核心深處，經年不褪。

吉昌索然無味，說：「晚了，回屋去。」

他們一前一後，跨進福林住的東廂房。

東廂房是福林過去用做染房的地方，牆壁濺滿藍色的靛水，痕跡斑駁，隱隱飄蕩著淡淡的酸氣，牆角坐有幾筐密封的土靛，上面積了厚厚的塵埃。福林看著這些塵封的土靛，呆滯的眼睛猛地一活，就如枯枝上突然冒出了新綠。

三

福林從小沒有父母，沒有兄弟姐妹，是個孤兒，他四處流浪，饑一頓，飽一餐。看到別人吃飯了，他就站在旁邊不動，眼睜睜看著人家吃飯，饞涎欲滴，碰到善良人家，看他可憐也把剩飯剩菜端給他吃。那個時候，福林只圖肚子不餓。一歲一歲長大到可以用力氣盤活自己的時候，他就試著停下來找點事做。

蔣前進比福林小幾歲，喜歡蓄光頭，他蓄光頭並不好看，後腦殼凸起一大塊，鄉人說是反骨，這反骨就像河邊沙灘上久曬的貝殼，走在人堆裏，格外刺眼。這個蓄光頭的習慣一直沿襲到當大隊支書。他家裏也很窮，經常與福林一起玩耍，眼見福林風裏來雨裏去，成天樂顛顛的，嘴裏哼著自編的小調，從沒看到過敗相，就再三懇求他說：「福林哥，你帶老弟一起混啊，我們是兄弟，你別把我撇在家裏無聊。」

梅山人的眼裏，資水流域上有寶慶，下有益陽，都是大口岸大世界，是個掙錢的好去處。福林也樂得有個伴，互相有個照應，興許就把世界闖大了。於是，他和蔣前進結伴爬上一隻粗糙的毛板船到益陽，試圖謀個事做。

在益陽的那個冬季，他倆到碼頭上扛包，裝卸，挑腳，多是三天打魚兩天曬網。並不是他們憐惜自己的力氣，而是活路實在太少。畢竟是向別人求借討生活，難啊。轉眼就到年底，要過年了，福林的兜裏卻只有兩個光洋，蔣前進只有一個。

福林想兩個光洋怎麼過年呢。偏偏那兩個光洋極不安分，好像褲兜是它們練功嬉戲的地方，時常碰磕出聲響。走路時，福林把手放在兜裏緊緊抓住這兩個傢伙，生怕它們會打洞，趁你沒注意，一不留神溜走。所以，他走路總是把手裝在褲兜裏，發抖。蔣前進見狀說：「福林哥，你打冷擺子啦。」

「你才打冷擺子啦。」福林回敬道。

焐著焐著，光洋就如火石一般，燙手。福林就想，興許如同孵雞崽一樣會生出一堆崽崽來。他每天都這麼充滿希望地期待，可偏偏那兩個光洋不配合，故意唱反調似的，無動於衷。

他們東一天西一天，沒頭蒼蠅一樣到處找事做。

蔣前進擔心這日子沒個完，生起疲倦，他提出說：「回家過年算啦。」

「要回你回，我不回，反正一個人，奔走慣了，不在乎。」福林說。

「你不回，那我也不回了。」蔣前進害怕一個人面對那麼漫長的路途，他從小就有依賴性，沒有方向感。

「在一條路上走久了，遲早有一天會遇到好運的。」福林寬慰蔣前進，也寬慰自己。

他們浮萍一樣漂到了黃泥山。

黃泥山人喜歡製作土靛。他們在水田裏栽培一種像紅薯藤葉一樣的植物，等植物葉子茂盛了，就把藤葉割了，一捆捆醃在一個乾池裏，隔一層再適量的撒一層石灰，用濕泥糊封，密不透風。過段時間，這種植物的藤葉就腐爛發酵，變成深藍色的漿糊狀。這種漿糊狀的東西就是土靛。用它做染料染布，顏色經久不褪。在市面上，這種土靛可賣得好價錢，當地人一窩蜂的都種這個。

黃泥山人只知一個勁做土靛，做完了找不到銷路，他們才愁眉緊鎖。種稻穀的水田都已改栽種土靛了，土靛堆成山，卻只有幾個本地染房小量購買，其餘都積壓在家裏，無人問津。這東西又不像糧食，當不得飯吃，不著急才怪。

福林一到黃泥山，就對那滿地滿屋的土靛產生了濃厚的興趣。

土靛……土靛……

他嘴裏一遍又一遍地沉吟著，猛不然冒出一句話：

「我要土靛，有多少要多少。」

蔣前進扯一扯福林衣袖，心想你小子瘋了，你的底細難道我還不知麼，憑什麼跟人家這麼說話，這不明擺著是誆騙麼，真是膽子籮筐大啊。要是穿了幫，露了底，看人家不把你打死去。

黃泥山人聽了福林這話，著實驚喜，卻又不敢輕易相信，謹慎問：「師傅，這話當真？」

「當真。只可惜，我這次探親路過寶地，沒帶多少本錢，不知能否賒銷。」福林試探。

「賒？恐怕不行咯……不行咯……」黃泥山人連連搖手。

「不賒，那我只好愛莫能助了。」福林擺出一副抽身要走的樣子，卻又丟下一句，「你們看我像個騙子麼？」

「我們派個人跟你去取錢，你看怎麼樣？」黃泥山人有些動心，可並沒打消猶疑，世界上形形色的騙術不是沒有，黃泥山人不忘提防這。

「我說你們蠢得像頭豬，跟人取錢與不跟人取錢，有什麼兩樣，你們地頭不熟，我如果有心走人，還不是照舊走脫，你搬石頭砸天去！」福林譏誚黃泥山人。黃泥山人慪氣，往細一想，覺得這話也不無道理。

黃泥山人不由打量他：老實巴交，渾身覓不到半點油滑拐騙的成分。

最後，以一擔稻穀換一擔土靛的價錢，每戶賒一擔土靛，與福林成交，要背大家一起背。反正啞收著土靛也是沒有盼頭。他們主動爬山路把土靛送到四餘里外的資水河畔，送皇糧一樣，一個挨一個，成群結隊，就連腳錢也忘了索取。

當時一擔稻穀值一塊光洋。

目睹這一幕，把蔣前進驚得心怦怦跳個不止。

福林當然不駕無底船。他心細，凡事比蔣前進多長個心眼。

他在益陽給一些布莊老闆打過短工，瞭解他們眼巴巴急需大量土靛，肯出大價錢，但是，年關緊，大家一天到晚忙忙碌碌準備過年，沒船稀罕去益陽。只有一位吳姓船老大，父女倆食宿在船上，他閒不住，樂於有事做。

福林把手裏的兩塊光洋交給蔣前進，對他說：「不論是皇帝老子，還是叫化子，都要過年的，你回去吧，你家有父母，和我不同。」

就這樣，蔣前進回家了。走時他想，你這是往死路上走啊。

一俟吳師傅的船靠岸，福林火燒屁股樣裝船起錨。

至今，蔣前進一想到這，就犯愣。當年，福林做靛生意，到底怎麼樣呢。他沒本錢，靠這樣誆騙也會成麼？

四

雖是冬季，降水卻出奇地多，資水河道的水比往年這個時候豐沛。船，日夜兼程，順流直下，不消幾日，就泊在了益陽碼頭。

染行老闆見到土靛就像餓久了的烏鴉，好不容易覓到一點微薄的食物，齊刷刷急湧而來，滿滿當當一船土靛，以五擔穀一擔土靛的價錢，半日搶購一空。後到的老闆懊悔自己腿腳遲慢，掏出紙筆，與福林周旋，願先付定金簽合同定下次的貨。

福林站在船頭，藍布衫迎風展動。他嘴叼香煙，抬一抬手，老成地笑說：「甭急，甭急，準一個月，準一個月，遠限近到。只是這個價格方面嘛……」

那氣派儼然老生意人，要多神氣就有幾多神氣。

染行老闆自然心領神會。馬上表態：

錢的事情好商量，只要有貨就行。

福林這才心滿意足地跟船返航。吳師傅撐著篙，把船靈巧地駛入河道。

福林說：「吳師傅，麻利點呀，我們趕在一月之內再把土靛盤出來。」

「好嘞，沒問題！」吳師傅拍拍胸脯，爽快應著。

船一趟接一趟在資水梭子似的往返，專程給福林販運土靛，吳師傅的收入芝麻開花節節高。

年末，吳師傅心裏偷偷算了一筆帳，他樂顛顛從船倉擰出一瓶益陽水酒，幾包花生米，囑咐女兒秋香撐篙。他激動地端起酒杯對福林說：「福林，今年托你洪福，我也僥倖撈著幾個邊子，來，喝幾盅。」

秋香平日在船上只專心做事，極少言語。她偶爾羞怯地看著年少精明的福林，心裏就莫名地跳，臉上紅了一陣又一陣。

吳師傅眼見福林靛生意紅火，知道他發了，卻不知道他發到何種程度。福林是借助他的船發的，而他也沾了福林的光，賺了比以往多幾倍的收入，因此他看福林橫豎左右都很順眼。且不止一次對秋香說資水邊這小子算得上是個人物。這次居然當福林的面一誇再誇。

秋香知道父親的意思，而且日子久了，也覺得眼前這個人踏實，雖然長相一般，但人精明，也還算厚道，秋香想，做生意的人要是死腦筋，完全不精明，那也是容易吃虧的。

嬌羞的秋香見父親老是誇福林，於是隨了父親的心意，放下篙對父親說「您全做了主吧」，說完後捂著通紅的臉進了船艙。

福林早就想要一個家，而秋香人長得俊俏，很合他的心意，見這父女倆看上了自己，心裏也是美滋滋的。機靈的福林馬上給吳師傅倒了一杯酒，站起來朝吳師傅說道：「以後只要有我福林一口吃的，就少不了您的。」

婚禮很簡單，雖然那時福林確實已經發了，但沒人知道他到底有多少家底，福林和秋香的婚禮就像平常百姓家那樣，只擺了幾桌，福林家沒親戚，來的也就是秋香家的一些親戚朋友。

婚禮前一天，福林倒是邀蔣前進按當地習俗給岳家送了聘禮，一隻鵝、四隻雞、四條魚和半邊豬肉，這些東西是給岳家做出堂酒的，另外還送了八塊光洋添置其他東西。

蔣前進眼看著福林空手套白狼，現如今還套了個如花似玉的媳婦，眼饞得不行，成天跟在福林的屁股後頭轉悠，見福林邀自己去下聘，盯著那些聘禮和八塊明晃晃的光洋，蔣前進忍不住套福林的話：「福林哥，這些全是你做靛生意賺的吧。」

「做靛生意要是能賺來就好了，虧損了呢。」福林說。

「那這麼多的東西哪來的啊。」蔣前進打探說。

「找我岳老子借的。」福林回道。他生怕蔣前進不信，又編說他先把秋香的肚子搞大了，岳老子不借，行麼。蔣前進羨慕得眼睛瞪成銅鈴大。

結婚儀式就在福林父母留下來的那棟破土磚房裏舉行，非常簡陋，甚至房子上新婚對聯也沒貼一副。寒酸得無以復加。但吳師傅還是高高興興地讓女兒和福林拜了堂。他想，女兒都是人家的了，還在乎這些做麼子咯。

成家後，福林暫時住在岳父家，他照樣從黃泥山往各地運送土靛，由岳父和妻子跑船，生意倒也順暢。成天累月，一家三口和船一起在河上漂流。船越來越破舊，修理的時間比運輸的時間還要多，誤事。

一天，福林和岳父正在船艙裏喝酒，吳師傅說：「乾脆換隻大點的新船算了。」

福林抿了一口酒，說：「岳老子，先別忙換船，靛生意怕是要拐場了。」

「你正在旺頭上，怎麼就拐場了？」吳老大夾著一顆花生米忘記往口裏送，詫異地問。他平日只管船，從不過問生意上的事。

「前一陣，賊精的西洋人運來一種快靛，每個染房送一桶，第一桶不要錢。這種快靛不曉得是麼子卵東西，縮短染布的時間，不掉色，土靛怕是快不行了。」福林陰沉了臉，「我想回家自己弄個染坊。」

吳師傅沉悶了一會，說：「既然是你自己決定了的，那你大膽去做，我這把老骨頭以後就賴你了。」

「我先回去拾掇拾掇，完了你們就過來。」

福林說做就做，立馬獨自跑回家在老屋地基上蓋起了房子。那段時間，他經常一個人從早忙到黑，有時候半夜還在挖土砌牆，所幸他家屋基地離別家老遠，也沒人知道他究竟在忙什麼。蔣前進也曾跑過來說要搭把手，被福林婉拒了，說虧了，只能回老家來了，不敢麻煩朋友，也沒錢請人，自己弄就行了。蔣前進見福林說得真，也就信了，以為他真做生意蝕了本錢。

福林在老家開了片染坊。船老大吳師傅自然洗了船，跟著福林到了梅山，幫他打理一些瑣事。染坊的生意出奇地好，光洋也唰啦啦往福林口袋鑽。

福林有時數光洋都數得手抽筋。

得到這一切，福林一點沒感到意外。他吃了那麼多苦，為了一口飯，只差沒下跪了，也應當補償一下。他以為這都是命裏應該有的。有了錢，世界都可以買到，還有什麼不能有的呢？可是有了錢，他又不知怎麼安放。光洋雖然是好東西，但好東西有時候也是最容易惹禍的。

富不露臉。

慢慢地，他在人前說話變小心了，謹慎了，生怕說漏了嘴，更怕別人探知了他內心深藏的秘密，他每天說話做事都是緊緊捂著，掖著，生怕有人在暗處偷窺，即使對秋香與丈人，也是不露半點聲色，每回福林數光洋的時候總是緊閉門窗，不許任何人偷看。

蔣前進偶爾幫福林打下手，福林也從沒虧他，總是現做現結。蔣前進把這一切都看在眼裏，從他和福林下益陽搞裝卸，到他一個人做靛生意，再到福林回梅山熱火朝天地開染坊，雖福林依然是兩口子開染坊，還加上岳父，沒請下人，依然穿著粗布大褂，可看著染坊隔三岔五進出裝布匹的車輛，蔣前進認定福林這次是發了，肯定是發了，至於發到何種層度，就跟藏在池塘底下的魚一樣，見不到，也猜不到。見不到，猜不到的蔣前進心裏成天就跟喝了兩大瓶山西老陳醋，那個酸呀，隔十里八里都能感覺到。

五

吳師傅突然不見了，秋香找遍了染坊附近沒見人影，急忙找福林，福林當時正在染缸配料，沒耐心聽秋香嘮叨，就說：「這麼大個活人，難道還會丟了不成？」

福林生意越做越大，老吳師傅身體卻突然不聽使喚了。因為長期在河流上謀生，吳師傅身上的皮脫了一層又一層，後來，到了岸上幫襯女婿照顧店面，但他腦子裏的東西好像早遭河風刮走，總是丟三落四，有時候甚至不認識自己的女兒女婿，明明剛吃過飯卻硬是怪女兒不給他飯吃，還有幾次一個人跑出去找不到回家的路。

秋香只好拖著懷孕的身子挨家挨戶問。

天快擦黑，秋香才在蔣前進家找到父親，當時父親看起來還算清醒，正和蔣前進喝酒，大談福林如何有生意頭腦，自己如何有眼光，把閨女嫁給了福林這麼個好女婿有個好歸宿等等，蔣前進在一旁殷勤地斟酒附和，老吳師傅忽然見到閨女挺著個肚子站在面前，有幾分得意地斥罵了秋香一句：「我就偷這麼一回懶，你就尋來了啊。」

看到父親平安，秋香沒頂嘴，但眼淚早在眼裏打轉轉。真怪，蔣前進只要見到秋香，心裏便莫名地躁動，有種想攬住她的欲望。此刻的秋香，儘管挺個大肚子，也無法掩飾住她舉手投足流露出的溫柔。他站起身想去拉一下秋香的手，卻見秋香拉起她父親：「爺老子，我們回去吧，天黑了，我還要做飯呢。」又對蔣前進說，「蔣師傅，以後別讓我父親喝酒了，他現在身體不太好。」

蔣前進這才想起剛才見到老吳師傅的樣子，是與先前不太相同，他喊了好幾聲吳老爺子，他都沒反應，還癡呆地問蔣前進是誰，蔣前進也沒在意，就說自己是經常幫福林做事的人呢。聽到福林兩個字，吳師傅好像才從恍惚中清醒過來，高興地說：「福林是我女婿啊，很能幹的女婿。」嘮叨了好一陣，蔣前進才把老吳師傅喊進了屋裏。

蔣前進邊給老吳師傅倒酒，邊試探地問：「福林真了不起，還別說，我打小就看好他，要不怎麼會單單跟他一起去益陽咧，他腦袋瓜子靈泛，什麼都看得遠，您老人家的眼光是毒，您看，福林現在數錢都數不過來，現在的家底在我們這地方怕是沒人能比了吧？」

老吳師傅說：「這個，我也不清楚，我不管那些事，有吃有喝就行了。」說完打了幾個哈哈。他從脖子上取下口哨，放在手裏輕輕撫摸。這個口哨，是用紅絲帶繫的，長期在資水上航行，如遇大霧天氣，吳師傅就不停地吹口哨。這口哨就像汽車的喇叭，告訴人大霧中存在一條航船。吳師傅雖然棄船上岸了，這口哨卻依舊掛在脖子上。閒不住時，就取出口哨吹一吹。

秋香領父親回到家，福林還沒歇工。

老吳師傅一時清醒，一時糊塗，清醒時完全是個好人，糊塗的時候卻是不認得任何人。一日，老吳師傅又犯病了，當時秋香不在家，去了集市買準備坐月子的東西，福林去了染坊染布，老吳師傅不知怎麼的就把堂屋正中有地窖的神龕搬動了，露出一個黑黑的洞來，老吳師傅癡癡地看著那個洞，卻也不進去，正在這時，蔣前進跑來串門，來到堂屋發現老吳師傅傻傻地站著，看神龕下的地窖，他當時就怔住了。好你個福林，原來你把光洋都藏在這裏，我就說你小子平時裝窮賣乖，看你每天生意那麼好，不至於是這個窮酸樣，你小子就成心蒙人是吧，哪天我一定要摸進去，看你究竟藏著多少光洋。

蔣前進沒跟老吳師傅打招呼馬上離開了。福林回屋喝水，看到岳父坐在地窖邊，發暈，他第一反應是趕緊把堂屋的門關上，關門的時候還朝四周張望了好久，確認周圍沒有人，才黲著一副臉對老吳師傅吼道：「您什麼地方不好待，偏要跑這裏搗亂？你是怎麼知道這地方的？」

老吳師傅茫然地看著怒氣衝衝的福林問：「你是誰？你也在找東西吃嗎？我餓了兩天了，也在找東西吃呢。」

福林一時哭笑不得。他弄不懂，是不是岳父有什麼不滿，故意整他？福林開始大聲喊秋香，喊過後才記起秋香去了集市。

福林將神龕復位後，也沒心思再去染坊，像岳父一樣蹲在堂屋的地上抽悶煙，老吳師傅還在嚷嚷餓死了。

福林越抽越煩躁，這樣下去，岳父總有一天會給他帶來麻煩。福林狠狠地把煙屁股蹭滅，從地上站起來，他突然做了一個決定：關了染坊，馬上帶妻子岳父暫時離開梅山，去黃泥山。他決定裝窮，絕不讓別人發現他有光洋，很多很多的光洋。他認為任何禍事的到來，總是引人注目的人首當其衝。樹大招風。

小心行得萬年船。

吃了晚飯，福林把秋香叫到屋裏，拿出一袋煙，裝上，悶著頭抽，抽得滿屋都是煙，秋香連忙把窗戶推開，打量著眼前這個人。

秋香都想不起第一次看見福林是什麼情景了，只記得那年年關將至，自己與爹一趟一趟的給福林送土錠，爹成天在自己的耳根前讚揚這後生不錯，精明，是做生意的料，以後一定有出息。

剛嫁給福林那會，兩人還有商有量，福林也時不時給秋香錢，叫她去買點自己喜歡的東西，秋香沒捨得，偷偷地藏了起來，後來，福林說要回梅山開染坊，秋香就把福林以前給她的錢統統塞給了福林，想著自己反正不要用什麼錢，有口吃的就成，何況還有個老父親。福林也沒推託，統統收下了。

到了梅山以後，秋香發現福林變了，變得不愛說話，什麼都不與自己說，經常把自己關在堂屋裏，一關就是幾個小時，也不像以前在黃泥山時大方了，每次要家用都得跟他磨嘴巴，而且每次福林給她錢，也總是關著門，摸索好一陣子，才把錢拿出來給秋香。

是不是這陣子開染坊虧了呀？秋香經常這樣想。

看著家裏染坊忙個不停，可手頭卻緊巴巴的，她也犯過嘀咕，可見男人一沒鬼混，二沒賭博，更無親戚來往，她弄不清日子為什麼總是捉襟見肘，想想男人也不容易，每天裏裏外外起早摸黑的，現在這世道，做點什麼事，都難。自己現在又有了身孕，能少讓他操心就少讓他操心，自己苦點累點，也無所謂，嫁雞隨雞，嫁狗隨狗。

想到這些，秋香走到福林跟前。

「少抽點，有事你就說，我聽你的。」

「收拾收拾，明天搬家，去黃泥山。」福林斬釘截鐵地說。

「搬家？」

「搬家！」

「哦。」瞄一眼自己笨拙的身子，秋香黯然點了點頭。

「能不能等生完孩子再搬呀，眼看就快生了，也就這兩月的事了，不急在這一時吧。」

「不行，一刻也不能耽擱，明天就搬，你撿要緊的拿上就行了，搬不動的也不用搬，以後不定啥時候還會回，那些棉被什麼的搬堂屋，那些我來搬。」福林像個運籌帷幄的將軍，指揮，頓了頓，又說，「棉被還是我自己去整理，我來弄，你們弄其他的，堂屋的東西你們就不用管了，你們收拾其他屋子就行。」

說完這話，福林磕了磕煙筒，站起來，把各廂房櫃中的被褥都抱到堂屋，又拿了一摞油皮紙。進了堂屋，福林反手把門關上，從門縫裏往外看了看，沒看到人，又從窗沿往外看了看，看不到什麼，才放心的走到神龕處，把神龕輕輕地挪開，輕輕地提起地窖的板子，躡手躡腳地鑽到地窖裏。地窖中擺著個大水缸，福林走過去，揭去水缸的蓋子，頓時光閃閃，明晃晃地，照得整個地窯都亮堂了許多，水缸裏全是光洋。

福林拿起一個光洋，放在嘴邊吹一下，又放在耳朵旁聆聽那悅耳的聲音。他沉浸在這種美好的感覺裏，覺得全世界就這個聲音最動聽，他喜歡這個聲音。聽罷美妙的聲音，他雙手呈扇形打開，捧起光洋，讓光洋從自己的指縫中滑下來，又捧起，又讓它滑下來，他彷彿看到光洋變成一個個玩耍的孩子，正穿著溜冰鞋在自己的指尖滑著，忽上忽下，歡快極了。福林頓時覺得精神高漲。

緩了緩神，福林記起自己的正事，忙把棉褥搬下來，他把一床被褥打開鋪放地上，小心翼翼地捧出一把銀元，輕輕地放在被褥上，又捧出一把，接二連三捧了一大堆，堆在被褥上。福林盤腿坐下，開始十個十個的整理這些銀元，他用牛皮紙把這些銀元小心地包起來，他不厭其煩有條不紊地重複著這些動作，等全部包完，碼起來好高一堆，看著這麼多的小紙包，樹筒子一樣結實，福林犯了嘀咕，這些被褥夠不夠呀。他先鋪開一床被褥，把整理好的銀元整齊地擺放中間，自己也不知道究竟放了多少包，再把被褥折起來，用繩子綁結實，他把這被子左右上下打量，也看不出裏面裝了銀元，然後又把被子抱起來轉了幾圈，也沒見有東西掉下，這才放心。他又依樣畫葫蘆折了幾床被子，地上還有一小堆沒有放好，可被子已經只剩一床了，福林急得打轉轉，突然他靈機一動，自己是開染布坊的，有的是布呀，連忙跑到坊間，扯下一大堆布就回了地窖。一塊布太薄，會看出一條一條的，太顯眼，他把那一堆布整理好，撫平，像平時一樣把這些布排成好幾板，再把剩下的銀元一碼一碼放好，再在當頭用紙卡固定，就像平時賣布的樣子一般無二。捆好一排後，他將布搬起來上下倒騰了幾下，確信不會穿幫。收拾妥貼以後，望著眼前幾床簡單的棉絮及幾碼土布，福林放心了，明天一走，就沒事了，誰也不知道我究竟有多少錢，過幾年老子再開個更大更好的染坊，放開手腳幹場漂亮的，真正的風光風光。

六

福林帶著大肚子的老婆和神智不清的岳父離開梅山，像候鳥一般遷徙，挑著罎罎罐罐，再一次來到了黃泥山。鄉親們跑過來問福林這幾年是不是發了財，有什麼好的路子，福林只是笑著搖搖頭：「真發財了就不遭這份罪了，堂客挺著個大肚子，岳老子又神智不清，大老遠的折騰個啥咧。」鄉親們將信將疑地點點頭，不再追問。

在黃泥山，福林低調做人，從不說他的輝煌歷史，對自己的往事守口如瓶，只在閒時和吉昌聊做靛生意開染坊時節的趣事。無數次唾沫飛濺，津津樂道，小小的吉昌聽得耳朵都起繭了。福林偏就說：「崽呀，我看你今後也伺弄染坊算了。」

「爺老子，您現在都不做了，我以後更不做，我以後要當老師。」吉昌稚嫩地反駁道。

「什麼？當老師能賺幾個錢？」福林不以為然地說。

「您也沒賺多少啊，您開染坊那麼些年，我們家還不是一樣受窮？而且染坊總有一天會絕種的。」吉昌這下是很老成地又放大聲音重複了一遍。

「講得輕巧，染坊絕種了，你不穿衣服了，世上的人也不穿衣服了？」福林不高興地說。

「爺老子，您沒見現在好多人都不穿我們這樣的粗布衣服了，隔壁三伢子的衣服多好看，布料軟軟的，又輕又滑，哪像我們的衣服，糙得很。」

「才念幾年書，就想搬書上的話蒙我了，越念越呆，乾脆莫念了。」

聽父親說不準他念書了，吉昌就急：「那我們就拿染坊打個賭。」

福林倔上脾氣：「怎麼個賭法？」

「染坊絕種，我就贏了，您就讓我選擇自己的事。」

「輸了呢？」

「輸，就任由爺老子您決定怎樣。」

後來，染坊生意果然日見清淡，黃泥山的染坊漸次變少。福林的染坊也斷了主顧，他彷彿一夜之間老了幾歲，鬢旁平添了許多白髮。

老岳父已去世，吉昌長成十幾歲的小夥子，福林又回了梅山。他走進堂屋，發現地窖被掘挖得稀爛，房子裏的物什也零亂不堪。這場景早在福林預料之中，是誰弄的，他沒有心思去細究，他考慮的是最危險的地方最安全，又重新在地窖裏放了一部分光洋。當然，他不敢冒險將光洋全放進去，而是分數處安置好隨身帶回來的被褥和布匹，他就坐在堂屋抽著旱煙發呆，一抽就是好幾個小時。

回來後，他不再弄染坊，每天跟著生產隊社員早出晚歸出工，小心翼翼地過日子，可這小心翼翼的日子也讓福林如芒在背，當了支書的蔣前進老是不放過任何一個刺探他的機會。福林好煩，好像他前生欠了蔣前進什麼，以至他這麼像螞蟥一樣粘著不放。福林憤恨地想，你蔣前進憑什麼呢，跟你前生無冤，後世沒仇。

不管蔣前進怎麼樣虎視眈眈，福林心裏從沒歇停過，他暗地裏叨念那些輝煌的日子，甚至在夢裏不懈地期待那些個日子的重臨。

蔣前進越來越像個瘋子，動不動就在村裏發神經，看到不順眼的人就大言不慚批評，搞得全村人在他面前走路都小心謹慎。

福林把自己關在家裏抽著煙，回想起蔣前進看他時兇狠的眼神，就坐臥不安，他明顯感覺到了往後所要面對的日子的分量。他從東廂房轉到西廂房，又從西廂房轉到睡房，不停地轉悠不停地思索。他搞來一些泥巴，兌上水，攪糯，捏造成一個泥人，先是往泥人身上惡狠狠踩了幾腳，然後就往泥人身上撒尿，只見他嘴裏不停地念叨：「蔣前進，狗卵日的……」

沒想，蔣前進還是搞去了一部分光洋。

上了當，福林更謹慎了。他把所有房間的門都插上栓，窗戶也都關得嚴嚴實實，整天不出門半步。他想把它們轉移到一個最安全的地方，以防不測，絕不能讓蔣前進這個王八蛋再拿到一個子。什麼地方是最安全的呢？一定要是自己能看得見的地方，睡著都能看見的地方才是最安全的，他心裏想著，突然眼睛定在了床底下，對，就是這裏，這個地方是最安全的，這個地窖在自己睡房的床底下，口子只有巴掌大，裏面卻足可以容下自己所有的光洋，當時挖這個地窖，他著實花了不少心思，因為不能讓外人看出端倪，所以口子設計得很小，上面用木板蓋著，還灑了一層泥土。外表上，如果不是有針對性的搜查，壓根就想不到這裏還有一個地窖，自己每天睡在這上面，這樣就不用擔心別人晚上來偷了。福林興奮得圍著睡房轉了好幾個圈，他馬上動手，把藏在各處的光洋都搬了過來，一股腦碼在床底，然後爬到床底下，摸索著揭開那個手掌大的暗門，那個暗門做得很隱蔽，在外面根本看不出那裏有個活動的木板，福林滿意地欣賞著自己的傑作，一邊把光洋安放進地窖裏。全部放完以後，福林把木板重新蓋上，站起身，左看右看，直到看不出任何痕跡，這才鬆了一口氣。

自打光洋藏到床底後，不管是白天還是黑夜，福林總要屋前屋後轉上無數次，吉昌半夜上茅房就碰上父親幾次，他都不知道父親怎麼深更半夜在外溜達，是幹麼子，以為父親有夜遊症，不敢驚動。

沒想幾天後，福林中風了。

吉昌長大了也懂事了，知道得好好照顧福林了。可是，每次幫福林洗臉換衣服，吉昌都不看福林的眼睛，更別說和福林多說一句話。時間愈長，父子倆間的話愈發少了，吉昌感覺與父親只是倆個同住一個屋簷下的陌生人。吉昌有時睡在床上想，他與父親之間到底隔著了什麼，使得他們間陌生到這種份上。是染坊嗎？是外公的死嗎？是父親一直以來對錢的吝嗇嗎？想到父親對錢那般吝嗇，吉昌的心便隱隱作痛，便不由自主的更拉遠了與父親的距離，尤其是母親的死。

七

蔣前進時不時來福林家串門，看秋香的眼神越發貪婪，秋香和福林都裝聾子當瞎子，既不給他機會也不得罪他。想當年蔣前進跟福林下益陽，福林把他當兄弟一般照顧，現在卻這麼待自己，福林想不通。福林做夢都想把蔣前進那雙色眼給挖出來餵狗，但表面還是兄弟長兄弟短地套近乎，這讓他像吃了狗屎一樣憋屈。

一天，蔣前進又來到福林家，當時，福林在生產隊出工，正在地頭鋤草，秋香當天病了沒出工，吉昌停課參加公社勞動去半山修水庫，不在家。蔣前進見到秋香，恨不得馬上抱起她丟到床上去。但他清楚秋香的性格，看似溫柔，實際剛烈得很。他強忍欲火，正兒八經說：「秋香，據查福林販賣土靛開染坊，私藏了蠻多袁世凱袁大頭啊，你們要積極上交，否則……」

「袁世凱袁大頭是什麼東西？」秋香滿頭霧水狀。

「袁世凱袁大頭是鑄在光洋上的頭相，聽說你家鑾多，還想裝蒜？」蔣前進湊到秋香跟前。

「沒有，我家沒有。」秋香見說是光洋，膽氣頓壯。心想，解放後，我不但沒見過光洋，就連聽也沒聽福林提起過，假如丈夫真藏有光洋，難道還欺瞞著我不成，不會的，絕對不會。秋香鑾自信，福林用她家的船販運土靛，賺的那點錢，她一直以為全投入了染坊。

「沒有？」蔣前進陰陽怪氣，抽冷捏了一把秋香肥碩的大腿。

「沒有就是沒有。」秋香忍著病痛從矮凳上彈跳起來，憤怒地說。

「查出來要有，怎麼辦？」蔣前進被惹來了氣。

「任你處罰。」秋香應得乾脆。

一副「心中無冷病，大膽吃西瓜」的坦然樣。

蔣前進狠狠瞄了秋香鼓起的胸脯一眼，突然快步走進福林家的堂屋，麻利地推開神龕揭開地窖板，一塊一塊拋到一邊，連聲說：「以為我不知道你家的秘密？」

秋香懵了，這神龕下怎麼會有個洞呢？自秋香嫁到這個家，就從不知道這神龕下還有秘密，福林從沒提過，也從沒見他進去過，這洞到底是用來幹啥的？秋香一陣眩暈，扶在神龕上喘了一會粗氣。

地窖織滿了蜘蛛網，透出令人反胃的潮濕濕的黴氣味。

秋香心裏犯起嘀咕：蔣前進怎麼知道這秘密的？自己在這屋子裏居住了這麼多年，竟一無所知，看來真有問題。秋香底氣打了折扣。

蔣前進在地窖邊略微遲疑了一下，最後還是信心滿滿地跳進了地窖，秋香也膽戰心驚地跟了下去。

大白天的，地窖裏卻很陰暗。蔣前進和秋香好久才適應地窖裏的光線。蔣前進像獵狗一樣東聞聞，西嗅嗅，萬萬不料，倒真的讓他嗅出些味來。他發現地窖壁上有一塊鬆動的地方，他心頭竊喜，頓時更來精神，用手只刨得一筒煙久，就刨出了一個洞。

洞內竟全是用油皮紙包紮成樹筒子一樣的一捆捆白花花的光洋。

秋香嚇了一跳，臉一下煞白。蔣前進放下光洋，反手一把抱住秋香，如同捏住的一顆豆芽菜，嘴像撲食的餓狗在秋香臉上亂蹭，邊蹭邊說：「你依了我，只要你溫馴，這事你知我知。」

「啪！」蔣前進臉上火辣辣的挨了一巴掌。秋香使勁推開他，瞪著眼：「你休想！」她順勢抓住身邊的菜刀。

蔣前進看看寒光閃閃的菜刀，只好撫著半腫的臉，爬上地窖，悻悻地走了。

好大的一塊玉米地，隊裏的社員一字排開，鋤草，大家有說有笑，磨洋工。福林忽覺頭重了一下，趕忙用鋤頭柄緊緊攥著。他生怕一不小心倒下地，惹社員們笑話。待至收工回家，秋香就衝他發火，摔家什，臉色很不好看。福林感到莫明其妙，得知是蔣前進找到了地窖裏的光洋後，他疑心頓起，他瞪著秋香：「沒有家賊，哪來外鬼，他蔣前進又不是神仙。」

「沒良心的，難道還是我告訴蔣前進不成。」秋香委屈地說。她一直以為福林是個一無所有的窮光蛋，萬沒想到，福林這麼能裝，居然藏了那麼多光洋，自己竟然一點也不知情，看來他從來就沒把自己當人看，連起碼的信任也沒有。平日家裏要是多開支一文錢都像挖了他的祖墳，自打嫁給他，沒過過一天有錢人的日子，連唯一的兒子也跟著受窮。想起這些，秋香恨恨地說，「你不是人。」

「娘賣麻皮的，難道不是嗎？」福林火起，他認定是秋香搗的鬼，除了這，實在找不到更好的理由解惑。

秋香沉默不語。她本來就氣憤填膺委屈莫名，加上受欺騙和多年的隱瞞，非常傷心絕望，福林不但不安慰，反而倒打一把，說出這麼短斤少兩的話，沒一點意思。她懶得與福林爭辯，隨便他說什麼也不理他。

發了一陣火，福林又把目標轉到蔣前進身上。他對緊緊盯住自己不放的蔣前進恨之入骨，他恨不得操起刀子殺了這個狗卵日的。可回過頭來一想，殺了他，自己就得償命，畢竟是犯法的事，況且，為這樣一個只會仗勢欺人鳥本事也沒有的人，賠他，不值。

這樣一想，福林妥協了。他立即動手將地窖裏的光洋搬走一些，但他不敢全部搬走，留下一半。他擔心蔣前進來了，不見光洋，自己沒個說法。

第二天晨茶時節，蔣前進帶著一隊民兵，大張旗鼓，不但搬走了他找到的光洋，還把福林綁了帶到公社，一會叫他坦白從寬、抗拒從嚴，一會又帶高帽子遊街。折騰了幾天，福林整個瘦了幾圈。

秋香心痛得大哭起來。她後悔，如果當時不逞口氣的話，蔣前進那鬼就不會跳進地窖裏了。

蔣前進將福林關押在大隊空房子，並安排民兵看守，說福林沒把問題交待清楚之前，決不可跨出房門半步。但福林是山上的老麻雀了，怎麼會輕易上當呢，他一口咬定所有的光洋全給蔣前進搜出來了，就這些，再也沒有了。蔣前進拿他沒辦法，只好去福林家裏找秋香。

蔣前進雙手背後，在福林家房子裏踱了幾個來回，才腆著乾癟的肚子對秋香說：「沒關你，是我不忍，你想清楚了再來找我，我還是那句話，你依了我，再把光洋全部交出來，我就放了福林。」

一隻雞跳到桌子上覓食。秋香厭惡地抓起掃帚惡狠狠地打過去，雞當場就掉落在桌子腳下，一副死相，沒幾秒鐘又搖搖晃晃走出了屋子。看來，如果不去找蔣前進，福林就不會放回來。

秋香將自個關在屋裏，猶豫了一天，傍晚時分，還是去找了蔣前進。

福林果真被放了回來。蔣前進指示幾個民兵，在福林家地毯式的再次搜索了一遍，沒查到光洋，最後，蔣前進站在福林家門口那塊木板橋上宣布：「鑒於福林認罪態度好，私藏的光洋已經全部繳了公，現暫時放回，但還需繼續改造思想。」

福林回到家，把自己反鎖在東廂房裏，他關上所有的窗戶，把衣櫃挪開，在牆上從左數到第十五塊磚處，他上下敲了敲，有一塊是空聲，他抽出那塊磚，伸手到裏面摸出幾十包油皮紙，打開一看，明晃晃的光洋，完好無損，他把光洋放回原處，磚還原，衣櫃挪回也歸了檔。一切恢復如初。他又跑到西廂房，挪開裝衣服的箱子，從牆角往門腳跟靠腳尖量了六步，再往中間量了兩步，輕輕往下一按，一塊板子彈了出來，是一個地窖，福林趴了下來，探身看了看裏面，很好，都在。福林想起自己十幾年前親手挖這些地窖，做那些暗倉的光景，暗自慶幸，幸虧當年自己有先見之明，早就準備好了這些個藏錢的地方，也慶幸自己把錢分散地藏在這些個地窖暗倉裏，否則自己幾年的心血就要泡湯了。他又翻看了幾處自己藏光洋的地方，都還在。他這才長吁了一口氣。

他懊惱自己的疏忽，竟讓蔣前進這廝收繳了那麼多的光洋，那可都是自己的血汗呀，是自己一桶靛一塊布掙回來的，雖然收繳的只是很少的一部份，福林就像被剜掉了一塊肉，心疼得不行，秋香叫他吃晚飯，他也沒胃口。只是狠狠地剜了眼秋香，那一眼比冬天的冰凌還冷。秋香下意識地打了個冷顫，臉上卻沒事一般笑笑，繼續忙自己的事去了。

整個晚上，秋香在福林的數落聲裏，也沒多說一句話，只管將自己溫熱的身子貼近福林。好像害怕福林再次被抓走樣的緊緊地抱住福林的身子。待福林一場酣睏醒來，身邊已是空蕩蕩的，被窩裏只剩下自己的熱氣。

他翻身坐起來，敞開喉嚨高喊：「秋香！秋香！」

窗外泛亮了，風刮過屋角和林梢的聲音，針一樣扎耳。福林犯疑，莫非我背地裏藏偌多光洋不該瞞住她，負氣出走了？秋香是個最不喜歡別人欺瞞她的人，更何況現在欺她、瞞她的還是她的老公呢？想到此，福林忙掀被起床，去找秋香。

整個村子找遍了，也不見秋香人影。秋香到底去了哪裏，沒有人知道。秋香就像從村子吹過的風，沒有半絲痕跡。

發現秋香屍體，是兩天後在村子下游的一個大壩上的事了。

福林在第一時間看到了秋香脹滿水的屍體，腦袋裏空白了一下，隨即飛快閃過自己第一次在吳師傅的船上看到秋香時的情景。羞紅的雙頰、曼妙的身姿與面前這具冰冷的屍體交替出面在眼前，福林死死地揪住自己的頭髮，在心裏說，秋香，我藏著、掖著，為啥？還不是為了以後，為了這個家，為了咱們的吉昌麼？難道我這樣也有錯？這樣也算對不起你嗎？

可惜這些秋香聽不到了，秋香已是劃聲而過的鳥，再也回不來了。

吉昌突然錐心地想母親，在吉昌的記憶裏，父親與母親幾乎沒有一天不吵的，每次的爭吵都離不開錢，他們家和村子裏別的人家一樣，生生受窮，有時為了炒菜缺鹽都要借過幾個屋場。他從來也沒在家裏享受過稍微寬裕的生活。

當年，吉昌到了入學年齡，該去上學，福林不同意：「讀書幹嘛，學會打算盤，會算個數就行了，我還不是斗大的字不識一個，現在不照樣盤養一家子。」

「就因為沒讀書，才要送孩子去讀呀。」母親苦口婆心地勸著福林。

「學再多以後也要回來開染坊，還不如現在就跟我學怎麼做生意，這個遲早要交給他，讀書，浪費時間！」

「你就讓孩子去學吧，我們都吃了很多沒讀書的虧，讀點書也沒有害處，說不準以後還能幫上你很多忙咧。」母親好說歹說，父親終於鬆了口。

可是，吉昌並沒有在上學這件事情上得到過父親的全力支持。每次開學要交學費的日子是吉昌最愁苦的日子，作為一個孩子，他過早地學會了幫助母親操持家務，也自然而然學會了擔心一切家裏支出，比如他的學費。

總是一拖再拖，直到學校催促了好幾次，福林才慢吞吞地把錢交給吉昌拿去交學費。

有時候，吉昌真的以為是家裏沒有錢拿來交學費。可是有納悶，每次父親推脫之後，既沒有出去借錢也沒有當東西還是拿出錢來。兒時的吉昌想：或許是父親不樂意自己去讀書才這樣的吧。

可是後來才發現，福林對自己也一樣。福林生日那天，秋香欣喜地上街割了一塊肉準備晚上一家人好好為他過個生日。在街角剛好遇到福林回家取東西，見狀，福林慌慌張張地拽著秋香的手臂就往家走，捏得生疼也不管不顧。到了家裏秋香才掙脫，責怪他這是在幹嘛？

「你就這麼急著炫你錢多啊？」眼睛裏的火彷彿要燒到眼外來。

「今天是你生日。」看著秋香轉身走了，福林也出門去了染坊，一路上還擔心旁人問起自己不知道怎麼解釋呢。

其實，從他身邊走過的人壓根是連眼角都沒瞟下一路忐忑的福林，都在為每日的生計奔忙，哪有閒心去管人家的事哦。你有也好，沒也好，跟誰也搭不上邊，當然這除了蔣前進之外。

吉昌還清楚地記得，就在母親投河的前兩天晚上，他睡到半夜迷迷糊糊被抽抽嗒嗒的哭聲給驚醒，父親被蔣前進扣了，就他和母親在家。他循著哭聲看見正在傷心的母親，母親的眼睛血紅血紅，腫得像核桃。他從沒見母親這麼傷心過，以前母親再苦再累再急也只是歎氣，從沒有這麼悲慟，他嚇壞了，撲過去拉著母親的手喊著：「娘，發生了什麼事呀，您告訴我，有我呢，有吉伢子呀，您別一個人委屈呀。」

「崽呀，娘對不起你，讓你沒過上一天好日子，娘無能，你那個該千刀的爺，他不是人，每天為錢跟我置氣，這裏摳，那裏掰，我跟他窮了幾十年，恨不得一分錢變兩分錢用，想想你外公死後，連副像樣的棺材都沒捨得給他買，到如今卻發現家裏有那些光洋，你爺又被抓了，現在可怎麼辦呀。」

「娘，您別急，他們要的是光洋，又不是人，我們只要把光洋交上去，人就可以放了呀，娘，您千萬別急，把身子急壞了。」吉昌真不知父親怎麼想。錢是好東西，人掙了錢是用來花的，掙的錢不花，那錢百無益處，不就成了一堆狗屎，這麼簡單的道理，父親怎麼搞不懂，是不是他腦殼進了水了。拼死拼活的掙錢，為的就是花啊。

「崽呀，你以後，一定不要像你爺老子一樣，千萬別鑽進錢眼裏，一定要對自己的家人好。」頓了頓，母親又抽泣著說，「你爺是不好，把錢看得比命還要緊，可他也是苦出來的，他自己也沒過過好日子，現如今身上穿的還是前年我給他做的那件藍布褂，他也沒吃過什麼好的，他就是那種人，你也別恨他，別跟他置氣。」

「娘，您別急，您放心，我當老師了啊，到時發工資了，我給您買好吃的，好穿的，讓您好好享受，享受。」那陣子吉昌剛當老師，母親歡喜得跟個孩子樣。

「唉，娘知道崽的心思，娘懂。」說完，母親把吉昌緊緊地抱在懷裏。

十七歲的吉昌蜷在秋香手臂裏，兩行清澈的淚在臉上快速爬開了。此刻，吉昌腦海裏滿是父親福林的影子，有弓著背搬東西的樣子，也有火冒三丈和母親吵架的場景……記憶的碎片交叉出現，吉昌的視野一片模糊。

父親被蔣前進放回來的第二天，母親投河自盡了，望著母親直挺挺地躺在地上，身上穿著的還是那件洗得發白的土布衣服，再看看旁邊表情呆滯的父親，吉昌叩首哀號。

八

日頭翻過柚子樹，悄悄湮滅在山地無邊的夜色裏。

夜，黑沉沉地來了。

吉昌劃一根火柴，點燃灶肚裏的乾柴。他準備幫爹弄點吃的，比如稀飯麵條什麼的。福林困難地打著手勢阻止他，自己抱了些地瓜扔進柴火裏。福林喜歡吃煨地瓜，硬邦邦的地瓜煨熟後，軟乎乎、香噴噴，剝了皮趁著熱啃，味道特好。

福林和吉昌坐在火塘邊，火光把他們的臉照映得像樹上熟透了的上過霜的蘋果。福林望著火，吉昌也望著火，兩個人都聽著柴火發出的劈劈啪啪的聲音。

吉昌剝了個地瓜遞給父親，看著他狼吞虎嚥地吃著，說不出心裏是什麼滋味，想想自打媽死後，還是第一次這麼近距離看自己的父親，很多人都說父親是個精明的生意人，可吉昌壓根沒在父親身上看到半點精明的成分。打小家裏就是捉襟見肘，沒見著比別家強，想著母親在世時，經常出去東挪西借，如果不是母親堅持送自己上學，可能現在也與眼前的父親無二樣，也就是個沒出息的懦夫。吉昌打小就不喜歡父親，恨父親每天只知道染布，甚至很少抱過他，親過他，恨父親每天關在屋子裏，恨父親害死了母親。這些都讓吉昌與父親之間隔著一堵牆，陌生，冷漠。

可看著眼前這個男人，吉昌又泛出些許的同情，他不知道這個男人究竟有多少秘密，也不知道這個男人究竟為什麼而活著。

屋裏柴煙嫋繞，想找到一個透氣的出口。

吉昌直愣愣望著父親，飄來的柴煙鑽入眼裏，熏得他直淌淚水。

福林雖眷戀那些扯談起來唾沫飛濺的日子，但好歹也算得上個莊稼人，農活樣樣精通，粗細使得。屋前屋後，開門就見山，柴砍不盡燒不完，夠他受用一生。他習慣了柴煙的熏灼，這樣的生活，他很滿意。

吉昌眼睛掠過跳動的火苗，看著那張剛從糞池撈出來的充滿皺褶的臉。

福林沒理吉昌，自顧自綽起一把鐵夾翻動煨在火塘裏的紅薯，夾出紅薯探一探，捏一捏，沒熟透，又重新煨進去。他喉結唾液上下吞咽，發出咕嚕咕嚕的聲音。

吃夠地瓜，福林滿足地一手提著透明玻璃瓶做的煤油燈，一手扶著被柴煙熏黑的木板牆，踉蹌著，往堂屋挪動。吉昌趕緊一步跨到爹身邊，懼怕他又跌著哪裏。

「你去做麼子？」

福林狠狠挖了兒子一眼，撥開他攙扶的手。吉昌只得木然跟隨在爹後面，做不得聲。他把那根苦竹做的拐棍推爹手裏。人老了，拐棍不失為一個極好的靠物。

從木壁縫裏灌進來的賊風吹得燈光東歪西倒，險些滅了。

討厭的夜將黑暗濃縮攏來壘成一堵堵墨染的牆，包廂一樣將四面八方籠罩。福林提著煤油燈向前邁一步，漆黑的牆便往後退讓一步。但這黑暗也像是故意戲謔他，時不時牽一牽他的手，拽一拽他的衣襟。福林幾次趔趄差點絆倒，他惱恨極了，使勁地揮了揮手，好像想把黑夜趕得遠遠的。

費了好大的勁，福林終於挪到了堂屋正中有地窖的神龕下。他瞧見牆上貼著一張女人放大的相片，哭喪著臉，相片蒙著一層新塵。過去，福林是常有揩抹的，只是前段病重便耽擱下來了。他久久地端詳著相片上的女人，感覺鼻子酸酸的。他輕輕地仔細地擦拭照片上的塵埃。

吉昌肅然凝視母親。她彷彿正盯著神龕下的地窖，默默祈禱、保佑他們父子。

福林顫顫巍巍揭開蓋在地窖口的木板，將煤油燈伸入地窖。

地窖裏冷森森，空空如也。

看見這地窖，福林模糊的意識又回到了那些坐立不安的歲月裏。

福林托人將秋香一張舊照放大，貼在堂屋正中牆上。孤獨時總要在秋香的照片前嘮叨一陣，那照片雖然不再鮮活，一些角落甚至被時間這隻狗啃出了洞，殘缺不全，倒也像秋香在時一樣伴他度日。如果日子津甜，心事順達，照片上的秋香就笑靨滿臉；如果日子苦澀，心情煩悶，照片上的秋香就鬱鬱似哭。

而此時的秋香看著他，一臉的迷茫。

在福林眼裏，妻子不過是人活著的一個伴物，人在的妻與相片的妻是一回事，沒區別，只要有個伴就行。他一直沒認為自己有什麼錯，藏著那麼多光洋捨不得花還不是為了子孫？雖然秋香跟著我受了一輩子的窮，但我自己也同樣窮著苦著，我何嘗不想一家人過富貴人家的日子？高貴地活著令人欽羨？但那富能露嗎？我要是把那些光洋說了，婦人家的還能藏住秘密？福林有時也怨秋香，怎麼就這麼看不開呢？人生險惡啊。

福林望著手背上愈來愈多的老年斑，無可奈何，他感到內心那根弦緊繃繃的，瘦成一條絲線，再也承受不了任何壓力了，如同耕地的牛累了想把套在牠肩上的牛彎取下來，但牠又做不到，只有更加的煩躁不安。福林曾聽說，古時候，大凡富貴望族都喜歡用金銀做陪葬品，一來顯示自己富有，二來金銀帶往天國，來世也是個富有的人。誰料，突然岔生這該死的劫數，他痛恨老天，讓病痛來得這麼倉皇，這麼突兀，以這樣迫不及待的方式，使他來不及妥善安排。

九

福林一夜無眠，不知不覺，天漸漸亮了。

窗外的柚子樹遠遠地站著，看得見枝頭上高高的柚子球樣的影子。不久，屋簷下傳來了嘰嘰喳喳報曉的鳥語。吉昌用冷水毛巾敷了敷熬紅的眼，煮了一碗麵條擱桌上，留給爹。第一節課是他的語文課，吉昌不敢耽誤。

吉昌一走，福林好像變成了一隻獵犬，貓著腰，從東廂房到西廂房，西廂房到東廂房的，踅來踅去，鼻子使勁的四處嗅。零亂雜碎被扔得東一件西一件，滿地狼藉。還是沒找到他所希翼的東西。他兩腿沉重，石頭一般僵硬，再也拖不動了，他想安靜地在床上躺一會，喘一喘氣。

床腳下隱藏著一個不顯眼的小地窖，鋪地窖的木板因為地氣潮濕又加上蟲蛀，生了一小段麻麻密密的窟窿眼，已徹底腐爛了。福林步履踉蹌，正好一腳踩中了那段腐朽的木板，木板一受力，猛然斷陷。福林整個人失去重心，往前一撲，「喀吧」一聲，苦竹做的拐杖撅成兩截。他額頭磕在床沿上，頓時勃起雞蛋大的一個血泡。

福林遽然醒悟，傻傻樂著，竟喃喃說出話來：「找到了，這遭找到了。」

他不顧疼痛與額頭腫起的血泡，把地窖裏的東西一股腦搬出來，一邊搬一邊說著，聲音越來越大：「找到了，終於找到了，找到了，終於找到了。」

福林抓了幾捆，扯掉油皮紙，露出明晃晃的光洋，他抓了一把放在掌心，緊緊貼在胸口，像呵護失散多年的孩子。他著實擁有過這些光洋。這些光洋的確屬於他。他記得曾經多次滿懷興致用嘴挨個吹拂過這些光洋，聆聽光洋發出的美妙的音樂聲，那是多麼地令人快慰啊。

福林激動地把那些捆著光洋的油皮紙都剝開。

床鋪上，光洋壘成高高低低的山峰，壓得床板吱嘎吱嘎響。

望著這山堆一樣的光洋，福林晦暗的眼神忽然發亮，眼裏流出濁淚來，他在心裏嚎叫著，「我有光洋，光洋永遠不會貶值，我要開染坊，我要開一家最大的染坊。」他拿出一摞光洋，「孩子他娘，這些給你，你去買件像樣的衣服。」接著他又碼出兩摞，「吉伢子，這些光洋給你，去買點好吃的。」「岳老子，這些給你，去打點酒，割塊肉，晚上咱岳婿倆好好喝上一盅。」「姓蔣的，你這個挨千刀的，你狗眼就盯著我這些光洋，哼，你以為你能搜盡我的光洋，哼，你算個鳥，你他媽就是個沒屌的種，拿著雞毛當令箭，你算個什麼東西，哼，給我提鞋都不夠格。」「吉伢子，你爺不是孬種，你爺是頂天立地的漢子，你爺是個富翁，你爺開染坊賺了，你爺沒騙你，你也開染坊，你也能賺很多，比你爺還多得多。」

福林趴在光洋上，那光洋折射的光照得他腦袋有些發沉，各種意象紛至遝來。他看到秋香伸手向他走來：「給我錢，給我錢。」這是秋香在世時，說得最多的話。老吳師傅向他走過來：「給我吃的，我要吃的，我肚子餓。」

秋香穿著發白的土布衣服，恍惚就站在對面，音猶在耳：「你回來了，就好，吉伢子你要照顧好，我走了。」

「不！不！不要走！」福林吼著。可秋香飄走了，穿著那件發白的土布衣服，像仙子一樣和風一起冉冉飄走了。

娘賣麻皮的，找到了又怎樣。無奈指縫太寬，時間太瘦，過去的日子悉數水一樣流走了，不會回來了，秋香也回不來了，到這時，他方才徹悟。為了這些狗日的光洋，他吃盡了苦頭，擔驚受怕一輩子，從來沒有給他帶來過踏實的開心和快樂。他越想越委屈，把那些光洋一塊塊往門外丟，就如丟小石頭塊塊。

那些光洋長期藏身暗黑的地窖，久沒起用，現在重見天日，獲得自由。它們興奮得似一個個芭蕾舞演員，即便沒有音樂，沒有舞伴，也照樣蹦蹦跳跳，撒著歡，越溜越遠。

飛翔的種子

一

從別墅搬出來後，丁世貝租了套靠圍牆的民房，一樓，樓外略嫌逼仄，出門走幾步，頭就可以碰到圍牆上去。粗糙的紅磚水泥圍牆上，贅生出一棵香樟樹幼苗，正被晨風搖曳。這顆被風吹落的香樟樹種子，蝴蝶般飛翔至此，竟在這種放不上腳的地方把根子扎了下來。那樹苗還沒豆芽菜肥大，有點背彎，只見它的根鬚伸到哪裏，哪裏的水泥土就暴裂出縫隙，好像小香樟樹的根每前進一步，水泥土就往後退縮一步。

丁世貝站在那裏看著俏皮的小香樟樹想入非非，漸漸地，石頭樣鬱結的心緒也鬆鬆落落了。不料，一陣古怪的勁風從意想不到的角落旋來，打著呼哨，香樟樹苗的根鬚就像手指，緊緊抓牢在水泥牆壁上，不放。那旋風好像是故意奔樹苗而來，也許是看不慣這種生命的囂張，肆虐地拉著，拔著。它們就這麼耗在一起。這樣的較量，讓丁世貝緊張，心焦，來不及緩過神，已聽到「滋」的一聲，小香樟樹與水泥牆壁生生剝離開來，任由風旋到了天空之上，飄到圍牆外不見了。丁世貝悵然若失，恍若給什麼蜇了一下，感覺世上所有的東西都團在那裏不動了。

他就躁煩。

他返回家裏，像一隻蔫茄子，什麼也沒心思做。房間裏到處彌漫著速食麵的味道。他把速食麵、熱水瓶擺放在身邊的茶几上，餓了就泡著吃。吃過的速食麵盒子在他面前堆成了一座小山，任由蚊蠅在其間捉迷藏，嬉戲。

過去忙忙碌碌的時候，丁世貝老是盼望能得一刻清閒，如今真的沒事做了，卻又感到無所適從，雙手都不知該往哪個地方擱。正難為之際，手機響了。這突如其來的手機叫聲倒把他駭了一跳，走霉的時候，會有誰還記著他呢。

以往，丁世貝每天要接聽上百個電話，談公事的，彙報工作的，約打高爾夫球的，請吃飯的，等等。而現在，手機開不開機都無所謂，反正沒人再會惦記自己，就算丁世貝很單純地想給人打個電話聊聊天，對方也認為是找他借錢，怕惹什麼麻煩事，像哮喘病突然發作，忙不可待編個理由掛了電話。

真他媽背。

電話是和尚打來的，他說木木每天晚上在別墅門前絕望地嚎叫，消瘦得不成樣了。丁世貝喃喃說：「是麼，木木還在麼。」

木木是丁世貝餵養的一條土狗子。丁世貝生肖屬狗，自小對狗就有一種特別的親近。每天回到家，無論多晚，丁世貝從不忘與牠遊戲嬉鬧一陣，一天的煩惱苦累也就在這嬉鬧中，淡了，沒了。

然而在搬家時，卻把木木弄丟了。

丁世貝記得，那天，搬家公司的車停在門外，司機撳得汽車喇叭一個勁響。木木跑了出去，牠好久沒見過陽光了，陪著丁世貝在家裏悶了十數天，一聞到外面的新鮮空氣，就放腿跑起來，看上去活像個判無期的囚犯因一次偶然的機會出去放風而肆意快活。

當所有應搬的東西都搬上了車的時候，丁世貝才發現唯獨少了木木。他急得在附近到處尋找，大聲呼喊木木。搬家公司的人在一邊老催：誤一個小時，差不多可以搬完一家了，時間就是銀子呢。丁世貝給每人裝了一輪煙，一邊和他們套近乎。他希望一支煙的工夫，木木會突然出現在視野裏。沒想，丟掉煙屁股，搬家公司的人不耐煩，便不管不顧，把車開走了。

木木回來時家門已上鎖，只看見搬家公司車屁股後面的塵煙。

繁華的都市街道上出現了這樣一大奇景：搬家公司的車在前面跑，一條土狗豹子般在後面不要命地狠追，車滯了一長溜。後面的司機見到這瘋子一樣的土狗，都受感動，也不鳴喇叭，只小心地放緩車速，生怕傷到牠。

直追出幾條街道後，木木開始氣促，耷拉著吐出的舌頭，腿也踉蹌得不成章法，與搬家公司的車距離越拉越遠。經過一個十字路口，紅燈亮了，木木視如無物，一徑闖將過去。牠眼裏只有前面搬家公司的汽車，沒看到一輛搞環衛的翻斗車從斜裏繞過來，竟猛然撞在環衛車的輪胎上，木木當時就倒了，血流滿地。那司機主動把車停下來，詢問誰是主人。路邊一男子親眼看見木木在車屁股後面瘋跑，料定這是一條無主的狗，他裝成主人的模樣，鐵著臉，堵在車前，硬是讓司機賠了兩千元現金才放行。

司機將木木丟在翻斗車廂裏，一副給了錢老子比你爺還大的樣式。他怨恨那男子臉皮尺厚，要錢不要臉；他憎惡木木，沒長眼睛的東西一撞就撞掉他一個月工資。車過大橋時，他將車屁股對著河面，高高擎起翻斗車箱，木木像石頭一樣飛墜入了濤濤河水中。

少了木木在身邊，丁世貝感覺渾身不自在，食不知味。

木木，你還好麼？

他擔心時間過去這麼久了，木木恐怕早已是凶多吉少。沒想，一周後，木木不但活著，還回來了。

在那個迷霧尚未散盡的清晨，木木用完了最後的力氣，終於抵達別墅門前的第一層臺階。木木飽受饑寒和傷痛，毛髮晦暗，皮包骨頭。牠後腿虛拖在地上，支撐著兩條前腿往前蹭，一寸一寸，七八里路，牠用了一個禮拜。

丁世貝看到滿身污漬的木木，鼻子發酸。

他怕弄痛牠，打的把牠小心地抱回出租屋，親自熬了一碗鮮肉湯，就像待嬰兒似的一匙一匙餵著。木木睜開眼睛，親熱地摩挲著丁世貝的手，彷彿為自己終於回到主人身邊而感到欣慰，忘記了曾經遭受的所有委屈和傷害。

丁世貝打來肥皂水，動手把木木的毛髮清洗乾淨，用電吹風吹乾，拿自己梳頭的梳子細心梳理。他發現木木後腿礙眼，一摸，是斷了，瘀紫了一大片，他又疼愛地，小心翼翼地包紮起來。他只能檢查到這種簡單的明傷，至於內傷他也無能為力了。木木乖順，一動也不動，配合得很默契。

二

夢澤園還是夢澤園，依舊是原來的老樣子，人們出出進進，多個把人少個把人都無妨，照樣熱鬧。事業輝煌的時候，這座城市的娛樂休閒場所，丁世貝大多去過，唱歌，洗腳，按摩，喝茶，想做什麼就做什麼，前呼後擁。

他是夢澤園的老顧客，這裏的員工沒有不認識他的。剛一落坐，夢澤園的服務員把茶輕輕擺到他面前，站在身邊禮恭畢敬說：

「丁總，請用茶。」

「謝謝。」丁世貝臉上不由得一紅，有點忐忑。過去服務員這樣叫丁總，丁世貝沒覺出什麼不對味，現在怎麼聽怎麼像挖苦。往些時候，即便是那些不相識的普通客人，服務員也習慣叫張總李總的，那是出於禮節，客人聽著高興就行。

夢澤園的一隅，和尚經常坐在那裏喝酒。

和尚是丁世貝住別墅時的鄰居，省宗教事務局的。他生就一張國字臉，細皮嫩肉，如果不是走路鴨子樣一趴一趴的，還真有點像唐僧。說他是和尚，卻不見他剃光頭打綁腿，也不見他穿佛衣吃齋飯，只是四十歲的人了仍孑然一身，大家都叫他和尚。很多關心他的朋友紛紛給他介紹對象，這些對象裏頭也不乏才貌雙全的人，他總是口頭上先答應看看，請一頓飯後，他笑著對女孩說，你應當叫我叔叔呢。偶爾，他說這世界污濁得面目全非，極難找到清純善良的人了。於是，那些朋友又給他去鄉下物色純真女孩，及至真的找來了，他便說這裏短了那裏長了，這裏滿了那裏陷了。沒有一個合意的。

丁世貝從和尚的出身上似乎瞧出了一些端倪。和尚母親是尼姑，父親是一座名山的得道高僧。如果不是「破四舊」把和尚尼姑統統趕下山還俗，就沒有他父母的姻緣。那時候，他父親六十多了，母親也四十多，他們之所以結合到一塊去，是為了擁護響應黨和政府號召，壓根沒想到一把年紀了，還能下出種來，要不，和尚還不知在哪棵樹上盪秋千呢。和尚遺傳父母身上的基因，照丁世貝猜測，他遲早是要出家的，和尚還說親眼見到他父親坐在椅子上圓寂，圓寂時他看到父親身上籠著一團幽幽微光。說起時，他好像對父親很神往，之所以目前還沒出家，因為他一時還割捨不下塵世的燈紅酒綠。

這只是一種猜測，畢竟和尚沒有親自當著某人的面說過他要繼承父親的衣缽做和尚。丁世貝老策他：「和尚，你有車有房，父母雙亡，若是某天真的去山上做了和尚，去之前，你把車房押到夢澤園來，供我們這些朋友們喝酒埋單，免得浪費了。」

和尚就笑。

丁世貝見和尚一個人坐在那裏，湊近去坐在對面說：「和尚，我們喝一杯？」

「歡迎啊，土包子。」和尚眉開眼笑，像彌勒佛，「服務員，再添一付碗筷。」

丁世貝與和尚沒有生意往來也就沒有利害衝突，工作生活各不相干，和尚也沒當他落魄人看。丁世貝才有心情與他喝上一杯。

和尚直呼丁世貝土包子，丁世貝不樂意了，說為什麼在這個時候奚落他，落井下石。和尚笑著說你看看自己的模樣，香煙叼在嘴上，說話土裏土氣，行動縮手縮腳，渾身冒著泥土氣。和尚說得不無道理。丁世貝老家在梅山，孤身一人來到省城，帶來了很多不良習慣。如今，少了財富撐腰，這些平常不顯眼的不良習慣又突然很扎眼，藏都藏不住，掩了這露了那。

丁世貝埋頭喝酒的樣子好像所有的痛苦和無奈都寫在了臉上。

他媽的老子過去怎麼沒聽到人叫我土包子，現在倒楣連名字也隨便被人改了，真是龍遊淺水遭蝦戲啊。

和尚只是笑，莫測高深。他哪壺不開提哪壺，「丁世貝，不要成天掛著個苦瓜臉，大老爺們的，虧了就虧了，重新再來，憑你的能耐，即使沒有雄厚的資本，做個門客也能讓你活得很滋潤。」

「和尚，你懂套路，幫我找座山出家算啦。」

「看你六根末淨，沒門。」和尚哈哈大笑，不屑一顧。

丁世貝的眉宇蹙成了個八字。和尚亦莊亦諧的，雖然不像在挖苦他，但丁世貝還是感到他的話就像一隻瓢蟲在心裏爬著，不舒服。破產是破產了，靠做個門客來養活自己，丁世貝拉不下這個臉。彷彿自己真成了廢舊倉庫裏還能壓榨出一點剩餘價值，並隨時等待備用或者報損報廢的閒置物品。誰一生中沒個起落，落得低，那也是跳得高的前奏。在他眼裏，門客多少有些無奈和卑賤。

酒真是好東西。幾瓶啤酒下肚，丁世貝不見上廁所，和尚去了二趟。很快和尚點的酒只剩空瓶子了，他又叫來一件，說：「丁世貝，我們認識這麼久了，難得有興致，來較個量吧。」

「較就較，怕個鳥。」丁世貝不知是跟和尚較上了真，還是跟別的什麼較上了真，看看和尚瓶子空了，趕忙把自己面前的啤酒一口灌進肚子裏，說，「和尚，我不占你便宜。」

和尚握著酒杯，似笑非笑。

不知何時，店裏已變得空蕩蕩的，只剩他倆。夢澤園的人站在旁邊看著他倆喝啤酒，看樣式店鋪要打烊，時間不早了，他們又不好催促。他倆旁若無人，不知不覺，一件啤酒又見了底。和尚喝一瓶與喝一件啤酒並無多大區別，他站起來說，別耽誤人家打烊，不喝了。和尚開車送丁世貝到家門口，丁世貝緊緊抱著和尚不鬆手，說：「兄弟，我們再找個地方接著喝。」

和尚說：「看你東倒西歪的，早點睡吧，改天喝。」

和尚掉轉車頭走了。丁世貝一屁股跌坐在路邊的水泥地上，看著和尚的豐田越野車遠去，消失在深不見底的巷子裏。

做房地產生意的老鄉謝尚松來訪他，說生意上遇到瓶頸，向他討教。丁世貝自嘲地笑道：「我現在哪還能指點別人，自己都頭破血流了。」

謝尚松懇切地說：「你有眼光，有經驗，這圈子沒人不服你這點，你的失敗，也證明了你的野心和能力。」因為是家鄉人，丁世貝沒再做過多搪塞。泡了茶後丁世貝坐了下來耐心聽謝談他的事。聊了一上午，丁世貝針對謝尚松的問題提出了中肯建議，開門見山。謝尚松感歎說要是有個像你一樣能耐的合作夥伴就好了。謝尚松隨口一句感歎，丁世貝以為謝尚松有意想拉他一把，趁勢問：「我怎麼樣？」

謝尚松立刻換了語氣，說：「你拿兩百萬資金入股，就可以。」

丁世貝原想或許有文章可做了，他早有與人合作的念頭。搭個順風車，翻個身。聽了謝尚松的話，他笑了笑說：「跟你開個玩笑，當不得真。」

「像你這樣的大能人，誰跟你合作，生意不紅火才怪呢。」謝尚松酸酸地掩飾說。丁世貝只是微笑不語。

他一直盤算著一個合作計畫，想利用自己多年來積蓄的人脈資源，在房地產這個行業上起個浪。人脈資源也是一筆無形資產，用活了，也不會占別人多大的便宜。關鍵是別人看不到他這種無形資產。

看到謝尚松陰晴不定的那副臉孔，丁世貝沒有再說下去，要是拿得出兩百萬來，他哪會出此下策去動與人合作的蠢念。

謝尚松面露尷尬，本來約好中午去夢澤園吃中飯的，臨邊他忽然說還有重要的事沒處理，站起來慌慌地跑了。

丁世貝寒心了，謝尚松初來省城創業，丁世貝沒少幫他，沒資金幫他找銀行貸款，用自己的資產擔保，要項目，帶他拜訪官場人物，尋求政策支持。如今落難，他卻兩手一攤，拜拜。丁世貝懊惱地站起來，也沒送謝尚松，只狠狠地用拳頭往牆壁上砸去，恨不能將牆壁砸穿一個窟窿。謝尚松到省城來順利地搭進了腳，還以為自己幸運，怎麼就不想想曾經他是怎麼樣幫他度過難關的呢。

謝尚松走後，門沒關好，敞開一條縫。木木無聊，不知什麼時候溜出去了。

四月的太陽照在院子裏。

院子裏的香樟樹高高大大，繁枝密葉間穿梭跳躍著清一色的喜鵲，牠們每天不知疲倦地歡叫著。照民間的說法，喜鵲叫是要來喜事的。丁世貝想，此刻的自己，能有什麼喜事？

這個院落過去是地主的莊園，後來城市擴張，才遭房地產商開發了，房屋依地勢高低而建，一條水泥路蛇一樣直通院子頂端，路面上不時跳著砂子發出的光芒。木木小跑著，像在尋覓什麼東西，又像在閒逛，一路跑跑停停，東張西望。不多久，就到了院子上面的圍牆邊。

挨圍牆邊那個八棟樓房裏住著夏西。

夏西是個三十歲還沒對象的剩女，她有個習慣，喜歡沒事就把傢俱什麼的搬動一下，如同老鼠搬家似的沒事找事。只要沒上桌打麻將沒談生意，她就一個人窩在家裏擦地板，打豆漿，煨紅薯，餵了典典再餵自己。

典典，是她餵養的一條寵物狗，母的。典典生得氣質高雅，走路從容不迫，帶她出去頗能顯示主人不凡的身份。不過，夏西極少帶她出門，也不准牠隨意出門，當一件寶物收藏在家裏。夏西自身就魅力無比，用不著拿典典來襯托，隨意帶牠出來，瞧著倒更像是顯擺。典典天天蝸居在家，是否心生怨意，不得而知。但牠還是很聽夏西的話。看形情牠十分瞭解夏西，對夏西的各種言行進行無條件地妥協和謙讓。夏西將典典當家人當朋友，呵護備至。

木木真的交到了桃花運。

牠饒有興致跑到園牆邊的時候，正遇著典典跟在夏西腳跟後出門。

夏西見天放晴了，老在家裏悶著也難受，就帶典典出來領略一下新鮮空氣，遛遛。不期遇到了木木。木木初見到典典，以為得了玩伴，就大膽地挑逗牠。起初，典典以為木木想欺負牠，不停地躲閃。木木鼻子在典典身上不停嗅著，不時用前爪撫摸牠的頭，尋到朋友的歡快全表露在了這親熱的舉動上，典典明顯感覺到了。

典典從沒接觸過異性，沒想到異性的氣息這樣有趣，一下子就吸引了牠全部注意力。牠開始回應木木的挑逗，氣氛漸漸融洽。

夏西看不慣。她以前沒見過木木，不知牠是從哪裏突然鑽出來的野狗，黑不溜秋，耷拉著耳朵，走路有點跛，一點也不招人喜歡。她敢斷定那不是一隻好狗，起碼不是一隻純粹的富貴狗，或者牠還是隻來路不明欠教養的雜種。

高貴的典典怎麼能和這樣的狗交往呢。她斷然呵斥典典回家。

典典似乎滿心的不情願，但還是聽話地一步步退入防盜門內，一對漂亮的大眼睛含情脈脈望著木木，清澈得像要滴出水來。看著典典戀戀不捨的樣子，看著防盜門框當一聲關上，木木好長一段時間都在那附近徘徊。

往後，只要得著機會，木木便往那地方跑，那裏有著無盡的歡愉。典典好像也在盼望著牠。只要遠遠覺察到木木輕快的腳步，典典就莫名興奮，再也沒有心思做其他事。

牠們幽會的次數越來越多，越來越頻繁。當然，這一切都是瞞著夏西偷偷進行。有時是白天，有時是晚上。夏西壓根沒想過牠們會有來往，終有一天，夏西發現典典懷孕了。一發現典典懷孕，夏西的臉刹時黑了，心想：我都沒越雷池半步，你怎麼可以這樣不循路數啊。她就極想狠抽典典，想要抽出和她身上一樣的自尊自愛來，但轉念她又自責，是不是神經病了，怎麼能跟一隻畜牲去比較呢。

畜牲畢竟是畜牲啊。

一想到典典要生產，夏西就恐懼，雖然狗與人不同，但終歸也是生產。夏西替典典擔心，自己又不懂如何護理典典安全分娩。這工作毫無頭緒，無從著手。她尋思責任怎能由我一人來承擔呢，非得找出那個肇事者和牠的主人。

無論如何，夏西心裏都不能平衡，彷彿她成了受害者。在她的心目中，典典是聖潔的，哪隻野狗把典典聖潔的身體給糟蹋了？便宜是隨便可以占的麼，她思量著怎麼樣找到那個畜牲的主人討一個說法，豢養了狗卻不知嚴加管束，放任自流，禍害鄰里。

木木知道夏西不喜歡牠，有時也不忘報復一下夏西，比如特警一樣偷襲，將夏西出門要穿的鞋子藏起來，或是在她洗衣服時，趁她不注意偷偷叼了她的內褲襪子之類塞在下水道裏，以至洗衣機裏的髒水無法排放。她一味納悶，剛剛還好好的，怎麼突然就堵塞了？這時候，木木就樂，誰讓你平素高高在上，不把我當東西看待啊。

那一天，夏西撞見木木和典典在一起，以為又在偷偷約會。她順手操起一根短木棍子打將去，嚇得一對狗鴛鴦散開了。典典嗚嗚咽咽，像在求情，木木遠遠張望著她，低低吠著。夏西用棍子指著木木，呵叱道：「你也知道犯錯誤了！好，你的主人在哪裏，現在就帶我找去。」

木木像知錯的孩子，低著頭，徑直把夏西領回了家。

丁世貝坐在沙發上正用手機上網，在ＱＱ農場種菜偷菜，傳說ＱＱ農場有一枚神奇的種子，三千年一開花，三千年一結果，三千年才有一枚種子誕生。如今這枚種子就隱藏在手機騰訊網的某個角落，打開稀世寶箱就有較大機率獲得。丁世貝幾乎整天整天在每個角落尋找，樂此不疲。似乎找到那枚種子就能給他帶來希冀轉機。他眼角的餘光瞥見木木，抬起頭，卻望見這個手持木棍，橫眉豎目的女人，有些驚訝。

「先生，你好，這是你家嗎？」

「是啊，請問有什麼指教？」丁世貝覷著她手裏的木棍。

「你，你家裏就你嗎？」夏西覺得沒必要跟一個男人理論狗懷孕的事，她期待和這個家的女主人商討。

「有啊，有一個伴啊。」

「那好，讓她出來，我要跟她說個事。」

「木木。」丁世貝喊道。木木自知犯了錯，早悄悄躲進裏間去了。牠聽見丁世貝的叫聲，猥瑣地不敢出來。見好久沒人出來，夏西說：「你催她一下，怎麼還不出來。」

「好吧。」丁世貝回答。又提高嗓門喊，「木木！」

這回木木不敢不出來，怕丁世貝責罰牠，距老遠就站著不動，畏畏縮縮。夏西見牠出來了，大失所望，問：「你女人呢？木木該不會是牠吧？你就是這條狗的主人？」

「什麼女人？木木就是牠。」丁世貝疑惑地點點頭，「有什麼事嗎？」

原以為一定有個女主人的，沒想這個男人也一樣單身，和一個陌生男人怎麼好啟齒說這樣的事呢。猶豫一陣，夏西深吸了口氣，義正辭嚴說：「是這樣的，你豢養了這個寵物，卻不嚴加看管，跑到我那裏去了，不但如此，牠還把我家典典的肚子搞大了。特來向你要個說法。」

聽到這裏，丁世貝笑起來了，「呵呵，我還以為是什麼大不了的事，這也是狗們的好事啊，你家典典要做母親了。」

「你笑什麼，我家可容不下你那些狗崽子。」夏西把木棍在地上頓了頓，「再說，我可不會護理狗生產的事，你看怎麼辦吧？」

「這好辦啊。」丁世貝笑咪咪地應承道，「你要是覺得麻煩，把護理狗生產的事交給我好了，我倒覺得那是一件快樂有趣的事。」

「這……」夏西一時語塞，「那好吧，就交給你了。」

「你認為什麼時候合適什麼時候交給我。」

「行，你那木木真的壞透了。」夏西心有不甘說。

「是嗎？我家木木壞？」丁世貝親暱地撫摸著蹲在他腳邊的木木，和夏西聊起他搬家前夕的一幕。

搬家前夕的一日黃昏，丁世貝在別墅裏遭遇了一場煤氣中毒。

早春，天很冷，丁世貝想到工程虧空，別墅三兩天後就要易主，心情百般鬱悶。他在書房木然地站著，看到那個從景德鎮帶回來的，藍底白花紋木炭烤盆乾淨地擺在那裏，才記起去年立冬之後，因工程出現問題，再沒心情烤過一次香噴噴的木炭火。他長在山裏，從小喜歡聞木炭燃燒後發出的那種香氣，彷彿那種氣息比去按摩房按摩兩個小時更讓人享受。每到入冬，只要心情順暢，他就會在書房裏燃一盆木炭火，再泡一壺上好的鐵觀音，圍在火邊或看書或遐想，聽著燃燒的木炭在盆裏畢剝做響，偶爾還會濺起一些火星，他就快樂。丁世貝突然很懷念木炭燃燒的氣息，就去雜物房取了木炭在煤氣罩上點燃，很快一盆旺旺的木炭火如往常一般溫暖了整個房間。因為心事，丁世貝忘了開窗戶，木木跟進了書房，他順手把書房門帶關了，當他聞到空氣中濃重的異味，已遲，只覺一陣眩暈，他就像一個大字仰癱在了地板上。此時他內心還清楚，身子彷似給人下了痲藥一樣，無一點力氣動彈，僵挺在那乾著急，等死，或是等活。

木木一會舔舔他緊閉的眼睛，一會拱拱他軟綿綿的身體，一會拽拽他的衣袖和褲腿。丁世貝迷迷糊糊恍惚面臨萬複懸崖，整個人一路往下沉，往下沉，那是個無底的深淵。深淵兩邊是濃重的夜，閃起幾點熒綠的光，如同狼饑餓的眼睛，渾身冰一樣冷，他想呼喊，但無論如何也喊不出聲音。

他發現那懸崖下面是一條大溝，有一股細水淺淺地流淌，大大小小的魚族在其間活動，有的可能是剛從懸崖上隨了跌水下來，摔暈了沒晃過氣，肚皮朝天，白白的，像死了一樣。彷彿隨時都等待你去白撿牠，逗著你。丁世貝心裏竊喜，急忙順著那道路往深淵裏去了，慌張得就像擔心有人會捷足先登。

到了那水溝邊，魚還在那裏。一些石穴口子上，竟然還有螃蟹、烏龜。多麼好的一件美事呀。當他真的去抓牠們的時候，牠們一下子就隱去不見了，甚至，找不到牠們曾在這裏活動的痕跡。他懊惱不止，嫌自己手腳慢了。

環目四顧，天在頭頂上很高遠的地方，從下面看不到上去的路徑，在遠處，那裏有他熟悉的景物，依稀記得好像是他的故鄉，可是，回不去，那條路被一堵斷崖切掉了。丁世貝急躁不安。那些魚類原來只是誘餌，目的是引人上鉤。到底是誰安排了這樣一個陷阱呢，天衣無縫。一時之利真是貪不得呀，這利來得太輕快了呀。

他像一隻無頭的螞蟻，暈糊糊到處找路。鑽過一個洞穴，發現那裏別有洞天，洞壁粗糙，有一條若有若無的道路，也不是通常走的那種，就是崖壁上凸凹的一些石頭，手腳並用的話，似乎可以藉此攀登上到這深淵之頂。丁世貝抓緊時間不顧一切往上爬，天黑了就看不見路徑了。一個人留在這鬼地方過夜，太恐怖了，喊天不應，叫地不靈。他第一次這麼確切地體會了恐怖的涵義。

然而，當他快要到頂的時候，路又沒了。丁世貝只好坐到那高高的石壁上，這個高度比天還高，有恐高症的他努力控制不向下看，有時偶爾看一眼，頭就發暈，心就突突跳，人就像要脫離這石壁飛起來。他閉上眼睛，多麼地希望此時能有人來，要麼從下面頂一把，要麼從上面伸出手來拉一下，這對他們來說，真是輕而易舉的事情。在這樣一種無助的等望之中，他的耐力一點點在消退，他幾次都恨不得想把抓緊石壁的手鬆開，隨便這個笨重的身體飛到哪裏去算了……

在這一腳登陰一腳踏陽的關鍵時刻，丁世貝彷彿聽到呼喚聲，由遠而近，是木木湊在耳朵邊嗚嗚地喚他。木木還能叫喚，還能動，證明房間還沒有被煤氣全部包圍，煤氣是往上面躥的。等到煤氣把房間全部充滿，無論是人還是狗，就都完蛋了。求生的欲望就像一顆種子在丁世貝心裏破土發芽，他手腳並用試圖站起來，然而，氣力就像稀泥一樣，剛提上來瞬間又從縫隙間滑溜走了。

木木開始躁動起來，牠撲向門邊，用前爪抓著，想把門打開，然而，門緊閉著，紋絲不動，緊接著牠又對著門大聲吼叫，拼盡牠所有的力量吼叫著，似乎希望有人能聽到求援的聲音，牠的努力沒起到任何效用。

這是一幢郊區別墅，鮮有行人，即便有人路過，又會有誰理會一條狗的求救聲呢？牠返轉頭用嘴對著丁世貝的耳朵大聲吼著，一聲一聲，像是在給牠的主人鼓勁，加油！加油！

丁世貝忽然覺得內心深處有一股強大的力量漸漸凝聚到一塊，四肢再一次吃力地動了。木木見主人又有了動靜，立刻停止了吠叫，懂事地用嘴使勁拖拉著丁世貝的衣袖，終於，丁世貝蚯蚓一樣慢慢拱起了身體，拉著垂下的落地蕾絲花邊窗簾，搖搖晃晃站起來，奇跡般掙扎著把窗戶拉開。新鮮空氣呼啦啦撲了進來。遺憾的是他的力氣一如曇花一現，隨即又頹然倒在地上，失去了知覺。

第二天醒來，陽光已經透過窗戶照進房間。丁世貝望見天花板上晃蕩的陽光，方知道自己居然沒死，只是一身軟綿綿的，肚子饑餓難耐。這次煤氣中毒有驚無險。

「木木，木木。」他用極微弱的聲音呼喚著木木。

「嗚嗚！」木木挨過頭去，柔柔地舔他的臉。

說完，丁世貝問夏西：「你說我家木木還壞不？」

「哦，原來這樣，牠還是你的救命恩人啊。」夏西低頭細細打量這條不起眼的土狗，軟塌塌的耳朵晃悠晃悠，好似漂亮了許多。一條土狗這麼通人性，她覺得對木木的成見一下子沒了，那跛腿也順眼多了，且有些喜歡上了木木。

夏西此來，本以為有一番艱難的理論，結果卻出乎意料。這活需要耐心，既要耐得髒，又要耐得住煩。她不相信世界上真有這樣的男子。

和尚也會有麻煩事，這麻煩事緣起一次聚會。

和尚一直後悔去參加那次聚會。那次聚會正好華南大學最年輕的女教授羅芳坐他身邊。閒著無聊，羅芳主動談起丁世貝。因為共同認識丁世貝，和尚就與她多聊了幾句。羅芳向他說起她與丁世貝的大學時光，感歎儘管現在雙方都知道同居一座城市，卻很少謀過面。

一座城的距離似乎真如她說的這樣遙遠！

臨分手時，羅芳站起來，緊握著和尚的手不放，說認識你太高興了，定要與和尚交換電話號碼。

和尚很不習慣這樣的熱情，更何況是個女的，給完電話號碼，撇在腦後沒當回事。

萬沒料到，卻由此引火焚身。

一星期後，羅芳突然打和尚電話，約請他去挪威森林喝咖啡。那可是情人約會的地方，和尚心生警惕，謊說正出差在外，婉拒了她，順便報給她丁世貝的電話號碼。有了丁世貝的電話，她興許就不會打電話給他了。

羅芳是文學博士，在華南大學做教授。她一襲素裝，不善打扮，三十零歲的年輕知識女性，看上去卻老土，加之長相毫無特色，和尚看見她不來電不說，反而有點生厭。但從此，羅芳見天就打和尚電話，有時和尚正開會，正談事，羅芳的電話就來了，不是約和尚喝茶就是與他閒聊些女人家的瑣事，搞得和尚非常惱火。

和尚實在耐不住性子，發火表明態度，說羅芳找錯了人。羅芳不管三七二十一，一如既往打。她心上寂寞，遇著這個看著順眼且各方面條件都不錯的單身男人，如獲至寶，不願輕易就放棄了，堅信執著和真誠能感動上蒼，當然也能感動和尚。

和尚和丁世貝時不時談起這事，就直搖頭。丁世貝說人家好歹也是堂堂教授，而且對你這樣癡心，你將就著點啊，不錯啊。和尚戲說如果她長得漂亮還可以考慮一下。丁世貝歎了口氣說：「和尚，漂亮女人哪個不愛，只是漂亮女人難留住，她們的心活得像個小兔子，難抓，難啊。」

丁世貝想起自己事業失敗情感無依，形單影隻，與和尚是半斤八兩。雖然自己落寞無狀，但他還是解勸和尚，早點找個女人成了家，羅芳沒了望處，自然就死了心去，再也不會胡攪蠻纏了。和尚苦笑一下說，結婚又不是買樣東西，說買就買了。

丁世貝也不想讓和尚為難，這事畢竟是因他而起，就跟和尚說，如果你真不喜歡，那也容易解決啊。和尚說只要你能了難，就獎你一萬元，一定兌現。

丁世貝並不是奔那一萬元，而是想幫朋友一個忙。他變著嗓音冒充公安打羅芳電話，警告她以後不要動不動打和尚電話，否則問她騷擾之罪。羅芳一點也不示弱，反問愛有何罪？丁世貝沒讀她那麼多書，這時候一旦派上用場，不是對手，給她一句話就頂在了牆壁上，下不來台。

他說和尚你倒楣啦。

三

典典送來丁世貝家的當天晚上，就分娩了，是八隻漂亮的崽子。

這可是奇事，丁世貝平常見到的狗生崽子一般是三隻四隻，生這大一窩的卻是從沒見過。這下可就頭痛了。典典肚子底下圖釘一樣並列著兩排奶子，卻只有四個奶子管用，其餘的均在一次意外事故中弄壞了。典典很小的時候不懂事，夏西在客廳裏擺了一盆開水，典典調皮貪玩，一個不注意踩了進去，大面積肚皮燙傷，痊癒後，導至有的奶子光剩一個疤痕，有的已阻塞不通了。這四個奶子，怎麼去養活那八個小東西呢，八隻崽子肯定會為了四個奶子爭得吵架。丁世貝曾聽人說過，有一隻母狗只通兩隻奶子，卻生三隻崽崽，結果由於奶水供不應求，導致三隻崽崽集體餓死，一隻也沒活成。如果真是這樣的話，丁世貝完成護理典典分娩的承諾將變得十分困難。

丁世貝特意走了一趟超市，捎帶回了一件蒙牛純牛奶。

典典對這新的地方很陌生，對丁世貝深懷敵意，隨時都在戒備他。丁世貝沒做過父親，更沒有護理女人分娩的經驗，雖說是一條狗，責任也不小呢。丁世貝的確是在代替木木行使做父親的職責。

丁世貝壓根就走不近典典的窩。典典的窩就是一隻大包裝紙盒，裏面鋪著一層棉絮，牠和牠的崽崽們居住在裏面，倒也夠溫暖，看得出來，典典對這舒適的窩還是有點滿意的意思。一進入裏面，就很少見牠出來，連分娩時的劇痛，也沒聽到牠哼過一聲。躺在床上看書的丁世貝聽到小狗崽崽嬌弱的叫聲，方才知道典典分娩了。

根據想像中的樣子，他把蒙牛純牛奶兌入一隻秀氣的小牛奶瓶裏，擰緊奶嘴想去餵木木的崽崽們。

一挨丁世貝走近，典典就放聲吠叫，呲牙咧嘴，模樣極是怵人。

丁世貝在房間裏踱來踱去，一籌莫展。踱過廚房門口，他走了進去，挑一根油多肉厚的骨頭丟在牆角落裏，香氣立馬在房子裏氤氳。經過分娩的痛苦和艱辛，典典早已餓極，聞到骨頭的香味，牠幾次欠了欠身想去把骨頭拾起來。也許是出於一種護佑崽崽的意識，牠始終一點也沒挪窩。顫顫然，惕惕然……丁世貝佯裝換衣服走進裏間臥室，眼睛耳朵卻是時時留意典典那邊動靜。謹慎的典典終究抵不住食物的誘惑，悄悄地笨拙地走過去啃那餘溫猶在的骨頭。

典典一走，窩裏的小東西們就發急，不住叫喚。

丁世貝覓機將牛奶瓶的奶嘴塞進一隻崽崽的嘴內，狗崽崽貪婪地吮吸。沒想典典發現了，以為丁世貝圖謀不軌，就以飛的速度猛竄過來，閒在一邊的木木想阻止已是不及，丁世貝握牛奶瓶的右手挨了典典一大口，鮮血直冒。丁世貝苦笑著衝木木說：「木木啊，這都是你惹來的禍。」

木木一副愧疚的樣子，舔著丁世貝的傷口。

「木木，你去對典典說，我們都是一家人，要和睦相處。」丁世貝說。

木木果真順從地朝典典搖頭擺尾，儼然就是勸告的語言：你應相信我，相信我的主人，他沒有丁點惡意，在這裏安心過日子。

沒了典典，家裏太死寂了。

夏西很不習慣，回到家，見不著唯一的夥伴，神情便有點恍惚起來，往往拿了這個忘記了那個，丟三落四。她自己也好笑，一個普通的物，在別人眼裏，只不過是一條寵養的狗，對她卻是這般的重要。猶豫了幾天，她決定去看看典典。

她敲丁世貝家的門，手上吊著繃帶的丁世貝給她開了門。丁世貝的手背腫了，儘管打了消炎針和防犬疫苗，腫勢一點也不見消退。見是夏西，他一臉笑呵呵的。夏西好奇地問：「你這手是怎麼了，跟人打架了？」

「在你眼裏，我好像成了一個喜歡打架的人了，冤啊。」丁世貝委屈說。

「不但這樣，第一回見到你，還以為是黑社會的頭呢。」夏西說。

「憑什麼？」

「你自己到鏡子前去照一照啊。」

丁世貝站到鏡子前端詳著，寬額濃眉，單眼皮，氣色有些灰暗，看起來就像個落魄人，唯一還有點亮點的地方就是那雙眼睛，眼睛不大，但目光如炬，除了這眼神，與電視鏡頭上咄咄逼人的黑老大是無論如何也沾不上邊了。丁世貝苦笑，初次見面持夏西這種觀點的人也不是沒有，曾經有人說他的眼神能殺死人，看樣子夏西這麼看他也不是沒道理，他不在乎地再次苦笑。

「你手到底是怎麼負的傷啊。」夏西又問。

「你家典典咬的啊。」丁世貝做出一副痛苦狀。

「月子裏的母狗惹不得，難道你沒聽說過。沒準是你欺負典典了。」

「我給她的崽崽們餵奶也是欺負她麼。」

「她自己的孩子會自己照顧。」

「我知道，關鍵她只有四個奶子管用卻生了八隻崽崽，另四隻崽崽分配不到奶子。」

「那怎麼行呢，沒有奶會餓死去的，真是碰上了稀奇事。」夏西覺得這確實難為丁世貝了，「那這樣吧，我們倆一起來撫養。」

就這樣，每天早中晚，夏西都要走一趟丁世貝家照顧典典和那些小傢伙們。有時候，丁世貝不在家，門上一把鎖，夏西竟然耐得了煩，在門外等候。待至丁世貝終於出現在院落的小徑那端，她便高興地迎上去說：「說不準典典已餓壞了。」

「害你難等，這樣吧，我分一把鑰匙給你，那就用不著你老等了。」丁世貝從鑰匙串上解下一片鑰匙交給夏西。難為人家一個女孩，天天風雨無阻來照料典典。單是那份責任心就讓丁世貝敬重。往後有了鑰匙，她就隨時可以進屋，方便多了。其實這時候，他們彼此還沒問過姓什名誰。

「那怎麼行。」夏西說。

「我又沒什麼貴重東西，你隨便點啊。」

夏西手裏拿著兩個烤熟的紅薯，給了丁世貝一個。

啃著紅薯。夏西突然問丁世貝：「這紅薯也像黃豆一樣，把種子撒在地裏就有收穫了麼？」

丁世貝笑著說：「不是。」

他解釋種紅薯與種黃豆不同。紅薯是開春的時候，先把紅薯種窖進地裏，待生出來了藤蔓，再把這些藤剪成幾寸長的一根，插花一樣插進地裏，就會生根長葉，不但要除草施肥，還要防止紅薯藤到處爬，到處生根，必須每個月翻一次，不然，紅薯就長不大。

哈哈，原來種紅薯還這麼複雜。夏西感歎。

四

丁世貝回了一趟老家看父母。

回去之前，他打電話要夏西把木木和典典及那些崽崽全接過去了，那些崽崽已肉嘟嘟的可以滿地半爬半走了。

父親打來電話數落他，責備他只管貪圖榮華富貴，父母也不要啦。有幾個月沒看望父母雙親了。丁世貝隱瞞了自己在省城的天上地下之變，老人家以為他享受不盡的榮耀也不為怪，丁世貝心裏唯有苦笑。

他在火車站等車，看到老家的那些民工，肩挑手提著各式各樣的包，還帶著磚刀之類工具，有說有笑外出打工。他們農忙時務農，閒時外出找活，就像找不到落腳點的種子，在城市與家鄉之間候鳥一樣飛來飛去，居無定所。

兩個與他年紀相仿的年輕人，說笑著從他身邊走過，幾句對話落進了他的耳朵，一人說：「這回去省城，定要幹出個人模人樣來。」

「是啊，兄弟，我就不信，憑咱一身使不完的勁，能沒有出息。」

「就是，拼個幾年，也像鄰村的丁世貝一樣，汽車別墅樣樣都有。」

「呵呵。」

丁世貝眼睛盯著他倆的背影，若有所思。

只見其中一人背著個洗得白不拉幾的牛仔包，另一人扛個鼓鼓囊囊的蛇皮袋，丁世貝就酸酸地想自己，現在不也回到原點，和他們一樣了麼。

丁世貝應和尚之約去老家院子吃飯。老家院子是和尚朋友開的，一有應酬這個圈子就自覺去照顧生意。老家院子朋友門路多，生意特別好。兩人吃到一半，丁世貝見夏西和幾個商人模樣的人走了進來，他們在隔壁一張桌子上坐下點菜。

夏西進來時就看到了丁世貝，有點意外，待與客戶坐定喝過一圈酒，就趕緊來這桌打招呼，每人敬了滿滿一杯酒，還特意多敬了丁世貝一杯，以示熟絡。她的酒量很不錯，五六杯白酒下肚，面不改色的。

丁世貝自忖不如她。

席間，一位攤頭書商種子般見縫插針，提著幾套書纏上了丁世貝。丁世貝本來就是個書蟲，見書就發癮。他選了一套《曾國藩家書》。曾國藩和丁世貝都是婁底人，兩人算是隔代的同鄉，對這個近代史上創辦湘軍的傳奇人物，丁世貝一直心存敬意。

夏西走過來湊熱鬧，順手拿起書翻了翻，就要丁世貝送給她，她一直在尋找這套書。丁世貝猶豫一會，忍痛割愛似地說，那就送你吧。夏西大大咧咧，吝嗇得連一句謝謝之類的話也不肯說。

夏西是一家建材店的老闆。

夏西進入建材行業多久了，丁世貝沒問過，但丁世貝從夏西的舉止和一些瑣碎的談話中知曉夏西做這一行已經是行家理手且深諳其道。

夏西的店開在城西的建材市場內，她很少坐在店內等生意上門，這樣不來財。她大部分時間奔波在已開發和正在開發的建築工地上，周旋在或圓滑或奸詐或豪氣的工程承包商和房地產開發商之間。在周旋中談妥一樁生意，在應酬中簽下一份合同。

本來，她不喜歡打麻將。十九歲時在同學家玩了一次麻將，就被父親罵了個狗血噴頭，說要她當麻將博士算了，從此再不敢玩。那時父親剛借錢開業一家小小的建材店，店裏沒多少貨，來了生意他幾乎是臨時去批發部照單搞來貨再轉手，賺點薄利。但父親出事後，她就停了學，沒有工作，只好接過父親的建材店學做生意，同時又打起了麻將。麻將圈子裏的人全是生意場上的老闆，是朋友帶她進入這個圈子的。玩上幾年，夏西在那圈子裏已是遊刃有餘。

圈子裏有個叫謝嚴的老闆，在夏西她們那個建材市場圈內口碑極好，大家都親切地叫他老謝，而不是恭恭敬敬地叫什麼謝總或謝老闆。老謝進入房地產市場其實還不算久，但人誠實、厚道，小數目上從不斤斤計較，憑這些，他很快在房地產市場站穩了腳跟。老謝與夏西打過多次生意上的交道，夏西都感到合作愉快，落下的印象是老謝果真不是那種小裏小氣的人。

在麻將桌上，對家老謝說想和夏西談一筆近五十萬的生意。她當時正在打吊針，讓醫生隨同前往，邊打吊針邊搓麻將，顧客就是上帝啊。

老謝要夏西替他弄一批建材，因為近期資金周轉困難，先交一成的預付款，其他的錢待房產交易套現之後才能拿出來。夏西開始有點猶豫，像她那個建材小店，說實在話，一下子壓這麼多的貨賒出去，她也不好運作，但老謝開出的價格相當可觀，比市價還要高出一個百分點，老謝還說，還款期間，若建材的行情看漲，可隨市價上調賣價，絕不會讓夏西吃虧。看著夏西仍有幾分餘慮的眼神，老謝又加了一個法碼，說他可以和夏西簽一份房屋抵押合同，用他現有在建的房屋一套做抵押，如若他的房子到期沒有變現，那套抵押的房子就是夏西的了，無論夏西將房子賣到什麼價，他老謝都不會過問。夏西問了一下，知道老謝在建的住宅樓位於城東炒得正紅火的「寶石豪苑」小區商宅樓的A座二號樓，一個不錯的地段，那裏的房價時刻看漲，一套一百二十平米的住房隨便賣出去至少要高於七十萬元以上。這樣粗略算來，覺得可靠又划算，便承應了下來。趁熱打鐵，老謝將列印好的抵押合同拿了過來。夏西做生意向來對文字上的東西很小心，字字句句都要斟酌一番，這次也不例外。

因掛念著典典和那些小崽子們，她將合同帶回家仔細研究。

夏西剛一進門，典典像以往一樣熱情地迎上來，這熱情之外又多了些饑渴和巴望。看樣子，典典一家大小還沒吃飽。

夏西將合同放在桌上，去給典典和小崽子們準備吃食，當她從廚房裏轉出來時，赫然發現典典正叼著那份合同搖頭晃腦呢。夏西驚叫起來，大聲叫嚷著讓典典放下，典典此時一點也不聽話，還得意洋洋地喵叫著用爪子去抓，去撕，氣得夏西雙腳直跳卻又無可奈何。

正鬧得不可開交時，丁世貝開門進來了。夏西像見了親人一樣，委屈地向丁世貝討主意。丁世貝一看那情形就知道了個中一二，他輕喚一聲「典典」，將剛帶回還未騰下手的一大塊熱骨頭往牆角一扔，典典放下合同，箭似地衝向熱骨頭，再也不去理會他們。

丁世貝撿起那份合同掃了一眼，合同邊上有的字已經模糊了。他遞給夏西，安慰她說：「這個，很重要嗎？」

「這是一樁比較大的生意，只等我看好簽字後就可以做成的。」夏西楚楚可憐道。

「真的？」

「這樁生意開始還不敢做，後來覺得裏面的利潤相當可觀，說真的，我還有點怕對方反悔呢？」

「依我看，這不過是一份抵押合同，雖然我沒有細看其中的條款，但這是做什麼生意啊，還得用上這東西？難道對方不可靠？」

「對了，聽說你從前也是做大生意的？」

丁世貝的從前是一個從無到有的過程，千多萬的資產在省城不算大但也不算小了，有車有別墅，一個鄉里來的伢子混到這份上也是一件值得炫耀的事了。可是，現在功虧一簣，又回到了從前的從前。他後悔不該像香樟樹種子一樣冒險，選擇那種險絕的地方落腳，以至落個血本無歸。丁世貝只有一千多萬資產卻承建造價四千萬的一棟五星級賓館，當然做這個決定之前，他是有銀行做後盾的，那個銀行的行長與他稱兄道弟，在一起沒少喝酒，沒想丁世貝工程還沒到一半這個行長外調了，再找他時卻說愛莫能助了，這個銀行的資金到不了位元，工程就擱淺了。尋求合作夥伴，人家嫌他是爛工程，想趁機敲他一把，要丁世貝作價處理給他，這麼好的工程還要打折，丁世貝又不願意，就拖了下來，一拖半年，按照合同規定，甲方收回工程，還索賠因工程延期的損失。結果，丁世貝把車把別墅全變賣了，才基本把工程損失抹平。見夏西詢問他的從前，丁世貝苦笑笑調侃說：「好漢不提當年勇，什麼大生意呀。」

「能不能請你幫我看看這份合同？」夏西用期許的目光看著他。一種被人信任的感覺又重回內心，丁世貝慎重地拿過合同，認真看起來。

他看著這份合同，字字斟酌，好久沒有和這類關乎經濟利益的文字打交道，似有隔世之感。

他看著她信任的目光，有所顧慮說：「先說好話，還是先說差話？」

夏西緊張地說：「怎麼？有什麼不對嗎？那好的醜的都給我說說，請你不要有太多顧忌。」

丁世貝給她分析：看起來這份合同對甲方（夏西）非常有利，有套房子押在那，似乎無後顧之憂，加之房價飛漲……看來，這筆生意確實相當誘人。但是，我們換一個角度思考，所謂「無利不起早」，生意人，即使是互利互惠的雙方，都為著一個「利」字。從乙方（謝嚴）考慮，他做這筆生意已完全無利可圖，甚至於要大虧血本，讓人有一種孤注一擲的感覺。不得不讓人心生疑慮。

「這個謝老闆，其人怎樣？」丁世貝問道。

夏西道：「這個謝嚴是我的一個老合作夥伴。一直以來，他跟我們建材市場內的人做生意大多是現貨交易，後來，有點賒欠，也總是在說好的日子歸還，他為人極其爽快，每次送貨過去，他都不會斤斤計較，對我們很信任，不像有的來拿貨的老闆，挑三揀四，一點蠅頭小利也不放過。」

丁世貝疑惑地問：「那這個人，最近有沒有什麼麻煩事惹上身？」

夏西躊躇道：「這個……我倒沒聽到過什麼反應。」

「我想，這個合同你還是慎重考慮一下再簽。不要急著做出答覆，等等，看他的情形如何？」丁世貝徵詢道。

「好吧，謝謝你。」

丁世貝憨然一笑，「不用謝，再怎麼著，我們也是親戚。」

「什麼，親戚？」

「你的典典和我的木木是一家啊。」丁世貝壞笑道。

夏西誇張地怪叫了一聲，半嗔半怒地羞紅了臉。

五

丁世貝對夏西的這件事原本沒打算放在心上，但是那份抵押合同卻時時在他腦海裏無根地漂浮，像一個百年的漂流瓶，內裏裝著一個百年的機密，在記憶的長河裏隨波逐流，自在漂蕩，等待一位有緣之人將這個秘密開啟。

遇到這樣的事，丁世貝心裏死去的種子像獲到了春風吹拂，舒展腰身生動起來，彷彿在城市的鋼筋混凝土裏又伸出了尖尖頭角。

天上不會掉餡餅，世上沒有無緣無故白吃的午餐，其中定有不可知的陰謀。丁世貝的思維活躍起來，以前的種種經歷晃到眼前，一遍一遍反思著其中的奧妙和經驗。他決定到「寶石豪苑」去實地考查一遭。不是為了幫夏西參謀，而是去撿起那個「漂流瓶」，找到屬於自己的答案。

寶石豪苑的工地上，塵土飛揚，機器轟鳴，無數黃色的頭盔在鋼筋水泥紅磚灰石的建築胚體上遊走攢動，像一朵朵鄉野的黃菊花開在藍天之下，厚土之上。丁世貝在陽光的照耀下瞇縫著眼，找到了工程處辦公室。

在工程處所得到的答案是：謝老闆確實在A區二號樓有八套住房，言之鑿鑿，並無半點虛假。

丁世貝不禁疑惑良久。

他眉頭緊鎖地走在這一片繁忙的工地上，排查不出其間的任何錯漏，幾乎讓他動搖了自己的判斷和經驗。他不經意走到了二號樓下，幾個民工正在挑腳，低劣而味重的香煙味撲鼻而來，他走上前去，敬上幾支煙，和他們閒聊起來。

工地上的民工給了他準確的答案。

從工地回來的路上，丁世貝想著現在就給夏西打電話是不是太性急，太冒昧，夏西是否會相信他的話呢？

如果不當機立斷打電話告訴夏西，那夏西毫無防備簽了那份抵押合同，自己能夠眼睜睜看著她陷入困境遭受巨大打擊麼？

「夏西，你不能簽訂那份抵押合同。」丁世貝在電話裏說。

「為什麼？」夏西驚訝地問。

「我現在不能說，只能懷疑，這關係到一個人在商界的聲譽，如果如我所證實的，不出一個月，就會有問題出。」

「你在說些什麼？我怎麼一點也不明白？」夏西在電話裏大聲問。

「我現在什麼也不能說，我只能再次叮囑你，千萬不要簽合同，也不要賒貨給他，寧可不做他的生意！」說完丁世貝就掛了電話。

和夏西見面時，丁世貝碰到夏西徵詢而欲言又止的眼神，丁世貝用鎮定而堅硬的眼神投過去，話語自不必多說，此時多說已無任何益處。

大概過了二十多天。

夏西突然打電話給他，請他到她家吃頓便飯，她親自下廚，言辭甚為懇切。丁世貝也無拒絕理由，欣然應往。門邊就一雙男式塑膠拖鞋。夏西說家裏幾乎沒有異性來過，除了她叔叔偶然來，丁世貝就是第一人了。丁世貝說謝謝你的信任。

夏西的房間二室一廳，一個人住在裏面一點也不見逼仄，綽綽有餘，加之裝飾的色調和諧淡雅，看上去很舒服。她乘天氣晴朗，把典典的被褥搬到牆頭晾曬。忙完這些她打丁世貝電話約吃飯。

便餐其實並不是丁世貝所想的那麼簡單，黃刺魚，老鴨湯還有丁世貝最喜歡的紅燒肉和陳了二十年的酒鬼酒。夏西平常不太做飯，一個人吃著也無味。她喜歡拖地板，把家裏弄得一塵不染。她喜歡上網熬夜，日子也就輕輕快快地過了。

夏西笑吟吟望著丁世貝，那笑容看起來溫暖而充滿魅力。丁世貝感到氣氛有點變化，不禁細看起來，原來的夏西不飾粉黛，衣著樸素，頭髮常常是腦後一個髻。今天的夏西把頭髮放了下來，黑亮的頭髮拉得直直的，還散著淡淡的香味，眉細細地畫了，粉也打得很均勻，眼睛上的亮粉將一雙眼睛扮得顧盼生輝，衝你微微一笑，嫵媚耀眼。

夏西慎重地敬了丁世貝的酒，才說出其中緣由。原來，就在幾天前，那一向口碑極好極講信譽的地產商老謝捲走了大量客戶的錢款潛逃外地，一下子從人間蒸發，不知所蹤。

非但那些建材商的貨款、預付款近六百萬在他手上，他還用「一女多嫁」的欺騙手段把他手中的房產通過抵押的形式在一些客戶手中借款一千多萬。就是寶石豪苑的那幾套住房，其中每套就以一份抵押合同套住了四五個客戶。現在這些客戶雖已聯名將老謝告上法庭，但其中房產的分割結果又將如何仍然是一個未知數。僧多粥少，即便法院判下來，又能賠償得了多少損失呢。

夏西親眼見到了這一幕：客商們捶胸頓足，哭天搶地，甚至客商之間為爭同一套住房大動干戈。在萬分慶幸之餘，夏西不禁對丁世貝生出萬般的感激。於是，才有今天這頓豐盛的晚餐。

這事一經揭穿，丁世貝感慨良久。生意人起早貪黑，為著什麼，一個「利」字，利字當頭，有時候就少了謹慎，多了貪念，這人一有貪念，就難免陷入別人的陷阱，反而落個損兵折將，得不償失。

丁世貝告訴夏西，其實這些上當的人只要到工地上找那些民工打聽一下，就會知道那些房子早已易主，這是輕而易舉之事。偏偏人人盯牢那豐厚的利潤，也不問那多占的利潤緣何而起。他又向夏西說起，那天特意到工地上和民工攀談的事，從民工嘴裏得知老謝在近半年染上賭癮，曾經一夜輸過三十萬，近來賭注越下越大，已在賭桌上欠下幾百萬的「高利」，他的那些房子早已被賭債逼得數嫁其主，民工們正在一邊勞動一邊擔心工錢泡了湯。因此，我才推斷老謝最後的結局是「捲款潛逃」。所以啊，久在生意場上，不要輕易信人，即使是天天交往的老朋友，一旦面對生意，也應認真重新審視。

六

晚上，丁世貝看了一會書，覺得索然寡味，一個人到外面街頭上吃了夜宵，點了一碟花生米，一碟涼拌黃瓜，喝了瓶啤酒，回家蒙頭就睡。半夜，突然被手機訊息聲吵醒，打開一看，是夏西發來的。

「睡了嗎？謝謝啊。」

「睡了，道謝要起早，不用到半夜的啊。」丁世貝惺忪著，在訊息裏插了一個笑臉。

夏西電話過來，說下午搞衛生時窗子沒關嚴實，家裏跑進了一隻蚊子，飛機一樣飛來飛去，肆無忌憚，蠻吵，很討厭，睡不了，起來練會書法，又覺無趣，發條短信給他，真的謝謝他。丁世貝說我來幫你消滅牠吧，看牠還敢不敢這麼囂張。她馬上回話說，不了，夜深了，你睡吧，我把這傢伙當寵物一樣養起來算了。呵呵，有點意思，蚊子竟然成了寵物，她願意用自身的血液餵養牠。這個夏西，丁世貝感歎。

第二天傍晚，丁世貝給夏西發了條短信，相約在烈士公園散步。烈士公園中心是一個大湖，湖水經過清洗輪換，碧綠清新，水波蕩漾，河堤蜿蜒曲折，他們順著河堤走。樹叢間散落的餘暉斜照下來，皮帶子一樣纏繞著他們，陰熒不散。也許是此番景色勾起了夏西的記憶，她突然聊起她的家事。三十年前她出身於掃帚塘一個普通工人家庭，十歲時母親死於車禍，那情形慘不忍睹，至今她都不願回憶；失去了疼愛她的母親以後，與老實沉默的父親相依為命。父親對她的寵愛，到了無以復加的地步。十二三歲時，她若不吃飯，父親就一勺一勺地餵，邊餵邊哄。十五六歲的時候，她還會賴在父親的懷裏，抱著父親的脖子撒嬌。十八歲的時候，父親和她十指相扣，牽著她的手逛街，買她喜歡的任何東西。可惜這樣的好景竟也不長久，她二十歲那年，父親也去了，也是緣於一場意外車禍。生活就是這麼無情地戲弄她，讓她承受了常人無法想像的悲痛。哀莫大於心死，悲傷在她的心尖上凝固；但悲哀並沒有打倒她，她學會了笑，學會了生存的技能和堅強，並將快樂隨意地寫在臉上，感染著周圍的人。正如她ＱＱ空間上的獨白：大肚能容，容天下難容之事，開口大笑，笑天下可笑之人。

她說昨晚做了個夢，夢見了爹媽，夢見自己在照婚紗照，在夢裏做了新娘。爹不用問路徑就直接走進了她的房子，他生時僅到過這房間裏一次，那時這房子剛裝修好，才搬進來住了一天，他就去了，他記性真好，時隔這麼久還能找到回家的路。可惜，母親沒到這房子來過，如果沒人領路，她自然找不到。爹穿一身半新舊的衣服，這裏走走，那裏看看，歎息了一聲。她以為好好的，不知爹為什麼歎息。爹沒回話，不聲不響走了。她猜想爹是為著她沒成家的事歎息吧？如今回家來是否特意暗示她，她苦等的人就要出現，親自前來給她參個考？這麼多年來，她每天期待那個寵她愛她的男人出現，她一直把父親做模版來衡量走近她的男人，結果，沒有一個男人像父親那樣的貼心。這世界上有哪一個男人疼女人會像疼自己的女兒一樣呢。夏西自認為沒有，所以一直就這麼單著。

丁世貝本來沉浸在傷感的情緒中，聽著這最後的一段話，憐惜的心情不由從胸腔升騰起來，手自然地伸到她的腰間，想去摟她，擁她入懷。夏西卻像觸電一樣嗖的跳開了去，隔得遠遠的。夏西說：「你有點像我父親的。」

「像你父親，我有那麼老嗎？」

「一個會護理狗的男人，也會護理女人的。」夏西笑著向前跑著。丁世貝幡然醒悟，心裏有了一絲竊喜。便跑上去追夏西。他們誰也不說話，默默地走到一條水上木道，腳步悠悠地叩著古香古色的木板，發出很清脆的響聲。丁世貝感到背上被什麼東西蜇了一下，尖痛，哇的大叫了一聲，嚇得夏西趕緊用手幫他在背上抓，沒撈到什麼，於是手又輕輕地在他背上撫摸了一會兒，很心疼的表情，彷彿被蜇的是她。丁世貝享受著這份溫暖柔情的撫摩，兩人挨的如此近，女性溫婉的氣息直衝他的心門，有些陶醉，彷彿滿身的憂傷在這異性纖手的撫摸之下，一層層剝落開去，讓他脫殼新生。本以為做事業的女人大大咧咧的，沒想到這個夏西的心思卻這麼細密。

過了些天，他們上網遇見了，她說：「上次散步估計手機放你口袋時沒鎖，我一閨中密友聽見我和你交談了。我檢查了一下手機，該死，真是撥了電話出去，我們的談話，對方聽得清清楚楚，暈死。」

丁世貝想起來，那天夏西穿著裙子，就順手把手機放在丁世貝的褲袋裏。

「這有什麼不好呀？」丁世貝揶揄說。

「好什麼好？被人笑話。她問我那個聊天的神秘男子是誰，說我偷偷摸摸和人約會竟敢連她也瞞著，看來是打算不要她這個朋友了。聽著那嫉妒的口氣我就很好笑。」

「你可以理直氣壯回答人家的啊！」丁世貝得意說。

夏西沉思了一會兒，說：「是的，可我不想把心事讓大家都知道，但人家說從沒聽我說話那樣舒緩過，都感覺我是嘻嘻哈哈，很隨意開心的樣子。」

「哎咳，生活竟會有這麼神奇的事情，嗯……開心就好呀。」

「是的，什麼怪事怪人都會讓我碰見。」

「很好，這是你有福分呀，福緣深厚。」

「嘻嘻。」夏西又恢復了她平日的樣子。

沉悶了一段時間的丁世貝，被夏西的情緒感染，突然想起了和尚的話，「門客」是不好聽，但換個稱呼又如何？憑自己在商海那麼多年的經驗與關係，還有獨到的眼光與判斷力，弄家諮詢公司絕對是沒問題的，又不要多少本錢。想到自己專有所長，又能實戰幫到別人，丁世貝心情猛地一下高漲起來。

想到就幹，丁世貝輕車熟路地去工商部門註冊了一家「金太陽」諮詢公司。

沒些天，「金太陽」諮詢公司正式掛牌成立，一開業就忙起來了。

丁世貝出差頻繁，他過去的那些朋友，紛紛邀請他去他們那裏考察指導工作。奇怪的是丁世貝走到哪，夏西的手機訊息就跟到哪，都是些無稽的話題：什麼她的小肚子大了，要減肥，早點回家帶她去打羽毛球，她說桂陽的特產是鑊子肉，務必要帶一點給她，她說梅山的特產是竹蓀，最好吃，可以防高血壓……丁世貝搞不明白她怎麼知道這些的，她說你走到哪，我就上網查那地方，就像跟你在一起一樣。

丁世貝對那些地方也不熟悉，不知到哪可以買到夏西說的這些特產。每到一地，丁世貝顧不上休息就到處轉溜，捕捉有關的資訊，直到找到為止。那竹蓀卻讓丁世貝很費神。

本來梅山是丁世貝家鄉，他竟孤陋寡聞不知竹蓀，他很慚愧，向母親打聽竹蓀是什麼，母親搖頭不知，問他這個竹蓀很重要嗎？丁世貝說有一個朋友喜歡吃，母親就問是你女朋友吧，丁世貝說目前還說不準，接著他向母親介紹了夏西的一些情況。母親說夏西這孩子不簡單呀，受了這麼多苦，又這麼的努力，如果你能找到她做老婆真是天大的福分啊。丁世貝沒把破產的事告訴母親，怕母親傷心，他不想給老人任何壓力。但想到自己一無所有，如何去高攀夏西這麼好的女孩呢，這不是自私麼，這不是去拖累她麼。他不想做吃軟飯的男人。母親卻一下就喜歡上了素未謀面的夏西，不停地催促丁世貝快去找竹蓀，只要有就找得到。丁世貝打電話到處找朋友詢問，看知道竹蓀麼？文化館的朋友說他知道，這是風景勝地古臺山新近幾年研製出來的，價格昂貴，幾千塊錢一斤。古臺山離縣城幾十公里，交通不太方便，丁世貝又打古臺山林場的一個朋友電話，請他一定幫忙搞一點竹蓀放到明早出山來的班車上，第二天早上他親自去車站接貨。

整整一宿沒睡安穩，怕錯過第二天出山的班車，天剛剛濛濛亮，丁世貝就出了門，走了幾公里山路，目不轉睛在車站路口上守望著。終於那輛從深山開出的破舊污垢、辨不清顏色的班車轟隆隆地駛過來，接到貨的當口，他心裏的石頭才落了地。丁世貝非常高興，捧著用報紙一層層包裹著的竹蒜，想像著夏西雀躍的模樣兒，一股莫名的興奮油然而生。

七

典典突然失蹤了。

夏西把典典從丁世貝那接回來沒些天，情人節前一天的中午，她放典典出去曬一會太陽，很久沒出去曬太陽，典典身上起了許多的皮屑，連走路時也會從身上掉下來，害她不停地拖地板。可是，那天她上班回家後，四處找不著典典，嗓子都喊啞了，卻始終不見影子。典典會不會跟哪條發情的狗私奔了呢？會不會是討厭夏西管束太嚴憤而出走？當然也不排除哪個昧良心的狗販子騙去宰殺了。

前幾天，夏西聽客戶說起件事情，他鄰居老黃家的狗莫名失蹤了，老黃全家那個找啊，恨不能將全城每個角落都翻個遍，還在每個路口的電線桿上貼了尋狗啟示，只要能提供關於他家愛犬的線索，皆有重謝。兩天後，一點頭緒也沒有，老黃吃過晚飯，照常出去尋狗，街上，廣場上，草坪中奔跑撒歡的各色狗，一條也不是他家的阿虎，正一籌莫展之際，老黃望見一座半塌的圍牆上半搭著一張熟悉的狗皮，跑過去仔細分辨，霎時明白阿虎已成了人家的盤中餐，當際抱著狗皮放聲嚎淘。

夏西想到血淋淋的狗皮，起了一身的雞皮疙瘩。典典不會那樣慘的，一定不會，夏西一個勁安慰自己。她在寵物論壇貼了一個尋狗啟示：

我家的小狗叫典典，今年三歲多，是小臘腸狗，母性。牠是三年前自己跑到我家來的，儘管是流浪狗，我卻沒有嫌棄牠風餐露宿，那時牠很醜，但陪我度過了一千多個日日夜夜，帶給了我許多歡樂，現於二〇〇九年八月十三日傍晚丟失，我在尋找了許久後沒有結果，只有通過上網來尋求大家的幫助，哪位好心人看見棕色大耳朵小臘腸狗典典，請和我聯繫，我將萬分感謝。聯繫電話159748956××。

帖子一發，馬上就出現了一帖回覆：上天會保佑典典的，樓主不要傷心了，典典現在一定很開心，很快樂！不要傷心了，典典知道你傷心牠也會傷心的！！

夏西知道那是安慰她的。接著又出現了一帖：狗生病時，會本能地避開人類或者其他狗，躲在陰暗處康復或死亡，不過你放心，上海有個流浪狗狗收容所。這簡直是狗娘養的屁話，典典好端端的，怎麼輕易就會死呢。

她沒有放棄尋找，繼續鬱悶著。

隔天，就是情人節。

丁世貝心裏發慌，一分鐘好像被拉長成了十分鐘。他在街上毫無目的地到處亂轉，無論走到哪裏，都不時聽到人們提起情人節，聽得頭發暈。這時候，各色的玫瑰花也出現得相當頻繁。已經有幾個賣花的女子向他熱情地兜售或火紅或粉嫩的玫瑰花。「先生，買一束吧，你看，這些花多麼水靈，送給你心儀的女孩子，定然能打動女孩子的芳心。」

這個情人節怎麼過呢？丁世貝想起了夏西，給她發了一條情人節快樂的短信。

隨後，他就近走進了一個花店。花店裏的花品類繁多，芳香四溢。他毫不猶豫選取了玫瑰。情人節當然得送玫瑰。丁世貝覺著他選取的那束玫瑰花是這花店裏最鮮豔的。將十一支含苞的紅玫瑰襯上十一片形色漂亮的綠葉，組成精美秀麗的小型花束，放進色彩鮮豔的紙袋中，花柄的下半部用彩帶繫上一個漂亮的蝴蝶結，的確漂亮。十一枝玫瑰代表一心一意。

一路上，丁世貝腦海中不斷描繪著這個浪漫的情人節，把它過成什麼樣子，會像玫瑰的色彩一樣，快樂幸福麼。好久沒見到快樂的模樣了。丁世貝在ＱＱ農場也種過玫瑰，他喜歡種紅玫瑰，晚上下種，第二天早上就能收穫了。收穫的時候，滑鼠在鮮紅的玫瑰上晃來晃去，捨不得輕點。因為只要一點擊，摘去花的玫瑰花枝就會枯萎死去。

夏西收到丁世貝的短信就去超市採購了一些水果，剛回到家忽聽外面響了一聲炸雷，下大雨了。巨大的雷聲好像近得就如炸響在夏西頭頂三尺的地方，震得夏西頭暈眼花，她趕緊把門窗關嚴實，企圖將外面接連而至的雷雨聲隔斷到另外的世界裏去。她發現還不行，雷聲照樣突破層層阻隔，突入到她的耳朵裏，她躲進被窩裏，把頭蒙起來。她搞不懂自己怎麼這樣怕雷，又沒做虧心事。

雨剛停，夏西聽到門鈴響，打開門見丁世貝拿著雨傘捧著玫瑰候在那裏，雨傘上的水像珠子一樣掉在地板上。她看了那玫瑰一眼，就羞怯得低了頭。進了客廳，丁世貝說祝願她情人節快樂，她臉通紅成了一朵玫瑰，好像頭上長角要頂人，你……你……慌亂得說不出話來，不知如何是好。那束玫瑰花她連放了幾處地方，也不知如何安置，最後她放進了臥室裏。出來後，她發火了，誰要你送來玫瑰花呀，真是。坐了一會，她說還有個約會，要和閨中密友一起吃晚飯。

看夏西頭上長角要頂人的樣子，丁世貝反倒覺她更可愛了。大概她第一次收受玫瑰花，有點緊張，丁世貝當時也沒怎麼計較夏西的表現。暮色蒼茫，丁世貝一個人走在返家的路上，感到真的好快樂。夏西也許不喜歡他送玫瑰，也許還沉在某些舊事裏出不來。也許是她受苦太多，沒有發洩的地方，如果是這樣，丁世貝願意做她洩火的地方。

情人節過後幾天雙方都很忙，沒有過多聯繫。

這一天，夏西發來了訊息，約他去芙蓉路上吃「小肥羊」火鍋。丁世貝說吃「花江狗肉」火鍋吧。

吃「花江狗肉」火鍋的地方在宰狗場附近。他們必須路過那裏。宰狗場很大，鐵籠子裏關著很多狗，本地狗，貴州花江狗，各種各樣都有，客戶看上哪頭狗，狗老闆就用一個大鐵夾子扣住那狗的脖子，把牠提出鐵籠子，然後操起一根鐵棒，對準牠的頭部一下下去，那狗就蔫了，聲音也來不及哼出來。關在籠裏待宰的狗們看著牠們的同類生命就這麼輕易地消失，有的悲泣，有的冷漠無所謂的樣子……但那眼神均很暗淡，很無助，全身縮成一團。好像牠們全身的精氣神在慢慢抖落。

夏西看了說：「狗肉火鍋容易上火，不吃。」

她又記掛起典典，說典典失蹤時還發燒嘔吐，不知現在怎麼樣了。

「典典失蹤沒聽你說起過啊，你真是。」丁世貝埋怨說。

八

「紅藕香殘玉簟秋，輕解羅裳，獨上蘭舟。雲中誰寄錦書來？雁字回時，月滿西樓。花自飄零水自流，一種相思，兩處閒愁。此情無計可消除，才下眉頭，卻上心頭。」

羅芳給和尚寫了一封長長的信。和尚在辦公室打開前不知是誰寫的。信的主要內容就是給和尚講解李清照的詞《一剪梅》，長篇大論言說男女之間愛情的美好和相思的傷感，寫一代才女的癡情與執著，還配上了英文。和尚沒看一半就把信撕了，什麼教授，瘋婆子，狗屁。

和尚怎麼會結婚呢。父親是高僧，母親是尼姑，他身上全是父母的遺傳基因。

可憐羅芳還蒙在鼓裏，自從發出長長的信之後，羅芳便每天去信箱看一回，有沒有和尚的回信，哪怕是隻言片語。每次她忐忑不安地站在信箱前，深深吸一口氣，然後滿懷激動地一下子拉開信箱的小門，彷彿她手裏

掌控的是一扇幸福之門，而每次打開來的不是驚喜，撲面而來的唯有失落。這樣持續了一個星期之後，羅芳沉不住氣，撥通了和尚電話

「喂」

「您哪位？」和尚明知是羅芳電話，但還是明知故問。

「我是羅芳，我的聲音你聽不出來了，不才一個星期沒通電話嗎？」

「麼事？」和尚冷冷地說。

「我的信你收到沒有，感覺怎樣？」

「信？哦，沒有。」

「難怪不見你回信給我。」羅芳拉著臉說。

「你以後不要給我寫什麼信，我沒時間看那玩意。」和尚不耐煩了。

「寫不寫信是我的事，我就喜歡寫信，信裏能傳達更多的東西，是平時的言語無法代替的一種表達方式。」羅芳平日教慣了書，一說到事就滔滔不絕，如同在給自己的學生上課一樣。

「我有事，掛了，以後別再打我電話，我沒時間跟你聊天。」和尚掛斷了電話，也向羅芳表明了自己的態度。

「喂，別掛，我還沒說完呢。」羅芳想拉住和尚的耳朵。可那邊只剩掛掉手機的嘟嘟聲。任羅芳怎樣努力地打也只是一片嘟嘟聲。羅芳犯上牛勁了，她每天給和尚一封信，她就不信這個邪，女人倒追男人還有攆不上的，就算和尚是塊又臭又硬的石頭，她羅芳也要把他給泡軟了。

吃宵夜時，和尚和丁世貝聊起這事，自己每天得向廢紙簍扔掉一封信，搞得他現在看到信接到電話就神經過敏，便滿懷憤怒地說：「這瘋婆子再這樣纏著我，我非要告她個騷擾。」

丁世貝和羅芳是大學同學，羅芳學習成績是沒說的，做了教授學問高深了，情商卻這麼低下。白念了這許

多書，在愛情裏一點也不知道進退，被人當垃圾一樣討厭，不值啊！這個教授太不值啦！

丁世貝想起那次見到的羅芳，依然是一身老土的打扮，不塗胭脂，也不抹粉，灰不溜秋和泥巴坨差不多。放老媽媽堆裏，一時半會找不出來。丁世貝想幫助羅芳。便對和尚說：「你不想與她談朋友，就認她做個妹子吧。」

「我不想看到她，最好永遠不要見到。」和尚很堅決地說。

「和尚，你肯定對羅芳做過什麼，要不她只糾纏你，為什麼不糾纏別人呢。」丁世貝說。

「我只做過你的頭。」和尚生氣說，「你還不相信我麼。」

「你們倆是前世的冤家。」丁世貝想，看來羅芳與和尚沒得戲了。

和尚感歎說：「不說這些爛事，掃興，喝酒。」

狗真的有眼淚。

典典只有四個奶子，卻要盤活八個崽崽，絕對是超負荷，就算丁世貝弄來很多牛奶，可是牛奶怎麼敵得過母乳呢，有奶吃的時候，小狗們都不願意喝牛奶，典典的身體很快被牠們瘋狂地掏空了。典典日見枯瘦，背脊骨也一節一節露了出來。最後，典典害怕和牠的崽崽們在一起了，一見到牠，牠們就爭相去搶牠的奶子，乾癟的乳頭一隻隻見紅，牠非常的煩了，牠不得片刻安寧。牠害怕了，常跑出去不回家，以至這次典典跑出去了幾天。在夏西發了尋狗啟示差不多要絕望的時候，典典終究是又回來了。牠牽掛著牠的崽又自動回了，回來後就主動躺在那裏，敞開胸懷，忍著被抽乾的痛苦，餵崽崽們的奶。看到這場面，夏西眼睛都紅了，從此後，夏西經常把典典與牠的孩子們分開，每隔一兩個小時就把典典單獨放出去，讓牠輕鬆一下。

典典和牠的崽崽相繼死了。最先死的是那些崽崽。

木木和典典在一起的機會增多了。牠們倆在野外的太陽下狂奔，追逐，親密。夏西因為改變了對木木的看法，也就默認了木木和典典的曖昧。木木和典典可以隨意見面了。牠們在牆邊看到一根骨頭，牠們老遠就聞到了骨頭的香味。是木木先看到的，木木看了看讓給了典典，好像就是一派男人應當呵護女人的樣子。典典吃了很快就出現了不適，要死了似的，牠們誰也沒料到這根骨頭有毒。這根骨頭也許是別人放在這裏毒老鼠的，也許是有人看到典典這樣生厭想除掉牠。典典意識到自己中毒了，飛快往家裏跑，牠是想去看看牠的崽崽們，牠擔心慢點就看不到了。沒想那些崽崽一見牠又去搶牠的奶子，這個剛找著乳頭吸了一口奶，又被那個把乳頭奪走。典典的奶子就像籃球場上的籃球，被崽崽們傳來傳去。結果那些崽崽比牠還先死，牠們把牠體內的毒素悉數吸吮了去，牠們抵抗力不強，折騰不起，先倒下了。在屋子裏東一隻西一隻，醉漢一樣搖搖晃晃，倒下了就再也不見爬起來。典典多熬了一陣。牠看著牠的崽崽相繼死去。

那一刻，木木在旁邊，像吃了瘋藥一樣來回奔走，哀號。

夏西正在書房上網，聽到木木的哀嚎聲趕緊從書房出來，看到眼前的情景，夏西彷彿又置身於十年前那場慘不忍睹的車禍，看見父親倒在血泊中，抓緊自己的手到死也不願鬆開。木木無望地哀嚎，典典沒命地拽牠那些已經死了的崽崽們，用嘴巴叼起一個又放下一個，圍著牠的崽崽們亂躥。夏西立刻明白發生了什麼，在夏西還沒完全慌神的時候，她首先想到抱典典去找醫生，可典典跟瘋了一樣，完全不讓夏西近身，夏西想喊丁世貝過來幫忙，典典趁夏西進屋找手機的時候叼起其中一隻牠平時最寵愛的小狗屍體跑了出去，木木也跟著典典跑了，等夏西追出門來發現典典已口吐白沫蜷曲著倒在圍牆邊，行將斷氣，牠的崽崽就躺在典典的嘴巴下。木木焦躁得把水泥地刨出了一個洞，牠的爪子上血跡斑斑。夏西哭了，像當年失去父母一樣慟哭。

夏西病了。

丁世貝什麼都不知道，只知道好久沒看到木木現身了，他在心裏笑了一下，這小畜牲，有了老婆居然連主人都不要了，家也不記得回了。丁世貝突然記起夏西說典典病了一事，遂撥了夏西的電話，響了好久都沒人接聽。丁世貝從冰箱裏拿出一塊從梅山鄉下帶回來的土豬排骨去探看典典。

在圍牆的轉角處，丁世貝看到了僵硬的典典母子和哀傷的木木。木木見主人來了，忽然像遇到了救星，嗚咽著拖著典典朝丁世貝哀號，彷彿在叫「典典丟下我了，典典丟下我了。」丁世貝望著木木眼裏的無助和那傷痕累累的爪子，心裏一顫，偌大一個男人，竟也忍不住落下淚來。

夏西，丁世貝心裏一緊，他朝木木說道：「木木，待在這別動，等我回來。」

丁世貝心急火燎朝夏西家跑去，剛要按門鈴，發現門沒鎖，丁世貝進門後把排骨丟在地上大喊「夏西，夏西」，客廳沒人，丁世貝也顧不了男女禁忌，朝臥室撲去。

夏西倒在臥室門口的地板上，手機掉在一邊。

丁世貝俯身探了夏西的鼻翼，呼吸很弱，眼睛腫得像熟透了的桃子，他知道這是悲傷過度，暫時昏倒了。

他馬上把夏西抱到床上，然後找了風油精塗在夏西的人中穴上，在人中穴上按了一會，夏西緩了過來。

夏西見到丁世貝，彷彿一個在原始森林裏迷路的孩子，見到了自己隔世的親人，她用虛弱的雙手緊緊地環住了丁世貝的脖子。

「你可來了，你可來了。」夏西呢喃著。

「我都知道了，知道了。」丁世貝哽咽著。

等夏西稍微緩過神來，丁世貝鬆開了夏西環住他的那雙手，心疼而又激動地責備夏西：「怎麼不知道打我電話？！」

夏西正準備解釋，丁世貝馬上又制止了她，現在別說話，你太虛了，我先給你沖杯麥片吃了再說。

丁世貝去了廚房，夏西又流淚了。

她懷想起自己追出門來發現典典已口吐白沫蜷曲著倒在圍牆邊，行將斷氣，牠的崽崽就躺在典典的嘴巴下時，她恍惚看到父親臨死時拉著自己不放的手一樣，一陣眩暈，夏西想吐，覺得心臟正在自己體內遊移，牠想脫離夏西的身體到別的地方去，在夏西覺得自己要倒下的時候，有個聲音在她耳邊清晰地響了起來，「孩子，快離開這裏，快離開，回家去」。夏西不記得自己是怎麼回到家裏的，也不知道自己在客廳的地上坐了多久，只記得最後一個情節，她想到臥室去拿前幾天給典典洗乾淨的被褥。

丁世貝用蜂蜜給夏西沖了杯麥片，拿個小勺子像餵典典的那些崽崽一樣一勺一勺地餵夏西。

喝過麥片後，夏西才算回到了人間，還了陽。雖然還很虛弱，但已無大礙。

夏西想解釋，丁世貝忽然抱住了夏西，輕輕拍著她：「不要說了，我都知道，你現在好好休息，我拿冰塊過來你先敷敷眼睛，我一會就回來。」

丁世貝要了典典的被褥，然後把典典那些死去的崽崽和那塊土豬排骨帶了出去。

木木還在圍著典典母子哀號。

丁世貝放下手裏的被褥與那些死去的小狗，柔聲喚著「木木，過來」，然後摟住木木，用那雙寬厚的手掌撫摩著這隻哀傷到了極點的土狗。

丁世貝在圍牆的盡頭，挖了個坑，把典典一家葬了。

丁世貝用那塊乾淨的被褥把典典一家裹在一起，然後把那塊土豬排骨也放在被褥的旁邊，木木不再躁動，只低聲地嗚咽，很安靜地看著丁世貝做這些。當丁世貝開始鏟土埋典典一家的時候，木木又如電擊般哀號起來，那聲音，撕心裂肺，久久回蕩在厚實的圍牆上，揮之不去。丁世貝壓抑得想踏平那堵牆。

夏西躺不住，她知道丁世貝是去葬典典，還有牠的崽崽們，一想到典典，夏西的淚又開始氾濫，她一定要去送典典最後一程。這些年，如果沒有典典，夏西的日子一定不會這麼輕鬆地過來，最起碼，不會那麼容易地從失去雙親的痛苦中走出來。很大程度上，典典早就不是一隻寵物，夏西早把典典當自己的家人了。

她目睹了丁世貝所做的一切。

眼前這個男人，終於徹底地牽動了夏西身上那根最細的弦，這麼多年，夏西一直把自己緊緊的包在一張堅硬的殼裏，不讓別人看見殼裏的脆弱，在生意場上，裝女強人，在感情上，裝麻木。雖然，她也收過男人的禮物，也接受過男人的約會，但夏西從沒打開過自己的心窗。眼前那個拿著鏟子，眼蘊淚光的男子，讓夏西真切地感覺父親回來了。

夏西沒再哭，靜靜地看著丁世貝的一舉一動，直到木木忽然如電擊般再次嚎叫。

夏西是恨木木的，如果沒有木木的出現，典典一定還活著，但此時，面對傷心欲絕的木木，夏西恨不起來了，一種原始的母愛自那根最細的弦上開始蔓延，她終於走了過去，走到丁世貝身後，柔聲地喊了：「木木，我可憐的木木，過來。」

趁著在夢澤園喝茶，旁邊還有一個和尚單位的女同事，丁世貝對和尚說：「我幫你把羅芳叫過來，你們當面說清楚，做個了斷。」

和尚只顧埋頭喝茶沒有表示反對。看來，這件事真的拖累到他了。不解決不行了。待羅芳到了，和尚單位那女同事就裝了，開門見山說：「羅芳，我是和尚老婆，小孩都上學了，請你放尊重點，別老糾纏我老公。」這是事先商量好的，由那女同事扮黑臉。女同事鐵板了臉，演得像模像樣。

和尚忽然冒出個老婆來，羅芳猛吃了一愣。但迅即沉住了氣，反駁：「你說是和尚老婆，有結婚證可看麼？」

「當然有啊。」女同事硬起嘴回答。

「一看就是假的，你們別合夥欺負讀書人。」羅芳生氣走了。

九

公司業務日趨正規之後，丁世貝想帶木木回老家打獵。好久沒去山上了，丁世貝覺得毛孔都閉塞了。夏西知道後吵著要跟他一起去，自從上次丁世貝說古臺山上有個擂鼓台，並說擂鼓台不是一隻鼓，而是一座山，人走上去就會發出打鼓的聲音時，夏西覺得非常神奇，心裏早就沒朓了，急著想去擂鼓臺上跺幾腳。

丁世貝借了和尚的車帶著夏西與木木回了梅山，他家住在山下的鎮子上。當丁世貝帶著夏西出現在父母的眼前時，兩位老人高興得殺雞宰羊，兒子終於領個女人回來了。不過，丁世貝沒肯定夏西是女朋友，但也沒否定。

在家吃過晚飯後，丁世貝對父母說要去山上住農家樂，以便看明早的日出。夏西從車裏取出一些人參鹿茸之類補品交給母親，零零碎碎，一大堆，這麼孝順的女孩，讓丁世貝的父母更是笑得合不攏嘴。趁夏西和木木上了車，丁世貝的母親追出來拉著他的手說：「這姑娘不錯，有眼力。」

一到山上，夏西就像鳥，張開雙臂在山野裏亂飛。那滿山大大小小的樹木，滿野不規則的石頭，還有遠處那一團團氤氳的迷霧，讓夏西覺得頭髮尖子都要吶喊般興奮，她邊跳邊叫「丁世貝，你沒良心，這麼美的地方早不帶我來。」木木也如夏西一樣，滿地嗅著，邊嗅邊叫，好像牠回到了久違了的應該生息的地方。丁世貝看著這兩個雀躍的傢伙，自己的心彷彿也生了翅膀，飄了起來，自從破產，新公司沒成立之前，丁世貝一直像隻被霜打過的茄子，他心中忽然充滿感激，不知是要感激木木還是感謝眼前這個女人，總之，丁世貝終於重新找到了自己的信心，彷彿游離在外的自信又回歸了心裏。雖然現在公司贏利不多，但來勢很好，這樣發展下去，他丁世貝想不站起來都難，正沉思之際，夏西又在一邊大叫：「丁世貝，擂鼓台在哪？快帶我去跺幾腳啊。」

丁世貝說：「擂鼓台還在後面那座山上，今天去不成了，明天吧。」

第二天，夏西早早就起來了，丁世貝因先天開了一天車，起來得晚些，夏西也沒叫他，帶著木木出了農家樂上山觀日出。

丁世貝起來後，去敲夏西的門，老闆娘過來告訴他，「你女朋友帶著那狗上山了。」然後指了指對面那條羊腸山路。

丁世貝顧不上洗漱，當追到山頂時，看到一輪緋紅的圓日正從山尖上的樹影裏冉冉而來，夏西被籠罩在金色的陽光下，如雕塑，似女神，丁世貝看呆了，夏西也看呆了。木木發現了丁世貝，親暱地跑過來，蹭了又蹭丁世貝的雙腳，嘴裏還親暱地叫著，夏西回過頭來，看著丁世貝，眼裏溢滿一眶激動的淚花。

去農家樂吃過早飯，丁世貝帶上獵槍與夏西和木木上擂鼓台，半途中，木木突然又興奮起來，牠真的嗅到了獵物的臊味，牠沿著臊味一路追趕，邊跑邊叫，丁世貝緊追其後，夏西跑得慢，丁世貝和木木遠遠地飆在前面。

跑過一道山梁，丁世貝忽然遇到老鄉謝尚松，謝尚松肩上扛著一把鋤頭，準備出去勞作的樣子，不遠處有一間茅屋，大概是謝尚松的家。謝尚松自上次與丁世貝聊過之後，就沒再找過他，也沒有過任何聯繫，銷聲匿跡了。丁世貝見他那樣，也沒有主動與他聯繫過。以至他倆久不通訊息，都不知對方混成了什麼樣子。在這樣一個荒僻的地方猛然相見，無論如何，都有些驚喜。

丁世貝奇怪地問：你不是在省城發展得不錯麼，怎麼在這裏做起了農夫呀。

謝尚松說他暫時離開了省城，包了林場的幾十畝山林弄著好玩。口氣彷似很輕鬆，臉上表情卻極不自然。沉默了一會他好像下了很大決心似的說：

世貝，你是可以恨我的，甚至可以揍我，以前你幫過我那麼多忙，但我對你……你罵我忘恩負義也好，過河拆橋也罷，那次我找你討主意，其實已經到了拆東牆補西牆的地步，以至我後來騙了那麼多人，甚至差點騙了你朋友夏西，但世貝，我現在只求你給我一次機會，暫時別把我在這裏躲債的事傳出去，好嗎？

「騙了夏西？」丁世貝突然想到了那個合同，想起了那個謝老闆謝嚴。

「是的，夏西，上次我開那麼好的條件，夏西沒上當，我就猜測一定有能人給她出招了，後來一打聽，果然，但沒想到那個能人是你，之前你們好像是不認識的？」

夏西氣喘吁吁跑過來了，看到謝尚松驚訝地問：「老謝，你怎麼在這裏呀。」

老謝尷尬極了，想躲又不好意思，幸好老謝沒欠夏西的錢，但夏西知道了他的行蹤終歸不是一件好事，如果那些債主得信找上門來，他就沒有一日安寧了。

夏西在丁世貝耳朵邊悄悄地說這就是「捲款潛逃」的老謝，幸虧沒與他簽合同。見到丁世貝一點也不驚異，又看著他們兩人熟悉的樣子，她好奇地問：你們早相識？

當然，我們還是老鄉呢。丁世貝笑笑說。

那你當時為什麼不戳破？夏西說。

你的合同上用的是謝嚴，當時我並不知謝尚松把身份證名字改了。所以沒想到會是他。丁世貝說完，猶豫了一下，又叮囑夏西，老謝在這裏躲債的事不要告訴任何人，就是你知我知。他把夏西支開說我們老鄉聊點事。夏西到一邊的山林裏摘野果子去了。

丁世貝看到老謝這般模樣，想到自己的處境，惺惺相惜。就問：老鄉啊，你有什麼打算？包這個山林也不是一回事啊。

老謝說待緩過這陣子，再回省城去，像種子一樣把根扎到城裏。說他不會這麼窩在這裏，一定會東山再起，會把那些騙來的錢還給他們，死也要死到省城。他後悔不該一時不慎，誤入岐途。

丁世貝很是感動，老謝還算梅山的一條漢子。

山區的晨霧濃得沒法認路，仰望那高高在上的太陽，只看到一個紅暈點，模模糊糊。八成是不能打獵了。

丁世貝和木木在老謝茅屋前的草坪上打鬧，就像朋友過招練功夫。

玩一陣，木木一頭扎進了霧裏，不見了，就像魚鑽進了水裏。木木天生就是屬於山林的尤物，彷彿早就熟悉這方圓十數里的山域，在這曲直高低不一的山道上奔跑辨路來去自如。儘管牠喜歡貪玩，但丁世貝還是能隨喊隨到。牠始終侍候左右。

從霧裏傳來木木的吠叫聲，很低沉。想來是牠發現了什麼才這樣子。牠從來沒這樣慌亂而低沉地吼過。想都沒想，丁世貝就往木木消失的方向追去。不多久，他隱約看見了前面的木木。木木如一隻小老虎咬住對方的蹤跡緊追不捨。是一隻麂子，體型比木木大，那麂子奔跑的速度沒木木快捷，但牠善於跳躍，碰到溝壑低窪的地方，一躍就過去了。所以，看起來牠們總是隔著那麼遠近。

丁世貝看到麂子頭上的角，待他支起獵槍瞄準，麂子背後像長了眼睛，狡猾地跳過一道轉角，就消失了。霧正濃，一股股在山峰間湧來湧去。

丁世貝一點沒猶豫就攆了上去，誰知轉角壓根就沒有路了，那條小路被霧隱起來了，丁世貝待要轉身，身子已虛在半空，稱砣般向下落去。

正感絕望之際，他似乎看到一個黑影從不遠處鳥一樣收束翅膀飛掠而來，比射箭還快，及時墊在丁世貝行將落下去的方向。丁世貝猛地感覺背靠在一個瓷實的物體上，很溫軟，就像是菩薩的手在托著他，度他，那是木木。

落到實地，丁世貝發現後腦殼枕在木木柔軟的身體上，木木的頭鑲嵌進了一塊尖岩。丁世貝渾身酸痛，頭暈眼花看了木木一眼，整個的黑暗從四面八方向他逼來，血從木木後腦殼噴頭似的往外湧。木木嗚咽著努力想把頭從尖岩上抽出來，但血流過多，牠已喪失了力量，牠看著丁世貝，嗚咽著，慢慢不動了。夏西聽到動靜跑過來看到滿灘的血腥，以為是丁世貝的，撲上去緊緊抱住他，眼淚豆子一樣，猛撒著。

緣起緣落。丁世貝決定給木木做道場，超度。

他相信木木也是有靈魂的。

他打和尚手機，竟然聽到的是「您撥打的電話是空號」，羅芳的電話騷擾令和尚煩惱不堪，和尚早有換電話號碼躲避之意，惹不起總躲得起，但他遲遲做不了決定，這個號，單位領導同事，社會上的親朋好友一大摞，隨便換了，會影響不好。手機既然打不通，看來和尚是下決心換了號了。幸好丁世貝還有和尚辦公室電話號碼，一撥，接電話的人竟是和尚。和尚在電話裏對丁世貝給狗做道場大加讚賞，說丁世貝並不是第一人，給狗做道場的大有人在，沒什麼大驚小怪。他們局裏就有給狗做道場的法師，如果需要他保證隨叫隨到。

和尚真的帶來幾個僧人，給木木做一旦一夕的道場。

做完道場，木木被就地安葬在墜落的地方。丁世貝想把木木當種子樣種下來，那一刻，丁世貝真的希望木木像種子一般能生根發芽再生，活跳跳地又出現在眼裏。他甚至在心裏哭著祈禱，如果老天能讓木木還魂，他寧願折十年陽壽。

目睹這一幕的所有在場人都哭了。

夏西想到了她的典典，想到了典典那些崽崽，放聲大哭。她一會哭木木，一會哭典典。夏西這一哭，竟似把天哭昏了。隨著蓋土一掀落進墓穴，好像木木臨死時的嗚咽聲也一聲聲傳上來。

經歷了天上到地下的落差，經歷了生死，儘管渾身傷痛，丁世貝鬧明白了，謝尚松說得對，一定要像種子一樣在省城把根牢牢扎下去，不但要在鋼筋混泥土中生根發芽，而且枝繁葉茂。不然就對不起木木的多次救命之恩。

每年清明，丁世貝都開車回老家把木木當親人一樣祭祀，掃墓，墓地四周長滿了深深淺淺的蓑草，風一吹，那些深深淺淺的蓑草仿若木木搖擺的尾巴。一番燒紙問候，他總要在墓前草地上坐一會，發一陣呆。每每這時，他彷彿總能聽到木木的嗚嗚聲，似撒嬌，似呢喃，透過深厚的泥土，在那墓上久久地縈繞，像霧，像絲。

【後記】

野果　小說　情人

李健

梅山這方山地，盛產野果。

隨便走進哪一域山林，展眼就可以見到各式各樣的野果子。當然，並不是說這片寬闊的山林每一棵樹都可以結出果子，有些努力到百年枯死，始終結不出果子來，但有些樹一出土就註定是要結出果子的。

這些果子長出來就在野外，和風霜雨雪做伴。不是特地刻意栽種，也沒人著意打理。牠們生長在或高或矮的各類樹上，甚至叫不上名字，在地上匍匐著，以自己的方式存在，或醒目，或被忽略，都無所謂。自生自沒。

小時候，我們那一撥孩子喜歡去清晨的山裏，採摘野果，趁露水還沒退盡，既新鮮又乾淨，放進嘴裏嚼起來，以為至美，彷彿撿到了金元寶。那些果子因為生長的土地肥瘦，地域不同，形狀有大有小，色澤有紅有紫，至於味道，有的乾瘦苦澀，有的肥碩甘美，有的又斷腸劇毒……個中狀況，不是一下就可道來。

我們班上的一個小學同學，可能是因為饑餓，也可能只是貪嘴，上學途中採吃了一樹水菖蒲果籽，腹痛，來不及送醫院就倒在路上。那蒼白，那在草地上大汗如雨地痛苦掙扎，至今記憶猶新。所以，儘管我們無拘無束在山林裏到處亂躥，望著熟悉的陌生的果子，既敬且畏，總是小心翼翼的。當然，運氣好的話，碰巧，偶爾也採到甘美的野果，獼猴桃，野薔薇……這些果子一般生在冷僻難摘的地方，比如高聳的樹冠上，懸崖絕壁間，幽深的洞穴或千纏百結的刺縫裏。一旦僥倖採到了，我就當寶一樣藏到兜裏，孤芳自賞一陣，然後再展現給別人看，見到人家羨慕讚賞的眼神，心裏就像吃了七八分的蜜。

我喜歡看小說，也喜歡寫。

我寫的東西不論是初坯，還是青青果，一般多收藏在電腦裏，或發表在紙媒上，或貼在網站博客裏，不計多少，總會有人在小說之林裏遇到，或喜歡，或厭棄，這均是自然界的法律，極正常的。捧人場的朋友們說我寫的東西叫小說，我卻不知小說到底是什麼。這時候，我就會想起山林中的野果，自然，原始，欲出還羞，以神秘的姿態，出現在我眼前。

曾經，我把小說又比做我的情人，以為至好。

沒有愛情的人，因為嚮往，常常在夢裏至情至性，展開想像，滋生俱般完美。而現實生活給的又多是苦難孤獨，鬱悶煩惱，沒地方發洩，就在電腦上敲打像小說的文字。小說成了我最理想的傾訴、發洩對象，日子久了，不知不覺，像情人一樣深深愛上了她，癡迷。一日不見，如隔三秋。大部分業餘時間，我的精神和靈魂與她廝磨相守在一起，呵護她，注視她，想和她對話，她卻蒙娜麗莎一般，若即若離，忽遠忽近，蓋著神秘的面紗，讓我始終看不清她的模樣。

於是，我也像蟲子一樣，鑽進書堆中尋找，希望找到一個圓滿的輪廓形象。名著啦什麼的，翻來翻去，讀不盡。眾說紛紜，越讀越深奧，愈加迷茫，就醒悟，答案在書中是找不周全的，還有大部分在生活裏潛藏著。只有把生活當成我小時候光顧的那一域山林，利用在書中得到的閱讀經驗，捕捉野果的目光就會更加敏銳。修煉的境界愈高，獲得那些至好至美的野果子的機會，也會大大增多，甚至瓜熟蒂落。這些都是放在自然中完成的。

有時候，我的情人，她去了遠方，不能相見，就很思念。一旦回來，就會產生「久別當新婚」的發洩愉悅，有一種深深的滿足感。小說也是一樣。一個理。

釀文學128　PG0872

三瓣嘴

——李健中篇小說選

作　　者　李　健
責任編輯　陳彥廷
圖文排版　彭君如
封面設計　陳佩蓉

出版策劃　釀出版
製作發行　秀威資訊科技股份有限公司
114 台北市內湖區瑞光路76巷65號1樓
電話：+886-2-2796-3638　傳真：+886-2-2796-1377
服務信箱：service@showwe.com.tw
http://www.showwe.com.tw
郵政劃撥　19563868　戶名：秀威資訊科技股份有限公司
展售門市　國家書店【松江門市】
104 台北市中山區松江路209號1樓
電話：+886-2-2518-0207　傳真：+886-2-2518-0778
網路訂購　秀威網路書店：http://www.bodbooks.com.tw
國家網路書店：http://www.govbooks.com.tw
法律顧問　毛國樑　律師
總 經 銷　創智文化有限公司
236 新北市土城區忠承路89號6樓
電話：+886-2-2268-3489　傳真：+886-2-2269-6560
博訊書網：http://www.booknews.com.tw

出版日期　2013年1月　BOD一版
定　　價　460元

Printed in Taiwan

國家圖書館出版品預行編目

三瓣嘴：李健中篇小說選 ／ 李健著. -- 一版. -- 臺北市：
釀出版, 2013.01
面； 公分. --（釀文學；PG0872）
BOD版
ISBN 978-986-5976-78-1（平裝）

857.7 101019688

讀者回函卡

感謝您購買本書，為提升服務品質，請填妥以下資料，將讀者回函卡直接寄回或傳真本公司，收到您的寶貴意見後，我們會收藏記錄及檢討，謝謝！如您需要了解本公司最新出版書目、購書優惠或企劃活動，歡迎您上網查詢或下載相關資料：http:// www.showwe.com.tw

您購買的書名：________________________________

出生日期：________年________月________日

學歷：□高中（含）以下　□大專　□研究所（含）以上

職業：□製造業　□金融業　□資訊業　□軍警　□傳播業　□自由業
□服務業　□公務員　□教職　□學生　□家管　□其它_____

購書地點：□網路書店　□實體書店　□書展　□郵購　□贈閱　□其他

您從何得知本書的消息？

□網路書店　□實體書店　□網路搜尋　□電子報　□書訊　□雜誌
□傳播媒體　□親友推薦　□網站推薦　□部落格　□其他__________

您對本書的評價：（請填代號　1.非常滿意　2.滿意　3.尚可　4.再改進）

封面設計____　版面編排____　內容____　文／譯筆____　價格____

讀完書後您覺得：

□很有收穫　□有收穫　□收穫不多　□沒收穫

對我們的建議：________________________________

____

____

____

請貼
郵票

11466
台北市內湖區瑞光路 76 巷 65 號 1 樓

秀威資訊科技股份有限公司　　收

BOD 數位出版事業部

（請沿線對折寄回，謝謝！）

姓　　名：________________　年齡：________　性別：□女　□男

郵遞區號：□□□□□

地　　址：________________________________

聯絡電話：（日）________________　（夜）________________

E-mail：________________________________